CAROLINE BERNARD

# Rendezvous im Café de Flore

ROMAN



aufbau taschenbuch

MIX
Papier aus verantwortungsvollen Quellen
FSC www.fsc.org FSC® C083411

ISBN 978-3-7466-3271-1

Aufbau Taschenbuch ist eine Marke
der Aufbau Verlag GmbH & Co. KG

3. Auflage 2018

Gesetzt aus der Garamond Pro durch die LVD GmbH, Berlin
Druck und Binden CPI books GmbH, Leck, Germany
Printed in Germany

www.aufbau-verlag.de

# Prolog

Viannes Kindheit endete an einem sonnigen Nachmittag im Sommer 1926. Sie war mit ihren Brüdern und den Nachbarjungen wie so oft am Waldrand gewesen und um die Wette auf Bäume geklettert. Als sie verschwitzt und mit zerzausten Haaren nach Hause kam, nahm ihre Mutter sie mit ernster Miene beiseite. »Wie siehst du denn aus, Vianne? Es gehört sich für ein Mädchen in deinem Alter nicht, so herumzutoben. Deine Brüder haben gesagt, alle hätten deine Unterhose sehen können, als du vom Baum geklettert bist. Schäm dich! So etwas tut ein Mädchen nicht. Du bleibst in Zukunft in der Nähe des Hauses.«

Vianne lief in ihr Zimmer unter dem Dach und ließ sich weinend auf ihr Bett fallen. Sie war fast fünfzehn Jahre alt, und sie hatte das Gefühl, ihr Leben sei vorüber.

Denn seit sie in der Bibliothek von Alès eine Pflanzenkunde entdeckt hatte, hatte Vianne eine Leidenschaft: die Botanik. Dieses dicke Buch, in dem Pflanzen mit feinem Strich und in wunderschönen Farben abgebildet waren, hatte sie in seinen Bann gezogen. Blüten, Knospen, Blätter, Wurzeln, alles war in allen Einzelheiten, bis in die kleinsten Härchen und Verästelungen dargestellt. Sie hatte sich das Buch ausgeliehen und versuchte nun, auf endlosen Streifzügen die dargestellten Pflanzen in den Wäldern und Wiesen rund um Saint Florent wiederzufinden. Von ihren Streifzügen kam sie jedes Mal mit einer anderen Pflanze zurück, die sie vorsichtig auf ihr Fensterbrett legte, um sie zu trocknen und später abzuzeichnen. Eines Tages hatte sie eine ihrer Zeichnungen stolz mit in die Schule genommen, und Mademoiselle Grimaud, ihre Lehrerin, hatte ihr gezeigt, wie man Blumen- und Pflanzenteile presste, um sie zu konservieren. Sie legte sie zwischen zwei Holzplatten, bedeckte sie mit einem Löschblatt und presste die Platten mit zwei großen Flügelschrauben zusammen. Zwei Tage später war die Schlüsselblume tatsächlich getrocknet. Sie hatte ein wenig von ihrer Farbe verloren, und einzelne Teile fielen ab, als sie das Blatt anhob, aber sie war eindeutig zu erkennen.

»Aber warum macht man das?«, fragte Vianne.

»Um die verschiedenen Pflanzen miteinander zu vergleichen. Um festzustellen, ob sie zur selben Familie gehören. Um Pflanzen zu konservieren, von denen es nur sehr wenige Exemplare gibt …«

Vianne nickte.

»Es gibt ein Gebäude, in dem alle Pflanzen der ganzen Welt, auch die Algen, die Pilze, die Moose, die Wüstenpflanzen, einfach alle gesammelt werden.«

»Wo ist dieses Gebäude?«

»Es ist das Botanische Institut im Muséum national d'Histoire naturelle in Paris. Aber eigentlich nennen es die meisten Jardin des Plantes.«

»Der Jardin des Plantes in Paris«, flüsterte Vianne ehrfürchtig. »Den würde ich gern sehen.«

Aber ihre Mutter erlaubte ihr ja nicht einmal mehr, mit der Botanisiertrommel durch die Gegend zu streifen. Nur, weil sie ein Mädchen war!

Viannes Eltern, Arno und Clothilde Renard, betrieben ein kleines Geschäft in Saint Florent, einem Dorf mit fünfhundert Einwohnern in den Hügeln der Cevennen. Es gab dort einen Frisierstuhl und auf der gegenüberliegenden Seite des Raumes einen großen Verkaufstresen für Drogeriewaren und Kräuter.

Vianne war schon als Kind oft mit im Geschäft, sie fegte aus und polierte die Spiegel. Dadurch kannte sie jeden aus der Gegend und aus den mitgehörten Gesprächen erfuhr sie auch vieles, was die Kunden im Vertrauen ihrem Vater erzählten. Arno war bei den Sozialisten und hielt mit seiner politischen Meinung nicht hinter dem Berg, weshalb einige Leute seinen Salon mieden.

Sein treuester Kunde war L'Espagnol, wie er von allen genannt wurde, ein Spanier, der mit seiner Familie ein Stück den Berg hinauf lebte und Ziegenkäse herstellte. Vianne bewunderte seine üppigen Töchter, die mit ihren dunklen Haaren und den fast schwarzen Augen ganz anders aussahen als sie selbst. Sie war sehnig und blass und hatte hellgraue Augen. Es gab praktisch keine Farben in ihrem Gesicht. Wenn die Töchter von L'Espagnol knallroter Klatschmohn mit riesigen Blüten waren, dann war sie eine Pusteblume, durchscheinend und gewöhnlich.

Mit vierzehn verließ Vianne die Schule und half nun jeden Tag im Geschäft ihrer Eltern. Die Arbeit langweilte sie. Die Haare der Kundschaft auffegen, Regale einräumen, nett auch zu den unangenehmsten Kunden sein: Sollte sie das für den Rest ihres Lebens tun? Sie hatte immer ein Buch, meistens ein botanisches, unter dem Tresen liegen und vertiefte sich darin, wenn keine Kunden im Laden waren. Seit ihrer ersten Begegnung mit dem Herbarium wusste sie, dass sie Botanikerin werden wollte. Aber dazu müsste sie studieren, und das würde ihr Vater nie zulassen. Er schimpfte ja schon, wenn er sie lesend antraf. Als eine ihrer Klassenkameradinnen mit ihrer älteren Schwester nach Paris ging, um dort eine Ausbildung zur Weißnäherin zu machen, beneidete Vianne sie aus tiefstem Herzen. Sie wollte auch nach Paris! Sie wollte im Botanischen Institut lernen und arbeiten!

Gierig las sie jeden Artikel, den sie in den Magazinen, die sich die Frauen im Dorf herumreichten, über Paris finden konnte. Theaterpremieren, Kunstausstellungen und ganzseitige Abbildungen der neuesten Modeschöpfungen, aber vor allem interessierte sie sich für die Berichte über Frauen, die in der Hauptstadt als Tänzerinnen, Schriftstellerinnen, Unternehmerinnen, Mäzeninnen, manchmal auch als Verbrecherinnen Furore machten. Es gab sogar Frauen, die auf die Straße gingen, um zu demonstrieren! Abends lag Vianne dann in ihrem Bett und stellte sich vor, wie ihr Leben in Paris aussehen würde. Dort würde sie richtig leben und nicht verkümmern wie in Saint Florent! Aber wie sollte sie in die Stadt ihrer Träume kommen? Ihre Eltern hatten ihr ja nur nach wiederholten Besuchen von Mademoiselle Grimaud überhaupt den Besuch der Höheren Schule für Mädchen in Alès erlaubt. Klug genug dafür war sie in jedem Fall gewesen. Immerhin hatte sie als Klassenbeste die Rede bei der Abschlussfeier gehalten. Aber danach ließ ihr Vater nicht mehr mit sich verhandeln.

»Niemand aus unserer Familie hat eine höhere Bildung. Außerdem heiratest du doch sowieso.« Damit war das Thema für ihn erledigt.

Vianne mochte den Landstrich, in dem sie aufgewachsen war, die dunklen Wälder, die sich die Hügel der Cevennen hinaufzogen und in denen es im Herbst Pilze, Esskastanien und Trüffel gab. Sie mochte auch die wilden Flüsse, die sich tief in die Felsen gegraben hatten, die Ardèche und den Duzon. Sie waren voller Fische, bei Trockenheit konnte man stundenlang von einem Stein zum nächsten balancieren und im Frühsommer, wenn sie viel Wasser trugen, sprangen die Kinder von den Straßenbrücken aus hinein. Aber ihr ganzes Leben hier zu verbringen, das konnte sie sich nicht vorstellen. Sie wollte anders leben als ihre Freundinnen und ihre Mutter, die sich von morgens bis abends abmühte, kochte, schrubbte, den Garten bestellte und nur bei ganz seltenen Gelegenheiten mal lustig war.

Eine der wenigen Erwerbsquellen, die Frauen in der Gegend hatten, war die Tätigkeit als Amme. Viele Pariserinnen brachten ihre Kinder hierher. Uneheliche oder ungeliebte Kinder von wohlhabenden Frauen wurden hier von Ammen versorgt und erzogen. Aber als Amme musste man verheiratet sein und selbst Kinder haben, und dafür fühlte sich Vianne zu jung.

Sie saß in der Küche, auf dem großen Holztisch vor ihr lag ein Haufen Nüsse, in einem Sack neben dem Tisch waren weitere. Vianne und ihre Mutter waren dabei, sie zu knacken und für den Winter einzulagern. Gedankenverloren drehte Vianne die Früchte in ihrer Hand. *Wissenschaftlicher Name* Juglans, *beschrieben von Linné, Blätter wechselständig, gefiedert* … In stundenlanger Arbeit hatte sie die Pflanze wie so viele andere in ihr Heft abgezeichnet. Darin war sie inzwischen eine Meisterin. Mit feinem Strich und Sinn für Details konnte sie die Pflanzen fast fotografisch wiedergeben. Sie hatte lange geübt und sich immer wieder die Zeichnungen in den botanischen Büchern angesehen, die sie in der Bibliothek ausgeliehen hatte. Inzwischen kannte sie sie alle, zumindest die aus der Bücherei in Alès.

Ihre Mutter stieß sie an. »Denk dran, die schönsten kommen hier hinein«, sagte sie und fischte eine perfekte Walnusshälfte aus Viannes Schüssel, um sie in eine blaue Keramikschale zu legen. Diese Nüsse wurden später in Honig eingelegt und dann zu Weihnachten gegessen, der Rest wurde zu Nussöl gepresst.

Vianne seufzte. Ihre Fingerkuppen waren dunkelbraun verfärbt, der Schmutz unter den Nägeln würde tagelang nicht rausgehen. Und vom Pilzeputzen wurden sie dann gleich wieder schmutzig, und dann mussten die Pflaumen entsteint werden und dann die Kartoffeln aus der Erde geholt … Im Herbst gab es immer so viel zu tun, um die Ernte einzubringen und die Vorratsräume für den Winter zu füllen.

Bald würde sie sechzehn werden. Inzwischen verbrachte sie jede freie Minute mit ihren botanischen Studien, die sie immer mehr faszinierten, je mehr Einblick sie in diese Wissenschaft bekam. Da, wo andere nur Unkraut oder eine Nutzpflanze sahen, entdeckte sie Formen, Farben, zarte Verästelungen und Maserungen. Sie hatte schon vor langer Zeit von ihrem Ersparten eine Pflanzenpresse gekauft und archivierte die schönsten Blüten und Blätter, die sie fand. Sie hatte längst gelernt, wie man Pflanzen klassifizierte und bestimmten Arten zuordnete. Außerdem begann sie, sämtliche Pflanzen, die in den Büchern beschrieben waren, gezielt an den beschriebenen Standorten in der Natur zu suchen. Sie liebte diese Beschäftigung, und füllte mit ihr die vielen einsamen Stunden.

Gerade war sie in einem Artikel auf die Heilpflanzen gestoßen. Sie war überrascht, viele von ihnen auch in den großen Regalen im Geschäft ihrer Eltern zu finden. Sie begann, wilden Rosmarin und Minze zu sammeln, zu trocknen und zu verkaufen. Ihr Lieblingsbuch war und blieb jedoch ein Werk über den Jardin des Plantes in Paris.

»Eines Tages fahre ich dorthin«, nahm sie sich vor, »und

bis dahin werde ich so viel wie möglich über Botanik lernen.«

»Was sagst du?«, fragte ihre Mutter.

Vianne war sich nicht bewusst gewesen, dass sie laut gedacht hatte. »Ach, nichts«, antwortete sie rasch.

Auch in diesem Sommer kam ihr Vetter Auguste wieder in den Ferien. Seine Familie lebte in Bordeaux. Er war ein Angeber und prahlte vor ihren Brüdern mit seinen Frauengeschichten. Vianne hasste ihn, weil er ihre Brüder gegen sie aufstachelte und keine Gelegenheit ausließ, um sie zu demütigen.

»Frauen können nicht wissenschaftlich denken«, sagte Auguste, als sie morgens in der Küche saßen. »Außerdem kriegen Frauen, die alles besser wissen, keinen Mann.«

»Soll ja auch Männer geben, die keine Frau will«, gab sie zurück und sah ihn dabei provozierend an. »Zum Beispiel Männer, die Angst vor klugen Frauen haben.«

»Vianne!« Das war die scharfe Stimme ihres Bruders Christophe.

»Darf mich hier eigentlich jeder zurechtweisen, bloß, weil ich ein Mädchen bin?«, rief sie und stapfte wütend davon.

Als sie später in ihr Zimmer kam, sah sie das Zerstörungswerk sofort: Ihre Bücher waren aus den Regalen gerissen und auf den Boden geworfen worden. Zwischen ihnen lagen auch ihre sorgfältig angelegten Herbarien, jemand hatte die Seiten herausgerissen und zerfetzt. Ihre Botanisiertrommel aus Blech mit den aufgedruckten Zikaden und Schmetterlingen war zertreten und zerbeult. Sogar die Pflanzenteile, die noch in der Presse zum Trocknen lagen, waren herausgenommen worden und lagen im Zimmer verstreut.

Vianne ließ sich auf den Boden sinken. Ihre Finger ertasteten die zarten Blüten von Blauer Glockenblume und Zitronensalbei und zerrieben sie. Es knisterte leise, als sie zu Staub zerfielen.

Was sie auch tat, es war nicht richtig. Wenn sie in der Schule den Vorlesewettbewerb gewonnen hatte, hieß es, ein Mädchen solle sich nicht in den Vordergrund drängen. Eine höhere Bildung erlaubte ihr Vater ihr nicht. Mit den Jungen spielen durfte sie auch nicht. Dass sie durch die Wälder lief und nach Pflanzen suchte, eine hart erkämpfte, seltene Freiheit, die ihre Eltern ihr zugestanden hatten, hatten schon mehrere Kunden kritisch im Friseursalon angemerkt. Ob sie nichts Besseres zu tun habe, als Frau im heiratsfähigen Alter?

Manchmal hatte sie sogar gedacht, eine Ehe sei vielleicht das kleinere Übel. Aber wo sollte sie denn in Saint Florent einen Mann finden? Hier kannte sie doch jeden, und keiner von denen kam in Frage. Sie spürte wohl die begehrlichen Blicke von Monsieur Berger. Seine Frau war im letzten Jahr gestorben, und seitdem kam er jeden zweiten Tag in den Friseursalon und ließ die Augen nicht von ihr. Und das Schlimmste war, dass ihre Eltern immer wieder beim Abendessen seinen Namen erwähnten. Vianne befürchtete, dass sie sich insgeheim schon mit ihm geeinigt hätten. In Saint Florent war es nichts Ungewöhnliches, wenn ein junges Mädchen ohne Mitgift an einen älteren Mann verheiratet wurde. Aber sie würde nie, niemals einen Mann heiraten, der fast doppelt so alt war wie sie!

Sie erhob sich mühsam, ihre Beine wollten ihr nicht gehorchen. Mechanisch strich sie über ihre Röcke, um die staubigen Pflanzenteile abzuwischen. Sie drehte sich langsam um sich selbst und betrachtete das Chaos zu ihren Füßen. In diesem Augenblick, vor den zerrupften Pflanzen und den zerrissenen Seiten, wurde ihr endgültig klar, dass sie in Saint Florent keine Zukunft hatte. Sie hatte sich Mühe gegeben, den Erwartungen zu entsprechen, die in sie gesetzt wurden, aber jetzt konnte sie nicht mehr. In Saint Florent würde sie unglücklich werden, sie würde ein Leben führen, das sie nicht wollte. Sie würde als verbitterte alte Frau enden. Sie holte Besen und Kehrblech, fegte die Fetzen zusammen und warf alles in der Küche in den Mülleimer. Es fühlte sich an, als würde sie ihr altes Leben gleich mit entsorgen.

Langsam stieg sie die Treppe wieder hinauf, und mit jeder Stufe wurde ihr Tritt fester. Es war an der Zeit, eine Entscheidung zu treffen, über die sie in letzter Zeit immer wieder nachgedacht hatte, zu der sie aber bisher nicht den Mut gehabt hatte.

Wenn sie ein eigenes Leben führen wollte, dann musste sie Saint Florent und ihre Familie verlassen. Es war keine Frage, wohin sie gehen würde: nach Paris, in die Stadt, von der sie schon so lange träumte.

# Eins

»Jean-Louis, guck mal! Da hinten ist der Eiffelturm!« Das Wahrzeichen von Paris erhob sich kühn und elegant über dem Häusermeer. Wir befanden uns auf einer Anhöhe vor der Stadt und die Blechdächer glänzten im leicht diffusen Abendlicht silbern vor uns. Am Morgen waren wir in Sète losgefahren und kamen jetzt von Süden her auf der Autobahn in die Stadt. Und endlich bot sich mir der Anblick, den ich so lange vermisst hatte. Paris!

»Da drüben links, siehst du ihn? Oh, wie schön! Ich habe es noch nie gesehen, wenn er so im Abendlicht leuchtet! Schau mal, er ist richtig kitschig-rosa!«

»Ich kann jetzt nicht gucken«, entgegnete Jean-Louis. Er wollte sich rechts einordnen, um einen hupenden Fahrer hinter ihm vorbeizulassen, was angesichts des dichten Verkehrs auf drei Spuren und der wild zwischen den Autos überholenden Motorräder seine ganze Aufmerksamkeit erforderte. Also überließ ich mich meiner Wiedersehensfreude. Nur noch ein paar Minuten, und ich wäre wieder in der Stadt meiner Träume. Hier, direkt neben der Autobahn, befanden sich die Industrieparks und Wohnsilos, aber ich wusste, dass sich hinter den eher nüchternen Bauten rechts und links der Autobahn die Boulevards mit ihren prächtigen, von Balkonen und Erkern geschmückten Häusern befanden. Und davor die breiten Trottoirs, wo die Tische und Stühle der Cafés unter den Markisen standen. Ich ahnte den Verlauf der Seine und ging in meinem Kopf spazieren. Ich kannte mich immer noch gut in der Stadt aus. Im Norden erhob sich vor uns der Hügel von Montmartre, und gerade jetzt konnte ich über den Dächern die blendend weiße Kuppel von Sacré Cœur erkennen. Wie oft war ich durch die engen, immer ein bisschen schmutzigen Gassen unterhalb der Kirche geschlendert, wo Paris noch so aussah wie vor hundert Jahren, als hier die Künstler und Halbweltdamen lebten, liebten und tanzten!

Ein letzter Sonnenstrahl traf eine Fensterfront im oberen Stockwerk eines Bürogebäudes und ließ die umliegenden Fassaden golden aufleuchten. Ich holte tief Luft. Dies war für mich Paris: das Licht, das sich frühmorgens oder wie jetzt, in der Abendsonne, golden auf den Zinkdächern brach und die Sandsteinfassaden wie Samt leuchten ließ. Und wenn die Sonne untergegangen war, wechselte die Stadt ihr Kleid von Gold zu Silber. Was vorher in flimmerndem Licht gelegen hatte, bekam dann scharf umrissene Konturen.

Ich erinnerte mich an die vielen Abende, an denen ich mich in den Strom der Menschen eingereiht hatte, die aus den Metrostationen kamen und auf dem Heimweg in den Crèmeries und Boulangeries für das Abendessen einkauften oder müßig in einem Café saßen, um nach Feierabend noch einen kleinen Roten zu trinken. Wie oft hatte ich selbst einen unverbindlichen Plausch mit der Bäckerin oder dem Zeitungsmann in seinem Kiosk gehalten – niemand versteht die Kunst dieser kleinen Plaudereien besser als die Pariser Ladeninhaber, ein paar Worte, die nicht viel sagen und doch dafür sorgen, dass man sich gut und aufgehoben fühlt.

Und dann die Gerüche, die für diese Stadt so typisch waren. Der leicht metallische, unverwechselbare Geruch in den Metroschächten, der Duft nach Parfum und Lindenblüten im Frühjahr, nach heißen, leicht angebrannten Maroni im

Herbst, nach den süßen Crêpes, die die Straßenverkäufer an vielen Ecken feilboten.

Mit glänzenden Augen schaute ich zu Jean-Louis: »Weißt du, für mich ist Paris mehr als eine Ansammlung von berühmten Bauwerken und Plätzen. Der Louvre, der Obelisk auf der Place de la Concorde, der Triumphbogen, auch der Eiffelturm, das ist zwar alles sehr schön, aber für mich bedeutet Paris eine bestimmte Art zu leben, die Schönheit im Detail …«

»Pass doch auf, du Blödmann!«, schimpfte Jean-Louis und hupte den Autofahrer vor uns an, der ihm die Vorfahrt genommen hatte. »Entschuldigung, aber ich kann jetzt nicht richtig zuhören«, sagte er dann in meine Richtung.

Ich zuckte mit den Schultern und verdrehte mir den Hals, um den Eiffelturm, der langsam hinter den Häusern verschwand, so lange wie möglich im Blick zu haben. Die Sonne war hinter dem Horizont verschwunden und der Turm hatte jetzt eine silbrig-gleißende Färbung angenommen. Wie eine kolorierte Schwarz-Weiß-Fotografie.

Wir fuhren in einen Tunnel, und ich schloss die Augen. Ich konnte nichts dagegen tun, eine ganze Flut von Erinnerungen und Gefühlen brach über mich herein. Ich war auf einmal wieder dreiundzwanzig, eine strahlende junge Frau mit einem Stipendium für zwei Semester Kunstgeschichte an der Sorbonne und einem Koffer voller Träume. Als ich an der Gare de Lyon aus dem Zug stieg, hielt ich es für selbstverständlich, dass Paris mir ab sofort zu Füßen liegen würde. Und genau aus dem Grund geschah es auch. Ich fand eine kleine Wohnung in der Rue de la Roquette unweit der Bastille. Wobei Wohnung fast zu viel gesagt war. Es war ein ehemaliges Dienstbotenzimmer unter dem Dach, die Treppen waren steil und hoch, und im Sommer konnte es dort ziemlich heiß werden. Es gab nur einen Raum, der mir als Wohn-, Arbeits- und Schlafzimmer diente, und eine winzige Küchenzeile sowie ein ebenso winziges Bad unterhalb der Dachschräge, wo ich beim Duschen den Kopf einziehen musste. Aber nie wieder habe ich mich so wohl gefühlt wie in dieser winzigen Behausung, die ganz mir gehörte. Jeden Morgen überquerte ich die Seine und ging an die Universität. Ich studierte Kunstgeschichte im dritten Semester. Wenn ich mich in die Menge der anderen Studenten einreihte, die sich in den Gängen der Sorbonne drängelten, dann fürchtete ich manchmal, mein Herz würde vor Glück zerspringen. Mein Lieblingskurs wurde an der altehrwürdigen École des Beaux Arts mitten in Saint-Germain mit seinen Galerien gegeben. Schon Monet, Renoir, Delacroix und Matisse hatten hier Malerei studiert. Und ich durfte hier eine Vorlesung über Ikonographie besuchen! JedenDienstagnachmittag standen wir vor den Bildern ehemaliger Schüler des Instituts, die bis unter die Decken an den Wänden hingen, und lauschten den Ausführungen von Monsieur Paraffin zur Bedeutung bestimmter Motive in der Malerei.

Als ich damals in Paris ankam, war es auch Anfang Mai gewesen, genau wie jetzt. Die Rosskastanien explodierten, in den Parks blühte es in allen Farben, die Frauen trugen kurze Röcke und leuchtende Farben. Nach den Vorlesungen setzte ich mich an das Wasserbassin im Jardin du Luxembourg, um zu lesen und zu lernen. Nie wieder in meinem Leben war ich so wissbegierig und so aufnahmebereit wie in jenem Sommer.

In meiner freien Zeit streifte ich durch die Straßen, besuchte jeden Tag ein anderes Museum und sog den unnachahmlichen Zauber der Stadt in mich ein. Ich lebte aus dem

Vollen, ich konnte von allem nicht genug bekommen, ich hätte den ganzen Tag tanzen können. Ich schlief kaum, aus lauter Angst, etwas zu verpassen. Ich wollte alles mitnehmen, was möglich war.

Und dann begegnete ich Julien. Er ließ sich eines Tages in der Cafeteria der Uni einfach mir gegenüber auf einen der roten Plastikstühle fallen, ohne zu fragen. »Salut«, sagte er. »Ich bin Julien. Du bist mir schon ein paar Mal aufgefallen.« Mir blieb der Mund offen stehen, als ich ihn anstarrte. Er sah unverschämt gut aus, dunkle Locken, ein blendend weißes T-Shirt mit der Rolling-Stones-Zunge, schlaksige Figur, die Haut in einem sanften Bronzeton. Am Handgelenk trug er ein paar Stoffarmbänder. Ein echter Hippie, dachte ich fasziniert. Mit seiner ansteckenden Lebensfreude und der unschuldigen Lässigkeit faszinierte er mich von der ersten Sekunde an. Ich verliebte mich auf der Stelle und unsterblich. Ab jetzt zog ich abends mit ihm durch die Clubs und Bars rund um die Bastille. Unsere Lieblingskneipe war das *Baragouin* in der Rue Tiquetonne in der Nähe der ehemaligen Hallen. Ich mochte den Laden allein schon wegen seines Namens und der Adresse. Dort tranken wir billiges Bier, dann gingen wir Arm in Arm in seine schäbige Wohnung in Belleville und liebten uns die ganze Nacht. Julien war ein phantastischer Liebhaber. Seine Berührungen haben meinem Körper einen Stempel aufgedrückt, ich habe sie nie vergessen und kann ihren Nachhall immer noch in mir hervorrufen.

»Müssen wir hier jetzt raus oder nicht?« Jean-Louis' Stimme holte mich ein weiteres Mal in die Gegenwart zurück. Wir hatten den Tunnel hinter uns gelassen, und das Tageslicht blendete mich.

»Was?«, fragte ich, noch ganz gefangen in meinen Erinnerungen.

»Ob wir hier raus müssen.«

Ich orientierte mich schnell, dann sagte ich: »Ja, Porte d'Italie, da vorne.« Jean-Louis nahm die Ausfahrt, dann fuhren wir auf der Avenue d'Italie in Richtung Zentrum. Mein Herz schlug schneller, als ich ein Verkehrsschild sah, das nach Saint-Germain wies. Am liebsten hätte ich einen kleinen Umweg gemacht, nur um am Jardin du Luxembourg vorbeizufahren. Aber Jean-Louis wollte erst mal in unser Hotel. Und ich war schließlich nicht allein in Paris, sondern mit meinem Mann. Ich war auch keine verliebte Studentin mehr, sondern eine verheiratete Frau.

Jean-Louis hatte mir diese Paris-Reise zu unserem Hochzeitstag geschenkt. Nach meinem Aufenthalt als Studentin war es das erste Mal, dass ich wieder hier war. Dazwischen lagen unglaublich lange fünfzehn Jahre, und wenn er an diesem Abend vor zwei Wochen nicht mit der Einladung gewunken hätte, wäre wohl noch mehr Zeit vergangen.

Die Reste des sonntäglichen Abendessens hatten noch zwischen uns auf dem Tisch gestanden. Zufrieden hatte ich ein Stück Baguette abgebrochen und es in die rote Soße der Rouille de seiche à la sétoise getaucht. Ein langer Name für ein im Grunde relativ einfaches Gericht. Die Rouille ist typisch für Sète, die Stadt am Mittelmeer, in der meine Eltern leben: Tintenfisch in einer Gemüse-Tomatensoße, am Schluss wird eine Knoblauchmayonnaise, die eigentliche Rouille, untergerührt. An diesem Tag war sie mir außergewöhnlich gut gelungen, cremig und mit einer leichten Schärfe, weil ich immer eine Prise Cayennepfeffer in die Mayonnaise gebe, obwohl im Rezept Safran steht.

Jean-Louis schenkte uns beiden Wein nach und nahm einen Schluck. Auf seinem glatten Gesicht lag das rötliche Licht der Abendsonne. Er wischte sich den Mund ab, dann lehnte er sich zurück. Ich brachte die Teller in die Küche und stellte das Geschirr in die Spülmaschine. Als ich zurück ins Zimmer kam, lag auf meinem Platz eine Postkarte, auf der der Eiffelturm bei Nacht zu sehen war.

»Am 2. haben wir Hochzeitstag. Ich gebe dir mein Geschenk jetzt schon. Wenn du es siehst, weißt du, warum«, sagte Jean-Louis.

Ich nahm die Karte und las den Text. Ich muss ziemlich überrascht geguckt haben. *Einladung zu einer Paris-Reise*, stand dort. »Du willst mit mir nach Paris?« jubelte ich. Oh, Jean-Louis, ich will schon so lange dorthin. Dass du daran gedacht hast!«

Jean-Louis sah mich mit diesem ganz besonderen Lächeln an, mit leicht schief gelegtem Kopf und jungenhaft, voller Nachsicht und Liebe, das mir am Anfang unserer Beziehung weiche Knie beschert hatte. Seine Stimme war ganz weich, als er sagte: »Ich kenne doch deine Schwärmerei für Paris.«

»Etwas Schöneres hättest du mir nicht schenken können, vielen Dank!«, rief ich und umarmte ihn stürmisch.

»Dann kann ich auch endlich mal den Wagen richtig ausfahren«, sagte er und strahlte mich dabei an. »Wir machen es uns so richtig nett. Ich habe alles organisiert, ein Hotel ist auch schon gebucht. Im Quartier Latin. Die Sorbonne ist gar nicht weit entfernt.«

In meinem Kopf tauchten sofort Bilder von Hotelsuiten im Belle-Epoque-Stil auf, Blumenbouquets und Pralinenschachteln, hohe Betten mit vielen Kissen, von denen aus ich auf den Eiffelturm gucken konnte, und ein riesiges Badezimmer mit Whirlpool. Nun, so nobel musste es ja nicht werden, aber immerhin hatte er daran gedacht, dass ich an der Sorbonne studiert hatte und ein Hotel in der Nähe ausgesucht. Ich war gerührt.

»Wir fahren am Mittwoch nächster Woche los, am Sonnabend feiern wir unseren Hochzeitstag in Paris, und am Montag kommen wir wieder. Freust du dich?«

»Und wie«, gab ich zurück. «Ich kann es kaum erwarten.«

Jean-Louis kam auf mich zu, zog mich vom Stuhl hoch und küsste mich. Seine Hand legte sich auf meine Brust. Ich roch den Duft seines Parfüms und darunter einen anderen Geruch, seinen eigenen, herben, den ich so sehr mochte. Ich zog ihn an mich.

Und jetzt war ich also wieder hier. Nach fünfzehn Jahren wieder in der Stadt, in der ich so glücklich gewesen war. Aber in meine Vorfreude mischte sich ein bisschen Wehmut, und wenn ich ganz ehrlich war, auch ein bisschen Angst. Wie würde die Stadt mir begegnen? Ich war schließlich nicht mehr die Frau, die ich mit dreiundzwanzig gewesen war. Ich war inzwischen verheiratet und arbeitete in der Stadtverwaltung von Sète. Und mein Abschied von Paris war unglücklich gewesen.

Ich wollte damals nur für ein paar Tage, höchstens Wochen zurück nach Sète. Meine Mutter musste ins Krankenhaus, um sich operieren zu lassen, und ich wollte in der Zeit bei ihr sein und mich um meinen Vater kümmern, der absolut unfähig ist, allein für sich zu sorgen. Aber ich glaubte fest daran, nach spätestens vier Wochen zurück zu sein, um meine Magisterarbeit zu Ende zu schreiben. Ich hatte mit Professor Paraffin ein Thema abgesprochen und mich schon zur Prüfung eingeschrieben. Ich freute mich unbändig auf die Arbeit in den Archiven der École des Beaux Arts, wo ich inzwischen als wissenschaftliche Hilfskraft arbeitete und mir Hoffnungen auf eine spätere Anstellung machte. Ich glaubte an eine strahlende Zukunft.

Aber dann gab es Komplikationen bei Mamans Operation, weitere OPs folgten, danach ein mehrwöchiger Aufenthalt in einer Reha-Klinik. Ich konnte meine Eltern unmöglich allein lassen.

»Du musst dich nicht um uns kümmern«, sagte sie mit schwacher Stimme zu mir, aber in ihrem Blick las ich, dass sie sich genau das erhoffte.

Und mein Vater war der Meinung, dass ein Vordiplom in Kunstgeschichte doch völlig ausreichend sei, warum noch weiterstudieren? Zumal niemand aus meiner Familie vorher studiert hatte. Ganz abgesehen davon, dass meine Eltern Mühe hatten, mein Studium zu finanzieren. Und dann rief mich Julien an, um mir mitzuteilen, dass er eine andere Frau getroffen hatte. »War schön mit dir«, sagte er noch. »Pass auf dich auf.« Er verließ mich ebenso beiläufig, wie er mich erobert hatte.

Die Vorstellung, durch Paris zu laufen, ohne ihn an meiner Seite zu haben, war so schrecklich für mich, dass ich ganz froh war, Professor Paraffin schreiben zu können, ich müsse mich vorerst um meine Eltern kümmern und würde das kommende Semester aussetzen.

Kurz nach Silvester lernte ich dann Jean-Louis kennen. Er war der erste Mann, der mich nach Julien interessierte, und nach Monaten der intensiven Trauer um meine verlorene Liebe gelang es ihm, mich zum Lachen zu bringen. Er machte es sich zur Aufgabe, schöne Momente für mich zu zaubern und mich aus meinem Unglück zu befreien. Er kannte sich sehr gut in der Gegend um Sète aus und wir machten lange

Wanderungen. Er zeigte mir die schönsten Flecken der Gegend, und anschließend aßen wir in kleinen Landgasthöfen, die nur er kannte. Bevor er mein Mann wurde, war er mein bester Freund. Jemand, auf den ich mich absolut verlassen konnte und der sich für mich hätte in Stücke reißen lassen. Dafür verliebte ich mich in ihn. Als er mich ein Jahr später fragte, ob ich ihn heiraten würde, sagte ich sofort ja.

Leider haben wir keine Kinder bekommen, und mit unserer Ehe stand es schon seit einiger Zeit nicht zum Besten. Unsere Beziehung war buchstäblich in die Jahre gekommen, immerhin waren wir jetzt dreizehn Jahre verheiratet, und sie erfüllte mich nicht mehr richtig. Ich war mir nicht sicher, ob nur ich so fühlte, und ob für Jean-Louis alles in Ordnung war. Wenn ich das Gespräch mit ihm suchte, um ein paar Dinge zu klären, dann wich er aus.

Jetzt hielten wir an einer roten Ampel, ich sah zu ihm hinüber und fing sein Lächeln auf. Sanft streichelte ich über seinen Handrücken. Ich war ihm dankbar, weil er mit mir diese Reise machte, obwohl er Paris nicht besonders mochte. Jean-Louis war nur einmal während seiner Militärzeit dort gewesen und hatte keine besonders guten Erinnerungen. Ich nahm es als ernst gemeinten Versuch von seiner Seite, unserer Ehe neuen Schwung zu geben. Und ich würde mir Mühe geben.

# Zwei

Wir fuhren immer noch in Richtung der Seine, und ab und zu boten sich uns grandiose Ausblicke durch die Straßenschluchten auf die Stadt. Seit Baron Haussmann vor einhundertfünfzig Jahren die breiten Achsen durch Paris schlagen ließ, weitet sich der Blick immer wieder auf die Plätze mit ihren großen Brunnen oder Standbildern. Es gibt extra Stadtpläne mit den Grands Axes, auf denen man sehr gut sieht, wie diese Grands Boulevards die Stadt wie Arterien durchziehen.

»Da vorn kommt die Place d'Italie. Du fährst gerade rüber und in die Avenue des Gobelins.« Der Platz war so groß wie ein Fußballfeld. Während Jean-Louis ihn zur Hälfte umrundete, bestaunte ich die riesige Brunnenanlage, die in der Mitte prangte. Rund herum lagen kleine Grünflächen und dahinter erhoben sich die Siebziger-Jahre-Wolkenkratzer des 13. Arrondissements. Ich erinnerte mich, dass dieses Viertel auch Chinatown genannt wurde. Neben den modernen Bauten entdeckte ich zum Glück einige traditionsreiche Relikte: eine grüne Litfaßsäule mit dem typischen Zwiebeldach und eine Metrostation im Art-Déco-Stil.

Wir hatten inzwischen die Place Monge erreicht. Hier und in den umliegenden Straßen entdeckte ich mein altes Paris wieder: schöne Bürgerhäuser, breite Trottoirs mit Zeitungskiosken, vor denen die Menschen anstanden, Cafés und kleine Geschäfte.

»Da vorn muss irgendwo das Hotel sein«, sagte ich zu Jean-Louis. Er hatte die Adresse ins Navi eingegeben, aber ich fand es viel schöner, ihn ohne durch die Stadt zu leiten. Ich weigerte mich, auf den kleinen Bildschirm zu sehen, und ein bisschen kränkte es mich, dass er mir nicht vertraute. Schließlich kannte ich mich aus.

Je näher wir dem Quartier Latin kamen, wo unser Hotel lag, umso schöner wurden die Häuser. Ständig wies ich Jean-Louis auf etwas Sehenswertes hin. »Guck mal, da drüben, die Metrostation. Und direkt daneben die Brasserie mit der roten Markise. Das ist doch ganz in der Nähe unseres Hotels. Wollen wir da nicht heute Abend hingehen? Hast du die Balkone gesehen? Und die runden Dächer über den Erkern? Und die Schornsteine, die so schmal sind, dass sie wie Orgelpfeifen aussehen?« Ich redete ununterbrochen und ließ meiner Begeisterung freien Lauf. »Vor uns liegt die Seine, auch wenn wir sie nicht sehen. Das sind höchstens fünf Minuten zu Fuß! Oh, und in dieser Straße gab es ein Café, in dem Juliette Gréco aufgetreten ist …«

Jean-Louis atmete erleichtert aus, als wir die angegebene Adresse erreichten. Ich musste zweimal hinsehen, um zu erkennen, dass das *Hôtel des Grandes Écoles* am Ende einer Passage lag, die von der Straße durch ein Tor getrennt war.

»Jean-Louis, was für ein schönes Hotel! Wie hast du das gefunden? Ein Garten mitten in Paris. Wie romantisch!«

»Sieht wirklich ganz nett aus«, sagte er und parkte das Auto geschickt in eine enge Parklücke.

»In Paris zieht keiner die Handbremse an«, sagte ich zu ihm, nachdem er den Motor abgestellt hatte.

»Warum denn nicht?«

»Damit man die Autos vor- oder zurückschieben kann, um besser in die Parklücke zu kommen!«

»Die spinnen, die Pariser«, sagte Jean-Louis.

Wir nahmen unser Gepäck aus dem Kofferraum und gingen durch das Tor in den Garten. Der Weg war mit Kopfstein gepflastert. In Töpfen und Beeten blühten Rhododendren und Azaleen. Der Eingang des Hotels lag am Ende des Gartens, davor standen Stühle und Tische, an denen man frühstücken oder abends einen Wein trinken konnte, dahinter erhob sich eine uralte Mauer aus großen Feldsteinen. Was für ein schöner Ort! Und wie ruhig es hier war!

Wir bekamen ein Zimmer im ersten Stock mit Blick auf den Garten. An den Wänden hingen Vintage-Tapeten, die rot auf weißem Grund Jagdszenen zeigten. Auch die Tür zum Bad war mit diesen Tapeten beklebt. Ein weißgelackter Kleiderschrank und eine kleine Sitzgruppe vervollständigten das Mobiliar. Man hätte sich wie in einem Laura-Ashley-Katalog fühlen können. Ich fand das charmant, und als ich mich auf das Bett fallen ließ und feststellte, dass es breit und bequem war, war ich rundum zufrieden.

»Das ist romantisch hier«, sagte ich zu Jean-Louis und umarmte ihn.

»Das Bad ist auch okay, große Badewanne«, sagte er und zwinkerte mir zu. »Ich fahre den Wagen schnell in eine Garage. Sonst bekomme ich noch ein Ticket.«

»Soll ich mitkommen?«, fragte ich und hoffte, er würde nein sagen.

»Nein. Bleib du mal hier. Ich bin gleich zurück.« Er küsste mich auf die Wange. »Gefällt es dir?«

Ich nickte.

Als ich allein im Zimmer war, öffnete ich die Fenster, die bis zum Boden gingen. Die Gardinen wehten leicht in der Frühlingsluft. Ich legte mich auf das Bett und atmete tief ein. Ich war wieder in Paris!

Die Stadt hatte in all den Jahren für mich nichts von ihrer Anziehungskraft verloren. Immer, wenn ich mich schlecht fühlte, träumte ich mich nach Paris und zurück zu dem Lebensgefühl, das ich damals dort gehabt hatte. Ich suchte nach den Erinnerungen an besonders schöne Orte oder Momente, die ich in dieser Stadt erlebt hatte. An einen magischen Abend an den Quais der Seine, als der Mond sich im Wasser gespiegelt hatte und Fledermäuse aus dem Gemäuer des Palais de Justice geschossen waren. An den Besitzer des winzigen Kinos, der mir meine Eintrittskarte mit den Worten: »Was für ein schönes Lächeln Sie haben!« zurückgegeben hatte. Nie hatte ich mich schöner und unwiderstehlicher gefühlt als damals in Paris. Nie hatte ich mehr Komplimente bekommen. Und Julien an meiner Seite hatte mein Glück vollkommen gemacht. Wenn ich an all die Hauseingänge dachte, vor denen wir uns leidenschaftlich geküsst hatten, bevor wir endlich bei ihm angekommen und ungestört waren. Einmal waren wir mitten auf einer der kleinen Brücken, die über den Canal Saint-Martin führen, in einen heftigen Sommerregen geraten. Ich wollte mich irgendwo unterstellen, aber er hielt mich einfach fest, zog mich an sich und küsste mich so stürmisch, dass ich den prasselnden Regen nicht mehr spürte. Noch heute wurde mir warm bei der Erinnerung an diese ungestüme Zärtlichkeit.

Ich lag auf dem Hotelbett und dachte nach. Wo war das alles nur geblieben? Das pure Lebensglück, das Gefühl der Allmacht? Letztlich auch die abgrundtiefe Trauer um Julien? Diese mächtigen Gefühle, die man nur haben kann, wenn man jung ist, und nach denen man sich zeit seines Lebens zurücksehnt?

Als ich auf dem Gang vor der Tür Schritte hörte, setzte ich mich auf, weil ich glaubte, Jean-Louis sei zurück. Aber die Schritte entfernten sich und am Ende des Flurs schlug eine Tür zu, es war wieder still.

Ich musste daran denken, wie Jean-Louis und ich uns kennengelernt hatten. An dem Tag ging über Sète gerade ein Sommergewitter nieder. Die können bei uns richtig heftig werden. Der Mistral bläst dazu, auf einmal ist es furchtbar kalt und ungemütlich. Ich wollte gerade Feierabend machen, als das Unwetter kam. Es goss wirklich in Strömen, und Caro, meine Freundin, rettete mich, indem sie mich anrief und anbot, mich mit dem Auto mitzunehmen. »Ich bin schon da und parke direkt vor dem Eingang«, sagte sie. Ich schnappte mir einen vergessenen Regenschirm, der allerdings sofort den Geist aufgab, als ich in den tobenden Wind hinaustrat. Hektisch sah ich rechts und links die Straße hinunter, dann entdeckte ich das kleine schwarze Auto von Caro. Ich lief die paar Schritte, was ausreichte, um klatschnass zu werden, riss die Autotür auf und warf mich auf den Beifahrersitz. »So ein Mistwetter. Jetzt guck dir meine Bluse an!«, schimpfte ich und sah an meiner weißen Bluse hinunter, die durch den Regen durchsichtig geworden war und mir am Körper klebte. Ich musste lachen. »Gut, dass mich so keiner sieht. Was ist? Willst du nicht losfahren?« Jetzt erst sah ich zur Seite. Neben mir saß ein völlig Unbekannter und grinste mich an, wobei sein Blick an meinem Dekolletee hängenblieb.

»Was machen Sie in Caros Auto?«, blaffte ich ihn an und hielt mir die Handtasche vor die Brust.

»Wer ist Caro?«, fragte er. Er stellte diese Frage ganz ernst, aber in seinen Augen konnte ich lesen, dass er sich gerade sehr amüsierte.

Ich sah mich um und stellte fest, dass ich definitiv nicht in Caros Auto saß. Sie hätte niemals einen Minifußball vom Rückspiegel baumeln lassen, außerdem würde ihr Aschenbecher überquellen.

Ich überlegte noch, was ich als nächstes tun sollte, als die Beifahrertür aufgerissen wurde.

»Ich denke, ich soll dich mitnehmen.« Das war Caro. Aus ihrem Haar tropfte es auf meinen Rock.

»Wollen Sie auch einsteigen?«, fragte der Unbekannte am Steuer. »Kommen da noch mehr?« Er konnte sich vor Lachen kaum noch beherrschen.

Ich war immer noch zu verdattert, um die Situation zu verstehen. Caro rettete mich.

»Das ist ja wohl ein Versehen. Jetzt komm schon, ich steh direkt dahinter.« Damit zog sie mich aus dem Wagen.

Am nächsten Tag kam Jean-Louis zu mir in die Tourismus-Zentrale und schenkte mir einen Regenschirm, den ich immer noch habe. Wenn ich die Geschichte erzähle, wie ich meinen Mann kennengelernt habe, lachen meistens alle. Aber je häufiger ich sie erzähle, umso deutlicher wird mir, dass bereits bei unserer ersten Begegnung die Rollen zwischen Jean-Louis und mir verteilt waren.

Jean-Louis stammte aus einem wohlhabenderen Elternhaus als ich, seine Mutter arbeitete nicht, der Kühlschrank war immer voll, es gab anderes Essen, nicht nur das, was der eigene Garten hergab. Seit ich aus Paris zurück war und wieder bei meinen Eltern lebte, waren meine hochfliegenden Pläne in sich zusammengefallen. Die Sorgen um meine kranke Mutter und die Hilflosigkeit meines Vaters stutzten mich schnell wieder auf Normalmaß zurecht. Aber Jean-Louis nahm mich sozusagen an die Hand und zeigte mir erneut eine Art zu leben, die viel sorgloser und freudvoller war als das, was ich von zu Hause kannte, wo Geld immer knapp war, die drohende Arbeitslosigkeit meines Vaters immer über uns schwebte und meine Mutter immer vom schlechtesten ausging. Jean-Louis half mir, mich davon freizumachen.

Ich hatte fast ein Jahr gebraucht, um über Julien hinwegzukommen, aber ich war sicher, dass ein anderer Mann kommen würde. Mit Jean-Louis begann eine Zeit unbeschwerter Verliebtheit voller kleiner Verrücktheiten, die wir uns leisteten. Wenn wir Geld hatten, dann gaben wir es sorglos aus, wir kauften Champagner und tranken ihn am Strand, er machte mir Geschenke, er sorgte für mich. Er trug mich auf Händen, und ich war bis über beide Ohren verliebt.

Wann hatte das aufgehört? Die Ungeduld, endlich miteinander allein zu sein und Liebe zu machen? Aber auch Jean-Louis' Großzügigkeit, seine mitreißende Lust, das Leben leicht zu nehmen und den Augenblick zu genießen?

Die Momente, in denen ich so für Jean-Louis fühlte, waren über die Jahre immer seltener geworden. Seit ich vor vier Jahren einen Posten in der Stadtverwaltung von Sète angenommen hatte, wo ich inzwischen für Kultur und Tourismus zuständig war, musste ich häufiger abends auf Veranstaltungen gehen. Ich machte Überstunden und ich verdiente genauso viel Geld wie Jean-Louis. Ich fürchtete, er hatte mich lieber gemocht, als er das Gefühl haben konnte, mein Beschützer zu sein.

Ich gab mir Mühe, den alten Jean-Louis in ihm zu sehen, aber es fiel mir zunehmend schwer. Und ihm ging es ähnlich, das spürte ich genau. Ich wusste, dass ich ihm manchmal auf den Wecker ging, und er hatte in der letzten Zeit mehr Interesse an seinem Auto und an den Fußballergebnissen als an mir. So richtig fröhlich waren wir beide eigentlich nur getrennt voneinander, wenn wir mit unseren Freunden zusammen waren. Da stimmte doch was nicht.

Ich seufzte tief, stand auf und trat an das Fenster, um hinauszusehen. Jean-Louis kam den Weg zum Hotel hinauf. Mit der einen Hand hielt er das Handy ans Ohr, mit der anderen winkte er mir zu. Er sieht immer noch gut aus, dachte ich mit einem Lächeln, und ich mag seine lässige Art zu gehen. Und dass er mir diese Reise schenkt und sogar ein Hotel in meinem Pariser Lieblingsviertel bucht, rührt mich immer noch.

Ich nahm mir vor, an diesem Wochenende alles richtig zu machen und einen Weg zurück zu Jean-Louis zu finden. Ich wollte die Gefühle unserer ersten Jahre wiederfinden, an die ich gerade so intensiv gedacht hatte. Den Gedanken an Julien schob ich zur Seite. Ich hatte Jean-Louis nie von Julien erzählt. Er hätte sofort bemerkt, wie unterschiedlich meine Gefühle für ihn und für Julien waren. Die erste große Liebe ist eine Macht, neben der ein Ehemann sehr klein aussehen kann. Ich wollte Jean-Louis nicht unnötig kränken, also erzählte ich ihm nie von diesem Teil meiner Zeit in Paris.

Ich sah wieder zu Jean-Louis, der sich umsah und dann rasch eine der großköpfigen roten Tulpen pflückte, die farblich zu der Tapete in unserem Zimmer passten, und sie hinter seinem Rücken verbarg, als er die Rezeption betrat. Ich lächelte und stellte mich vor den Spiegel, um meine Lippen nachzuziehen. Ich fing an zu hoffen, dass alles gut werden würde.

# Drei

Als wir unsere Sachen ausgepackt hatten, war es schon nach acht und wir hatten Hunger. Also beschlossen wir, in der Nähe noch etwas essen zu gehen. Eine Straße weiter lag ein kleiner Platz, die mittelalterlich anmutende Place de la Contrescarpe, und an einer ihrer Ecken die Brasserie *Delmas*. Auf der Terrasse standen die üblichen winzigen Tische, aber die Stühle hier hatten ein buntes Geflecht in Rot und Blau. Im Inneren war der Fußboden mit alten Holzdielen belegt, und man saß in roten Plüschsesseln. Mit den Kellnern, die die vollen Tabletts über ihren Köpfen balancierten, als seien sie im Zirkus, sah das *Delmas* aus wie eine Werbung für ein Pariser Bistro. »Das wird mein Lieblingslokal an diesem Wochenende«, sagte ich zu Jean-Louis und steuerte einen Tisch auf der Terrasse an. Wir saßen kaum, als schon ein Kellner in einer perfekt gebundenen langen Schürze vor uns stand. »Wenn Sie sich schnell entscheiden, gilt noch die Happy Hour«, sagte er. Wir bestellten Cocktails und ich musste kichern, weil es mir so gut ging und ich viel zu schnell trank. Danach orderten wir eiskalten Crémant von der Loire, dazu gegrilltes Brot mit geschmolzenem Käse und frischem schwarzem Pfeffer. Wir genossen und beobachteten das Leben auf dem Platz vor uns. Auch auf der Place de la Contrescarpe gab es einen Springbrunnen, dieser war von Judasbäumen umstanden. Ein Clochard hatte sich dort eingerichtet, neben sich seinen Hund, mit dem er sich ein Abendessen teilte, und rundherum blühten Geranien in üppigen Kugeln vor den über die ganze Etage laufenden Balkonen. Die Häuser rund um den Platz waren alt, im ersten Stock über einem kleinen Lebensmittelladen hing ein echtes Gemälde zwischen zwei Fenstern an der Fassade. *Au Nègre joyeux*, stand darüber, *Zum glücklichen Neger*. »Ach, ist Paris schön«, seufzte ich glücklich.

Am nächsten Morgen schlug ich vor, als erstes an die Seine zu gehen. Dort, auf den beiden Inseln Cité und Saint-Louis, lagen schließlich die Anfänge der Stadt.

»Und dann erobern wir uns den Rest von Paris, indem wir die Kreise immer größer ziehen. Du wirst sehen, Paris ist gar nicht so groß. Der Weg von Sacré Cœur bis an die Seine hinunter ist nicht viel mehr als ein längerer Spaziergang.«

»An die Seine? Oh, gern. Da wollte ich sowieso hin. Ist ja ein Muss für jedes Liebespaar. Ich meine diese Brücke.«

»Welche Brücke? Meinst du den Pont Neuf? Wegen des Films?«

Jean-Louis sah mich verständnislos über den kleinen Frühstückstisch hinweg an. Wir saßen tatsächlich in der Sonne vor dem Hotel. Wir hatten die Frau, die uns bediente, gefragt, ob sie uns das Frühstück nach draußen bringen würde. Jean-Louis strich sich Erdbeermarmelade auf sein Buttercroissant, bevor er sagte: »Ich meine diesen Pont des Arts. Wo die ganzen Schlösser hängen.«

Ich erinnerte mich, darüber gelesen zu haben. Die Eisengeländer dieser Brücke waren mit Abertausenden von Vorhängeschlössern behängt, auf die Liebespaare ihre Namen geschrieben hatten. Die Schlüssel wurden dann in den Fluss geworfen. »Da willst du hin? Und ein Schloss aufhängen?«

Er sah mich mit hochgezogenen Brauen an. »Wir sind doch ein Liebespaar, sogar auf Hochzeitsreise.«

Das stimmte, das konnte ich nicht leugnen. Jean-Louis liebte solche Sachen, die gerade alle machten. Er hatte mit seinen Kollegen auch die Ice Bucket Challenge mitgemacht und hätte sich einen Selfie-Stick gekauft, wenn ich nicht protestiert hätte, aber ich konnte mir einfach nicht vorstellen, wie ein x-beliebiger Tourist mit einem Selfie-Stick durch Paris zu laufen.

»Okay, dann machen wir uns gleich auf den Weg. Bis dahin können wir laufen, es ist nur ein Katzensprung.«

»Ich überlege, ob ich vorher noch mal schnell nach dem Auto sehe. Nur um sicher zu sein, dass es noch dort steht …«

Das war mir ganz recht. »Gut, mach das. Ich bleib hier einfach in der Sonne sitzen, bis du wieder da bist.«

»Und schwelgst in Erinnerungen?«, fragte er mit einem Lächeln.

»Gute Idee«, gab ich zurück.

Ich trank meinen Kaffee und legte den Kopf in den Nacken, um die umliegenden Häuser zu betrachten. Auf einem Balkon im dritten Stock war eine Frau dabei, die Blumen zu gießen. Auf dem Nachbarbalkon las ein Mann die Zeitung, ein Radio dudelte leise vor sich hin. In einer Kastanie saß ein Schwarm Spatzen und zwitscherte. Die Vögel kamen angeflogen, als ich ein paar Brotkrümel neben meinen Stuhl fallen ließ.

Ich nahm meinen Stadtplan heraus, um nachzusehen, wie weit es von unserem Hotel bis zur Sorbonne war und stellte fest, dass ich nur ein paar Straßen von meinem früheren täglichen Weg entfernt war. Ich schluckte. Nur zwei Metrostationen entfernt war ich immer ausgestiegen. Und nach den Vorlesungen hatte ich oft mit Julien in der Bar an der Ecke einen Kaffee getrunken … Mir wurde plötzlich unbehaglich. Ich fragte mich, ob ich den Mut haben würde, neben Jean-Louis dort entlangzugehen, womöglich im selben Café zu sitzen, am selben Tisch. Und wäre es ihm gegenüber fair?

»So, wir können.« Jean-Louis stand plötzlich vor mir.

Wir verließen den Garten durch das schöne Tor und wandten uns nach rechts. Die Straße fiel hier steil zum Fluss hin ab, denn das 5. Pariser Arrondissement lag auf dem Hügel von Sainte Geneviève, der Schutzheiligen der Stadt. Gleich um die Ecke unseres Hotels hing an einem Wohnhaus eine Plakette, die besagte, dass Ernest Hemingway hier in den Jahren 1922 und 1923 mit seiner ersten Frau Hadley gewohnt hatte. Ein Stück weiter konnten wir links die Reste der ehemaligen Stadtmauer sehen. Dahinter erhob sich die riesige Kuppel des Panthéon, ein anderes Schild wies auf die Arenen von Lutetia hin. Viele Nebenstraßen hatten noch ein Kopfsteinpflaster.

»Ich hätte nicht gedacht, dass es in Paris noch derart ländliche Ecken gibt«, bemerkte Jean-Louis.

»Wir sind im ältesten Teil der Stadt. Hier gibt es die letzten erhaltenen Reste der römischen Zeit. Und bis hier sind die Baupläne von Baron Haussmann nicht vorgedrungen. Das Viertel gehörte lange Zeit nicht mal zu Paris.«

»Gefällt mir.«

»Warte, bis du die Seine siehst«, sagte ich.

Am Ende der Rue Cardinal Lemoine öffnete sich das Blickfeld und wir standen direkt gegenüber der Insel Saint-Louis. Hier schmiegten sich die gediegensten und elegantesten Häuser von Paris aneinander und erhoben sich über Trauerweiden und den Fluss. Die Kaimauern glänzten weiß in der Sonne, auf den Bänken saßen Menschen. Wir gingen bis zur Mitte der Brücke und lehnten uns an die Brüstung, um das Panorama zu genießen. Unter uns glitzerte das Wasser der Seine in der Sonne, darüber lag das frische Frühlingsgrün der Bäume, dann folgten die Sandsteinfassaden der Häuser mit ihren bodentiefen Fenstern, den geschmiedeten Balkongittern, darüber die Kupferdächer in Grün oder Grau und über allem ein strahlender Pariser Frühlingshimmel mit einzelnen Schönwetterwolken. Wir waren sprachlos angesichts der Schönheit, die sich uns bot.

Arm in Arm schlenderten wir weiter bis auf die Insel und nahmen an ihrem Ende eine kleine Brücke, um auf die Ile de la Cité zu gelangen. Seitlich vor uns erhob sich die Rückseite von Notre-Dame. Auf der Uferpromenade zeigten Artisten und Künstler den Touristen ihre Künste. Eine Gruppe von bunt gekleideten jungen Menschen produzierte auf Eimern und Kochtöpfen mitreißende Klänge. Um sie herum hatte sich eine kleine Menschentraube gebildet, einige machten Tanzbewegungen und wir mussten uns an ihnen vorbeidrängeln. Ein paar Meter weiter stand ein alter Mann und verkaufte Avocados, drei Stück für drei Euro. »Pass bloß auf deine Tasche auf«, flüsterte Jean-Louis mir zu. Aber ich fühlte mich so gut, dass ich keinen Gedanken daran verschwendete.

Wir gingen seitlich an Notre-Dame vorbei, bis wir auf einen kleinen Platz unter Bäumen gelangten. Hier standen einige lange gläserne Pavillons mit grünen Dächern nebeneinander, in denen Blumenhändler ihre Stände hatten. Wir gingen durch einen dieser Pavillons und waren von den Düften Tausender Blumen umgeben. Tulpen, Rosen, Hortensien, Maiglöckchen …, daneben Grünpflanzen und Kakteen. Es war ein wahres Farbenmeer, sogar die Rinnsteine quollen über von abgefallenen Blütenblättern. Vor den Ständen hingen altmodische Volièren, in denen Papageien und Singvögel saßen. Sie sangen und kreischten um die Wette, als wollten sie die Passanten überreden, sie zu kaufen. Ich kannte diesen Markt von früher. Ich war oft hier gewesen und manchmal hatte ich mir einen Strauß Blumen geleistet. Und da stand auch die Bank, auf der ich oft gesessen hatte, um dem bunten Treiben zuzusehen. Ich griff nach Jean-Louis' Hand und drückte sie fest, weil ich so bewegt war.

»Wo ist denn jetzt diese Brücke?«, fragte er.

Zum Abschied steckte ich meine Nase in einen Fliederbusch, der seinen betörenden Duft über all den anderen Blüten verströmte, und zog Jean-Louis hinter mir her. Wir gingen bis zum spitzen Ende der Insel, bis zur Place Dauphine. Ich zeigte mit dem Finger nach vorn.

»Und das ist der Pont Neuf. Die nächste Brücke ist der Pont des Arts, die mit den Schlössern«, sagte ich.

Die Kulisse, die sich uns auf den breiten Trottoirs unter den Platanen bot, war atemberaubend. Dies war das Paris der Monumente und der architektonischen Wunder. Vor uns lag das Institut de France, auf der anderen Flussseite die hundert Meter lange Front des Louvre. Und davor saßen völlig unbeeindruckt von der Kulisse die Angler. Mir kamen die vielen Filmszenen in den Sinn, die hier spielten: Liebespaare, die sich eng umschlungen hielten, wilde Verfolgungsjagden, oder Selbstmörder, die aus verschmähter Liebe ins Wasser gingen.

Die ersten Bouquinisten waren dabei, ihre grün bemalten Kästen zu öffnen und ihre Bücher auszulegen. Während meiner Paris-Zeit waren sie eine Fundgrube für alte Stiche, Plakate, Kunstbücher und andere Trouvaillen gewesen, die ich nach zähen Verhandlungen kaufte. Ich hielt den Atem an, als ich fünfzig Meter vor uns den Stand des alten Monsieur Flandel sah. Ich hatte oft mit ihm geplaudert und ihm erzählt, dass ich Kunstgeschichte studierte. »Ah, voilà la petite

Mademoiselle Renard«, hatte er mir immer zugerufen und dabei mit seinen langen Armen gewedelt. »Ich glaube, ich habe heute etwas ganz Besonderes für Sie.«

Ich beschleunigte meinen Schritt, weil ich mich so freute, ihn wiederzusehen. Aber neben den Auslagen saß zu meiner Enttäuschung ein Fremder. Als ich jedoch um den Stand herumging, entdeckte ich noch seinen Namen, klein mit gelber Farbe an der Seite gemalt: *E. Flandel, bouquiniste.* Ich stöberte durch die Auslagen und nahm einige der in Plastik eingeschlagenen Bücher aus dem Regal. Dabei sah ich den Verkäufer an und fragte mich, ob er den alten Monsieur Flandel wohl gekannt hatte. »Vous cherchez?«, fragte er mich nach meinen Wünschen. Ich schüttelte den Kopf, aber dann entdeckte ich eine zerlesene Ausgabe von Hemingways Paris-Roman: *Paris – ein Fest fürs Leben* und kaufte sie. Wegen Hemingway, der neben unserem Hotel gewohnt hatte, und wegen Monsieur Flandel.

Unten auf dem Fluss waren Hausboote und Ausflugsdampfer vertäut. Zwei Schwäne glitten über das Wasser und steckten die Schnäbel zusammen. Auf der anderen Seite kamen über den grünen Kronen der Bäume die verzinkten Dächer in den Blick, die in der Vormittagssonne leuchteten.

»Bleib mal stehen«, sagte Jean-Louis zu mir. »Das habe ich schon so oft in alten Filmen gesehen, jetzt will ich mal wissen, wie sich das anfühlt.« Er drehte sich zu mir herum und küsste mich. Jean-Louis konnte gut küssen, seine Lippen waren weich, und er saugte manchmal zärtlich an meiner Unterlippe, was mich zuverlässig erregte. Und dennoch musste ich in diesem Moment an Juliens Kuss im strömenden Regen denken. Ich hatte ein schlechtes Gewissen und nahm Jean-Louis' Hand, als wir weitergingen.

Der Pont des Arts war allerdings eine Enttäuschung, zumindest für mich. Vor lauter Vorhängeschlössern konnte man die Brücke gar nicht sehen, sie wuchsen sogar die Laternenpfähle hinauf und erinnerten mich an Geschwüre. Einzelne Teile der Brücke waren mit Sperrholzplatten verkleidet und verschandelten sie zusätzlich.

»Da sind Teile des Geländers ins Wasser gefallen, weil sie von den Schlössern zu schwer waren«, sagte Jean-Louis. Er kannte sich mit solchen Sachen aus, denn er war Ingenieur und arbeitete für die Stadtverwaltung in Sète in der Abteilung Schleusen und Brücken.

»Und das liegt jetzt alles im Wasser?«, fragte ich und beugte mich über das Geländer. Jean-Louis umarmte mich und zog mich ein Stück zurück.

»Ich will doch nicht, dass du reinfällst«, murmelte er an meinem Ohr. »Und jetzt bringen wir ein Schloss an.«

Das war offensichtlich das Stichwort für die fliegenden Händler, die uns schon länger umkreisten. Sie boten ihre Schlösser feil, die alle gleich aussahen und alle fünf Euro kosteten. Jean-Louis winkte ab und zog ein Schloss aus seiner Hosentasche. »Ich bezahle doch keine fünf Euro, wenn ich die bei *Monsieur Bricolage* für zwei kriegen kann«, sagte er und hielt es den Händlern unter die Nase.

Ich hätte mich ja leichter mit diesem Ritual getan, wenn ich damit wenigstens einem der Händler einen Umsatz beschert hätte. Irgendwie fühlte ich mich unwohl, die Romantik war mir vergangen.

»Ich habe auch schon unsere Namen draufgeschrieben, siehst du?«

Ich nickte. »Irgendwie ist das aber auch eine merkwürdige Auffassung von Liebe«, gab ich zu bedenken. »Man sperrt seine Liebe sozusagen ein und dann wirft man auch noch den Schlüssel weg. Und verschandelt nebenbei eine der schönsten Brücken von Paris. Und für die Umwelt …«

»Jetzt reicht es aber. Hör auf, immer zu moralisieren. Es ist einfach nur eine Geste, etwas, das Verliebte tun.«

Ich nickte noch einmal. Jean-Louis musste sich ziemlich strecken, um eine freie Stelle an dem Eisengeflecht zu finden, wo er das Schloss anbringen konnte.

Ich lehnte mich mit dem Rücken an das Geländer. Ich hatte schon die ganze Zeit über Blicke hinüber zur École des Beaux Arts geworfen, deren Fassade sich nur wenig entfernt zur Seine hin erhob. Wäre ich allein gewesen, wäre ich vielleicht hinüber gegangen und durch die vertrauten Gänge und Säle des Hauses gestreift. Ich sah die hohe Eingangshalle vor mir, unter einer Decke, die zum Teil aus hölzernen Kassetten gemacht, zum Teil mit Ornamenten bemalt war. Eine Haupttreppe führte geradeaus über die ganze Breite zwischen zwei Marmorsäulen auf eine dreiteilige Glasfront zu, die einen Einblick in den Hauptsaal gab. Unter dem gewölbten, über und über mit Fresken bemalten Tonnendach, dessen oberes Drittel aus Glas war, um Licht in das Atelier zu lassen, hingen die Bilder der ehemaligen Schüler in prunkvollen Goldrahmen.

Am meisten hatten mir neben den Decken die Türen gefallen. Sie hatten ein seltsames Format, sie waren breiter als normal und wirkten durch die armdicken, verzierten Rahmen noch breiter. Vielleicht hatte Professor Paraffin sogar noch sein Büro dort? Meine Freude schlug um in Ernüchterung. Und was sollte ich ihm sagen, wenn ich ihm begegnete? Was auf seine Frage antworten, warum ich nie auf seine Briefe geantwortet hatte. *Warum kommen Sie nicht zurück nach Paris? Sie sind eine meiner besten Studentinnen.*

Ich hatte auf seine freundlich-besorgten Fragen nicht einmal reagiert. Was hätte ich auch sagen sollen?

Dass mir die Kraft und der Mut gefehlt hatten, mich gegen meine Eltern durchzusetzen? Dass ich mich so wertlos gefühlt hatte, nachdem Julien mich verlassen hatte? Dass ich ganz froh gewesen war, als Jean-Louis mir ein umsorgtes Leben in emotionaler Sicherheit geboten hatte? Dass ich lieber den leichteren Weg gegangen war, meine Träume vergessen und geheiratet hatte? Und dass ich jetzt das Sommerprogramm für die Touristen in Sète gestaltete und mein vielversprechendes Forschungsvorhaben aufgegeben hatte?

»So, fertig. Da hängt jetzt der Beweis für unsere Liebe.« Jean-Louis wies mit dem Finger auf eines der Schlösser. »Was ist denn?«, fragte er dann. »Wieso bist du auf einmal so komisch? So schlimm ist es doch jetzt auch nicht. Alle machen das.«

Ich sah noch einmal zur École hinüber. Wenigstens daran vorbeigehen wollte ich, deshalb schlug ich vor, durch Saint-Germain zu spazieren, den Stadtteil, der sich dahinter erstreckte. Die engen Straßen waren von teuren Boutiquen, Galerien und Lebensmittelgeschäften gesäumt. Einige der Eingänge waren richtig alt, die Schaufenster trugen noch schwer an ihren verwitterten Holzrahmen. Die Auslagen sahen aber in jedem Fall kostbar aus. Ich blieb vor fast jedem Geschäft stehen. In einem der vielen Antiquitätenläden gab es filigrane Reisenecessaires aus dem 18. Jahrhundert in mit Samt ausgeschlagenen Schatullen, die die Form von Pianos hatten. Jedes einzelne Messer mit dem Elfenbeingriff passte haargenau in die dafür vorgesehene Vertiefung. Und kein Stück fehlte.

Ein paar Häuser weiter hatte eine Blumenhändlerin ihre Ware rund um das Schaufenster in Körben aufgehängt. Die Blumen schienen aus der Wand zu wachsen. Im Inneren schwebten Mooskugeln von der Decke, aus denen weiße Callas und Lilien wuchsen. »Wo haben die Pariser all diese Ideen her?«, fragte ich Jean-Louis.

Spätestens, als wir links von uns in die unglaublich schmale Rue Saint-André-des-Arts mit ihren Buchhandlungen, winzigen Kinos und Bistros einbogen, hörte ich auf zu grübeln. Vor den mehrstöckigen Hôtels Particuliers, den jahrhundertealten Privatpalästen der Adligen, saßen Studenten und Angestellte beim späten Mittagessen. Ab und zu öffnete sich ein mächtiges zweiflügeliges Tor in diesen Häusern und gewährte uns einen neugierigen Blick in die grünen Innenhöfe. Vor einem winzigen russischen Restaurant fanden wir einen Tisch in der Sonne und bestellten Blinis mit Lachs.

Gesättigt standen wir wieder auf und ließen uns weiter treiben. Per Zufall kamen wir bei *Deyrolle* in der Rue du Bac vorbei, dem Geschäft für … für was eigentlich genau? *Deyrolle* war eine Pariser Institution. Gegründet wurde es 1831 als Fachgeschäft für Taxidermie und Entomologie. »Das bedeutet Tierpräparation und Insektenkunde«, sagte Jean-Louis zu mir, der den kleinen Flyer las, der im Geschäft auslag. Im Fenster stand eine echte Birke, in der zig ausgestopfte Küken saßen. Als wir die gewundene Treppe in die erste Etage hinaufstiegen, stand ich vor einem ausgewachsenen Elefanten, der seinen Rüssel zu einer Giraffe hinüberschwenkte. Im hinteren Teil gab es Schmetterlinge und Käfer unter Glas, es mussten Hunderte oder Tausende sein. Man muss diese Art der Tierpräparation nicht mögen, und ich fragte mich, wer sich so etwas ernsthaft ins Wohnzimmer stellte, aber es war wunderschön anzusehen. Als Jean-Louis mich dann aber auf einen ausgestopften Stier hinwies, in dessen Brustkorb man eine quadratische Öffnung geschnitten hatte, die als Regal diente, hatte sogar ich genug.

Jean-Louis sowieso. »Ich finde, das reicht jetzt. Wir können doch nicht jedes Schaufenster anschauen. Und kaufen sowieso nichts. Hier stehen ja nicht mal Preise dran.«

»Aber es sieht alles so schön aus!«

»Stimmt, und jetzt kommt mal was, was mir gefällt.« Jean-Louis sah in ein Schaufenster, in dem Macarons zu fragilen Pyramiden gestapelt waren, fein nach Farben sortiert und zu Mustern gelegt.

»Hm«, sagte ich, »*Ladurée*. Die können wir uns aber leisten. Ich lade dich ein.«

Wir betraten den Laden, in dem es im Gegensatz zu draußen sehr kühl war, und eine bildschöne Angestellte ließ uns zwischen Himbeere, Pistazie, Schokolade und zig anderen Geschmacksrichtungen wählen. Sie verpackte die winzigen Baiserteilchen in einem aufwendigen Karton und band sie mit einer Schleife zu. Jean-Louis und ich sagten nichts dazu, obwohl wir wussten, dass wir die Verpackung sofort vor der Tür aufmachen würden. Aber es war einfach faszinierend, der Frau zuzusehen. Wir blieben mitten auf dem Gehweg stehen und ließen uns die zarte, kühle Creme zwischen den beiden Baiserdeckeln auf der Zunge zergehen.

Vor einem Haus, dessen Eingang in einem eleganten Halbkreis von der Straße weg lag, verlangsamte ich meinen Schritt. Das Tor war bestimmt drei Meter hoch und wirkte viel zu schwer, um es öffnen zu können. Die Fenster waren hinter der hohen Mauer verborgen.

»Hier hat zu Beginn des letzten Jahrhunderts eine Kunstsammlerin gewohnt. Die Surrealisten um André Breton gehörten zu ihren Freunden. Sie kannte auch Frida Kahlo und soll ein Verhältnis mit Gary Cooper gehabt haben. Während des Krieges hat sie eine jüdische Künstlerin versteckt, die ihr zum Dank Bilder geschenkt hat. Und am Ende ihres Lebens hatte sie einen jungen Geliebten, der ihr alle ihre Kunstwerke abgeschwatzt hat.«

Jean-Louis hörte zerstreut zu. Er fragte nicht nach. Er fragte nie nach, wenn ich, was selten genug vorkam, etwas über Malerei oder Kunst erzählte. Es interessierte ihn einfach nicht.

»Pardon, wenn ich dich langweile. Aber schließlich habe ich mal Kunstgeschichte studiert.«

»Aber nur bis zum Vordiplom ...«

Ich sah ihn scharf an.

Ein paar Minuten später kamen wir an den Boulevard Saint-Michel. Hier lag die Sorbonne, hier hatte ich in der Caféteria Julien zum ersten Mal gesehen. Plötzlich wusste ich die Antwort auf die Frage, die ich mir am Morgen gestellt hatte: Ich könnte diese Orte, die so wichtig für mich waren, niemals mit Jean-Louis teilen. Ich hatte Angst, sie würden mit ihm an meiner Seite ihre Bedeutung verlieren und beschädigt werden.

»Es ist schon nach fünf. Wir könnten hier die Metro nehmen und bis zum Hotel fahren«, sagte ich rasch.

»Sehr gern. Ich muss mal die Füße hochlegen«, sagte Jean-Louis. »Und dann einen Apéro im *Delmas*?«

Ich nickte und zwang mich zu einem Lächeln. Jean-Louis konnte ja nichts für meine wehmütigen Erinnerungen.

# Vier

Am nächsten Morgen, als ich die Fenster öffnete, lag ein nervöses Surren in der Luft. Ich beugte mich vor, um bis auf die Straße sehen zu können. Viele Menschen waren unterwegs, die meisten zogen Einkaufstrolleys hinter sich her oder trugen schwer an Körben. Als wir uns zum Frühstück vor das Hotel setzten, sagte die Patronne, die das Tablett mit Buttercroissants und frischem Baguette höchstpersönlich brachte: »Heute ist Markt in der Rue Mouffetard und den umliegenden Straßen. Den müssen Sie sehen.«

»Qualität wie in der Rue Mouffetard«, sagten wir beide gleichzeitig und mussten lachen.

»Damit wirbt ein Gemüsehändler bei uns in Sète«, erklärte Jean-Louis ihr.

Sie wiegte den Kopf hin und her. »Na, hoffentlich kann er sein Versprechen halten. Bessere Ware als in der Rue Mouffetard finden Sie nirgendwo.«

Der Markt war nicht umsonst der berühmteste der ganzen Stadt. Von weit her kamen die Hausfrauen und die Flaneure, um sich zwischen den Ständen hindurchzuschieben. Das Angebot an Obst und Gemüse, an mediterranen Oliven und Fischen war schier unglaublich.

»Guck mal, die haben sogar die Erdbeeren alle mit der Spitze nach oben gedreht!« Ich stieß Jean-Louis an und wies auf die kleinen Holzkisten mit den knallroten Früchten, die wie Mosaike gelegt waren. Und rundherum prangten violette Auberginen.

Es roch nach reifen Erdbeeren, nach Knoblauch und Zitronen und nach süßem Gebäck. Überall sprachen uns die Händler mal freundlich, mal derb an und forderten uns auf, zu probieren und von den sensationellen Preisen zu profitieren.

»Schade, dass wir keine Küche haben. Ich könnte mich hier um den Verstand kaufen. Riech doch mal diesen Käse!« Ich kaute noch an einem Stück scharfer Saucisson, hatte aber schon ein Stück Beaufort in der Hand, das mir der Käsehändler vom Nachbarstand gereicht hatte. In den Cafés der Straße war nicht ein einziger Platz frei. Die Leute saßen vor einem kleinen Roten, die prall gefüllten Einkaufstaschen neben sich, und redeten darüber, was sie gekauft hatten, und wo der Tomme de Chèvre am besten sei.

Gegen ein Uhr änderte sich die Szenerie schlagartig. Die Händler packten ihre Waren zusammen und verluden alles in die Lieferwagen, die Caféterrassen leerten sich, die Straßenkehrer mit ihren Karren kamen und fegten die Reste zusammen. Die Straße war übersät mit angestoßenen Früchten und verblühten Blumen, und die Arbeiter fingen schon an, die Straße abzuspritzen und alles in die Gullis zu befördern. Wer nicht aufpasste, bekam nasse Füße.

»Morgen früh sind wir wieder da«, rief mir ein dicker Fischhändler zu, der wohl mein Bedauern sah, und lachte über das ganze Gesicht.

»Ich habe so viel probiert, ich habe überhaupt keinen Hunger«, sagte ich.

»Was machen wir stattdessen?«

»Was hältst du davon, wenn wir noch ein bisschen hier im

Viertel bleiben? Der Botanische Garten und die Moschee sind gleich um die Ecke.«

»Da könnten wir einen Minztee trinken, der räumt den Magen auf.«

Ich kannte den Jardin des Plantes bisher nicht, mein Lieblingspark war immer der Jardin du Luxembourg mit seinen perfekt ausgerichteten Eisenstühlen gewesen.

Nach wenigen Minuten sahen wir schon die Wipfel der hohen Bäume vor uns. Der Eingang lag ein kleines Stück weiter rechts.

«Wieso eigentlich Botanischer Garten?«, fragte Jean-Louis, als wir uns dem Eingangstor näherten. »Und wieso mitten in Paris?«

»Haben nicht viele große Städte so eine Einrichtung? Berlin, Wien, New York ...« Ich fand eine Infotafel gleich hinter dem Eingang und las, was dort stand. »Dieser hier wurde im 17. Jahrhundert ursprünglich im Auftrag des Königs als öffentlich zugänglicher Heilgarten angelegt. Und dann sind immer neue Bauten und Aufgaben hinzugekommen.«

Als sich der Garten vor uns öffnete, wusste ich gleich, dass ich meinen neuen Lieblingspark in Paris gefunden hatte. Die Anlage hatte etwas Beschauliches, es gab nicht so viele Wichtigtuer, die mit ihren Laptops und den Latte macchiatos auf den Bänken saßen und so taten, als würden sie gerade die Welt verändern oder sich den nächsten Literaturnobelpreis erschreiben. Die Gewächshäuser und die alten Bäume machten den Eindruck, als hätte sich hier seit dem Krieg nichts geändert. Vielleicht lag es an der Bestimmung des Gartens: Immerhin ging es hier darum, Pflanzen und Tiere, auch die noch so kleinen und unspektakulären, zu sammeln und zu katalogisieren.

Einer der zauberhaftesten Gründe, um Paris zu lieben, ist, dass es immer wieder neue Lieblingsecken zu entdecken gibt. Und manchmal sogar ganz unerwartete Einblicke oder Geheimnisse. Man muss nur genau hinsehen. Ich hatte gerade wieder einmal einen dieser magischen Momente.

Wir standen vor einem der riesigen Glashäuser, die Jean-Louis wegen der Statik interessierten. Aus der Ferne hörten wir Tiere schreien. »Die haben hier sogar einen Zoo«, sagte er.

»Sie sammeln alles, was mit Flora und Fauna zu tun hat. Und auch Mineralien und so weiter. Es ist wie ein Garten der Welt.«

Ich hätte gern noch länger die friedliche Atmosphäre dieses Orts genossen, aber Jean-Louis verlor schnell die Geduld. »Also, die Wasserspiele in Bordeaux finde ich schöner«, sagte er. »Komm, lass uns gehen.«

»Einen Moment«, sagte ich. »Ich habe da gerade etwas gelesen.« Ich trat an eine der Schautafeln heran, um mich zu orientieren. Dann hatte ich gefunden, was ich suchte. Wir gingen an einem der Wintergärten vorbei und suchten uns den Weg durch ein Labyrinth aus Hecken, die einen Hügel hinaufwuchsen. In den schmalen Gängen stand die Wärme, außerdem ging es steil bergan. Oben standen wir unter einem kleinen eisernen Pavillon. Auf der einen Seite erstreckte sich der Garten, wobei eine turmhohe Zeder direkt vor uns am meisten auffiel. Auf der anderen konnten wir in die Fenster im zweiten Stock der Häuser jenseits des Parks sehen.

»Hier sind wir.«

»Wo?« Jean-Louis drehte sich einmal um sich selbst.

»Dies ist eine Liebeslaube. Sie wird schon seit Jahrhunderten von Liebespaaren für Stelldicheins genutzt. Die berühmtesten waren Georges Sand und Alfred de Musset. Den *Lorenzaccio* hast du doch bestimmt auch in der Schule gelesen.«

»Lesen müssen! Und ehrlich, ich fand die Schlösser an der Brücke romantischer. Aber wenn du meinst …« Er kam auf mich zu und nahm mich kurz in die Arme.

Dann trat er einen Schritt zurück und klatschte unternehmungslustig in die Hände. »Okay, jetzt will ich aber endlich auf die Champs-Élysées«, rief er und summte das gleichnamige Lied vor sich hin.

Wir nahmen die Metro. Ich sog gierig die Luft in den Schächten ein. Dort herrscht immer ein ganz besonderer Geruch, den es nur in der Pariser Metro gibt und der tausend Erinnerungen in mir hervorruft. Und dann der Summton, bevor die Türen sich schließen. Einmal war ich zu einem Essen bei einer Kommilitonin eingeladen und hatte eine Tarte au Citron zum Dessert mitgebracht. Ich saß direkt an der Tür, und in dem Moment, als der Warnton ertönte, fiel mir die Schachtel mit der Torte aus der Hand und klatschte auf den Bahnsteig. Ich schrie auf, aber ein Mann draußen hob sie auf und reichte sie mir im letzten Moment, bevor die Türen sich schlossen, in den Wagen zurück. Als die Bahn anfuhr und ich mich nach ihm umdrehte, vollführte er eine perfekte Verbeugung. Als diese Bilder in mir aufstiegen, musste ich lächeln. Seit ich hier war, stiegen immer wieder neue Erinnerungen in mir auf.

»Hier stinkt's«, sagte Jean-Louis und verzog das Gesicht.

Ich stöhnte auf und achtete nicht weiter auf ihn. Stattdessen sah ich mir die Plakate an, mit denen die Wände der Stationen gepflastert waren. Ankündigungen von Konzerten, Ausstellungen und Theaterpremieren, einem Sonderverkauf bei *Printemps*, Werbung für den *Club Med* oder eine neue Waschmaschine. Früher hatte ich mir hier oft die Anregungen geholt, wohin ich gehen wollte.

Wir mussten einmal umsteigen, dann waren wir am Triumphbogen und schlenderten die Champs-Élysées hinunter. Ich glaube, nirgendwo in Paris sind die Trottoirs breiter, die Alleebäume höher. Die berühmteste Straße der Welt macht ihrem Namen alle Ehre.

Plötzlich klingelte Jean-Louis' Telefon. Als er auflegte, hatte er ansteckend gute Laune.

»Wer war denn dran?«, fragte ich.

»Ach, kennst du nicht«, gab er zurück. »Was meinst du, wollen wir ins Kino gehen? In Paris gehen doch alle ständig ins Kino.« Er stellte sich an einem Zeitungskiosk in die Schlange und kaufte *L'Officiel des Spectacles*, wo sämtliche Pariser Veranstaltungen verzeichnet waren.

»Was läuft denn?«, fragte ich.

Er blätterte in dem Heft vor und zurück. »Wie wäre es mit *Le Weekend*? Ein alterndes Paar kommt nach Paris, um seine Ehe wieder aufleben zu lassen.« Er zwinkerte mir zu.

Ich schubste ihn. »Du weißt, dass ich den Film schon in Sète sehen wollte.«

»Deshalb schlage ich ihn ja vor. Obwohl ich nicht weiß, warum dich das Thema interessiert. Bei uns ist doch alles in Ordnung. Und alt sind wir auch noch nicht.«

Der Film spielte an den schönsten Orten von Paris, am Montmartre, am Eiffelturm, in der Rue de Rivoli und dem Gewirr der Gassen rund um den »Bauch von Paris«, die ehemaligen Markthallen. Es ging um ein Paar kurz vor der Rente, das dreißig Jahre nach den Flitterwochen zurück in die Stadt kommt, um ihrer Ehe neuen Schwung zu geben. Das

Hotel von damals ist eine Bruchbude, und so steigen sie im *Lutetia* ab, einem der teuersten Hotels der Stadt, und geben mehr Geld aus, als sie haben. So viel, dass sie die Zeche in einem Restaurant prellen müssen und sich danach auf der Straße wild küssen. Am schönsten fand ich die letzte Szene des Films: Aus dem Hotel hat man sie hinausgeworfen, die Kreditkarte ist überzogen, sie haben buchstäblich keinen Cent mehr in der Tasche und sitzen wortlos in einem Café, trinken einen billigen Wein nach dem anderen, während sie auf einen alten Freund des Mannes warten, der sie auslösen soll. Dann sucht der Ehemann ein Lied in der Musikbox aus, es ist die Musik zu einer Tanzszene aus einem Godard-Film. Der Mann fängt an zu tanzen, sie stellt sich zu ihm, und sie tanzen die Schritte aus dem Film.

»Aber wie wollen sie aus der Nummer wieder rauskommen?«, fragte Jean-Louis, als wir wieder auf der Straße standen. Das Licht der tiefstehenden Sonne blendete uns. »Das Hotel sitzt ihnen im Nacken, sie haben kein Geld mehr und eine Anzeige am Hals. Ihre Koffer sind weg …«

Ich ließ ihn nicht ausreden. »Musst du denn immer so verdammt pragmatisch sein? Manchmal muss man doch Fünfe gerade sein lassen, sonst ist das Leben doch einfach nur langweilig.« Ich hatte heftiger geantwortet, als ich beabsichtigt hatte.

»Du findest also, dass ich langweilig bin?«, fragte er wütend. »Schließlich renne ich schon seit Tagen hinter dir her und höre mir deine Vorträge über Paris an. So toll finde ich es hier aber gar nicht.«

Ehe wir uns versahen, hatten wir mitten auf der Straße einen handfesten Streit. Jean-Louis warf mir vor, eine Träumerin zu sein. Außerdem sei ich nie zufrieden mit dem, was ich hätte, deshalb würde ich die Frau in dem Film auch so mögen. Dabei sei sie einfach nur egoistisch. Und es sei doch wohl das Geld ihres Mannes, das sie da mit vollen Händen ausgebe.

»Und du glaubst, dass man mit spätestens zwanzig kein Recht mehr auf Träume hat«, warf ich ihm wütend vor. »Du bist manchmal so spießig!«

Mit diesen Worten ließ ich ihn einfach stehen. Sollte er doch sehen, wie er zurechtkam.

Vor mir hielt gerade ein Bus und ohne nachzudenken, stieg ich ein. Jean-Louis rief mir irgendwas hinterher, aber ich verstand nicht, was er sagte.

Während der Bus über die Place de la Concorde, an den Tuilerien und dem Louvre vorüberfuhr, beruhigte ich mich und bekam ein schlechtes Gewissen. Warum hatten wir uns gestritten? Vor der Kirche Saint-Paul stieg ich aus und ging in die engen Gassen des Marais-Viertels hinüber. Im ersten Café, an dem ich vorüberkam, bestellte ich mir ein Glas Wein. Ich war wütend auf Jean-Louis und auf mich selbst. Und ich war enttäuscht, weil wir uns sogar auf dieser Reise und in dieser Stadt streiten mussten. Ich warf dem Mann am Nebentisch, der schon die ganze Zeit Annäherungsversuche machte, einen vernichtenden Blick zu und bestellte noch ein Glas. Der Kellner stellte mir einen Teller mit Oliven hin, die ich gedankenversunken eine nach der anderen in mich hineinstopfte.

Was war los mit uns? Woher kam dieses Gefühl, dass Jean-Louis und Paris nicht zusammenpassten? Wenn ich ehrlich war, dann fand ich es anstrengend, mit ihm hier zu sein. Ich hatte ständig das Gefühl, ihn unterhalten, ihm Paris erklären oder gar schönreden zu müssen. Aber das wollte ich nicht. Ich wollte Paris genießen, in die Stadt eintauchen, wie früher.

Ich sah auf und stellte zu meinem Erstaunen fest, dass ich die Oliven aufgegessen hatte. Und mich allein in Paris wohler fühlte als mit Jean-Louis an meiner Seite.

Aus lauter schlechtem Gewissen beschloss ich, wie früher in einem der jüdischen Delis, die es hier gab, für uns ein paar Leckereien zu kaufen, cremiges Tarama, eingelegte Sardinen, gehackte Hühnerleber. Und hinterher ein Stück sahnige Creamcheese-Torte. Ich würde Jean-Louis vorschlagen, sie in dem Garten des Hotels zu essen. Wir mussten uns ja wieder vertragen. Vielleicht sollte ich ihm zum Hochzeitstag eine Fahrt mit einem Bateau-Mouche schenken, ein Diner Romantique auf der Seine. Ich nahm mir vor, gleich im Hotel eine Fahrt zu buchen.

Als ich an einer Weinhandlung vorüberkam, kaufte ich kurzentschlossen eine Flasche Taittinger. Um am nächsten Morgen mit Jean-Louis anzustoßen und mich wieder zu versöhnen.

Als ich die Treppe zu unserem Zimmer nahm, war meine Laune schon wieder viel besser. Aber als ich das Zimmer betrat, war es leer. Jean-Louis war nicht da. Dann eben nicht, dachte ich. Es war inzwischen zu kühl, um im Garten zu sitzen, also machte ich es mir mit dem Käsekuchen auf einem der plüschigen Sessel bequem und las noch ein paar Kapitel in meinem Hemingway. Es war wunderbar, auf seinen Spuren im Geist noch einmal durch die Rue Mouffetard zu wandern und von dem Glück zu lesen, das es für ihn bedeutete, in einem Pariser Café zu arbeiten, wo es warm war und er bei Rum und Austern und der Beobachtung schöner Frauen Inspiration fand und nach seinem berühmten »wahrsten Satz« suchte.

Ich legte einen Finger zwischen die Buchseiten, klappte

das Buch zu und seufzte. Hemingway hatte ja so recht. Genau das konnte Paris mit einem machen: dass man die Wahrheit fand.

Ich las noch ein weiteres Kapitel, dann merkte ich, wie müde ich war. Ich legte mich ins Bett und schlief gleich darauf ein.

# Fünf

Am nächsten Morgen wurde ich früh wach. Ich sah auf die Uhr, es war erst kurz nach sieben. Ich brauchte einen Moment, um mich zurechtzufinden. Dann fiel mir ein, dass ich in Paris war. Und heute war mein Hochzeitstag! Ich sah zu Jean-Louis hinüber, der leise schnarchte. Ich hatte ihn am Vorabend nicht gehört, als er gekommen war. Draußen vor dem Fenster hörte ich die Spatzen singen. Wahrscheinlich warteten sie auf die Frühstücksgäste, die ihnen Brotkrumen hinwarfen. Eigentlich hätte ich glücklich sein müssen, voller Erwartung auf den Tag. Aber etwas stimmte nicht. Etwas war falsch. Der Streit mit Jean-Louis fiel mir ein. Obwohl ich in Paris war und obwohl ich heute meinen Hochzeitstag feierte.

Meine Freude an der Reise hatte inzwischen ein paar gehörige Dämpfer bekommen. Ich fragte mich allen Ernstes, ob es eine gute Idee gewesen war, wieder herzukommen. Oder vielmehr, ob es richtig gewesen war, mit Jean-Louis und nicht allein zu fahren. Es fühlte sich alles falsch an. Lag es daran, dass Jean-Louis und ich andere Erwartungen hatten? Er sah die Stadt mit anderen Augen als ich, er konnte meine Begeisterung nicht teilen. Was ich schön fand, interessierte ihn nicht, und was er schön fand, hatte für mich nichts mit Paris zu tun. War er womöglich eifersüchtig auf die Zeit, die ich hier ohne ihn verbracht hatte? Die Gedanken kreisten in meinem Kopf.

Ich war neununddreißig Jahre alt und sah durchschnittlich

aus. Ich sollte mehr Sport treiben und ich wusste nicht, ob die Arbeit im Kulturbüro von Sète das Richtige für mich war. Seit ich mein Studium aufgegeben hatte, hatte ich mich nie besonders um meine berufliche Karriere gekümmert, weil Jean-Louis und ich immer Kinder haben wollten. Nach unserer Hochzeit wollten wir uns noch ein oder zwei Jahre Zeit lassen. Und dann klappte es nicht gleich, aber ich dachte mir, Anfang Dreißig wäre auch noch ein gutes Alter. Und dann war ich plötzlich Mitte Dreißig und immer noch nicht schwanger. Ich dachte nicht gern an diese Jahre zurück. Damals ist etwas zwischen Jean-Louis und mir zerbrochen. Wir konnten kaum noch unbeschwert miteinander schlafen, weil wir immer an die Möglichkeit einer Schwangerschaft dachten. Wenn ich meine fruchtbaren Tage hatte, verlangte ich Sex, an den anderen Tagen hatte ich eher keine Lust. Und jeden Monat hoffte ich aufs Neue und war zunehmend enttäuscht, wenn es wieder nicht geklappt hatte.

Irgendwann sagte Jean-Louis, dass er auch ohne Kinder mit mir glücklich sein könne. Aber ich sah ihm an, dass er es nicht meinte. Er wollte mich trösten. Aber ich hatte immer noch Probleme damit, mir ein Leben ohne Kinder vorzustellen. Und ich wusste auch, dass der Zug für mich abgefahren war.

Trotz unserer Beteuerungen, dass es nicht so sei, hatte die Kinderlosigkeit unserer Ehe einen Knacks gegeben. Wir waren nicht mehr so unbeschwert wie früher, wir trafen uns nicht mehr so oft mit unseren Freunden, die inzwischen Kinder im Schulalter hatten. Jean-Louis entwickelte seine Leidenschaft für Autos. Und ich überlegte immer häufiger, wo eigentlich mein Platz im Leben war. Wenn man mich fragte, was mein Leben ausmachte, dann würde ich ins Stottern geraten. Es war alles so beliebig. Ich hätte auch in einer anderen Stadt wohnen können, einen anderen Beruf ausüben … ja, vielleicht sogar einen anderen Mann als Jean-Louis lieben können.

Plötzlich fiel mir ein Tag am Strand im letzten Sommer ein: Jean-Louis und ich waren am Meer gewesen. Wir hatten träge nebeneinander in der Sonne gelegen und ich hatte mich nach dem Baden an ihn gekuschelt, weil seine Haut so schön warm war. Abends waren wir sonnenverbrannt und hungrig. Wir wollten Austern essen und fuhren nach Cap d'Agde, um dort an der Promenade in ein Restaurant zu gehen. Als ich an Jean-Louis' Hand die Austernbar betrat, traf mich beinahe der Schlag: Hinter dem Tresen stand Julien. Mein Julien aus Paris!

Ich musste ihn ziemlich angestarrt haben, denn er stutzte. Erst Augenblicke später erkannte er mich und küsste mich zur Begrüßung auf die Wange.

»Die kleine Lili Marlène mit dem vielversprechenden Namen«, sagte er mit der leicht rauchigen Stimme, die ich so an ihm geliebt hatte. Dann wandte er sich zu Jean-Louis und hielt ihm die Hand hin.

»Mein Mann, Jean-Louis«, hörte ich mich sagen. »Jean-Louis, das ist Julien. Wir kennen uns von früher.«

Ich wusste plötzlich, warum ich Jean-Louis nie von Julien erzählt hatte. Auch jetzt noch warf er mich einfach um. Julien sah unverschämt gut aus, wie ein Mann, der sein Leben genoss. Das kurze, dichte Haar war angegraut und er hatte die Linien zwischen Mund und Nase, die von der Sonne kommen und für mich mit Charakter zu tun haben. Es war immer noch etwas Hippiehaftes um ihn, er war immer noch schlaksig, die Jeans war lässig geschnitten, darüber trug er wie damals ein weißes T-Shirt, das nicht gebügelt war. Er sah aus wie jemand, der gerade vom Segeln mit Freunden kam. Er gab uns einen Tisch auf der Terrasse und nahm unsere Bestellung auf, Austern und Langusten, dazu empfahl er einen eiskalten Picpoul de Pinet, der mit seiner Akazien- und Weißdornnote perfekt zu Meeresfrüchten passen würde. Ich stand die ganze Zeit neben mir. Ich war völlig verunsichert und konnte nicht verstehen, wie selbstverständlich Julien diese unverhoffte Begegnung nahm. Ich hätte auf dem Absatz kehrtmachen sollen, aber dafür war es jetzt zu spät.

Während des gesamten Essens stocherte ich in meinen Meeresfrüchten herum und suchte immer wieder nach Julien, hoffte, einen Blick von ihm aufzufangen. Er stand hinter dem Tresen und schenkte in eleganten Bewegungen Getränke ein, kümmerte sich um neue Gäste, küsste hier und küsste da, begrüßte mit seinem herzlichen Lachen Freunde und Stammgäste. Dann betrat eine blonde Frau das Restaurant, und er ging ihr entgegen und küsste sie vor allen Leuten leidenschaftlich auf dem Mund.

Ich starrte die beiden an und fühlte brennende Eifersucht in mir aufsteigen.

»Du isst ja gar nichts«, sagte Jean-Louis schließlich.

»Entschuldige. Ich glaube, ich hatte zu viel Sonne. Mir ist ein bisschen schlecht. Lass uns gehen.«

Ich wartete nicht einmal ab, bis Jean-Louis bezahlt hatte, sondern verließ fluchtartig das Lokal.

Die Erinnerung an das Wiedersehen mit Julien sorgte endgültig dafür, dass ich nicht mehr schlafen konnte. Also zog ich meine Jeans und ein T-Shirt an, griff nach meiner Jacke und verließ leise das Zimmer.

Auf der Straße atmete ich einige Male tief ein und aus. Ich fühlte ein schlechtes Gewissen gegenüber Jean-Louis. Heute war unser Hochzeitstag und ich dachte an einen anderen Mann. Das hatte er nicht verdient. Ich stand unschlüssig vor dem Tor. Niemand war zu sehen außer einer alten Frau. Sie trug bunte Ringelsocken und Gummischlappen, darüber aber einen perfekt gepflegten schwarzen Pelzmantel. Ihr Haar war zerzaust, und sie ging mitten auf der Straße. Bei allem strahlte sie so etwas wie Würde aus. Ich sah ihr nach, dann wandte ich mich in Richtung des Platzes. Das *Café Delmas* war noch geschlossen, aber auf der Terrasse waren die Kellner dabei, die Tische einzudecken.

»Bonjour, Madame!«

Ich sah mich um und entdeckte den Kellner, der uns am ersten Abend die Cocktails gebracht hatte.

»Bonjour.«

»Wir öffnen in einer halben Stunde.«

Ich nickte ihm zu und ging weiter. Vom Markt her waren das Klackern der Gestänge und die Rufe der Verkäufer zu hören. Aber mir war mehr nach Ruhe, und deshalb nahm ich eine der kleinen Straßen. Hier schlief Paris noch, es war still, eine Katze saß vor einem Hauseingang und miaute, als ich vorbeiging. Die Luft war weich und schmeichelte der Haut auf meinen Unterarmen. Zu hören waren nur meine Absätze auf dem Pflaster. Ich hob den Kopf und betrachtete die Fassaden. Warum waren sie mir nicht vorher aufgefallen? Über der Ladentür einer Metzgerei hingen zwei goldene Kühe, so groß wie kleine Hunde. Und die Fassade des Hauses nebenan war über und über mit Ranken bemalt, sodass es aussah, als wüchse hier Wein die Mauern hoch. Ich sah alte Schilder, die auf die ehemaligen Handwerksbetriebe hinwiesen, die in früheren Zeiten hier ihren Sitz hatten. Es gab so viel zu sehen! Und genau das bedeutete für mich Paris: Ein Spaziergang an einem stillen Morgen, bevor die Stadt richtig erwachte, mit offenen Sinnen, um all das Schöne aufzunehmen. Stundenlanges Sitzen an einem winzigen Tisch auf der Terrasse eines Cafés, vor sich einen Café Crème oder einen Aperitif. Dem Käseverkäufer zuzuhören, der der Kundin vor mir in aller Ruhe die Vorzüge und Geschmäcker seiner hundertdreißig Käsesorten erklärt, und zu spüren, wie mir dabei das Wasser im Mund zusammenläuft. Paris heißt, einfach irgendwo aus der Metro aussteigen, wo man noch nie war und sich dennoch in Paris zu befinden und immer irgendetwas Sehenswertes zu entdecken, sobald man wieder ans Tageslicht kommt. Paris heißt, sich in die langen Schlangen vor den Kinokassen einzureihen, auch wenn es erst Nachmittag ist. Paris heißt, die kleinen Plätze und Sackgassen zu entdecken, die es in fast allen Stadtvierteln noch gibt. Oft sind sie mit einem Tor verschlossen, über das eine Concièrge wacht – auch sie ist Paris! Aber manchmal hat man Glück, und man darf durch diese dörflich wirkenden, kopfsteingepflasterten Höfe gehen, in denen noch alte Handwerksbetriebe ansässig sind, Polsterer oder Vergolder, und nebenan erklingen das verstimmte Klavier und das rhythmische Klatschen einer Ballettschule. Paris, das sind die vielen Orte, an denen die Geschichten der kleinen Leute geschrieben wurde. Paris ist ein kurzer Flirt mit einem Kellner, der einen mit Mademoiselle anspricht, obwohl er es besser weiß. Paris ist so unendlich viel, für jeden bedeutet diese Stadt wahrscheinlich etwas anderes.

Bei diesen Gedanken fühlte ich mich besänftigt. Ein Café-Tabac an der Ecke hatte schon geöffnet, und ich bestellte mir einen Espresso. Während ich ihn trank, hörte ich den Gesprächen der Kunden zu. Sie schienen sich alle zu kennen. Da wurde gefragt, wie es dem Mann gehe und ob die Heizung inzwischen repariert sei. Paris war eben manchmal einfach ein Dorf! En Blick auf die Uhr sagte mir, dass ich schon über eine Stunde unterwegs war. Jean-Louis war bestimmt inzwischen wach. Ich stand auf, zahlte meinen Kaffee und nahm die nächste Querstraße zurück zum Hotel.

Als ich den Garten des Hotels betrat, sah ich Jean-Louis an unserem üblichen Tisch sitzen. Er hatte sich zum Nebentisch hinübergebeugt und unterhielt sich mit einer attraktiven Frau, die dort saß. Sie warf den Kopf in den Nacken und lachte.

»Guten Morgen«, sagte ich und setzte mich.

»Wo warst du?«, fragte er ein bisschen ungehalten zurück.

»Ich konnte nicht schlafen. Da bin ich ein bisschen rumgelaufen.«

Die andere Frau stand auf, nickte Jean-Louis zu und ging. Wir waren allein.

»Du hättest mir eine Nachricht schreiben können. Oder wenigstens dein Handy mitnehmen. Ich habe versucht dich anzurufen.« Er holte mein Handy aus der Tasche und legte es demonstrativ zwischen uns auf den Tisch.

»Tut mir leid. Ich wollte dich nicht wecken und einfach ein bisschen frische Luft schnappen. Herzlichen Glückwunsch zum Hochzeitstag übrigens. Und ich habe auch etwas für dich, wo der Eiffelturm drauf ist. Warte, ich muss es von oben holen.«

Im Zimmer sah ich kurz in den Spiegel. Ich entdeckte ein kleines Lächeln. Der kurze Spaziergang hatte mir gut getan.

Als ich mich draußen wieder an den Tisch setzen wollte, stand Jean-Louis auf und nahm mich in die Arme. »Dir auch herzlichen Glückwunsch. Und danke, dass du es mit mir ausgehalten hast. Wir waren echt blöd gestern.«

Ich nickte und überreichte ihm die Tickets für die Seine-Fahrt, die ich gestern noch an der Rezeption gekauft hatte.

Vorne drauf war tatsächlich ein von tausend Lichtern beleuchteter Eiffelturm. »Heute Abend um sieben legt das Schiff ab. Das ist ziemlich romantisch.«

»Okay, dann freue ich mich.«

Das Handy auf dem Tisch summte. »Hallo?«, fragte ich.

Caro war dran. Ich wollte sie abwimmeln, aber als Jean-Louis ihren Namen hörte, stand er auf und runzelte die Augenbrauen. «Ich geh schon mal hoch«, sagte er.

Ich nickte ihm zu. »Caro, was gibt's?«

»Na, ihr Turteltäubchen? Herzlichen Glückwunsch, dass du es so lange mit Jean-Louis ausgehalten hast.«

»Das hat er auch gerade zu mir gesagt.«

»Recht hat er.« Caro mochte meinen Mann nicht besonders. Sie fand, dass er mich einengte und zu traditionell war. »Was machst du gerade?« Sie klang ein bisschen außer Atem.

»Ich sitze im Garten vor unserem Hotel und warte auf mein Frühstück.«

»Ich muss dir unbedingt was sagen.«

Ich wurde neugierig. »Was ist los?«

»Ich habe ihn getroffen.«

Ich wusste sofort, wen sie meinte. Mr. Right. Auf den wartete Caro schon seit Jahren.

»Erzähl! Wo?«

»Ach, das glaubst du nicht. Bei François! Vor zwei Tagen.«

François war der Besitzer des Cafés *Le Tabary's* in Sète, wo wir immer zusammen hingingen. »Eine verrückte Geschichte: Mir ist mein Schlüssel runtergefallen, und er saß am Nebentisch, und als ich mich gebückt habe, um ihn aufzuheben, hat er das Gleiche getan, und wir sind mit den Köpfen zusammengerasselt.«

»Wie romantisch. Und wie heißt er?«

»James.«

»James? Wie James Bond?«

»Er ist Engländer.« Jetzt wurde ihre Stimme ein bisschen kleinlaut.

»Engländer? Aber er lebt in Sète?« Ich fing an, mir Sorgen zu machen. Das hörte sich kompliziert an, nicht nach einer erfüllenden Liebesgeschichte.

»Noch nicht. Aber er sucht hier ein Haus …«

»Wie, er sucht hier ein Haus? Was heißt das?«

»Er will nach Frankreich ziehen.«

»Caro, du kennst ihn erst seit zwei Tagen!«

»Bei ihm ist es etwas anderes. Er ist der Richtige. Ich habe noch nie zwei derart intensive Tage verlebt. Und außerdem zieht er ja nicht meinetwegen um, also nicht nur. Er handelt mit Häusern.«

»Du meinst, er ist Immobilienmakler«, sagte ich trocken. Die waren für uns ein rotes Tuch. Seitdem viele Engländer und Pariser in Sète die Häuser aufkauften, waren sie für uns Normalsterbliche oft nicht mehr bezahlbar.

»Die sind ja nicht alle gleich. Und dafür ist er nicht verheiratet. Marlène, er ist einfach toll! Wir haben eine phantastische Zeit zusammen.«

»Und wie lange bleibt er noch?«

»Er muss morgen zurück nach London. Aber ich fahre nächste Woche hinterher. Er will mir alles zeigen, wo er wohnt und so. Ich kann es kaum erwarten!«

»Du fährst nach London?«

»Ist das nicht toll?« Sie machte eine Pause, als warte sie darauf, dass ich gratulierte.

»Wann lerne ich ihn kennen?«, fragte ich schließlich.

»Mal sehen, das nächste Mal, wenn er wieder in Sète ist. Ach Marlène, wenn du ihn kennst, verstehst du, wie glücklich ich bin.«

»Du weißt, dass ich dir nur das Beste wünsche.«

»Weiß ich doch. Sag noch mal schnell: Wie läuft es denn bei dir?«

Ich wusste nicht genau, wie ich es formulieren sollte. »Paris ist so anders, wenn Jean-Louis dabei ist«, begann ich vorsichtig. »Ich sehe die Stadt wie mit fremden Augen. Ich komme ihr nicht nahe. Und gestern Abend haben wir uns gestritten. Du weißt ja, wie ich bin, wenn ich mich irgendwie unsicher oder nicht am rechten Platz fühle. Ich rede und rede, und ich glaube, ich nerve ihn mit meinen Erklärungen. Heute Morgen habe ich einen kleinen Spaziergang ohne ihn gemacht, und das war perfekt …«

»Und wenn du ihn einfach ins Koma quasselst? Dann hast du deine Ruhe.«

Ich lachte laut auf. Die Kellnerin stand vor unserem Tisch und brachte mir Kaffee und Viennoiseries, zarte Blätterteigteilchen mit Marmelade, Rosinen oder Vanillecreme. Sie waren noch warm. Und daneben stellte sie die Flasche Champagner, die ich ihr am Abend vorher gegeben hatte, damit sie sie kalt stellte, und zwei schwere Sektkelche mit Schliff, die perfekt zum rüschigen Ambiente des Hotels passten. An der eisgekühlten Flasche bildeten sich bereits die ersten Tropfen aus Kondenswasser.

»Wenn du wüsstest, was ich hier gerade vor mir auf dem Tisch habe …« Ich malte mit dem Finger ein kleines Herz auf die Flasche.

Caro seufzte. »Und was macht ihr heute?«

»Ich weiß noch nicht genau. Ich hätte Lust, auf dem Montmartre herumzuspazieren. Oder vielleicht auf den Friedhof Père-Lachaise zu gehen. Das entscheiden wir später. Aber heute Abend machen wir eine Lichterfahrt auf der Seine. Das ist mein Geschenk für Jean-Louis.«

»Flussfahrt bei Kerzenschein? Gab es nichts mit Technik?«

Ich schwieg.

»Okay, ich werde mit James auf dich anstoßen. Aber jetzt muss ich mich beeilen. Er wartet bei François auf mich! Wir wollen ans Meer. Bis Dienstag!« Damit hatte sie aufgelegt. Ich seufzte. Caro verliebte sich immer in Männer, mit denen es Schwierigkeiten gab. Entweder waren sie verheiratet oder stellten sich nach den ersten Dates als Nullen mit Charakterdefiziten heraus. Seit Caro sich vor fünf Jahren von Pierre hatte scheiden lassen, war sie auf der Suche. Und sie war bisher jedes Mal enttäuscht worden. Ich seufzte. Hoffentlich ging das gut ... Ich betrachtete die Tropfen, die an der Flasche hinunterliefen und sich auf dem Tisch sammelten.

»Was gibt es denn zu seufzen?« Jean-Louis setzte sich wieder an unseren Tisch.

»Caro hat einen Mann kennengelernt.«

»Halleluja!«

»Er kommt aus London.«

»Hast du bei deiner Freundin erwartet, dass sie in Frankreich den Passenden findet?«

Ich musste lachen.

»Und was ist das?« Er wies auf den Taittinger.

»Ich dachte, wir stoßen an.«

»Aber auf uns, nicht auf Caro.« Er griff in die Hosentasche und zog eine kleine Schachtel hervor. »Für dich«, sagte er.

»Aber du hast mir doch schon die Reise geschenkt«, rief ich. Ich erkannte die Verpackung sofort, denn darauf prangte das Logo eines Schmuckgeschäfts, vor dem wir am Vortag auf den Champs-Élysées lange gestanden hatten.

»Oh«, machte ich. Ich wickelte das Geschenkpapier ab und fand den Ring mit dem quadratischen Rauchquarz, den ich gestern anprobiert hatte. Der Ring war modern und groß und er passte farblich perfekt zu meinem dunkelbraunen Haar. »Wann hast du den denn gekauft?«, fragte ich verblüfft. »Wir waren doch die ganze Zeit zusammen.«

«Du hast mich ja gestern einfach stehen lassen. Da hatte ich Zeit.«

Ich schluckte. Ich hatte den Ring mittlerweile angesteckt und betrachtete meine Hand. Plötzlich hatte ich Tränen in den Augen. Ich war wirklich gerührt. Da ließ ich meinen Mann einfach an einer Straßenecke stehen, und er ging los, um mir ein Schmuckstück zu kaufen. »Ich danke dir, nicht nur für den Ring, sondern weil du ihn gekauft hast, obwohl wir uns gerade gestritten hatten.«

»Vielleicht extra deshalb? Du bist schließlich meine Frau.«

In diesem Augenblick war er mir sehr nahe. Aber ich fühlte mich gleichzeitig ganz durcheinander. Dieses Wechselbad meiner Gefühle wurde zunehmend anstrengend.

Das dicke Ende kam dann nach dem Frühstück. Wir waren noch einmal auf das Zimmer gegangen, um uns die Zähne zu putzen und unsere Sachen zu holen, dann wollten wir los.

»Aber du hast doch Versailles gesagt!«, rief ich. »Versailles. Das Schloss. Da wollten wir heute hin!« Vorhin beim Frühstück hatte er diesen Vorschlag gemacht, als wir überlegt hatten, was wir heute unternehmen wollten.

»Ich sage ja, dass du mir nie zuhörst. Ich habe von der *Porte* de Versailles gesprochen.«

Porte de Versailles? Das war die Endstation einer Metrolinie und dort fanden immer die großen Pariser Messen statt.

»Heute beginnt die Automesse – mit Schwerpunkt Oldtimern. Du weißt, wie lange ich von einer Corvette träume.«

In mir stiegen eher ungute Erinnerung an endlose Gespräche über dieses »grandiose Auto« und vor allem das unverwechselbare Blubbern des Motors auf. Ich war fassungslos und merkte, wie ich wütend wurde. »Du hast mich nur nach Paris eingeladen, damit du den *Salon de l'automobile* sehen kannst. Dir ging es doch gar nicht um mich!«

»Da wollte ich doch immer schon mal hin.«

»Ich aber nicht! Und ich habe mir meinen Hochzeitstag anders vorgestellt, als zwischen blöden Autos rumzustehen!«

»Ich habe gedacht, wir verbinden das. Aber wenn du partout nicht mit willst, dann fährst du in das richtige Versailles und siehst dir meinetwegen das Schloss an und wir treffen uns später wieder.« In seiner Stimme lag ein Vorwurf.

Mir reichte es. »Weißt du was? Geh du doch Autos gucken, ich komme jedenfalls nicht mit.« Damit schnappte ich mir meine Handtasche und verließ türenknallend das Zimmer.

Ich stürmte aus dem Hotel und zur Metrostation. Als ich die Treppe hinunterlief, hörte ich die Bahn einfahren. Ich stieg ein und ließ mich in eine Sitzbank fallen. Mein Atem ging immer noch schnell, und ich spürte, dass ich Tränen in den Augen hatte. Ich fuhr Richtung Norden, ohne zu wissen, wohin ich eigentlich wollte. Während der Fahrt beruhigte ich mich allmählich. Mein Blick fiel auf den Ring, den Jean-Louis mir gerade geschenkt hatte. Mir kam der Gedanke, ihn abzustreifen und wegzuwerfen, aber dann dachte ich, dass ich zu alt für eine derart theatralische Geste war. Außerdem mochte ich den Ring. Mit jeder Station, die ich zurücklegte, bekam die Aussicht, diesen Tag ganz für mich zu haben, etwas Reizvolles. Ich könnte tun und lassen, was ich wollte, in jede Boutique gehen, mich in einem Kaufhaus schminken lassen, mich in ein Café setzen und Champagner trinken … Moment, genau damit würde ich den Tag beginnen!

Eine knappe Stunde später saß ich bester Laune auf der Terrasse des *Les Deux Magots* am Boulevard Saint-Germain in der Sonne, vor mir auf dem Tisch stand ein hochstieliges Glas, in dem es golden perlte. »Prost, Lili Marlène«, sagte ich. Und fand, dass dieses Glas viel besser schmeckte als der Taittinger, den ich gerade mit Jean-Louis getrunken hatte. Es kam eben auf die Umstände an.

Ich bezahlte ohne mit der Wimper zu zucken die astronomische Rechnung und beschloss, ins Museum zu gehen, ganz wie früher. Das war auch etwas, was ich liebte und Jean-Louis langweilig fand. Gut gelaunt schlenderte ich Richtung Musée d'Orsay. Ich war früher oft hier gewesen, hatte es aber nicht mehr so groß in Erinnerung. Langsam ging ich von Saal zu Saal und entdeckte einzelne berühmte Gemälde wie Courbets *Ursprung der Welt* oder Monets *Frauen im Garten*, vor dem ich lange stehen blieb.

»Würden Sie wohl mal zur Seite gehen, ich möchte das Bild fotografieren.«

Ich sah den Mann, der sich vor mir mit gezücktem Smartphone aufgebaut hatte, fassungslos an.

»Was soll ich?« Ich glaubte, mich verhört zu haben.

»Sie sollen mal kurz auf die Seite gehen, damit ich ein Foto machen kann.«

Ich holte tief Luft. »Dies ist ein Museum. Hierher kommt man, um sich Bilder im Original *anzusehen*, nicht, um sie zu fotografieren. Wenn Sie ein Foto wollen, bekommen Sie das viel besser im Shop als Postkarte.«

»Jetzt werden Sie mal nicht pampig. Mein Bruder ist krank zu Hause geblieben, und ich will ihm ein Foto schicken! Gehen Sie einfach zur Seite, bis ich mein Foto gemacht habe!«

Der nächste Raum war fast leer. Die Malerei vor dem Krieg schien offensichtlich nicht viele Besucher zu interessieren. In dem kleinen Saal hingen nur wenige Bilder. Deshalb sah ich das mittelgroße Bild, das an der Stirnseite hing und etwa einen Meter mal einen Meter fünfzig groß war, sofort, als ich eintrat. Ich blieb abrupt stehen, legte mir die Hand vor den Mund und stieß einen Überraschungsschrei aus. Die Frau auf dem Bild war ich, da gab es keinen Zweifel.

Ich sah mich um. Hatte jemand meine Reaktion bemerkt? Zum Glück war ich immer noch allein. Ich trat näher an das Bild heran, das eine Frau in einem festlichen Ballkleid von hinten zeigte. Die Haut ihres tiefen Rückendekolletees, die alabasterfarben schimmerte, zog mich magisch an. Sie saß vor einem Frisiertisch und sah in den Spiegel. Als überprüfe sie ihr Aussehen, bevor sie ausging. Von ihrem Rücken wurde der Blick des Betrachters über eine Linie von Haaransatz und Nase geschickt an den rechten Bildrand gelenkt, wo der Spiegel das Gesicht der Frau zeigte. Und dieses Gesicht war meins.

Es war keine bloße Ähnlichkeit, das hier war etwas anderes. Die Frau *war* ich. Ich fuhr mit dem Mittelfinger über den Leberfleck, den ich schon von Geburt an neben der linken Augenbraue hatte. Die Frau auf dem Bild hatte ihn auch. Das konnte kein Zufall sein. Mir wurde plötzlich heiß und ein unsicheres Lachen stieg in mir auf. Noch einmal studierte ich das Bild: Dieselbe Haarfarbe, die gerade Nase, die gleiche Mundpartie mit der ausgeprägten Oberlippe, die gleichen großen hellen Augen in dem eher blassen Gesicht.

Ich erschauderte, irgendwie war mir das Ganze unheimlich. Was sollte ich machen? Etwas in mir wollte sich einfach umdrehen und weggehen und das Ganze vergessen, aber ich blieb wie angewurzelt vor dem Bild stehen und starrte es an.

Wie konnte das sein? Mein Blick irrte umher und fiel auf das kleine Täfelchen neben dem Bild. Dort stand:

*David Marlowe Scott (1900–1957)*
*Nach dem Ball, 1939,*
*Öl auf Leinwand.*

Der Maler war also schon vor meiner Geburt gestorben, und dieses Bild hatte er noch früher gemalt. Ich atmete immer noch heftig ein und aus. Meine Beine fühlten sich an wie nach einem Marathon. In einer Ecke des Raumes stand ein Stuhl, und ich ließ mich darauf fallen, ohne das Bild aus den Augen zu lassen. Ich schloss für einen Moment die Augen. Als ich sie wieder öffnete, war das Bild immer noch da und die Frau auf dem Bild war immer noch ich. Ich holte tief Luft. Was konnte das bedeuten? Wie war das möglich? Die Frau auf dem Gemälde musste eine Verwandte, eine Vorfahrin von mir sein. Eine andere Erklärung konnte es nicht geben.

Ich rechnete nach und verglich das Entstehungsjahr, 1939, mit dem Stammbaum meiner Familie. Die Frau auf dem Bild war keine jugendliche Schönheit mehr, ich schätzte ihr Alter irgendwo zwischen fünfundzwanzig und dreißig. Also lag ihr Geburtsjahr um 1910 oder 1915. Die Generation meiner Großeltern. Ich selbst kam mehr nach meinem Vater, von ihm hatte ich die feinen Gesichtszüge. Meine Mutter war eher ein robuster Typ, außerdem gingen ihre Haare und die ihrer Schwestern ins Rötliche. Da die Frau auf dem Bild mir ähnelte, musste sie aus der väterlichen Linie stammen. »Also gehörst du zur Familie meines Vaters«, murmelte ich in Richtung des Bildes. Mein Vater war Jahrgang 1942, seine Eltern wurden beide vor dem Ersten Weltkrieg geboren. Mein Großvater war sehr früh gestorben, aber meine Großmutter

Odile hatte ich noch gekannt. Sie lebte in Saint Florent, einem kleinen Dorf in den Cevennen, ungefähr eine Autostunde von Sète entfernt. Ich hatte als Kind oft die Sommerferien bei ihr verbracht. Sie war eine pragmatische Frau, der Wehleidigkeit absolut fremd war. »Auch die schwärzeste Stunde hat nur sechzig Minuten«, war ihr Lebensmotto.

Ich kannte Fotos meiner Großmutter als junger Frau, und sie konnte ich als Modell für das Bild ausschließen. Aber könnte sie nicht eine Schwester von ihr sein? Oder von meinem Großvater? Ja, genau, so musste es sein, es war die einzige Möglichkeit für diese verblüffende Ähnlichkeit: Die Frau auf dem Bild musste meine Großtante sein. Aber warum hatte ich nie von ihr gehört? Ich stand auf und trat ganz dicht an das Bild heran, um mir das Gesicht im Spiegel noch einmal genau anzusehen und Züge meines Großvaters oder meiner Großmutter in ihm zu entdecken. Fast wäre ich mit der Nasenspitze an die Leinwand gestoßen. Ich fürchtete schon, den Alarm auszulösen.

»Wenn ich nicht wüsste, wann dieses Bild gemalt wurde, würde ich denken, Sie sind das.«

Mein Herz macht einen Satz. Ich fuhr herum und sah in das Gesicht eines Mannes mit leicht angegrauten Schläfen. Vielleicht ein paar Jahre älter als ich. Und mit einer dunklen Stimme zum Wegschmelzen.

»Das habe ich auch gerade festgestellt«, sagte ich, ohne nachzudenken.

»Ist sie eine Verwandte von Ihnen? Ihre Großmutter?« Er wies mit der Hand in Richtung des Bildes.

»Ich weiß nicht, ich sehe sie zum ersten Mal. Ich habe das Bild gerade eben erst entdeckt.«

»Aber das sind Sie, eindeutig. Sogar der kleine Leberfleck stimmt.«

Ich mochte es, wenn Leute so genau hinsahen. Für mich war das eine Wertschätzung meiner Person. Aber der Blick des Mannes mir gegenüber machte mich nervös. Ich sah an mir herunter. Ich trug Jeans und ein bedrucktes T-Shirt, darüber eine Strickjacke. Plötzlich sah ich mich mit den Augen des Mannes, der vor mir stand und mich anlächelte. Eine nicht mehr ganz junge Frau in Jeans und T-Shirt, die vor einem Gemälde stand, das eine Frau in einem wunderschönen Abendkleid zeigte, der man ansah, dass sie einige Stunden vor dem Spiegel verbracht hatte, um sich schön zu machen. Der Unterschied zwischen uns hätte nicht größer sein können.

Ich merkte, dass ich meine Gedanken inzwischen nicht mehr im Griff hatte. Das Bild, die Frau, der Fremde, wie ich aussah … Alles ging in meinem Kopf durcheinander und ich fürchtete, einen ziemlich verwirrten Eindruck zu machen.

»Und Sie haben keine Erklärung?«, fragte er, und das aufrichtige Interesse in seiner Stimme half mir, mich wieder zu fassen. »Das ist ein Marlowe Scott. Kennen Sie ihn?« Er hatte offenbar auch das Schild neben dem Bild gelesen.

»Ich habe leider nie von ihm gehört.« Ich ärgerte mich darüber, den Maler nicht zu kennen. Hätte ich damals mein Studium nicht abgebrochen, wäre das vielleicht anders.

»Wenn ich mich recht erinnere, war er ein englischer Maler, der zum Studium nach Paris kam und wie so viele andere hiergeblieben ist, bis der Krieg ihn vertrieben hat. Soweit ich weiß, ist dies das einzige Bild von ihm, das in einem Museum hängt. Zumindest hier in Frankreich.«

»Meine Güte, Sie kennen sich aber aus.«

Er lächelte. »Ich schmücke mich da mit fremden Federn. Ein Kollege hat kürzlich eine Auktion mit ausländischen Malern in Paris gemacht. Da ist der Name gefallen.«

Ich wusste nicht, wonach ich zuerst fragen sollte, nach der

Auktion oder nach dem Maler. »Was ist denn aus ihm geworden? Ich meine, als der Krieg kam?«

Er zuckte bedauernd mit den Schultern. »Das weiß ich nicht. Und so bedeutend war er nicht.« Dabei sah er mich auf eine intensive Art an, die mich beunruhigte. «Obwohl dieses Gemälde durchaus seine Qualitäten hat.«

Der Mann sah sich das Bild jetzt genauer an, dann drehte er sich wieder zu mir herum.

»Entschuldigen Sie, ich habe mich nicht vorgestellt. Ich heiße Étienne Viardot. Ich bin Auktionator. Mein Spezialgebiet ist die Malerei des 19. Jahrhunderts. Was in diesem Fall schade ist, denn sonst könnte ich Ihnen bestimmt mehr zu dem Bild sagen.« Er hielt mir seine ausgestreckte Hand hin und ich nahm sie zögernd an.

»Marlène Roussel. Eigentlich Lili Marlène, aber da haben meine Eltern es ein bisschen zu gut gemeint. Sie sind Auktionator? Das heißt, Kunsthistoriker?«

»Ja, ich verkaufe Bilder im Auftrag von Kunden.« Er sah mich ein paar Sekunden lang an, die mir wie eine Ewigkeit vorkamen. Er hatte Augen, die zwischen Dunkelblau und Grau changierten und etwas sehr Intensives hatten. »Wissen Sie was? Diese Geschichte mit Ihnen und dem Bild interessiert mich. Nur leider muss ich gehen, ich habe in einer Stunde eine Auktion. Ganz hier in der Nähe, in der Rue de Rivoli.« Er überlegte, dann sagte er: »Waren Sie schon einmal auf einer Versteigerung? Wollen Sie nicht mitkommen? In meinem Büro habe ich regalweise Bücher über Malerei. Wir könnten bei der Gelegenheit nachsehen, ob wir Informationen über Ihr Bild finden.«

»Mein Bild?« Mein Blick ging wieder zurück zu dem Gemälde.

»Na ja, Sie sind darauf abgebildet. Beziehungsweise jemand, der Ihnen verdammt ähnlich sieht.« Er bemerkte mein Zögern. »Bitte sagen Sie nicht nein. Ich gehe schon mal vor zum Ausgang und warte dort ein paar Minuten auf Sie. Dann können Sie noch ein wenig hierbleiben und sozusagen Abschied nehmen.« Er sah mich mit einem gewinnenden Lächeln an. »Bis gleich, hoffe ich.«

In meinem Kopf jagten sich die Gedanken, und ich musste mich konzentrieren, um die einzelnen Enden zu sortieren.

*Mein Bild.* Damit hatte der Mann den Nagel auf den Kopf getroffen. Ich musste unbedingt wissen, wer die Frau auf dem Bild war und was sie mit mir zu tun hatte.

Umso mehr, als die Frau dort oben mir gefiel. Sie sah ihrer selbst so sicher aus. Ruhig und gelassen saß sie dort, und sie ließ die Blicke des Malers und auch der Betrachter über sich hinweggleiten.

In diesem Augenblick war plötzlich alles wieder da, und mir wurde ganz heiß bei der Erkenntnis: Die Neugierde, die mich während des Studiums an ein Bild gefesselt hatte, die Untersuchungen, die wir zur Motivsuche der Maler angestellt hatten. Das Seminar, in dem es um das Verhältnis zwischen Maler und Modell ging. Die Biographien der Modelle, die oft damit ihren kargen Lohn aufbesserten und sich dem Verdacht der Liederlichkeit preisgaben. Die Zeitumstände, aber auch die biographische Situation der Maler, die immer in die Bilder hineinspielte, die Suche nach Malschulen, nach Vorbildern und Schülern.

Der Wissensdurst war wieder in mir erwacht, wie früher. Könnte ich nicht versuchen, an meine alten Kenntnisse und meine alte Leidenschaft anzuknüpfen? War dieses Bild, das so offensichtlich etwas mit mir zu tun hatte, nicht der perfekte Anlass zu überprüfen, ob ich noch immer das Zeug zur Kunsthistorikerin hatte?

»Ja, genau das werde ich tun«, sagte ich leise zu mir selbst. Und ich bedankte mich im Stillen bei Paris, der Stadt, die genau solche Wunder möglich machte.

Mein Handy summte. Ich hatte Mühe, das Geräusch zuzuordnen, so sehr war ich in meinen Gedanken gefangen. Jean-Louis schickte eine SMS.

*Stell dir vor, habe Francine getroffen. Zu zweit macht es viel mehr Spaß. Treffen heute Abend im Hotel. Wann ist noch mal diese Schifffahrt?*

Francine? Etwa Francine Legrand aus Sète? Sie und Jean-Louis kannten sich schon von der Schule her. Francine hatte genauso einen Autotick wie er. Sie wohnte inzwischen in Montpellier und tat immer so, als wäre sie ausgewandert. Ab und zu trafen sie sich. In mir stieg Eifersucht auf. Er hatte es nicht einmal für nötig gehalten, mich anzurufen, sondern schickte eine SMS. Und er hatte die Uhrzeit für heute Abend vergessen. Ich tippte nur eine kurze Antwort:

*19 Uhr. Viel Spaß!*

Der Moment des Zaubers zwischen mir und dem Gemälde war zerstört. Wartete Étienne Viardot eigentlich noch auf mich? Ich musste mit ihm sprechen. Eilig ging ich zum Ausgang und hoffte, dass er noch da war.

# Sechs

Der Bus legte sich mit Karacho in die Kurve, und Vianne wurde gegen das Fenster geschleudert, was sie aus ihren Träumereien aufschrecken ließ. Sie rieb sich die schmerzende Schulter und setzte sich wieder aufrecht hin. Sie war auf dem Weg nach Alès. Bis hier war noch alles so wie immer, nach Alès fuhr sie schließlich häufiger. Aber heute würde sie dort zum Bahnhof gehen und den Zug nach Paris nehmen. In der Nacht hatte sie heimlich ihren Koffer gepackt und war noch vor Morgengrauen aufgebrochen.

Zum Glück hatte sie niemand aus dem Dorf gesehen. Während der Fahrt sog sie den Anblick der Landschaft in sich ein. Es würde für lange Zeit das letzte Mal sein, dass sie durch die bewaldeten Hügel ihrer Heimat fuhr. Nervös sah sie auf die Uhr, aber der Bus würde pünktlich in Alès ankommen, so dass sie den Mittagszug erreichen würde. Sie vergewisserte sich, dass ihr Koffer sicher im Gepäcknetz verstaut war. Eine kleinere Tasche presste sie auf dem Schoß an sich. Darin war ihr ganzes Erspartes. Es musste für die erste Zeit in Paris reichen. Obwohl sie keine Ahnung hatte, wie teuer das Leben in Paris war. Außerdem ihr Lieblingsbuch über Botanik sowie einige persönliche Dinge und Erinnerungen an ihre Familie.

Mehr brauchte sie nicht.

Es war der September 1928. Vianne war nicht das einzige junge Mädchen, das aus der Provinz in die Hauptstadt kam und dort Arbeit und einen Platz zum Leben suchte. Paris war ein Magnet, der ins ganze Land ausstrahlte. In jedem Dorf wurden Geschichten erzählt von Söhnen und Töchtern, die dort hingegangen waren und es zu etwas gebracht hatten. Und wer in Paris unter die Räder kam, über den wurde geschwiegen. In Paris schien alles möglich zu sein, Paris lockte mit Amüsement, mit Geld und Macht. Und für viele Frauen mit dem Versprechen nach beruflicher Unabhängigkeit und persönlicher Freiheit.

Zwei Stunden später saß Vianne kerzengerade und angespannt im Zug und ließ die Landschaft, die sich zunehmend veränderte, flacher und weiter wurde, an sich vorübergleiten. Keiner der Reisenden um sie herum wäre auf die Idee gekommen, dass sie ohne Einwilligung der Eltern, heimlich, ihr Dorf verlassen hatte. Auch der Schaffner nicht, der sie anstandslos passieren ließ. Inzwischen hatte ihre Mutter bestimmt schon den Abschiedsbrief gelesen, den sie auf ihrem Bett für sie hinterlegt hatte. Und sie würde verstehen, warum Vianne am Abend darauf bestanden hatte, sie in die Arme zu nehmen, um noch einmal ihren Duft nach Minze und nach den flüchtigen Resten des Lavendelöls zu riechen, mit dem sie die Kundinnen versorgte. Ihr Herz wurde schwer, wenn sie daran dachte, wie sehr sie ihr wehtat. Aber es musste sein. Sie nahm sich vor, ihrer Mutter gleich nach ihrer Ankunft zu schreiben, damit sie sich keine unnötigen Sorgen machte.

Es wurde schon dunkel, als der Zug durch die Vororte von Paris fuhr. Als Vianne die hohen Häuser und die unendlichen Straßenschluchten sah, wurde ihr doch etwas bang. Wie sollte sie sich hier zurechtfinden? Würde es hier einen Platz für sie geben? Wenn sie wenigstens eine Adresse oder eine Bleibe für die erste Nacht hätte. Doch dann erhaschte sie einen Blick auf die Seine, die glitzernd im Mondlicht lag, und ihre Ängste waren wie weggewischt.

Kurze Zeit später stand sie auf dem Bahnhofsvorplatz der Gare de Lyon. Ihre Euphorie mischte sich mit Zweifeln und sie zitterte vor Aufregung. Sie war zu Tode erschöpft und hätte alles für ein weiches Bett und eine Mahlzeit gegeben. Aber wo sollte sie hin? Als ein Mann auf sie zukam und ihr beides mit einem schmierigen Grinsen anbot, kehrte ihre Entschlossenheit zurück. »Verschwinden Sie, oder ich rufe die Gendarmen!«, herrschte sie ihn an.

Der Mann verschwand, aber sie stand immer noch verloren in der Menschenmenge. Sie musste ein Zimmer für die Nacht finden. Sie bemerkte, dass ein Polizist auf sie aufmerksam wurde. Hastig nahm sie ihren Koffer auf und ging weiter, so als wüsste sie genau, wohin sie wollte. Sie ging in die erstbeste Straße und fand sich vor einem schäbigen Hotel wieder. Warum nicht dieses?, dachte sie sich und stellte sich an die Rezeption.

»Na, meine Kleine? Suchst du ein Zimmer? Ich frage nicht nach, woher du kommst und wer dich sucht. Hier stehen oft solche wie du. Der Bahnhof ist ja nicht weit. Ich habe noch ein Bett. Nimm es oder lass es bleiben.«

Die Frau sagte das bestimmt, aber nicht unfreundlich, und Vianne nickte.

In dem kleinen Zimmer im ersten Stock machte sie nicht einmal Licht, sondern legte sich sofort in das Bett. Die erste Hürde habe ich genommen, dachte sie, als sie die Decke fest um sich zog. Es war eine reine Wohltat, dass sie den schweren Koffer nicht mehr schleppen musste und die Beine ausstrecken konnte. Ich bin in Paris! Und alle weiteren Schwierigkeiten werde ich auch meistern! Ich weiß zwar noch nicht genau, was mich hier erwartet, aber ich weiß, dass Paris die Stadt der Lichter und der Liebe ist, und ich werde alles tun, um hier zurechtzukommen und etwas aus meinem Leben zu machen. Mit diesem Gedanken schlief sie ein.

Sie wurde wach, weil sie jemand unsanft an der Schulter rüttelte. »Hey, das ist mein Bett. Ich habe die Laken gerade gewaschen. Außerdem bin ich hundemüde. Dein Bett steht dort drüben.«

Vianne sah in ein großflächiges Gesicht mit roten, sinnlichen Lippen. Eine Frau in ihrem Alter sah auf sie herab und versuchte böse zu gucken.

»Bist du gerade erst angekommen?«, fragte sie.

Vianne nickte.

»Gut, dann kann ich mir vorstellen, wie du dich fühlst. Aber du musst trotzdem mein Bett räumen.«

Sofort stand Vianne auf. Sie war nicht mehr so müde, aber ihre Glieder schmerzten immer noch von der langen Fahrt.

»Wie heißt du?«

»Vianne.«

»Ich bin Clothilde.«

»Oh, Gott, so heißt meine Mutter!«

Sie fing hysterisch an zu lachen, und damit war das Eis zwischen ihnen gebrochen.

Clothilde war ebenfalls ohne Wissen ihrer Eltern vor zwei Monaten nach Paris gekommen. Sie stammte aus einem Dorf in der Bretagne.

»Und? Wie ist es in Paris? Hast du hier schon Fuß gefasst?«, fragte Vianne, die sich inzwischen auf das zweite Bett gesetzt hatte, denn einen Stuhl gab es hier nicht. Sie sah sich zum ersten Mal in dem schmalen Zimmer um: Zwei einfache Betten standen sich gegenüber, dazwischen lag auf der einen Seite ein Fenster, unter dem ein Waschtisch stand, gegenüber war die Tür mit ein paar Kleiderhaken. Das Zimmer war kleiner als das zu Hause in Saint Florent. Wenn sie im Bett lagen, könnten sie und Clothilde sich die Hand geben.

Clothilde setzte ein wichtiges Gesicht auf. »Du hast Glück, dass du mich getroffen hast. Ich weiß genau, wie man sich hier durchschlägt. Also gut: Sag mir deinen Traum.«

»Meinen Traum?«

»Ja. Warum bist du nach Paris gekommen. Was willst du hier?«

»Na, was alle hier wollen. Ich will einfach in Paris sein! Im Mittelpunkt der Welt. Ich will frei sein und mir nichts mehr vorschreiben lassen. Ich will eintauchen in der Menge und mich nicht länger für jeden Schritt rechtfertigen müssen. Ich will ausgehen, ich will ins Kino und zum Tanzvergnügen. Alles Dinge, die es in Saint Florent nicht gibt oder die ich nicht tun darf. Aber vor allem will ich in den Jardin des Plantes und Botanikerin werden.«

Clothilde fing an zu lachen. »Muss man dafür nicht eine Universität besuchen? Und wer soll das bezahlen? Du siehst nicht gerade aus wie jemand, dem das Geld aus der Tasche schaut.«

Vianne warf einen schnellen Blick auf ihren Koffer, den sie beim Hereinkommen einfach auf den Fußboden hatte fallen lassen. Er stand da, mitten im Weg, wie sie ihn hingestellt hatte.

»Keine Angst, ich habe deine Sachen nicht angerührt«, sagte Clothilde.

»So meinte ich es nicht.«

»Du meinst, du solltest lernen, auf deine Sachen aufzupassen.« Sie nickte dazu. »Und bevor du anfängst zu studieren, suchen wir dir erst mal eine Arbeit. Ich nehme dich morgen mit zu Monsieur Balcon.«

»Man muss gar nicht unbedingt studieren, um Botanikerin zu werden«, protestierte Vianne. »Aber du hast recht, erst mal muss ich hier auf die Füße kommen und Geld verdienen, aber dann … Du wirst schon sehen. So, jetzt hab ich dir meinen Traum gesagt, jetzt sag du mir deinen!«

Clothilde stützte das Kinn in ihre Handflächen und sah verträumt an die Decke. »Ich will hier glücklich werden, genau wie du.«

»Und wie willst du das anstellen?«

»Ich werde einen Mann heiraten, der einen kleinen Laden oder einen Betrieb hat. Vielleicht einen Handwerker. Aber auf keinen Fall einen Fischhändler! Von Fisch habe ich für alle Zeiten die Nase voll. Meine Eltern sind Fischer, und ich kann den Geruch und die ewig kalten Hände einfach nicht mehr ertragen. Er muss gut aussehen und nett zu mir sein. Und dann werden wir beide tüchtig arbeiten und Geld verdienen. Ich muss nicht reich sein, aber für ein paar schöne Kleider muss es reichen. Und ich will jeden Abend tanzen. Oder ins Kino.«

»Wenn's weiter nichts ist.« Obwohl, wenn sie sich Clothilde so ansah: Sie war hübsch und keck, und sie wusste, was sie wollte. Sie gefiel bestimmt vielen Männern. »Und wer ist übrigens dieser Monsieur Balcon?«

Clothilde hatte sich inzwischen auf ihrem Bett ausgestreckt. Sie gähnte ausgiebig, bevor sie sagte: »Wir gehen morgen früh zu ihm. Ihm gehört eine Wäscherei. Ich arbeite dort. Und jetzt schlafen wir. Gute Nacht.«

Obwohl sie erschöpft war, konnte Vianne lange nicht wieder in den Schlaf finden. Sie lag wach, im sanften Licht der Straßenlaterne vor ihrem Zimmer, und lauschte auf die Geräusche von Paris, die ganz anders waren als in Saint Florent. Dort war es um diese Zeit totenstill, doch hier summte und brummte es. Sie hörte Glocken läuten, die Züge vom nahe gelegenen Bahnhof, oder war das etwa die berühmte Untergrundbahn, die Metro? Fuhr die etwa unter ihr entlang?

Sie lauschte Passanten, die sich unterhielten, dem Klappern eiliger Schritte auf dem Trottoir, dem Brummen der Autos … Von irgendwoher kam sogar der klagende Laut eines Akkordeons, der aber rasch wieder von den anderen Geräuschen übertönt wurde. Neben ihr stöhnte Clothilde leise im Schlaf. Vianne betrachtete ihr sanftes Gesicht mit dem ausgeprägten Mund. Sie war froh, ausgerechnet auf Clothilde gestoßen zu sein. Sie fühlte sich geborgen neben ihr.

Sie hätte jubeln können. Sie hatte es geschafft! Sie war in Paris angekommen, und sie hatte ein Dach über dem Kopf und ab morgen mit ein bisschen Glück eine Arbeit. Ab jetzt konnte das Leben, das richtige Leben beginnen. Sie seufzte tief auf und schloss die Augen.

Am nächsten Morgen musste Clothilde sie wachrütteln.

»Komm, steh auf, du Faulpelz. In Paris wird nicht geschlafen. Wir müssen los, sonst kommen wir zu spät.«

Verschlafen sah Vianne auf die Uhr. Es war noch nicht einmal sechs.

Clothilde hielt ihr ein Tablett hin, auf dem ein großer Becher Kaffee und eine getoastete Tartine mit Butter lagen. »Das macht die Patronne für uns. Aber das müssen wir natürlich bezahlen.«

Vianne war das vorerst egal, sie hatte Hunger und das gebutterte Brot schmeckte vorzüglich.

Dann machten sie sich auf den Weg. Clothilde ging voran und musste Vianne alle paar Schritte ermahnen, doch schneller zu gehen. Aber Vianne konnte sich nicht sattsehen. Sie waren kaum hundert Meter gegangen, da sah sie vor sich auf einmal die Place de la Bastille. »Hier wohnen wir?«, rief sie. »An der Bastille?« Sie gingen rechts um den Platz herum und folgten den Schildern, die zur Place de la République wiesen. Auch hier erhob sich in der Mitte eine riesige Skulptur, es gab Brunnen und Bänke unter Bäumen. Vianne staunte über alles, über die hohen Häuser, den Verkehr, die breiten Boulevards. Mehr als einmal stolperte sie, weil sie so in ihre Betrachtungen versunken war. Schließlich wurde Clothilde ungeduldig.

»Komm jetzt endlich! Wenn wir zu spät kommen, stellt dich Monsieur Balcon garantiert nicht ein. Und ich fliege hochkant raus.« Sie beschleunigte ihren Schritt, um den Platz zu überqueren, dann folgten sie einem weiteren breiten Boulevard bis zum nächsten großen Platz. Vianne hatte das Gefühl, das würde immer so weitergehen. Hörte Paris denn nie auf? Dann erreichten sie den Hügel von Montmartre. Die Straßen wurden enger und steiler. Und oft gab es gar keine Straßen, sondern steile Treppen mit einem eisernen Handlauf in der Mitte, die im Schatten von Akazien den Hügel hinaufführten. Sie sahen sehr einladend aus, und Vianne hätte gern nachgesehen, was sich an ihrem Ende befand.

»Hier müssen wir hoch und auf der anderen Seite wieder hinunter, das ist kürzer«, sagte Clothilde auf einmal, als hätte sie Viannes Gedanken erraten. Sie stiegen eine der Treppen hinauf, wobei Clothilde sie antrieb, bis sie außer Atem war. Oben erreichten sie einen kleinen Platz, auf dem ein Maler vor einer Staffelei saß. Rund um den Platz lagen Restaurants und Bars, auch schon um diese frühe Zeit saßen viele vor einem Glas Roten.

»Was trinken die denn da?«, fragte Vianne und wies auf

Gläser mit einer milchig-grünen Flüssigkeit, in die die Trinker Zucker träufelten, den sie vorher mit seltsamen Gerätschaften erhitzt hatten.

»Das ist Absinth, da lässt du besser die Finger davon. Und jetzt müssen wir uns beeilen.«

Aber Vianne hatte noch so viele Fragen. »Und was machen all die Frauen hier?«

»Sie hoffen, dass die Maler sie als Modelle buchen. Dann verdienen sie ein bisschen was dazu. Jede will gern mal von einem berühmten Maler gemalt werden. Und jetzt komm, ober ich bereue, dass ich dich mitgenommen habe.«

Das mit dem Vorankommen war aber leichter gesagt als getan. In den engen Gassen waren womöglich noch mehr Menschen unterwegs als sonst in der Stadt, Vianne wurde ganz schwindlig davon. Ständig wurden sie von fliegenden Händlern angesprochen, die Besen, Äpfel, Blumensträuße oder sonst etwas anboten. Eine Frau trat vor ihren Laden und kippte mit Schwung einen Eimer Schmutzwasser auf den Gehweg, und Vianne und Clothilde mussten ihre Röcke raffen, um nicht nass zu werden. Vianne hob den Kopf und sah oberhalb der Häuser eine weiße Kuppel leuchten.

»Was ist das?«, rief sie und hielt Clothilde am Arm fest.

»Das ist Sacré Cœur. Eine Kirche. Die sehen wir uns ein andermal an.« Sie packte Vianne am Arm und zog sie weiter. Jetzt ging es bergab, und sie liefen so schnell die Stufen hinunter, dass Vianne aufpassen musste, um nicht zu fallen.

Endlich blieben sie vor einem langgestreckten Gebäude in einer steil abfallenden Straße stehen. Ein Tor führte in den Hof.

»Endlich. Wir sind da. Jetzt liegt es an dir.«

Vianne hatte das Gefühl, sich schütteln zu müssen. Ihr war, als hätte sie eine Weltreise hinter sich. Und sie fragte sich, wie sie den Weg je wieder zurückfinden sollte. Darauf hatte sie vor lauter Neugier gar nicht geachtet.

Von diesem Tag an arbeitete sie neben Clothilde in der Wäscherei von Jean-Baptiste Balcon. Sie hatte auch in Saint Florent die Wäsche gewaschen, aber als sie die Berge von schmutzigen Laken und Unterwäsche sah, die sich auf langen Tischen türmten, wurde ihr mulmig. Und jede der Frauen, die ankam, brachte auf einem Karren weitere Wäsche mit. In dem großen Raum, in dem bis zu achtzig Frauen ihre Plätze hatten, war es heiß und stickig. Dampf stieg zischend aus großen Kesseln. Die Fenster waren feucht beschlagen. Dazwischen roch man den scharfen Geruch von Eau de Javel. In einem hinteren Raum wurde gebügelt. Dort war es womöglich noch heißer und stickiger als hier vorn. Neben den Frauen aus dem Viertel, die ihre private Wäsche auf Mietplätzen wuschen, nahm der Besitzer, Monsieur Balcon, die Wäsche fremder Leute an, die es sich leisten konnten, waschen zu lassen. Dies war die Aufgabe von Vianne, Clothilde und einem Dutzend anderer junger Frauen und Mädchen. Die Arbeit war hart, die Frauen waren robust und kräftig, und als Monsieur Balcon die zarte Vianne zum ersten Mal sah, hatte er Zweifel, ob sie die Arbeit bewältigen könnte. Aber sie krempelte die Ärmel ihrer Bluse auf und steckte ihren Rocksaum in den Bund, wie alle anderen hier es auch taten, und machte sich an die Arbeit. Die nassen Laken waren schwer, die Hände waren durch den ständigen Kontakt mit mal heißem, mal kaltem Wasser aufgerissen, wenn es ganz schlimm kam, auch mal blutig. Aber Vianne biss sich durch. Sie genoss bald das Wohlwollen von Monsieur Balcon, weil sie mit der Seife sparte. Wenn der Direktor mitbekam, dass eine der Wäscherinnen zu viel nahm, konnte er fuchsteufelswild werden. »Zu viel Seife und zu langes Waschen macht die Laken in keinem Fall sauberer, Mademoiselle. Im Gegenteil! Die Laken nutzen sich schneller ab. Ein Wäschestück muss sich hundertzwanzig- bis hundertdreißigmal waschen lassen. Wenn es vorher zerschlissen ist, dann ist das nur die Schuld Ihrer Verschwendung!«

Viele der Frauen tranken schon morgens Wein, wogegen Monsieur Balcon nichts einzuwenden hatte, und was sie bisweilen lustig machte. Dann sangen sie und erzählten sich schmutzige Geschichten. Manchmal wurden sie aber auch streitsüchtig und mehr als einmal kam es zu handfesten Schlägereien.

Nach ihrem ersten Arbeitstag, nach zehn Stunden, in denen sie die Wäsche gebürstet, eingeweicht, wieder gebürstet, gespült, gewrungen und ausgeschlagen und schließlich auf den Trockenplatz geschleppt hatte, war Vianne erschöpft, alle Knochen taten ihr weh und sie glaubte, nie wieder ihre Arme heben zu können. Aber ihr stand noch der fast einstündige Fußmarsch bis zu ihrem Hotel in der Nähe der Bastille bevor.

»Wie merkst du dir den Weg?«, fragte sie Clothilde, als sie sich nach ihrem ersten Tag auf den Heimweg machten. Sie hätte kaum gewusst, welche Richtung sie einschlagen sollte, als sie nach der Arbeit wieder auf die Straße traten. Ihre Hände taten ihr weh, obwohl Clothilde ihr von der Fettsalbe gegeben hatte, um sie nach der Arbeit einzureiben. Gierig sog sie die frische Luft ein, eine Wohltat nach der feuchten Hitze vor den Waschtrögen.

Clothilde erklärte ihr, dass die Stadt in Viertel, in Arrondissements aufgeteilt sei. Die Wäscherei lag im 18., sie wohnten im 12. Dazwischen lagen das 10. und das 11. »Du musst dich an den Plätzen orientieren und an den großen Boulevards. Bastille, République, dann Boulevard Magenta bis zur Metrostation Barbès, da sind wir jetzt gerade, siehst du?, dann ein kurzes Stück die Rue de Clignancourt, und schon bis du da. Und zurück drehst du das Ganze einfach um.«

»Und wo ist der Botanische Garten?«

»Keine Ahnung. Da musst du jemand anderen fragen.«

In der ersten Woche sah Vianne außer dem Weg in die Wäscherei nichts von Paris. Sie war viel zu müde, um nach der Arbeit auch nur einen überflüssigen Schritt zu tun. Sie war Clothilde dankbar, dass sie ihr am ersten Morgen wenigstens die Gegend um Sacré Cœur gezeigt hatte. Jetzt war sie froh, wenn sie den direkten Weg nach Hause fand und einfach nur schlafen konnte. Aber an ihrem ersten Sonntag, nachdem sie ihre eigene Wäsche gewaschen hatte, fragte sie Clothilde nach dem Weg zur Seine und konnte es kaum fassen, als Clothilde ihr sagte, sie liege nur eine Straße hinter dem Hotel.

»Was? Ich gehe sofort los.«

»Verlauf dich nicht«, rief ihre Freundin ihr nach.

Vianne fand den Fluss, der sich träge unter den vielen Brücken hindurchwand, ohne Probleme. Links von ihr lag ein Park mit alten Bäumen, der sich am Ufer entlangzog. Sie wunderte sich, warum es so durchdringend nach Wein roch, bis sie die unzähligen Fässer sah, die hier an den Quais gestapelt waren und hinter denen sich Weinlager erstreckten. Sie setzte sich auf eine Bank in der Sonne. Es war der erste Moment, den sie ganz für sich hatte, seit sie in Paris angekommen war. Bisher war alles gut gelaufen, sie hatte Glück gehabt. Sie dachte an Saint Florent und an ihre Familie. Sie war sich sicher, dass ihre Mutter sich große Sorgen um sie machte, aber sie hoffte, sie hätte inzwischen den Brief erhalten, den sie ihr nach ihrem ersten Arbeitstag in der Wäscherei geschrieben hatte. Es waren nur wenige Zeilen gewesen: Es gehe ihr gut, sie habe ein Zimmer und Arbeit gefunden. Und Paris sei phantastisch. Ganz im Stillen hoffte sie, ihre Mutter würde Verständnis für sie aufbringen. Gedankenversunken beobachtete sie die Menschen, die an ihr vorübergingen. Ein Mann mit einer kleinen Ziegenherde kam vorbei, und sie kaufte ihm ein Stück Käse ab. Sie würde es am Abend mit Clothilde teilen.

Als sie später zurück ins Hotel kam, fragte sie die Patronne nach dem Botanischen Garten und stellte fest, dass er auf der anderen Seite des Flusses lag, gar nicht weit von dort, wo sie gerade gewesen war. Am nächsten Sonntag würde sie hingehen, das nahm sie sich ganz fest vor.

# Sieben

»Warum wohnen wir so weit von der Wäscherei entfernt?«, fragte sie Clothilde am Ende der zweiten Woche. »Ich werde mir ein anderes Zimmer suchen. Es gibt doch bestimmt mehr Hotels hier und auch welche in diesem Montmartre.«

»Du hast recht, ich komme mit«, sagte Clothilde. »Und es heißt *auf* dem Montmartre.«

Sie fragten die anderen Wäscherinnen in der Rue Labat und fanden ein Zimmer bei einer netten Wirtin in der Passage Cottin, einer schmalen Gasse, die am Ende in eine Treppe mündete und zwei Straßen miteinander verband, die um den Hügel herumliefen. Vianne liebte diese Treppenaufgänge, seit sie sie an ihrem ersten Tag in Paris gesehen hatte. Als sie von dem Fenster des Zimmers aus nach draußen blickte, war ihre Entscheidung gefallen. Clothilde war weniger romantisch und sah die Vorzüge der kleinen Küchennische. Vor dem Haus stand eine große Linde, und es war nur hundert Meter von der Wäscherei entfernt. Mit ihren Wirtinnen in Paris hatte Vianne wirklich großes Glück. Sie waren duldsam und gaben Kredit. Allerdings durfte man ihre Großzügigkeit nicht ausnutzen. Im Viertel ging die Geschichte eines portugiesischen Malers um, der seit Monaten ohne zu zahlen in einem möblierten Zimmer gewohnt hatte. Er besaß nur einen einzigen Anzug und kritzelte die Wände seiner Behausung voll. Immer, wenn er kurz vor dem Verhungern war, verkaufte er ein Stück des Mobiliars. Die Vermieterin wusste das alles sehr genau, sie kaufte sogar einmal einen Spiegel für ein Vielfaches des Betrags zurück, den ihr Mieter dafür bekommen hatte. Aber eines Nachts hatte sie offensichtlich genug von ihm. Sie schnappte sich einen Regenschirm und prügelte ihn damit aus dem Haus.

Mit der Zeit fügte sich Vianne in das Leben auf dem Montmartre ein. Sie kannte sich mittlerweile in den kleinen Straßen aus, die sich um den Hügel wanden, und wusste, wo es ein gutes Essen für wenig Geld gab, und wo man am besten einkaufte. Sie machte Bekanntschaften und grüßte viele Leute, wenn sie unterwegs war. Sie mochte das bunte Leben in diesem Viertel, das sich in vielen Dingen gar nicht so sehr von dem dörflichen Leben in Saint Florent unterschied. Auch hier kannte man sich, teilte Freud und Leid, ließ anschreiben und passte gegenseitig auf die Kinder auf.

Zum Einzug in die neue Wohnung schenkte Clothilde ihr einen Scherenschnitt für zehn Centimes, den ein zahnloser Mann auf der Place du Tertre in Sekundenschnelle anfertigte. Sie hängte ihn über ihr Bett. Dort hing schon ein Foto, das sie selbst mit sechs Jahren, kurz vor dem Schuleintritt zeigte: Sie trug damals ein neues Kleid, das sie sich unter Tobsuchtsanfällen von ihrer Mutter erstritten hatte: ein kariertes Kleid mit langen Ärmeln. Der Stoff war weich und anschmiegsam und ließ ihr Bewegungsfreiheit. Ihre Mutter wollte ihr damals einen dunklen Stoff mit Spitzenbesatz kaufen. Auf dem Foto, das der Fotograf im Studio machte, stand sie voller Stolz da, die Lippen aufeinandergepresst, eine Falte zwischen den Augen, die rechte Hand in die Hüfte gestemmt. Herausfordernd, siegesgewiss. Sie erinnerte sich, dass ihre Maman hinter dem Fotografen auf einem unbequemen Stuhl gesessen hatte, ihr Blick resigniert. Was sollte sie mit dieser

Tochter anfangen, die sich weigerte, brav in die Sonntagsschule zu gehen wie alle anderen? Die lieber mit ihren Brüdern und den anderen Jungen des Dorfes durch die Wälder stromerte, als mit Puppen zu spielen? Die für Stunden nicht aufzufinden war, bis eine Nachbarin sie an den Ohren nach Hause brachte? Die zu neugierig für ihr Geschlecht war und zu viel aus den Gesprächen im Friseursalon aufschnappte?

Für ein anderes Foto, das ihre Eltern, ihre Brüder und sie selbst vor dem Geschäft in Saint Florent zeigte, hatte sie sogar einen Rahmen gekauft. Es stand auf ihrem Nachtschränkchen, damit sie es vor Augen hatte, wenn sie im Bett lag.

»Ach, Maman«, seufzte Vianne. Ob ihre Mutter schon bemerkt hatte, dass die Fotos fehlten? Sie hatte sie vor ihrer Reise nach Paris aus dem in rotes Leder gebundenen Album genommen, in das die wenigen Familienaufnahmen eingeklebt waren, die Verlobung ihrer Eltern, die Hochzeit und sie selbst und ihre Brüder im Babyalter und beim Schuleintritt. Das Album durfte nur zu besonderen Gelegenheiten durchgeblättert werden. Die hintere Hälfte war leer. Vianne fragte sich, ob neue Fotos hinzugekommen waren, seitdem sie nicht mehr da war.

Allmählich erweiterte sie ihren Radius, und an einem kühlen Sonntag im Spätherbst lief sie hinunter bis an den Fluss.

»Was willst du denn da?«, fragte Clothilde. »Niemand von uns geht dorthin.«

Das stimmte, die Leute vom Montmartre blieben unter sich. Dies war ihr kleines Dorf, ihre Welt, in der sie lebten, und die ihnen alles bot. Der Rest von Paris war ihnen zu groß, zu fremd. Dort wohnten die Anderen, die Leute, für die sie hier schufteten, und die höchstens nach Montmartre kamen, um die Shows am Pigalle zu sehen und sich zu amüsieren. Die hatten ihre eigene Welt. Aber Vianne hatte ein Ziel dort unten, sie wollte endlich in den Botanischen Garten. Und sie war inzwischen mutig genug, um sich das Recht herauszunehmen.

Der Weg war im Grunde ganz einfach zu finden. Sie musste immer nur bergab gehen. Unterwegs kam sie an der Oper vorüber. Das Gebäude war so groß, dass sie es einfach einmal umrunden musste, um es zu glauben. Sie brauchte mit Stehenbleiben und Staunen fast eine halbe Stunde dafür. Und als sie später vor der schier unendlichen Fassade des Louvre stand, wusste sie, dass die Oper lange nicht das größte Haus in Paris war. Sie traute sich durch den Torbogen, durch den auch die Busse fuhren, durchquerte den Innenhof und ein weiteres Tor und befand sich am Fluss. Irgendwo jenseits musste der Jardin des Plantes sein. Sie fragte eine Passantin nach dem Weg. »Gehen Sie einfach am Fluss entlang, an den beiden Inseln vorbei bis zur Rue Cuvier. Der folgen Sie dann rechter Hand«, sagte die Frau.

Als Vianne an Notre-Dame vorbeiging, zögerte sie und überlegte, ob sie in die Kirche gehen und ein Gebet für ihre Mutter sprechen sollte, doch dann ging sie weiter. Es war inzwischen später Vormittag, und sie musste schließlich den ganzen Weg noch zurücklaufen.

Trotz der Kälte saßen einige Angler an den Quais, und von irgendwoher hörte sie leise Akkordeonmusik. Die eleganten Frauen, die am Arm ihrer Männer über die Boulevards und Brücken flanierten und Hüte trugen, schüchterten sie ein, und sie machte ihnen Platz, wenn sie ihr entgegenkamen.

Endlich entdeckte sie die Rue Cuvier. Vor lauter Ungeduld begann sie, schneller zu gehen. Dann stand sie vor dem großen, geschmiedeten Tor zum Botanischen Garten von Paris!

Er war genauso, wie sie ihn sich erträumt hatte, nein, viel schöner und größer! Die Bäume, höher und anders als die, die sie von Saint Florent kannte. Hecken, die zu Alleen geschnitten waren, dazwischen Blumenbeete, die um diese Jahreszeit aber verwaist waren. Und die Gebäude erst! Sie ging zwischen zwei fragilen Wintergärten hindurch, in denen die Pflanzen aus anderen Klimazonen wuchsen. Dahinter erstreckte sich ein noch viel größeres Gebäude, von dem sie nicht wusste, wozu es diente, bis ein Hinweisschild ihr verriet, dass hier die Tiere der Welt ausgestellt waren. Staunend drehte sie sich einmal um die eigene Achse. »Aber wo sind denn hier die Herbarien?«, murmelte sie vor sich hin.

Ein Mann mit einer Schubkarre voller verdorrter Pflanzenteile hörte sie.

»Drüben, auf der anderen Seite der Rue Buffon.« Dabei wies er mit der Hand in die Richtung. »Aber nicht mehr lange. Die kriegen hier einen Neubau hingestellt, der sich gewaschen hat.« Damit nahm er die Karre wieder auf und schob sie weiter.

Vianne kam an einem kleinen Wasserlauf vorüber, der die Gebäude wie ein Burggraben umgab, jenseits von ihm erhob sich der Bau, von dem der Gärtner gesprochen hatte. Zögernd trat sie ein. Niemand war zu sehen, aber dennoch erschrak sie, als ihre Sohlen auf dem Linoleumboden quietschten. Langsam ging sie an den gläsernen Schaukästen vorüber. Sie sah eine Mohnpflanze, die mitsamt Blütenständen, Früchten und Stängeln präpariert war. Daneben gab es einige Blätter und Früchte zu sehen. In einigen Schaukästen waren Samen ausgestellt, einige nur stecknadelgroß, andere größer als eine Melone. Dann kamen noch ein paar Mineralien. An den Wänden hingen die Porträts ehemaliger Direktoren. Sie sah sich ratlos um. Das war alles? Das sollte das ganze Botanische Institut sein, von dem sie schon so viel gehört und von dem sie so oft geträumt hatte? Vianne war zutiefst enttäuscht. Vor ihr führte eine Treppe in die oberen Stockwerke. An der Wand hing ein Bild, das den Grafen Buffon zeigte, einen Botaniker, der die Flora Südfrankreichs erforscht hatte und 1733 Direktor des damals noch Königlichen Botanischen Gartens wurde. Es erfüllte sie mit Stolz, dass sie das botanische Autorenkürzel *Buffon* kannte. Und sie wusste ebenfalls, dass eine Nelkenfamilie nach dem Naturforscher benannt war. Sie sah sich um und machte einen Schritt auf die Treppe zu, obwohl sie das Schild *Zutritt nur für Mitarbeiter* gelesen hatte. Sie wollte aber wissen, was dort oben war!

»Sie müssen jetzt gehen, Mademoiselle. Wir schließen gleich.« Sie drehte sich zu dem Wachmann um, der plötzlich hinter ihr stand. Er klang nicht nett.

Ohne ein Wort drehte sie sich um und verließ das Gebäude.

Niedergeschlagen machte sie sich auf den Heimweg und hatte dabei das Gefühl, betrogen worden zu sein und den langen Weg umsonst gemacht zu haben.

An der Seine angekommen, sah sie wieder die grünen Kästen voller Bücher, die auf den Kaimauern standen. Sie waren ihr schon auf dem Hinweg aufgefallen, aber da hatte sie keine Zeit gehabt. Jetzt blieb sie stehen, um sie sich näher anzusehen. Beim dritten Händler fand sie alte Bücher zur Botanik, und ihre Laune hob sich wieder. Während sie die Bücher ansah, wurde ihr bewusst, wie wenig sie im Grunde von dem Thema wusste, wie zufällig das Wissen war, das sie sich in der Bücherei von Alès angeeignet hatte. Dass es derart spezielle Herbarien und Untersuchungen zur Pflanzenkunde gab, hätte sie nicht für möglich gehalten. Ihr fehlte noch so viel Wissen! Sie erstand einen wunderschön kolorierten Atlas der alpinen Flora von J. Beauverie und L. Faucheron. Das Buch war stockfleckig und deshalb machte ihr der Händler einen guten Preis. Wenn es mir schon nicht gelingt, ins Innere des Botanischen Instituts vorzudringen, dann kann ich mein Wissen wenigstens mit Büchern erweitern. Das ist immerhin ein Anfang, dachte sie.

Sie presste das Buch an sich wie einen Schatz und trug es nach Hause.

Vianne war unendlich dankbar, Clothilde zur Freundin zu haben. Gemeinsam lernten sie, in Paris zu leben und zu überleben. Sie teilten Freude und Sorgen, und sie waren immer bereit, sich zu amüsieren.

»Allons chercher un peu de rêve dans un bal du faubourg«, rief Clothilde, nachdem sie nach der Arbeit kurz die schweren Füße hochgelegt hatten. Diese Liedzeile sang Edith Piaf in einem Chanson: »Komm, wir suchen uns unser Stück vom Traum auf einem Ball in der Vorstadt!« Und dann gingen sie tanzen. Meistens in den Tanzsaal, der unterhalb einer alten Mühle lag, oder in eines der Lokale auf der Place du Tertre, auf die Clothilde sie an ihrem ersten Morgen in Paris geführt hatte.

An fast jeder Ecke in Paris wurde am Abend zur Akkordeonmusik getanzt. Es gab viele Männer und Frauen mit einer schönen Stimme, und sie sangen melancholische oder freche Lieder, und die Leute aus der Nachbarschaft tanzten unter bunten Lampions dazu. Schwarze Erdnussverkäufer boten ihre Ware an, und auch Zuhälter versuchten ihr Glück bei den Frauen.

Viannes zweite Leidenschaft wurde das Kino. So oft sie genügend Geld hatte, ging sie in einen der großen Paläste, nach seiner Eröffnung vor allem ins *Grand Rex*, das auf halbem Weg zum Fluss hinunter lag. Dort ließ sie sich unter dem künstlichen Sternenhimmel in die rotbespannten Sessel sinken. Das und der Springbrunnen waren schon das Eintrittsbillet wert. Im *Grand Rex* sah sie Liebesfilme und Agentenkrimis und ließ sich von den Geschichten davontragen. Manchmal schaute sie gleich zwei Filme nacheinander. Wenn sie Glück hatte und der Kontrolleur sie nicht bemerkte, blieb sie einfach sitzen und sah sich eine weitere Vorstellung an, ohne zu bezahlen. In der ersten Zeit in Paris saugte sie sich buchstäblich mit Leben voll und holte all das nach, was ihr in Saint Florent verwehrt gewesen war.

In regelmäßigen Abständen ging sie jetzt zum Fluss hinunter, erst zu den Bouquinisten, wo sie nach botanischen Büchern stöberte, dann weiter in den Jardin des Plantes, wo sie bald jeden Weg kannte. Jedes Mal hatte der Neubau des neuen Gebäudes Fortschritte gemacht. Man konnte bereits erkennen, dass es ein langgestreckter Bau werden würde mit jeweils einem Turm an jedem Ende. Sehnsüchtig sah sie hinüber. Ihren Traum hatte sie immer noch nicht aufgegeben, aber vorerst musste sie zusehen, dass sie sich in Paris über Wasser hielt. Für Träume wäre später noch Zeit.

Wenn sie abends zu Hause blieb, kopierte sie die Abbildungen aus ihrer kleinen Sammlung botanischer Bücher, um ihre zeichnerischen Fähigkeiten nicht zu verlernen.

»Häng sie auf. Sie sind wunderschön«, sagte Clothilde.

»Findest du?«, fragte Vianne. Niemand hatte ihr bisher gesagt, dass ihre Zeichnungen schön seien.

»Aber ja! Häng sie auf.«

Sie war ungefähr ein Jahr in Paris, als Clothilde die Nachricht erhielt, dass ihre Mutter gestorben sei. Vianne fühlte, wie Angst ihr Herz umklammerte. Neben all der Arbeit und der Freude an ihrem neuen Leben vermisste sie ihre Familie, besonders ihre Mutter. Aber für ein Wiedersehen war es zu früh. Sie konnte nicht zurück nach Saint Florent. Sie bat ihre Mutter in fast jedem ihrer Briefe, nach Paris zu kommen, aber Clothilde ging nicht darauf ein. Eine Reise in die Hauptstadt lag jenseits ihrer Vorstellungskraft. Ihr Vater war nach wie vor zornig auf seine unbotmäßige Tochter, von ihm hatte sie keine Nachsicht zu erwarten.

Alles, was sie tun konnte, war an jedem ersten Sonntag im Monat einen Brief nach Hause zu schreiben. Ihre Mutter antwortete in dürren Worten, weil das Schreiben ihr schwerfiel. Sie benutzte dafür die Rückseiten der Lieferscheine für Rasierklingen und Seife. Wenn Vianne die Seiten in der Hand hielt, traten ihr Tränen in die Augen. Clothilde schrieb jedes Mal Grüße ihres Vaters und der Brüder darunter, aber Vianne hatte sie im Verdacht, das erfunden zu haben. Sie kannte die Unnachgiebigkeit ihres Vaters nur zu gut. Ihm durfte man nicht widersprechen, und was sie getan hatte, kam einer Sünde gleich. So ungefähr hatte ihre Mutter es auch in ihrem ersten Brief ausgedrückt, als sie von einem Besuch des Pfarrers geschrieben hatte, der ihren Eltern Vorwürfe gemacht hatte, weil sie ihre Tochter nicht richtig erzogen hätten.

Am Anfang trafen sie diese Vorwürfe tief, aber mit der Zeit wurde sie selbstbewusster, was auch daran lag, dass sie andere junge Frauen in einer ähnlichen Situation traf. Alle arbeiteten hart, lebten in winzigen, manchmal elenden Behausungen und sorgten für sich selbst. Einige waren verheiratet und hatten Kinder. Sie hatte auch zwei Kolleginnen in der Wäscherei, die Mütter waren, ohne verheiratet zu sein. In Saint Florent wäre das ein Skandal gewesen. Eine solche Frau hätte niemals wieder die Kirche betreten dürfen.

Während ihrer abendlichen Unternehmungen lernte Vianne noch andere Frauen kennen, die als Tänzerinnen oder Garderobieren in den Tanzvergnügen arbeiteten und wechselnde Männerbekanntschaften hatten. Auch wenn sie das anfangs befremdete, verstand Vianne doch, dass sie diese zusätzlichen Zuwendungen brauchten, um über die Runden zu kommen. Und wenn sie sich mit ihren Freundinnen ab und zu einen lustigen Abend leistete, dann hatten sie alle das mehr als verdient.

Clothilde dachte wie sie. Sie waren füreinander die Familie, sie fühlten sich wie Schwestern. Sie teilten das Wenige, das sie hatten, tauschten ihre Kleider, trösteten sich gegenseitig, wenn Heimweh oder Zweifel sie überkamen, und genossen ihre Freiheit in vollen Zügen, wenn ihnen danach war.

»Wir müssen zusammenhalten«, sagte eine der beiden zur anderen, und die andere nickte.

»Müssen wir. Und wir stehen einander bei, egal, was kommt.«

»Egal, was kommt.«

# Acht

Der Umzug der Wäscherinnen fand immer zur Hälfte der Fastenzeit im Frühjahr statt. Die Stadtoberen sahen es nicht gern, wenn die Frauen an diesem Tag ihr lautstarkes Fest feierten und singend und tanzend durch Paris zogen. Polizisten und andere Uniformträger hielten sich an diesem Tag lieber bedeckt, denn sie wurden mit Papierkonfetti und faulen Eiern, zumindest aber mit Schmähungen und schmutzigen Liedern bedacht. Das Volk von Paris stand zu Tausenden an den Straßen, um die geschmückten Wagen vorüberfahren zu sehen und den aufgeputzten Frauen zuzuwinken, die nicht mit ihren Reizen geizten und Küsse verteilten. Jede Wäscherei wählte ihre Königin, und diese wiederum wählten aus ihren Reihen die Wäschekönigin von Paris. Abends gab es in jedem Viertel einen Ball. In diesem Jahr war es im März kalt und regnerisch, aber Vianne und Clothilde ließen sich nicht abhalten. Sie zogen ihre schönsten Kleider an und nahmen auf dem Wagen Platz, den Monsieur Balcon seinen Wäscherinnen spendiert hatte. Geschmückt hatten sie ihn alle gemeinsam, mit Blumen. Und als die nicht reichten, stiftete Vianne einige ihrer bunten Zeichnungen von Blumen, die sie auf Pappe klebte. Sie fuhren einmal rund um den Hügel, dann ging es hinunter an den Fluss, aber Clothilde zog sie an der Place des Abbesses vom Wagen herunter. Hier hatte die Witwe Goulande ihr Lokal, die bei aller rauen Geschäftstüchtigkeit immer ein Herz für die Mädchen hatte.

»Komm, mir ist kalt, und wenn wir jetzt weiterfahren, müssen wir den ganzen Weg wieder zurücklaufen.«

Vianne wollte protestieren, aber Clothilde sagte: »Du wirst sowieso nicht Königin, da kannst du auch gleich absteigen.«

Vianne knuffte sie in die Seite, folgte ihr dann aber doch.

Die Place des Abbesses sah im Dämmerlicht wunderschön aus. Die Bäume trugen noch kein Laub, aber rund um die Metrostation herum spendeten die Gaslaternen ihr goldenes Licht und ließen den Platz festlich leuchten. Wenn man gegen das Licht schaute, sah das Geäst der Bäume aus wie bizarr geformter Schmuck. Und auch die Frauen, die sich an die Laternen lehnten und die Männer herausfordernd ansahen, nutzten das weiche Licht, um besonders verführerisch auszusehen. Drinnen bei der Witwe Goulande war es schön warm. Vianne war froh, dass sie Clothildes Vorschlag gefolgt war, denn sie merkte jetzt, wie sehr sie fror. An einem großen Tisch fanden sie einen Platz und bestellten etwas zu essen und heißen Wein. Sie wollten sich für den Ball, der am Abend stattfinden sollte, stärken. »Heute gucken wir nicht aufs Geld. Heute amüsieren wir uns hemmungslos. Heute ist der Tag der Wäscherinnen!«, rief Clothilde und hob ihr Glas.

Vianne prostete ihr zu und bemerkte den Mann, der sich ihr gegenüber an den Tisch gesetzt hatte. Er hob ebenfalls sein Glas und sah sie mit einem Ausdruck an, der sie unruhig machte.

»Sie sind sehr zart für eine Wäscherin. Aber Ihre Hände verraten sie«, sagte er zu ihr. Er musste laut sprechen, denn der Lärm in dem überfüllten Lokal war ohrenbetäubend.

Vianne wollte ihre rotgescheuerten Hände unter dem Tisch verstecken, aber er griff danach und zog sie an sich.

»Alle Achtung«, sagte er. »Ich habe immer viel Respekt vor zähen Frauen wie Ihnen gehabt. Und dennoch haben Sie sich Ihr strahlendes Lächeln bewahrt. Das ist mir gleich aufgefallen, als ich hereingekommen bin.«

Vianne war verwirrt, weil der Fremde sie siezte, das tat sonst niemand. Und er sprach mit einem Akzent, den sie noch nie gehört hatte. Rasch zog sie ihre Hand zurück.

Ihr Gegenüber erhob sich und verbeugte sich vor ihr, eine Geste, die sie absolut rührend fand. »Mein Name ist David Marlowe Scott. Ich bin Engländer«, sagte er feierlich. »Darf ich Sie zu einem Glas einladen, und Ihre Freundin natürlich auch?«

»Warum nicht?«, rief Clothilde dazwischen, bevor Vianne ablehnen konnte.

Der Engländer erzählte ihnen, dass er wegen des Festes der Wäscherinnen nach Montmartre gekommen sei, weil er sich für Frauen und ihre Berufe interessierte.

»Ich male sie«, sagte er.

»Sie sind Maler?«, fragte Vianne. Sie traf immer mal wieder einen dieser Männer, die in farbverschmierten Jacketts herumliefen und ihre Bilder in Cafés zum Kauf oder im Tausch gegen eine Mahlzeit, ein Glas Absinth oder manchmal auch nur eine Zigarette anboten. Sie hatte sie alle im Verdacht, eher Hungerleider zu sein. Aber der Mann ihr gegenüber trug einen Anzug aus teurem Stoff. So etwas sah sie sofort, schließlich hatte sie jeden Tag mit Stoffen zu tun. »Dann begleiten Sie uns doch zu unserem Ball. Dort gibt es haufenweise von uns zu sehen.« Sie schlug entsetzt die Hand vor den Mund. Was redete sie denn da?

Wieder erhob er sich leicht, was angesichts der Enge im Lokal gar nicht so einfach war. »Tanzen Sie dann mit mir?«

Die nächste Stunde wurde für Vianne ein Wechselbad der

Gefühle. David Marlowe Scott kannte viele Leute, mit denen er ein paar Sätze wechselte. Er schien ein beliebter Mann zu sein, ständig klopfte ihm jemand auf die Schulter, um ihn zu begrüßen. Bei diesen Gelegenheiten, wenn seine Aufmerksamkeit nicht ihr galt, beobachtete sie ihn, und was sie sah, gefiel ihr. Er lachte oft und seine Bewegungen hatten eine natürliche Eleganz. Er schien viele Freunde zu haben, soweit Vianne es verstehen konnte, ging es um Farben und welcher Händler zurzeit die besten Pinsel machte. Wenn die anderen gegangen waren, wandte er sich wieder ihr zu und fragte sie aus, woher sie komme, in welcher Wäscherei sie arbeite, welches ihr Lieblingsplatz in Paris war.

»Der Jardin des Plantes beziehungsweise das Botanische Institut dort.«

»Tatsächlich? Das habe ich ja noch nie gehört. Sonst finden immer alle den Eiffelturm oder *Bon Marché* am schönsten.«

*»Bon Marché?«*

»Das Kaufhaus? Kennen Sie es nicht?«

Vianne schüttelte den Kopf.

»So was ist für uns zu teuer. Aber das kommt noch!«, warf Clothilde ein.

»Sie haben die Königin gewählt«, rief ein Mann von der offenen Tür herein. »Es ist eine von Malauchons Mädchen.«

»Bestimmt die kleine Violette. Sie ist bildhübsch«, sagte Clothilde.

»Malauchon? Das ist doch Schiebung. Immer gewinnt eine von dort!«, rief der Kellner mit einem derben Lachen.

»Was willst du damit sagen?« Ein Mann stand auf und stemmte die Fäuste auf den Tisch. Er schnaubte vor Wut.

»Vorsicht, das ist der Bürovorsteher von Malauchon«, sagte Clothilde leise. »Jetzt gibt's Ärger.« Sie zog Vianne hoch und schubste sie ziemlich rüde durch die Menge, die sich in kürzester Zeit in zwei sich wüst beschimpfende Lager spaltete, nach draußen.

Auf dem Platz sah Vianne sich um.

»Wollten Sie mich etwa mitten in dieser Gefahr allein lassen?«, fragte David Marlowe Scott, der plötzlich neben ihr auftauchte, vorwurfsvoll. »Und kann mir mal jemand sagen, worum es da drinnen eben ging?«

»Um die Ehre, Monsieur«, sagte Clothilde würdevoll.

Vianne musste lachen. Sie war froh, dass sie das Gespräch mit diesem Mann noch fortsetzen konnte. Er gefiel ihr. Er sah nicht nur gut aus, sondern er hatte auch Humor.

»Wir gehen jetzt tanzen«, verkündete Clothilde.

»Und ich begleite Sie«, sagte David und sah sie dabei auf eine Art an, die sie nervös machte.

»Keine Sorge, wir Engländer sind die Ritterlichkeit in Person. Und außerdem habe ich ein rein berufliches Interesse.« Damit reichte er ihnen je einen Ellenbogen, damit sie sich einhakten.

Vianne ärgerte sich über seine letzte Bemerkung. Dann siegte ihr Trotz. Na gut, dann war sein Interesse eben nur beruflich. Sie hatte ohnehin keine Zeit, sich mit einem Mann einzulassen.

Sie stiegen den Berg hinauf und auf der anderen Seite wieder hinunter, bis sie den Tanzsaal in der Rue des Saules erreicht hatten. Schon von draußen hörten sie die Musik und die stampfenden Schritte der Tänzer. Als sie die Tür öffneten, schlugen ihnen Hitze und der Geruch von Tabak und Wein entgegen. Es war so voll, dass alle Plätze besetzt waren. Also nahm David Vianne gleich am Arm und flog mit ihr über die Tanzfläche. Sie tanzten nicht nur den einen Tanz, sondern viele, bis Vianne außer Atem war. Dann setzten sie sich an einen Tisch und tranken noch ein Glas Wein. Langsam stieg ihr der Alkohol zu Kopf.

»Sehen Sie, das ist die Königin vom letzten Jahr«, rief sie und zeigte auf eine hübsche Frau, die am Nebentisch saß. Sie trug eine Schärpe in den Farben der Trikolore und eine Haube aus feinster Spitze. »Ihre Mutter ist auch Wäscherin, aber bei Monsieur Balcon, da arbeite ich, und sie war auch schon Königin von Paris.«

»Also ich hätte Sie gewählt. Sie sind viel hübscher«, gab er zurück, und sie musste lachen. Das ging jetzt aber doch über ein rein berufliches Interesse hinaus, oder etwa nicht? Sie tanzten noch einige Tänze, und David drückte Vianne enger an sich, als unbedingt nötig gewesen wäre. Es fühlte sich fremd und gut an, einem Männerkörper so nahe zu sein. Er passte auf, dass niemand ihr in dem Gedränge auf die Füße trat oder sie unabsichtlich schubste. Und er bedachte jeden anderen Mann, der sie zum Tanzen aufforderte, mit giftigen Blicken. Das macht er nicht, wenn Clothilde aufgefordert wird, dachte Vianne glücklich. Im Gegenteil, ich glaube, er ist ganz froh, wenn er mit mir allein sein kann.

Es war schon fast wieder Morgen, als sie nach Hause gingen. Vianne hätte bis in alle Ewigkeiten so weitertanzen und neben David an einem Tisch sitzen können, aber sie war auch todmüde und ein bisschen betrunken. Sie musste ins Bett. Aber wie verabschiedete man sich von einem Mann, den man zwar erst vor einigen Stunden kennengelernt hatte, den man aber gern wiedersehen würde? Sie hatte keine Erfahrung mit solchen Dingen.

Unschlüssig standen sie zu dritt auf der Straße, wo ihre Wege sich trennen würden.

»Also dann …«, sagte Vianne.

»Jetzt lass uns gehen. Ich bin hundemüde«, sagte Clothilde und gähnte.

David sah sie an, und im Dämmerlicht konnte sie seinen nachdenklichen, fast ein wenig gequälten Gesichtsausdruck erkennen. Sie hatten sich schon halb zum Gehen gewandt, als David sich plötzlich, mit einer heftigen Bewegung wieder zu ihr herumdrehte und sie am Arm fasste.

»Kennen Sie eigentlich Montparnasse?«

»Montparnasse?«, frage Vianne. Ihre Stimme klang vor lauter Erleichterung zu hoch.

»Dort wohne ich«

»Ich habe das Wort schon auf den Straßenschildern gelesen, wenn ich auf dem Weg in den Jardin des Plantes war.«

Er nickte. »Aber Sie waren noch nie dort? Es liegt auf der anderen Seite von Paris. Wenn Sie vom Hügel von Montmartre nach Süden schauen, können Sie es sehen. Dort amüsiert man sich heute. Viele meiner Kollegen haben Montmartre bereits den Rücken gekehrt und sind auf die andere Seite des Flusses gezogen. Obwohl sie früher große Stücke darauf gehalten haben, niemals einen Fuß in die bürgerlichen Viertel zu setzen.«

»Wenn es ums Amüsieren geht, sind wir dabei«, sagte Clothilde.

»Also gut, dann hole ich Sie beide am nächsten Sonnabend ab.« Auch aus seinen Worten klang unendliche Erleichterung.

Er reichte erst Clothilde die Hand, dann Vianne, wobei er ihre Hand einen Moment zu lange in seiner hielt. Dabei sah er sie an, und in seinem Blick lag etwas, das Vianne bei einem Mann noch nicht gesehen hatte: Wärme und gleichzeitig Entschlossenheit, die aber etwas Widerstrebendes hatte.

Die ganze Woche verspürte sie eine kribbelige Nervosität. Vianne führte sich immer wieder den Abend mit David vor Augen und versuchte zu ergründen, was er für sie empfand, und sie für ihn. Wie waren seine Blicke zu deuten, die Fürsorglichkeit, die er den ganzen Abend über für sie gehabt hatte? Er hatte sich viel mehr um sie gekümmert als um Clothilde, das war eindeutig, aber was hatte das genau zu bedeuten? Sie war so unaufmerksam bei der Arbeit, dass sie die Wäsche, die schon sauber und ausgeklopft war, noch einmal in die heiße Lauge legte.

»Was ist denn mit dir los?«, zischte Clothilde sie an und fischte die Wäschestücke mit einem langen Waschlöffel wieder heraus.

Am Samstagabend lief sie so schnell es ging nach der Arbeit nach Hause und stellte sich vor den Spiegel. Wie sah sie eigentlich aus? Immer noch nicht so wie die Töchter von L'Espagnol. Aber auch nicht mehr ganz so blass und farblos wie früher. Ihre Wangen waren von der Hitze der Wäscherei und der Kälte draußen gerötet. Sie hob ihr Haar im Nacken an und steckte es zu einem lockeren Knoten fest.

»Du hast einen schönen Schwanenhals«, sagte Clothilde, die sich hinter sie gestellt hatte. »Und deine Figur ist nicht zu verachten. Hier, probier das.« Sie reichte ihr den dunkelroten Lippenstift, den sie wie einen Schatz hütete.

Vianne trug ihn auf und schürzte die Lippen vor dem Spiegel. »Findest du mich eigentlich hübsch?«,

»Du hast ein bisschen was von Greta Garbo«, sagte Clothilde, »obwohl du aus dem Süden stammst. So etwas Kühles, leicht Abweisendes. Das macht die Männer verrückt.« Sie lachte übermütig, und Vianne fiel in das Gelächter ein. »Warte, ich zupfe dir die Augenbrauen, dann ähnelst du ihr noch mehr.«

Eine halbe Stunde später waren sie beide fertig angezogen und warteten auf David.

»Mach du auf«, sagte Vianne, als es klopfte. Sie sah noch einmal in den Spiegel und probierte ein Lächeln aus.

»Sie sehen toll aus, alle beide«, sagte David. Er reichte ihnen formvollendet den Arm und führte sie zu dem Taxi, das vor dem Haus wartete. Vianne war noch nie mit einem Taxi gefahren und genoss den Ausflug. Der Wagen hielt an der Kreuzung Montparnasse und Boulevard Raspail vor einem großen Lokal, dem *Dôme*. Sie blieben einen Moment auf der Schwelle stehen, um einen freien Tisch auszumachen. Das war Vianne ganz recht, denn so konnte sie das üppige Dekor aus blitzenden Kronleuchtern und Kristall bestaunen. Riesige Platten mit Meeresfrüchten wurden vorübergetragen, dazu Champagner in Kübeln, in denen Eiswürfel klirrten. Frauen in wunderschönen Kleidern und Männer im Smoking saßen an den Tischen. Vianne sah an sich herunter und hätte sich fast am falschen Ort gefühlt. Aber dann dachte sie an den kühnen Schwung ihrer Augenbrauen und den Lippenstift, den sie trug. Sie hob das Kinn und folgte David, der einen langen Tisch am Fenster ansteuerte, an dem gerade eine Ecke frei geworden war. Der Kellner räumte die leeren Gläser und Teller ab, die Umsitzenden rückten ein Stück zusammen und sie setzten sich. Vianne warf Clothilde, die neben ihr auf der mit dunklem Leder bezogenen Bank saß, einen Blick zu und konnte in ihren Augen lesen, dass sie genauso aufgeregt war wie sie. Auf der anderen Seite der Straße konnte sie die Namen *La Rotonde* und *La Coupole* lesen, zwei weitere berühmte Lokale, von denen sie wie alle Pariser gehört hatte, in die sie sich zu gehen aber bisher nicht getraut hatte. Sie wies mit der Hand in die Richtung, und Clothilde nickte. »Jetzt habe ich eine Ahnung, wohin dein Engländer uns hier geschleppt hat«, sagte sie leise, »aber mir gefällt's. Mensch, guck mal da drüben!« Sie stieß Vianne unsanft in die Seite.

Eine Frau kam dort eine Treppe herunter, sie schwebte geradezu. In einem Kleid, das bis weit den Oberschenkel hinauf geschlitzt war und Strumpfbänder und perfekt geformte Beine sehen ließ. Ihre Augen waren schwarz umrandet, die Lippen mit dem rotesten Lippenstift, den Vianne und Clothilde je gesehen hatten, zu einem Herzmund geschminkt. »Die sieht aus wie ein Star aus einem amerikanischen Film!«, entfuhr es Vianne.

David war inzwischen aufgestanden, um einige Freunde zu begrüßen, und Vianne und Clothilde konnten sich weiter ungestört umsehen.

»Na, das war vielleicht ein Auftritt. Und ich kam mir schon komisch vor, als wir das Lokal betreten haben«, sagte Vianne.

»Ich glaube, wir sind hier viel zu normal«, gab Clothilde zurück. »Ich komme mir ganz langweilig vor.«

In den nächsten Stunden hatten sie genügend Zeit, um sich an die Atmosphäre des Lokals zu gewöhnen. Der Wein, der in Strömen floss, tat ein Übriges. An den Tischen des *Dôme* war das Treiben womöglich noch bunter als am Montmartre. Hier war alles weniger proletarisch, internationaler. Männer mit kleinen schwarzen Schnauzbärten, die wie Mexikaner oder Spanier aussahen, saßen neben grell gekleideten Frauen, die Zigaretten rauchten. Ein paar Tische weiter hatte eine Gruppe Frauen Platz genommen, die sich wie Männer kleideten und kurze Haarschnitte hatten. Hier durfte offensichtlich jeder so sein, wie er wollte. Vianne verstand kaum die Hälfte der Gäste, weil sie nicht Französisch redeten, sondern alle möglichen Sprachen. Sie riss die Augen auf, als plötzlich ein Papierflugzeug über ihren Tisch angesegelt kam und mitten in ihrem Glas landete. Neugierig drehte sie sich um und entdeckte am Nebentisch einen Mann, der schon dabei war, den nächsten Flieger aus Zeitungspapier zu basteln und ihn in ihre Richtung schickte, völlig unbeeindruckt von ihrer Reaktion. Die Frau mit dem geschlitzten Kleid saß ihm gegenüber und rauchte mit einer goldenen Zigarettenspitze. Sie schien sich nicht im Geringsten an dem Verhalten des Mannes zu stören. Also fischte Vianne das Papier, das schon anfing, sich aufzulösen, aus ihrem Weinglas und ließ es unter dem Tisch verschwinden.

»Ich scheine Sie ja gar nicht zu interessieren«, hörte sie plötzlich eine Stimme dicht an ihrem Ohr.

Sie wandte den Kopf und fand sich nur wenige Zentimeter von Davids Gesicht entfernt, der am Kopfende des Tisches saß. Seine Stirn hatte er in übertriebene Sorgenfalten gelegt. Mein Gott, dachte sie. Noch ein paar Zentimeter näher, und wir küssen uns. Sie wollte vor ihm zurückweichen, aber das war nicht möglich, weil Clothilde sich an sie gelehnt hatte. Und wenn sie ehrlich war, dann gefiel ihr diese Nähe auch. Sie konnte das Glitzern in Davids blauen Augen sehen und seinen Geruch wahrnehmen. Beides zog sie an, und ohne nachzudenken beugte sie sich noch ein Stückchen in seine Richtung vor. Sie wollte ihn provozieren und fragte sich gleichzeitig, woher sie den Mut dazu nahm.

David hielt ihrem Blick stand. »Was ist mit Wein? Möchten Sie noch ein Glas?«

Sie fuhr sich mit der Zunge über die Oberlippe und sah, wie er schluckte. Er hob die Hand, und sie war sich sicher, dass er ihre Wange streicheln wollte, um sie an sich zu ziehen und sie zu küssen. Sie schloss die Augen …

»Scott, da bist du ja endlich, ich hab dich ewig nicht gesehen, hab schon überall nach dir gefragt. Ich muss unbedingt … Oh, ich störe wohl …« Eine laute Stimme mit rollenden Rs drang an ihr Ohr. Als sie die Augen wieder öffnete, schlug ein hünenhafter Mann David auf die Schulter und schubste ihn dabei noch ein kleines Stück näher zu Vianne. David setzte sich wieder aufrecht hin und der Zauber des Augenblicks war vorüber.

Vianne räusperte sich, und David stellte sie dem Hünen vor: »Das ist Monsieur Borelli aus Rom. Eduardo, du störst gerade tatsächlich. Wir treffen uns morgen, bei mir im Atelier.«

Der Italiener zwinkerte ihnen zu und wankte zum Tresen.

»Schade um den Moment«, sagte David zu Vianne und ließ sie dabei nicht aus den Augen.

Vianne wusste nicht, was sie antworten sollte. Es kostete sie eine beinahe körperliche Anstrengung, sich aus Davids Blick zu lösen. Dann atmete sie tief ein, lehnte sich zurück und sah zur anderen Seite, wo Clothilde saß. Doch die hatte ihr den halben Rücken zugewandt und unterhielt sich angeregt mit einem jungen Mann, der neben ihr saß und bereits ihre Hand hielt. Energisch bohrte Vianne ihr den Zeigefinger in die Seite und als Clothilde sich umdrehte, blickte sie sie fragend an.

»Er heißt Jeannot. Er hat eine Garage irgendwo an der Rue Monge. Zwanzig Plätze. Ist er nicht süß?«, flüsterte Clothilde.

Garagenbesitzer, dachte Vianne mit einem Lächeln. Das war ein geflügeltes Wort unter den Wäscherinnen bei Monsieur Balcon. Garagenbesitzer galten als gute Partien. Es gab immer mehr Automobile in der Stadt, und die Besitzer stellten ihre Wagen in die Garagen ein, wo sie gleichzeitig gewartet und repariert wurden. Ein gutes Geschäft und eine Arbeit, bei der man sich nicht zu Tode schuften musste. Als Besitzer einer Garage hatte man Renommee.

»Einen Penny für Ihre Gedanken.«

Sie wandte sich wieder David zu und hob statt einer Antwort ihr Glas, um mit ihm anzustoßen. Sie spürte seinen Blick, der an ihrem Hals hängen blieb. Die Härchen in ihrem Nacken stellten sich auf. Konnte man das eigentlich sehen? Hoffentlich nicht. Sie sog die Unterlippe ein und senkte den Blick. Als sie wieder zu David aufsah, beugte er sich zu ihr und diesmal wollte er sie küssen, da war sie sich ganz sicher. Er legte seine Lippen auf ihre, ganz leicht und nur für einen winzigen Augenblick, aber die schmetterlingshafte Berührung durchfuhr Vianne wie ein Blitzschlag. Sie zuckte zusammen, und David wich zurück.

»Ich glaube, wir sollten jetzt gehen«, sagte er, und seine Stimme klang heiser. Er räusperte sich.

Vianne stand abrupt auf. »Ja, wir sollten gehen, es ist spät. Komm, Clothilde.« Ungeduldig zog sie die Freundin hinter sich her.

»Warum hattest du es denn auf einmal so eilig? Ich konnte mich nicht mal richtig von Jeannot verabschieden!« Clothilde schaute sie aus ihrem Bett herausfordernd an.

»Du hättest ja noch bleiben können«, gab Vianne zurück. Auch sie fand den Abschied verpatzt. Sie war einfach aufgestanden und hatte das Lokal verlassen. Bei David hatte sie sich nur mit knappen Worten verabschiedet. Und er hatte keine Anstalten gemacht, sie zurückzuhalten, geschweige denn, sie noch einmal zu küssen.

»Dann hätten wir zweimal ein Taxi bezahlen müssen.«

»Vielleicht hätte mein Jeannot mich ja gefahren. Immerhin hat er eine Garage voller Autos.«

»Du und dein Garagenbesitzer! Da bin ich mit meinem Maler ja nicht so gut dran«, sagte sie. Sie lagen beide schon seit geraumer Zeit im Bett, es war fürchterlich spät, und sie konnten nicht einschlafen, Clothilde, weil sie Vianne in allen Einzelheiten von Jeannot Belcq vorschwärmte. Vianne, weil sie immer noch völlig verwirrt war. Sie hatte versucht, Clothilde zu beschreiben, was ihr an Davids ruhiger Art, seinem feinen Humor so gut gefiel.

»Und warum bist du dann so Hals über Kopf aus dem Lokal gestürmt?«

Vianne seufzte. »Wenn ich das wüsste. Er hat plötzlich gesagt, er müsse jetzt gehen. So, als würde es ihm leid tun, dass er mich geküsst hat.«

»Dein David hat dich geküsst?«

Vianne nickte und antwortete dann entrüstet: »Er ist nicht *mein* David.«

»Aber er verschlingt dich mit den Augen.«

Vianne warf mit ihrem Kopfkissen nach ihr, aber Clothilde seufzte nur. »Ich finde Jeannot einfach himmlisch. Hast du seine Augen gesehen? Wie zwei Stück Kohle. Sein Vater ist Spanier, aber er ist in Paris geboren. Sonst hätten seine Eltern ihn Jaime genannt.«

»Jaime, wenn man das schreibt, liest es sich wie *j'aime*, ich liebe dich.«

»Stimmt das? Woher weißt du so etwas nur?«

»Bei uns zu Hause leben einige Spanier, da habe ich das aufgeschnappt.«

»Du bist klug, weißt du das eigentlich?«

»Leider nützt mir mein Wissen nichts. Ich bin immer noch Wäscherin. Und nun habe ich ausgerechnet einen Maler kennengelernt …«

»Gib's zu, du magst ihn.«

Viannes Blick bekam etwas Träumerisches. »Ja, ich mag ihn sehr. Aber jetzt lass uns schlafen. Siehst du deinen Jeannot wieder?«

»Wir sind morgen Abend verabredet.«

»Du Glückliche.« Vianne seufzte. Ob sie David jemals wiedersehen würde?

# Neun

Zu meiner Erleichterung sah ich, dass Étienne Viardot noch, wie verabredet, im Museumsshop auf mich wartete. Er blätterte in einem dicken Katalog. Als er aufsah und mich entdeckte, strahlte er über das ganze Gesicht. »Ich hatte schon Angst, Sie würden nicht kommen.«

Ich strahlte zurück. Gemeinsam suchten wir in den langen weißen Regalen nach einer Postkarte des Gemäldes. Leider gab es keine. Während wir Richtung Ausgang gingen, fragte ich ihn: »Mögen Sie Autos?«

Er sah mich verwirrt an. »Autos? Ich habe gar keins. In Paris wäre das Selbstmord auf Raten. Ich bin ein passionierter Radfahrer.«

Ich lächelte ihn an. »Dann ist es gut.«

Vor dem Museum hielt er ein Taxi an und wir fuhren über die Seine. Ich sah die Pyramide des Louvre und die langen Schlangen vor dem Eingang.

»Ich glaube, ich habe heute Morgen richtig Glück gehabt, dass ich ohne lange Wartezeit ins Museum gekommen bin. Wer weiß, ob ich mich anders entschieden hätte, wenn ich eine Stunde hätte warten müssen.«

»Dann wäre Ihnen das Bild mit Ihrer Ahnin entgangen.« Er räusperte sich. »Und ich hätte Sie nicht getroffen.«

Ich sah kurz zur Seite und fing sein Lächeln auf. Rasch sah ich wieder auf die Straße. Aber ich fühlte die Nähe dieses sympatischen Mannes, der dicht neben mir saß.

»Wie lange leben Sie denn schon hier?«, fragte ich.

»Schon immer. Meine Familie lebt seit zehn Generationen in der Stadt. Einer meiner Vorfahren hat sogar während der Revolution seinen Kopf unter der Guillotine verloren.«

Oh, Mist. Was sagte man in so einem Fall? Ich schwieg betreten.

»Ich habe ihn aber nicht persönlich gekannt«, sagte er mit einem kleinen, spitzbübischen Lächeln.

Ein paar Minuten später hielten wir vor einem stattlichen sechsstöckigen Haus. Ich sah die Fassade hinauf und entdeckte steinernes Rankenwerk und barbusige Karyatiden, die die Balkone und Erker der Beletage stützten. Das oberste Stockwerk sprang zurück und versteckte sich hinter einer verzierten steinernen Brüstung. Von dort oben musste man einen phantastischen Blick über den Louvre haben. Étienne tippte den Code ein und wir betraten einen ebenfalls ziemlich imposanten Eingangsbereich mit einer zweiflügeligen Treppe.

»Bonjour, Monsieur Viardot. Madame …«, begrüßte uns die Concierge und sah mich zuvorkommend lächelnd an.

Von oben hörte ich das Summen vieler Stimmen. Wir gingen die Treppe hinauf, und vor uns lag ein großer Saal. Ich konnte Reihen von Stühlen mit breiten, rotgepolsterten Sitzen und ein Stehpult entdecken. Hier musste die Auktion stattfinden.

»Das sind Händler oder Beauftragte von Interessenten. Sie werden gleich die Gebote weitergeben, die per Telefon hereinkommen«, sagte Étienne und zeigte auf Männer in dunklen Anzügen, die vor der Tür standen und auf ihre Handys starrten.

»Gucken die Leute sich nicht an, was sie kaufen wollen?«, fragte ich.

»Es gibt vorher einen Katalog, in dem man sich über die

Stücke informieren kann, die zur Versteigerung kommen. Und diese Leute kaufen meistens nicht, um sich ein Bild ins Wohnzimmer zu hängen. Warten Sie …« Er gab einem jungen Mann ein Zeichen, der ihm einen Katalog aushändigte. »Hier, damit Sie wissen, worum es geht. Ich versteigere nur die Gemälde, die sind ganz vorn, die ersten vierzig Nummern. Es wird vielleicht eine Stunde dauern. Ich muss Sie jetzt einen Augenblick allein lassen, weil ich mich vorbereiten muss. Aber gehen Sie einfach schon mal hinein.« Er wies auf die doppelflügelige Tür. »Setzen Sie sich hin, wo Sie wollen. Und danach warten Sie auf mich, ja?« Er sah mich wieder mit diesem Lächeln an, von dem mir ganz warm wurde.

Als ich den Auktionssaal betrat, fielen mir gleich einige Frauen auf, die sehr elegant gekleidet waren, in bunten Chiffonkleidern und hohen Schuhen. Keine einzige trug Jeans und T-Shirt wie ich. Einige hatten sogar Operngläser dabei. Die Männer trugen ausnahmslos dunkle Anzüge. So eine Versteigerung musste so etwas wie ein gesellschaftlicher Anlass sein, dachte ich, setzte mich in eine leere Reihe ziemlich weit hinten und fing an, in dem Katalog zu blättern. Gleichzeitig beobachtete ich möglichst unauffällig, was im Saal vor sich ging. Ein Kellner hielt mir ein Glas Champagner auf einem kleinen Tablett hin. »Den schickt Ihnen Monsieur Viardot«, sagte er mit einem verbindlichen Lächeln.

Es wurde still im Saal, die Auktion begann. Étienne, so nannte ich ihn bereits in Gedanken, trat hinter das Pult, das vor der Fensterfront stand. Er trug jetzt ein weißes Hemd und ein dunkles Sakko. Sein Blick wanderte durch den Raum, und als er mich sah, lächelte er mir zu. Dann eröffnete er die Auktion.

Zwei Angestellte mit weißen Handschuhen trugen ein Gemälde von einem Nebenraum in den Saal und präsentierten es den Anwesenden. Étienne stellte das Bild kurz vor, nannte den Maler und das Motiv. Es zeigte eine wenig ansehnliche, blasse Frau in einem steifen Kleid, wie ich fand. Étienne nannte den Ausgangspreis, das Bieten begann. Bei einigen Bildern ging es ganz schnell: Kaum hatten die Männer ein Gemälde hochgehalten, wurde rasch hintereinander geboten. Es waren aber auch zwei Bilder, eine Jagdszene in einem dunklen Wald und die Ansicht einer Burg im Mondlicht, die an die Malweise Caspar David Friedrichs erinnerten, dabei, bei denen sich die Bieter gegenseitig immer höher trieben. Es wurde richtig spannend, Unruhe machte sich breit, bis schließlich nach etlichem Hin und Her die Bilder verkauft waren. Nur ein einziges Bild fand keinen Käufer. Es war ein kleines Stillleben, Äpfel und ein Fisch. Ich mochte den Fisch, der glänzend und wie lebendig auf einem Tisch lag. »Das Anfangsgebot liegt bei fünftausend«, sagte Étienne. »Fünftausend. Bietet jemand fünftausend?« Niemand rührte sich. Irgendwie tat mir das Bild leid, und für einen winzigen Augenblick war ich versucht, lässig die Hand zu heben. Es wäre ganz einfach gewesen. Die fünftausend Euro hätte ich gehabt, und ich stellte mir Jean-Louis' Gesicht vor, wie er mir von seinem Autosalon erzählte und ich ihm dann das Bild zeigte und sagen würde, dass ich auf einer Kunstauktion gewesen sei und es mal eben ersteigert hätte.

Aber der Moment war schon vorüber. »Los Nummer 315A nicht verkauft«, sagte Étienne und notierte etwas auf seinem Pult.

Nach einer guten Stunde war die Auktion tatsächlich vorbei. Étienne kündigte eine kurze Pause an und verschwand im Hinterzimmer. Ich fing gerade an mich zu fragen, ob er mich wohl vergessen hatte, als er plötzlich neben mir stand.

»Wollen Sie noch bleiben?«, fragte er. »Jetzt kommen Zeichnungen und Gartenpläne.«

Ich schüttelte den Kopf und stand auf.

»Dann lassen Sie uns schauen, ob wir etwas über Ihren Maler herausfinden. Mein Büro ist dort hinten.« Er ging vor und wir passierten einen langen Korridor, dessen Boden mit einem dicken Teppich belegt war. Ganz am Ende lag sein Büro. Er schloss auf und bat mich herein.

Der Raum war komplett mit Bücherregalen ausgestattet, vom Boden bis an die Decke. Um an die Bücher ganz oben zu gelangen, musste man auf eine Leiter steigen. So eine Bücherleiter, die man vor dem Regal hin und her schiebt, hatte mir schon immer imponiert.

Auf einem riesigen Tisch stapelten sich Papiere und Ordner. Er nahm ein paar Bücher von dem Besuchersessel und lud mich mit einer Handbewegung ein mich zu setzen. Aber ich wollte lieber die Regale entlanggehen und mir die Buchrücken ansehen. Ich sah Kunstbücher und Ausstellungskataloge auf Französisch, Englisch, Deutsch, Spanisch, Russisch.

»Darf ich?«, fragte er und zog sein Jackett aus, um es gegen das blaue von vorhin zu tauschen. »Das ist meine Arbeitsjacke. Sie ist mir zu offiziell.«

»Steht Ihnen aber auch.«

»Wie fanden Sie das eben?«

»Ich hätte am liebsten für den Fisch geboten«, sagte ich, ohne zu überlegen. »Aber da wäre ich in Schwierigkeiten geraten.«

Er lachte. »Was meinen Sie, wie oft das vorkommt, dass jemand sich zum Bieten hinreißen lässt, und wenn es dann ans Bezahlen geht …«

»Wirklich? Warum tun die Leute das?«

Er zuckte mit den Schultern. »Einige glauben wohl, sie kommen damit durch, wenn sie den Preis nachträglich senken wollen. Andere brauchen den Kick, von allen gesehen zu werden, wie sie immer höher bieten. Die mag ich persönlich am wenigsten. Und es gibt die, die eine Sache wirklich haben wollen und jedes Urteilsvermögen verlieren.«

»Ich weiß, was Sie meinen. Das sind Leute, die mit dem Herzen bieten. So habe ich mich auch gerade gefühlt.«

»Das passt zu Ihnen.« Er lächelte und sah mich einen Augenblick zu lange an. Sein Blick machte mich nervös und ich tat so, als wäre ich ganz vertieft in die Bücher in den oberen Regalen. Aber ich spürte seinen Blick in meinem Rücken. Die Haut zwischen meinen Schulterblättern fing an zu kribbeln.

»Dann wollen wir mal sehen«, sagte er dann. Er trat neben mich und zog mit sicherem Griff einige Bände aus dem Regal und türmte sie auf dem Schreibtisch auf. »Manchmal ist der Griff zum Buch hilfreicher als eine Internetrecherche. Besonders, wenn es sich um nicht so bekannte Maler handelt.« Er blätterte in den Büchern, und ich konnte seinen Ehering sehen. War ja anzunehmen, dass ein derart attraktiver Mann verheiratet war.

»Sie glauben, Sie können vielleicht herausbekommen, wer die Frau auf dem Bild ist?«, fragte ich und war froh, mich wieder ganz auf die Sache konzentrieren zu können.

»Das würde ich liebend gern tun, aber wenn sie ein bezahltes Modell war, fürchte ich …«

»Hm, davon war ich einfach ausgegangen. Aber Sie haben natürlich recht. Sie könnte auch, was eigentlich?«

»Da gibt es viele Möglichkeiten. Vielleicht war sie eine Verwandte, vielleicht die Frau eines Freundes oder Auftraggebers, eine Fabrikantengattin oder so.«

Ich schüttelte den Kopf. »Soweit ich weiß, gibt es in meiner Familie keine Fabrikanten, die ein Porträt bei einem Maler in Auftrag geben würden. Könnte sie nicht auch seine Geliebte gewesen sein? Oder seine Frau?«

Wieder dieser intensive Blick, den ich nicht deuten konnte. »Seine Frau war sie nicht. Wenn ich mich recht erinnere, war Scott nicht verheiratet.« Er blätterte in einem Buch. »Hier haben wir ihn. David Marlowe Scott, geboren 1900 in London. Seinem Vater gehörte eine Fabrik für Nähmaschinen. Die Familie war reich. Der Sohn sollte die Firma übernehmen, fühlte sich aber zur Kunst hingezogen. Ende der 1920er Jahre kam er für ein Kunststudium nach Paris …« Er schob mir das Buch über den Tisch, damit ich mitlesen konnte. »Sehen Sie, das war es schon. Als letzter Eintrag steht hier lediglich, dass sich seine Spur während des Krieges verlor. Wahrscheinlich ist er zurück nach England gegangen, spätestens als die Deutschen hier einmarschierten. Es sind keine Werke verzeichnet, die nach dem Krieg entstanden sind.« Unter der mageren biografischen Notiz folgte ein Werkverzeichnis. Zwei Dutzend Bilder waren aufgelistet, darunter auch *Nach dem Ball.* Es war das einzige Bild, das in der Öffentlichkeit zu sehen war. Hinter allen anderen stand entweder *Verbleib unbekannt* oder *Privatsammlung.*

»Schade, es gibt kein Bild von ihm«, sagte ich. »Und über die Frau auf dem Bild steht da auch nichts.«

»Da werden Sie recherchieren müssen«, sagte er.

»Ich?«

»Wenn wir nichts über den Maler herausfinden, dann müssen wir etwas über sein Modell erfahren. Wir gehen doch davon aus, dass die Dame zu Ihrer Familie gehört.«

»Da haben Sie recht. Jemand muss sie kennen. Meine Eltern vielleicht.«

»Was ist mit Ihren Großeltern?«

Ich schüttelte den Kopf. Die waren schon lange tot, meine Oma Odile hatte am längsten gelebt, war aber auch schon vor fünfzehn Jahren gestorben. Dann fiel mir auf, was er gerade gesagt hatte: »Wieso eigentlich wir?«

Er lachte. »Die Geschichte interessiert mich. Ich bin schließlich Kunsthistoriker. Vielleicht werde ich berühmt, wenn ich das Geheimnis aufkläre. Nein, im Ernst: *Sie* interessieren mich. Wir werden das zusammen machen. Wenn Sie einverstanden sind.«

Inzwischen hatte ich mich schon an seinen intensiven Blick gewöhnt und fühlte mich fast ein bisschen von diesem Blick umsorgt, auf jeden Fall geschmeichelt. Er irritierte mich nicht länger, im Gegenteil. »Ich habe auch Kunstgeschichte studiert. Allerdings nur vier Semester.«

»Tatsächlich? Dann sind wir ja Kollegen!« Er freute sich sichtlich.

»Wie gesagt, vier Semester. Davon zwei an der Sorbonne.«

»Warum haben Sie aufgehört?«

Ich presste die Lippen aufeinander. Sollte ich ihm sagen, dass ich mir diese Frage immer wieder gestellt hatte und nicht zuletzt angesichts der Frau auf dem Bild immer mehr bereute, meine Ambitionen aufgegeben zu haben? Ich hatte das sichere Gefühl, dass er mich verstehen würde, aber irgendetwas in mir sträubte sich. Letztendlich wollte ich mir nicht eingestehen, dass ich die Krankheit meiner Mutter und die Beziehung zu Jean-Louis irgendwann auch als Ausrede benutzt hatte, weil mir die Courage fehlte, weiterzumachen und nach Paris zurückzukehren. »Es hat einfach nicht gepasst«, sagte ich. »Ich arbeite jetzt in der Kulturabteilung unserer Stadtverwaltung.«

»Hat Ihnen die Auktion Spaß gemacht?«, fragte er endlich

und brach damit das Schweigen, das schon unangenehm zu werden drohte.

»Ja, sehr. Und mir gefällt der Gedanke, mich auf die Suche nach dieser unbekannten Verwandten zu begeben. Wenn Sie mir helfen, finden wir vielleicht etwas heraus.«

Er rieb sich die Hände. »Das passt doch großartig. Aber vielleicht sollten Sie tatsächlich zuerst mit Ihren Eltern sprechen.«

Ich ging in Gedanken bereits meine Familie durch und fragte mich, wer eventuell noch etwas wissen könnte.

»Wenn Sie so nachdenklich sind, sehen Sie noch mehr aus wie die Frau auf dem Bild«, sagte er plötzlich.

»Ach, ich werde nie so sein wie diese Frau«, sagte ich schärfer, als ich es beabsichtigt hatte.

»Aber warum denn nicht?«, rief er aus.

»Warum nicht? Weil die Frau auf dem Bild das Gemälde mit dem Fisch vorhin gekauft hätte. Einfach so. Weil sie ihrer Laune nachgibt, weil sie spontan ist und vor nichts Angst hat.«

Er lachte leise. »Ich glaube, da sind Sie zu streng mit sich.« Er sah mich einen Moment lang an, und seine Augen waren plötzlich dunkelgrau. »Ich traue Ihnen jederzeit zu, außergewöhnliche Dinge zu tun.«

»Da sind Sie aber weit und breit der Einzige«, gab ich zurück.

Er sah auf die Uhr. »Ich habe zwar überhaupt keine Lust dazu, aber ich muss gehen. Ich habe gleich noch eine Vorbesichtigung für eine Versteigerung.«

»Ich habe Sie schon lange genug aufgehalten«, sagte ich rasch.

»Nein, das haben Sie gar nicht. Im Gegenteil, ich fand es sehr anregend, Sie kennenzulernen.«

Ich hatte plötzlich einen trockenen Mund. Der Alkohol stieg mir langsam in den Kopf. »Wie spät ist es eigentlich?«, fragte ich.

»Gleich halb sechs.«

»Um Gottes willen, dann muss ich sofort gehen. Heute ist nämlich mein Hochzeitstag«, sagte ich, ohne nachzudenken.

Er stutzte. »Oh, ich gratuliere. Wo ist denn Ihr Mann? Ich hoffe, er hat einen guten Grund, dass er nicht mit Ihnen im Museum war.«

»Er ist auf einer Automesse.«

»Haben Sie mich deshalb vorhin gefragt, ob ich Autos mag?« Er sah mich mit schiefgelegtem Kopf an.

»Ach, das ist eine dumme Geschichte. Aber heute Abend machen wir eine Seine-Fahrt. Und ich fürchte, ich komme zu spät.« Ich nahm meine Tasche und meine Strickjacke und wandte mich zur Tür.

»Warten Sie!« Er hielt mir eine edel gestaltete Visitenkarte hin, ich nahm sie und ließ sie in meine Handtasche fallen.

Er seufzte. »Ich bringe Sie hinaus«, sagte er und klang ein bisschen resigniert. Wir gingen wieder den langen Korridor hinunter. Es war merkwürdig, so dicht neben ihm zu gehen. Unsere Schritte passten irgendwie gut zueinander. Oben auf der Treppe blieben wir zögernd stehen. Schließlich beugte er sich vor und küsste mich ganz leicht auf die Wange.

»Auf Wiedersehen. Und ich meine es, wie ich es sage: Ich möchte Sie wiedersehen, Marlène«, sagte er.

Ich sah ihn fragend an.

»Ich möchte erfahren, was Sie über die Frau auf dem Bild erfahren konnten.«

Ach, darum ging es ihm. Da war aber mehr in seinen Augen.

»Und ich möchte *Sie* wiedersehen.«

Ich strahlte ihn an.

»Sie haben ein absolut hinreißendes Lächeln, wissen Sie das? Sie sollten immer lächeln.«

»Ich habe ja Ihre Karte«, sagte ich und ging die Stufen hinunter. Er blieb oben stehen, und auf seinem Gesicht lag ein trauriges Lächeln.

In der Metro ärgerte ich mich. Warum hatte ich ihm nicht meine Adresse genannt? Er musste mich ja für albern oder verklemmt halten. Jetzt war ich diejenige, die den ersten Schritt tun müsste. Und das kam überhaupt nicht in Frage.

# Zehn

Auf dem Weg zum Hotel ertappte ich mich immer wieder dabei, dass ich vor mich hin lächelte. Ich war einfach in Hochstimmung. Schließlich war an diesem Tag ja auch einiges passiert. Ich hatte »mein« Bild entdeckt, ich war auf einer Auktion gewesen und ich hatte mit einem Mann geflirtet. Alles Dinge, die neu in meinem Leben waren oder die ich lange nicht mehr getan hatte. Wenn man dann noch dazurechnete, dass ich bereits tagsüber Champagner getrunken hatte, dann reichte das eigentlich für einen Tag.

Ich kam ziemlich atemlos im Hotel an. Der Zimmerschlüssel hing nicht an seinem Platz an der Rezeption. Also war Jean-Louis schon da.

Bevor ich an unserer Tür klopfte, musste ich erst mal durchatmen. Mein Herz hämmerte bis zum Hals. Ich war immer noch wütend auf ihn, weil er unseren Hochzeitstag lieber mit Francine verbracht hatte als mit mir. Außerdem hatte ich ein klitzekleines schlechtes Gewissen wegen Étienne.

Er machte sofort auf, als ich klopfte. Er hatte also auf mich gewartet. Meine Wut legte sich ein wenig.

»Hallo«, sagte er und blieb so in der Tür stehen, dass ich nicht ins Zimmer konnte.

»Wie war es mit Francine? Darf ich rein?«

Er trat rasch einen Schritt zur Seite. »Ach, lass das doch. Es war nett.«

»Du wusstest, dass sie auch dort sein würde.«

Er stritt es nicht einmal ab. »Wir waren locker verabredet.«

»Das heißt, wenn ich tatsächlich mitgekommen wäre, hätte ich die ganze Zeit neben euch gestanden und euch zuhören müssen, wie ihr über Autos redet?«

»Stell dir vor, sie hat sich eine Corvette Sting Ray gekauft, Baujahr 66, als Cabrio!« Er klang begeistert.

Ich hatte Mühe, ruhig zu bleiben. Mein Mann bewunderte Francine dafür, dass sie sich ein Auto gekauft hatte! Er war ohnehin immer so aufgekratzt, wenn er mit ihr zusammen war.

»Na, da ist sie ja schneller als du.« Der Hieb hatte gesessen, das sah ich an seinem betroffenen Gesicht.

»Ich habe es nur noch nicht getan, weil wir kein Geld haben. Weil du die größere Wohnung wolltest.«

»Ich? Du gibst doch immer damit an, dass du mit Blick aufs Wasser wohnst!«

Ein Wort gab das andere, und im Handumdrehen hatten wir einen handfesten Streit. An unserem Hochzeitstag. Jean-Louis ging ins Bad und knallte die Tür hinter sich zu. Kurz darauf hörte ich die Dusche rauschen. Ich rüttelte an der Tür, aber er hatte abgeschlossen. Ich ließ mich entmutigt aufs Bett fallen.

Auf Jean-Louis' Nachtschrank lagen die Karten für das Restaurantschiff. Mein Gott, was machten wir hier eigentlich? Heute war schließlich unser Hochzeitstag! Wenn wir schon den Tag getrennt verbracht hatten, dann konnten wir doch wenigstens am Abend feiern. Zwei erwachsene Menschen sollten das doch wohl hinkriegen. Warum mussten wir uns überhaupt streiten? Worum ging es eigentlich gerade? Hätte ich Jean-Louis nicht das harmlose Vergnügen eines Messebesuchs gönnen können? Als er zehn Minuten später wieder ins

Zimmer kam, wusste ich jedoch immer noch nicht, was ich tun sollte. »Komm, lass uns dieses Diner auf dem Schiff machen. Wir müssen uns beeilen, sonst fährt es ohne uns ab.« Er meinte es Ernst, das konnte ich an seinen Augen ablesen.

»Okay, ich zieh mir nur schnell etwas anderes an.«

Ich hatte für alle Fälle ein kleines Schwarzes eingepackt. Jetzt nahm ich es vom Bügel und legte den roten Seidenschal um, der so gut dazu passte. Die Kette aus Granat, ein Erbstück meiner Oma, die ich normalerweise dazu anlegte, ließ ich weg. Ich wollte nur Jean-Louis' Ring tragen. Ich überprüfte noch einmal den Inhalt meiner Handtasche und dabei fiel mein Blick auf die Visitenkarte von Étienne Viardot. Ich ließ sie rasch in einer Seitentasche verschwinden, dann war ich soweit.

Jean-Louis reichte mir fürsorglich die Hand, als wir in der Nähe des Eiffelturms die Gangway aufs Schiff nahmen. An Bord stand ein Kellner, der uns an unseren Tisch brachte. Wir kamen gerade noch rechtzeitig. Ich war froh, dass ich einen Fenstertisch reserviert hatte, denn alle guten Plätze waren bereits vergeben, fast alle Tische waren besetzt. Die Dämmerung setzte langsam ein, und das Wasser der Seine unter uns glitzerte rotgolden.

»Möchtest du einen Aperitif?«, fragte Jean-Louis mit einem Lächeln. »Einen Kir Royal vielleicht?«

»Nein, ich hatte heute schon genug Champagner.« Der Satz war schneller draußen, als mir bewusst war.

Er hob die Augenbrauen und sah mich fragend an. Ich erzählte ihm die halbe Wahrheit: Ich sei im Museum gewesen und hätte dort das Bild entdeckt, auf dem ich selbst zu sehen sei …

»Du warst auf dem Bild?«

»Nein, natürlich nicht, aber eine Frau, die mir aufs Haar gleicht. Sie muss eine Verwandte von mir sein. Wir haben sogar den Leberfleck an der gleichen Stelle.«

»Das gibt's ja nicht! Und jetzt? Was fängst du damit an?«

»Ich werde in der Familie herumfragen. Irgendjemand muss sich an sie erinnern. So lange ist das ja noch nicht her. Das Bild ist 1939 gemalt worden, da war sie eine junge Frau.«

»Sie könnte theoretisch noch am Leben sein.« Er rechnete kurz nach. »Aber dann müsste sie schon fast hundert sein, also wohl doch eher nicht. Aber was hat diese Frau damit zu tun, dass du Champagner getrunken hast?«

Etwas hielt mich davon ab, ihm von Étienne zu erzählen. Ich fürchtete, dass ich zu enthusiastisch klingen würde. Und Jean-Louis konnte manchmal sehr eifersüchtig sein.

»Ach, auf den Schreck bin ich einfach ein Glas trinken gegangen. Wenn man schon mal so eine berühmte Vorfahrin trifft.«

»Du wirst jetzt aber nicht übermütig, oder?«

»Wie meinst du das?«, fragte ich kampflustig.

»Na ja, von wegen berühmte Vorfahrin. Das wird einfach nur ein Zufall sein. Du solltest dem nicht so viel Bedeutung beimessen.«

Lange schaute ich ihn schweigend an. »Ich habe übrigens meine Meinung geändert. Ich möchte doch einen Apéro«, sagte ich schließlich.

Der Kellner kam und wir bestellten. Jakobsmuscheln auf Safran, danach nahm ich den Fisch und Jean-Louis das Entrecôte. Die Aussicht auf das nächtliche Paris, das im Licht der Straßenlaternen golden flimmerte und langsam an uns vorüberglitt, stimmte mich wieder versöhnlich. Wir fuhren zuerst in Richtung Notre-Dame, im Hintergrund spielte ein Pianist leise französische Chansons. Die Kerzen auf den

Tischen funkelten, ich sah aus dem Fenster und fühlte mich schläfrig. Auf den Quais vor der Île Saint-Louis entdeckte ich ein Paar, das völlig selbstvergessen Tango tanzte. Ich konnte sogar Fetzen der Musik hören, die von dort zu uns herübergeweht kam. Das Paar schien sich gut zu kennen und schon lange gemeinsam zu tanzen. Nein, sie mussten verliebt sein, so wie ihre Bewegungen harmonierten und sich ergänzten. Es war wie eine getanzte Liebeserklärung, wunderschön. Ich seufzte tief.

»Was hast du denn?«, fragte Jean-Louis.

»Ach, nur so«, sagte ich und warf noch einen letzte Blick auf die Tänzer. Ich wollte diesen Anblick nicht mit Jean-Louis teilen.

Wir warteten auf das Dessert. Ich ging kurz in den Waschraum, und als ich an den Tisch zurückkam, sah ich, wie Jean-Louis auf sein Smartphone schaute. Ich verstand ihn nicht: Wie konnte man lieber seine Mails checken als das Seine-Panorama von Paris bewundern? Jean-Louis hatte einfach kein Gespür für die Stadt. Und er war nicht bereit, mir zuliebe nur einen Abend lang meine Begeisterung zu teilen. Oder las er womöglich eine Nachricht von Francine? Plötzlich war ich wieder wütend auf ihn. Wollte ich mit einem Mann verheiratet sein, dem es so egal war, wie ich mich fühlte? Und der mir immer mehr das Gefühl gab, sich mit mir zu langweilen?

Wer Paris nicht liebte und hier nicht glücklich war, der war vielleicht nirgendwo glücklich, dachte ich.

Ich versuchte mir vorzustellen, wie es wäre, mit Étienne hier zu sitzen. Er hätte bestimmt viele Geschichten über die Stadt gewusst und sie mir erzählt. Wir hätten über Kunst geredet, uns gegenseitig von unseren Lieblingsmalern erzählt, wir hätten einfach ein intelligentes Gespräch geführt und uns bestimmt nicht wortlos gegenübergesessen.

Jean-Louis hatte sein Handy wieder auf den Tisch gelegt und sah ein bisschen hilflos aus dem Fenster. »Und was ist das da drüben?«, fragte er. Ich antwortete nicht.

Wir hatten inzwischen die beiden Seine-Inseln umrundet und fuhren zurück in Richtung Eiffelturm. Es war elf Uhr, und tausende Lichter ließen den Turm aufblitzen. Um uns herum ertönte ein vielstimmiges »Ah« und »Oh«, und auf dem Schiff blitzten die Blitzlichter der Fotoapparate und Smartphones auf.

Jean-Louis sagte nichts. Ich war froh, als das Schiff kurz darauf wendete und wieder am Pont de l'Alma festmachte. Schweigend fuhren wir zurück ins Hotel.

Ich ging ins Bad und ließ die Dusche laufen, überlegte es mir dann aber anders. Es war schon nach Mitternacht, und ich war müde. Aus dem Nebenzimmer hörte ich Jean-Louis sprechen. Er telefonierte. Etwas an seiner Stimme ließ mich aufhorchen. Er sprach sehr leise, wollte offenbar nicht, dass ich ihn hörte.

»Bist du gut nach Hause gekommen? Und mit dem Auto ging alles glatt?« Seine Stimme hatte etwas Sanftes, Fürsorgliches. So hatte er früher auch mit mir gesprochen. Aber jetzt sprach er mit Francine, kein Zweifel. Einen Augenblick lang schien er zuzuhören, was am anderen Ende gesprochen wurde, dann sprach er wieder. »Ach, sie macht mal wieder auf Lili Marlène. Sie glaubt, sie wäre auf einem Bild in irgendeinem Museum … Nein, weiß nicht, Louvre oder so.« Mir stockte der Atem. Ich machte auf Lili Marlène? Was meinte er damit? Hatte er mir überhaupt zugehört? »Warum kann sie nicht so gerade heraus sein wie du? Immer ist sie so kompliziert. Ich weiß nie, woran ich bei ihr bin.« Als ich soweit zugehört hatte, kamen mir die Tränen. Ich drehte das Wasser auf, stützte die Hände auf den Rand des Waschbeckens und starrte mein

Gesicht im Spiegel an. Mein Ehemann hielt mich offensichtlich für eine Diva. *Sie macht wieder mal auf Lili Marlène.* Der Satz gellte in meinen Ohren. Ich sah, wie mir Tränen über die Wangen liefen und mein Make-up verschmierten. Ich hatte schon immer das Gefühl gehabt, meinem Namen nicht gerecht zu werden. Was hatten meine Eltern sich bloß dabei gedacht, als sie mich ausgerechnet nach diesem Lied nannten, ich war alles andere als eine Lili Marlène. Lili Marlène Renard kannte keiner. Der Name hatte höchstens für hämische Kommentare meiner Klassenkameraden getaugt. All das hatte ich Jean-Louis am Anfang unserer Beziehung erzählt. Ich hatte ihm mein Innerstes offenbart, weil ich der Meinung gewesen war, er müsse das wissen, um mich zu kennen. Und jetzt benutzte er das gegen mich und verbündete sich hinter meinem Rücken mit Francine! Das war ein unglaublicher Vertrauensbruch. So sprach kein Mann, der seine Frau liebte!

Ich zitterte mittlerweile, weil es kalt war und weil ich mich so schwach fühlte. Wie lange stand ich hier schon? Ich spritzte mir Wasser ins Gesicht, rubbelte mich trocken und ging ins Schlafzimmer. Obwohl ich viel zu aufgewühlt war, um zu schlafen, legte ich mich ins Bett. Jean-Louis stand noch einmal auf, um ins Bad zu gehen.

Als er zurück ins Bett kam, tat ich, als sei ich bereits eingeschlafen.

Ich musste nachdenken. Über das Gefühl, im falschen Leben zu sein. Über meine Ehe. Wie alles weitergehen sollte. Ob ich das alles noch wollte. Ob Jean-Louis das noch wollte. Vielleicht musste ich mich an den Gedanken gewöhnen, dass er mich mit Francine betrog. Ich war mir nicht sicher, ob es tatsächlich so war, aber komischerweise verletzte mich der Gedanke weniger, als ich gedacht hätte. Was mich noch trauriger machte.

Dann schob sich etwas anderes in den Vordergrund. Die Frau auf dem Bild. Sie schien im richtigen Leben angekommen zu sein, zumindest sah sie so aus – oder der Maler hatte sie so gemalt. Was hatte sie anders gemacht als ich? Warum durfte sie derart selbstbewusst von der Leinwand herunterschauen und ich lag hier schlaflos im Bett und wusste nicht mehr weiter? Was hätte sie an meiner Stelle getan? Und wer war sie? Würde es sich für mich lohnen, der Geschichte hinter dieser Frau nachzuspüren und herauszufinden, ob und warum sie glücklicher gewesen war als ich? Und würde die neuerliche Beschäftigung mit meinem Studienfach mich inspirieren? Was, wenn ich dabei feststellte, dass ich immer noch Kunsthistorikerin werden wollte? Dann müsste ich aus Sète weg, mein Studium wieder aufnehmen, meinen Job aufgeben. Und meine Ehe?

# Elf

David wartete vor der Wäscherei auf sie, die Hände in den Hosentaschen vergraben. Viannes Herz fing an zu hämmern, als sie ihn auf der Straße entdeckte. Sie hatte schon befürchtet, ihn nach dem Abend im *Dôme* nie wiederzusehen. Seitdem waren zwei Wochen vergangen. Aber jetzt war er da und schlug vor, sie nach Hause zu begleiten. Sie machten einen kleinen Spaziergang zum Weinberg von Montmartre. Vianne zupfte die ganze Zeit an ihrem von der feuchten Luft zerzausten Haar herum und versuchte, die rauen Hände vor ihm zu verbergen. Das alte Kleid, dessen Saum immer noch nass war, konnte sie nicht verstecken. Ihm fiel das auf, und schließlich blieb er stehen und nahm ihre Hände in seine.

»Jetzt lassen Sie das doch mal sein. Es war ein Fehler von mir, Sie gleich nach der Arbeit zu überfallen, das sehe ich ein. Aber ich finde Sie anziehend, auch wenn sie müde aussehen, das sollen Sie wissen.« Er hatte ihre Hände immer noch in seinen und streichelte sie sanft, um sie zu wärmen.

Er brachte sie nach Hause. Dann legte er die Arme um sie und küsste sie wieder auf diese zarte Weise, die sie an die Berührung eines Schmetterlings erinnerte.

»Kommen Sie mich besuchen, morgen.«

Sie nickte.

Er wohnte in der Nähe des Friedhofs von Montparnasse, in der Rue Daguerre. Vianne kannte nur die Hausnummer, aber nicht das Stockwerk, und sein Name stand nicht an der Tür. Als sie das enge Treppenhaus hinaufging, stieß sie auf die Concierge, die gerade die Treppe wischte. Sie stieg über deren Eimer hinweg und zögerte.

»Zu wem wollen Sie?«, fragte die Concierge misstrauisch.

»Zu Monsieur Scott«, sagte sie und versuchte ihrer Stimme einen festen Klang zu geben.

Die Concierge richtete sich auf und taxierte sie. »Ach, Sie meinen den Engländer?« Sie sprach nicht weiter, aber Vianne las in ihrem Blick, was sie davon hielt, dass eine junge Frau einen Ausländer besuchte, der auch noch Künstler war.

»Dritter Stock links. Ich bin sicher, Ihnen wird er öffnen. Wenn ich klopfe, tut er, als sei er nicht da. Aber die Miete ist trotzdem fällig. Ich gebe ihm Zeit bis morgen. Sagen Sie ihm das.«

Vianne machte, dass sie weiterkam. Sie spürte den Blick der Frau in ihrem Rücken. Die Concierge hielt sie bestimmt für ein Modell oder noch schlimmer. Ihre Wangen fingen an zu brennen und in diesem Augenblick vermisste sie ihre Mutter sehr. Sie hätte sie gern um Rat gefragt, obwohl sie wusste, dass sie eigentlich zu alt dafür war. Wie hatte sie eigentlich ihren Vater kennengelernt und woher hatte sie gewusst, dass Arno der Richtige war? Sie seufzte.

Sie hatte immer ein enges Verhältnis zu ihr gehabt, auch wenn ihre Mutter sie oft nicht verstanden hatte. Aber sie liebte sie, daran hatte Vianne nie zweifeln müssen. Clothilde Renard war nie von einem ihrer seltenen Besuche auf dem Markt von Anduze zurückgekehrt, ohne ihr eine Handvoll der geliebten kandierten Früchte mitzubringen. Mangos, Ananas und Ingwer, die die nordafrikanischen Händler dort verkauften und die ziemlich teuer waren. Clothilde war stolz auf ihre kluge Tochter, auch wenn sie ihre Eskapaden mit

Sorge betrachtete. Sie war voller Empörung gewesen, als Viannes Vetter ihre botanische Sammlung zerstört hatte, aber sie hatte nicht den Mut gehabt, sich vor Vianne zu stellen. Mit ihrer heimlichen Flucht aus dem Elternhaus hatte Vianne ihr einen unsagbaren Schmerz zugefügt. Nicht nur, weil sie nicht mehr da war, sondern weil ihre Mutter glaubte, Vianne würde ihr Leben vergeuden und zwangsläufig im Elend enden. Wenn sie doch nur nicht so beschränkt in ihren Einsichten wäre! Sie wollte zwar das Beste für ihre Tochter, konnte sich dieses Beste aber nur im Rahmen der althergebrachten Regeln von Saint Florent vorstellen. Ihr Horizont war viel zu eng, um sich ein Leben außerhalb der Norm auszumalen. Und selbst wenn sie diese Möglichkeit in Betracht gezogen hätte, ihr Mann hätte ihr diese Flausen schon ausgetrieben. Sie unterwarf sich in allem, was die überlieferten Rollen von Mann und Frau anbetraf, ihrem Mann Arno. Unzählige Male hatte Vianne ihrer Mutter in Gedanken von ihrem Leben erzählt. Sie war so stolz darauf, ihr eigenes Geld zu verdienen und in Paris zurechtzukommen. Sie hätte ihrer Maman so gern ihre Wohnung und die Wäscherei gezeigt und sie hätte ihr gern ihre Freundin Clothilde vorgestellt. Und sie auf einen Spaziergang in den Jardin des Plantes mitgenommen. Dann würde ihre Mutter einsehen, dass sie eine durchaus anständige Frau war. Aber Clothilde schlug ihre Einladungen immer aus.

»Ach, Maman«, seufzte sie und nahm die nächste Treppe. Sie war so in Gedanken, dass sie immer langsamer wurde und am Ende stehenblieb, eine Hand auf das Geländer gestützt. Wenn ihre Mutter allerdings wüsste, was sie jetzt gerade im Begriff war zu tun, sie würde ihr bestimmt abraten. Natürlich gab es Männer, die einen derartigen Besuch falsch verstehen würden, so viel wusste Vianne von den Erzählungen der anderen Wäscherinnen, die am Montagmorgen in allen Einzelheiten davon berichteten, was sie am Sonntagabend gemacht hatten, nachdem sie sich am Nachmittag zu einer Bootsfahrt oder einem Spaziergang im Bois de Boulogne hatten einladen lassen. Aber Vianne hatte noch keine Erfahrung mit Männern, bis auf ein paar Küsse, die ihr zu drängend gewesen waren und bei denen sie nichts empfunden hatte. Bei David war das anders. Sie konnte an nichts anderes mehr denken als an seine Küsse. Sie war verrückt nach ihnen und sie wollte so gerne mehr davon. Das machte ihr Angst, erregte sie aber gleichzeitig. Sie schluckte schwer und überlegte, auf dem Absatz kehrtzumachen.

»Kommen Sie, nur noch ein paar Stufen, dann haben Sie es geschafft!«

Vianne zuckte zusammen. Sie sah nach oben, wo David in der offenen Wohnungstür stand, sie anlächelte und ihr die Hand entgegenstreckte. Alle Bedenken waren verflogen.

Sie setzte ein Lächeln auf, nahm die letzten Stufen und trat in seine Wohnung, die keinen Deut besser war als die von Vianne und Clothilde, nur ein wenig größer, weil David Platz für seine Staffelei und die Leinwände brauchte. Drinnen herrschte eine feuchte Kälte, obwohl es schon ins späte Frühjahr ging und draußen die Kastanien ihr erstes Grün zeigten. Außerdem roch es streng nach Terpentin und Farbe.

»Bei Nordlicht kann ich am besten malen, aber leider sehe ich dann nur selten die Sonne«, entschuldigte er sich, als er sah, wie sie ihre Jacke enger um sich zog. »Ich habe gerade eine frische Brioche gekauft, ich glaube, sie ist sogar noch ein bisschen warm. Ich mache uns Milch heiß, das wärmt.«

Während er das Feuer im Herd schürte, sah Vianne sich um. In der einen Hälfte des Raums malte er. Dort herrschte ein wildes Durcheinander von Leinwänden, Farbtuben und

Keilrahmen. Pinsel in allen Größen steckten in Gläsern. Auf dem Boden waren Zeitungen ausgebreitet, wohl um die Farbkleckse aufzufangen, aber diese Vorsichtsmaßnahme hatte nicht gereicht. Rund um die Staffelei sah sie bunte Tupfer auf den Holzdielen. Das sah schön aus. In einer Ecke stand ein kleiner gusseiserner Ofen, in dem allerdings kein Feuer brannte, wie sie mit Bedauern feststellte. Auf einem Tisch lag eine farbverschmierte Palette. Und dazwischen Skizzen, Kohlezeichnungen, Zeitungsausschnitte, die an die Wand gepinnt waren, fertige Bilder und Gegenstände aller Art. Sie fragte sich gerade, wofür ein Maler Steine, Korken, Holzstücke und dergleichen brauchte, ob vielleicht zur Inspiration oder als Studienobjekte, als David einen Krug warmer Milch und ein großes Holzbrett, auf dem das Hefebrot, in dicke Scheiben geschnitten, lag, auf den Tisch stellte. Er schob die Zeichnungen auf einer Seite zusammen und lud sie mit einer Armbewegung ein sich zu setzen. Dabei streifte er mit seiner Hand ihren Rücken. Ihr stockte der Atem. Sie versuchte, sich zusammenzureißen und sich auf den verführerischen Duft des Brotes zu konzentrieren, der mit den anderen Gerüchen nach Farbe und Terpentin eine ganz besondere Mischung ergab. Gleichzeitig wartete sie nur darauf, dass David sie wieder berührte, ihr ganzer Körper vibrierte. Um sich ihre Aufregung nicht anmerken zu lassen, tunkte sie schnell ein Stück Brot in die Milch.

»Das schmeckt köstlich«, sagte Vianne mit einem Seufzer. Sie war froh, sich auf das Essen konzentrieren zu können.

»Und es kostet nicht viel.«

Vianne nahm ihren Mut zusammen. »Sie tragen sehr feine Kleidung, aber Sie sparen am Essen …«

Er zuckte mit den Schultern. »Meine Familie ist ziemlich reich. Mein Vater hat eine Fabrik für Nähmaschinen in London, und meine Kleidung stammt noch aus dieser Zeit. Guter Stoff hält einfach lange.«

»Ihr Vater ist Fabrikbesitzer?«

»Und ich bin sein einziger Sohn – leider.« Er biss ein großes Stück von dem Brot ab, und sie konnte ihre Augen nicht von seinen Lippen lassen.

»Wieso leider?«

Ein trauriges Lächeln erschien auf seinem Gesicht. »Wenn ich einen Bruder hätte, könnte der die Fabrik übernehmen. Ich hasse den Gedanken, meinen Vater zu enttäuschen, aber ich muss einfach malen. Und jetzt bin ich schon zwei Jahre hier in Paris und will nicht wieder weg. Ich habe immer gedacht, wenn ich meine Malerei ausgelebt hätte, würde ich die Kraft finden, zurückzukehren und die Fabrik zu übernehmen, aber …«

»Aber?«

»Je mehr und je länger ich male, umso größer wird der Wunsch, nie wieder im Leben etwas anderes zu tun. Ich *bin* einfach ein Maler und nichts anderes. Meine Familie hat kein Verständnis dafür. Können Sie das verstehen?«

Vianne nickte und senkte den Blick. Und wie gut sie das verstand! Leise gestand sie ihm: »Ich habe meine Familie auch enttäuscht. Ich bin heimlich nach Paris gefahren, ohne ihre Einwilligung und ohne mich von ihnen zu verabschieden. Aber ich habe es einfach nicht mehr ausgehalten.«

Er räusperte sich. »Ich weiß, wie schwer das ist. Aber es passt zu Ihnen. Ich glaube, wir sind uns sehr ähnlich.«

Sie hob den Blick wieder und sah ihn über den Tisch hinweg an, ihre Hand mit dem Stück Brot, das sie gerade zum Mund führen wollte, schwebte in der Luft. »Wie meinen Sie das?«

»Nun ja, ich glaube, wir ziehen beide ein Leben in Ungewissheit vor, statt auf unsere Träume zu verzichten. Ich brauche meine Unabhängigkeit, um malen zu können. Deshalb bin ich in Paris, ich glaube, deshalb bin ich überhaupt nur auf der Welt.«

»Gibt es nichts, was Ihnen wichtiger ist?«

»Nein«, sagte er mit einer Entschiedenheit, die sie aufmerken ließ. Dann wurde er wieder sanft. »Und was ist mit Ihren Träumen? Was hat Sie nach Paris geführt?«

»Ich möchte als Botanikerin arbeiten. Am liebsten im Jardin des Plantes.«

»Ach, deshalb ist das Ihr Lieblingsort!«

»Ich wollte einfach keinen Mann heiraten, den meine Eltern für mich ausgesucht haben und den ich nicht mag.« Sie wagte es, ihm dabei direkt in die Augen zu sehen.

»Ach, so ist das.« Er reichte ihr eine weitere Scheibe, die Vianne dankbar annahm, es schmeckte einfach zu gut.

Bevor das Schweigen zwischen ihnen unangenehm wurde, fragte sie ihn nach seinen Bildern.

Er stand auf und ging auf die andere Seite des großen Tisches, wo die Palette und die Gläser mit den Pinseln standen. Daneben auf dem Boden lagen aufgerollte Leinwände in unterschiedlichen Größen. »Kommen Sie her, dann zeige ich sie Ihnen.«

Vianne trat neben ihn und er rollte die erste Leinwand auf. Während der nächsten Stunde betrachtete sie mit aller Aufmerksamkeit seine Arbeiten. Sie hatte noch nie so genau Bilder angesehen, sie war auch noch nie in einem Museum gewesen. Aber diese Bilder sprachen zu ihr, denn sie entdeckte Frauen wie sie selbst: ein Dienstmädchen mit dem Korb unter dem Arm auf dem Markt, das mit einem Geflügelhändler handelte; ein Ladenmädchen mit einem Ballen Stoff; eine Putzmacherin, die einer Kundin einen Hut zurechtrückte;

ein Kindermädchen, das einen Kinderwagen durch einen Park schob … Die Bilder waren in kräftigen Farben gehalten, die Gesichter und Körper kantig. Besonders die Hände waren sehr detailliert herausgearbeitet. Vianne erkannte die blutigen Einstiche in den Fingerkuppen der Näherin und die rotgescheuerten Hände des Dienstmädchens. Jetzt verstand sie auch sein Interesse an ihren Händen.

»Das könnte ich sein!«, rief sie, als sie auf einem weiteren Bild eine Wäscherin entdeckte, die mit einer Bürste eine Hose bearbeitete. »Sie haben mich bei meiner Lieblingsbeschäftigung getroffen.«

»Gefallen Ihnen die Bilder?«

»Ja, schon, aber wo ist denn die Stadt? Wo ist Paris?«

Er sah sie verwundert an. »Paris? Aber ich will die Menschen malen, und die sind überall gleich.«

Vianne drehte sich zu ihm herum. Das Futter ihres Kleides raschelte dabei leise, und sie sah in seinem Blick, dass ihm das auffiel. »Ich habe das Gefühl, das bin ich auf all diesen Bildern. Ich erkenne mich wieder. Hätten Sie Damen in schönen Kleidern im Casino gemalt, wäre mir das fremd gewesen. Und was ist das?« Sie zeigte auf einen Druck, der über dem Tisch an der Wand hing. Er zeigte drei Männer mit nacktem Oberkörper, die auf Knien ein Parkett abschliffen.

»Oh, das ist mein absolutes Vorbild. Das Bild stammt von Gustave Caillebotte und heißt *Die Parkettabzieher.*«

»Kennen Sie den Maler persönlich?«

»Leider nein, er ist schon lange tot. Aber ich fühle mich ihm geistesverwandt. Er stammte auch aus einer bürgerlichen Familie und war trotzdem Maler. Er hat als Mäzen die Impressionisten gefördert und war mit vielen von ihnen befreundet.« Er lachte. »Und er war immer sehr vermögend, es war ihm nicht einmal wichtig, seine Bilder zu verkaufen.

Aber sie hängen in den Museen. Das möchte ich auch erreichen!«

»Und er hat Menschen bei der Arbeit gemalt? Ist er deshalb ein Vorbild für Sie?«, fragte Vianne.

David schüttelte den Kopf. »Dieses Bild ist vom Sujet her eher untypisch für Caillebotte. Er hat sich mehr für die Moderne interessiert, hat Stahlbrücken, Bahnhöfe, Kioske, die geschmiedeten Balkonbrüstungen der Bürgerhäuser und Gaslaternen gemalt, sozusagen den Einzug der modernen Technik in die Stadt. Und die Menschen kommen bei ihm eher wie anonyme Schaufensterpuppen daher, sie sind Typen, keine Individuen.«

»Aber er hat wie Sie besonderes Augenmerk auf die Darstellung von Armen und Händen gelegt.«

Er strahlte sie begeistert an. »Dass Ihnen das aufgefallen ist. Sie sind einfach wunderbar! Weil Sie recht haben!«

»Ich bin eine gute Zeichnerin«, gestand sie leise. »Allerdings kann ich nur Dinge abzeichnen, Blumen und Blätter, so naturgetreu wie möglich. Das hat mit Kunst nichts zu tun. Kunst ist viel mehr. Kunst ist … das hier.« Sie zeigte auf die Bilder. »Haben alle Maler so eine Geschichte, die sich gut erzählen lässt?«

Er antwortete nicht auf ihre Frage, sondern sagte stattdessen: »Ich möchte Sie gern malen. Sie inspirieren mich.«

»Inspirieren?«

»Ja, wenn ich Sie sehe oder an Sie denke, fallen mir gleich Motive ein, die ich malen möchte.«

»Aber warum machen Sie es nicht wie dieser Caillebotte? Ein Mensch als Vertreter für andere.«

»Bei Ihnen ist das etwas anderes. Bei Ihnen kommen Gefühle ins Spiel. Das ist mir noch nie passiert. Ich will unbedingt ausprobieren, wie das ist. Ob das meine Malerei beeinflusst. Ob andere Bilder dabei herauskommen.« Seine Stimme wurde lebhaft, er zündete sich eine Zigarette an, und der intensive Duft machte sie schwindlig.

Er sah sie an, als würde er ihr Gesicht für ein Bild Maß nehmen, dann ging er langsam um sie herum.

Also darum ging es ihm? Er wollte sie malen? Er sah sie lediglich als Person auf einem seiner Bilder. Ernüchterung machte sich in ihr breit. Sie musste sich setzen und zerkrümelte ein halbe Scheibe Weißbrot auf dem Tisch. Als sie sich dessen bewusst wurde, schob sie die Krümel hastig mit der Hand zusammen. Wenn David sie malte, dann würde er sie ansehen, so wie jetzt, jedes Detail ihres Gesichts und ihres Aussehens vermessen und wiedergeben. Und sie würde still sitzen und seine Blicke aushalten müssen, die über ihr Gesicht und ihren Körper wanderten. Sie sah sich in dem Zimmer um und sah das Bett, auf dem eine rote Decke lag. Womöglich wollte er sie ohne Kleider malen. Und wenn das Bild fertig wäre, würde er sie verabschieden wie die anderen Modelle vor ihr. Sie merkte, wie Tränen der Enttäuschung in ihr aufstiegen. Verzweifelt versuchte sie, sie herunterzuschlucken.

»Ich muss gehen«, sagte sie mit erstickter Stimme und stand auf. Dabei warf sie den Milchkrug um, und eine weiße Lache ergoss sich über den Tisch.

Sie hörte nicht mehr, was er ihr nachrief. Sie stürzte aus der Tür, und auf der Treppe ließ sie ihren Tränen freien Lauf.

Erst im Jardin des Plantes kam sie wieder zu sich. Sie fand sich auf einmal vor der großen Zeder nah des Ausgangs zur Rue Buffon wieder und setzte sich auf die Bank, um ihre Gedanken zu ordnen. Aber es gelang ihr nicht, sich zu beruhigen.

Immer noch ganz durcheinander, nahm sie schließlich den Bus nach Hause. In ihrem Zimmer angekommen, hatte sie kaum die Jacke ausgezogen, als es an ihrer Tür klopfte. Vor ihr stand die Concierge, um ihr eine Rohrpostnachricht zu bringen. Diese Briefe in blauen Umschlägen wurden innerhalb kürzester Zeit hydraulisch durch ein unterirdisches Rohrsystem von einem Postamt zum anderen innerhalb von Paris verschickt und brauchten nur kurze Zeit, um ihren Empfänger zu erreichen.

»Wer schickt dir denn ein Pneumatique?«, fragte Clothilde neugierig. »Ich habe noch nie eins bekommen.«

Vianne riss den Umschlag auf. Er war von David.

*Vianne, ich bin ein Idiot. Bitte verzeihen Sie mir. Ich weiß nicht genau, was ich falsch gemacht habe, aber es war keine Absicht. War es mein Vorschlag, Sie zu malen? Wenn Sie das nicht wollen, dann werde ich es nicht tun. Ich will Sie einfach nur wiedersehen. Sie sind gegangen, ohne dass Sie mir noch einmal Ihr Lächeln geschenkt haben. Und als Sie weg waren, wurde mir klar, dass ich nicht mehr ohne es leben will. Bitte seien Sie mir nicht böse! Ich flehe Sie an, geben Sie mir die Möglichkeit, das wiedergutzumachen.*

Am nächsten Abend nach der Arbeit trugen ihre Füße sie in die Rue Daguerre, ohne dass sie groß darüber nachdachte. Sie musste David wiedersehen, jeder Tag ohne ihn war ein verlorener Tag. »Du hast dich Hals über Kopf verliebt«, hatte Clothilde ihr auf den Kopf zugesagt, und es zu hören hatte sie unbeschreiblich glücklich gemacht. Sie wusste bisher nicht, was Liebe war, und sie war Clothilde dankbar, dass sie die Dinge so auf den Punkt brachte. Plötzlich war alles ganz einfach. Ja, sie liebte David. Sie wollte bei ihm sein, immer, zu jeder Minute. Sie wollte sich in seinen Augen verlieren, wollte ihm zuhören und ihm alles erzählen. Sie wollte, dass er sie mit Brioche fütterte und ihr seine Bilder erklärte. Ohne ihn fühlte sie sich allein. Sie wollte, dass er sie küsste und sie berührte. Sie verzehrte sich danach.

Als er die Tür öffnete und sie sah, atmete er erleichtert aus.

Ohne ein Wort zu sagen kam er auf sie zu und zog sie an sich, um sie zu küssen. Vianne hatte sich am Vorabend in ihrem schmalen Bett schon vorgestellt, wie es sein würde, David zu küssen, seine Lippen auf ihren zu spüren, seine Hände auf ihrem Körper. Aber als es jetzt so weit war, war es ganz anders: viel schöner, zärtlich und doch voll hilfloser Leidenschaft. Ihr Atem ging schneller, ihre Knie gaben nach, sie musste sich an ihn lehnen. Er schlang die Arme um sie und trug sie zu dem Bett mit der roten Decke, wo er sie vorsichtig hinlegte und sich über sie beugte, um sie anzusehen. Seine Augen waren dunkel vor Leidenschaft.

»Ich muss dich warnen, ich bin kein einfacher Mann«, sagte er zu ihr, und sein Mund war dicht über ihrem.

»Das weiß ich«, sagte sie und wollte ihn zu sich herabziehen.

Doch er wehrte sie ab. »Ich möchte, dass du dir darüber im Klaren bist: Meine Malerei ist mir wichtiger als alles andere. Ich bin kein Mann zum Heiraten. Manchmal muss ich alles andere vernachlässigen, um zu malen. Dann kann ich für Tage und Wochen nicht ansprechbar sein. Dann darf man mich nicht stören. Und ich glaube, du willst etwas anderes.«

Vianne dache mit leiser Unruhe an den fast brutalen Ausdruck, mit dem er am Vortag gesagt hatte, dass seine Malerei ihm über alles ging. Dann schob sie den Gedanken zur Seite. »Im Augenblick will ich nur dich«, flüsterte sie und zog ihn zu sich herab.

# Zwölf

Die nächsten Wochen waren erfüllt von Liebe. Meistens wartete David vor der Wäscherei in der Rue Labat auf Vianne, und oft hatte er noch Farbkleckse im Gesicht, weil er den ganzen Tag gemalt hatte. Sie gingen entweder zu ihm, manchmal aber auch zu ihr. Clothilde war oft nicht da, sie verbrachte die Abende bei Jeannot.

Als es wärmer wurde, machten sie Hand in Hand Spaziergänge durch Paris. Mit ihm an ihrer Seite wurde die Stadt noch schöner. Der Frühling und die Sonnentage waren gekommen. Paris funkelte und zeigte sich von seiner schönsten Seite. Paris wurde als Stadt der Liebe besungen, und Vianne verstand jetzt, was damit gemeint war. Die Vögel sangen nur für sie, die Sonne spiegelte sich noch goldener auf den Dächern, die Laternen warfen noch sanfteres Licht auf die Trottoirs, wenn David dabei war.

Er hatte begonnen, Vianne zu malen. Und inzwischen wusste sie, dass sie mehr für ihn war als ein Modell, dem ein anderes folgen würde. Das erste Bild hatte er gemalt, als sie schlief. Als er ihr am nächsten Morgen seine Arbeit zeigte, war sie im ersten Moment erschrocken gewesen. War es jetzt so weit? Er hatte sie gemalt, und jetzt hatte er genug von ihr.

»Ich konnte nicht anders, ich musste dich einfach malen. Aber das ist nur eine kleine Studie. Ich will noch viel mehr Bilder von dir malen. Gefällt es dir?«

Vianne nickte. Auf dem Bild schlief sie, mit einem kleinen

Lächeln auf dem Gesicht. Und sie hatte eine Hand unter ihre Wange gelegt.

»Ich hatte Angst, es würde dir nicht gefallen. Nicht das Bild, aber die Tatsache, dass ich dich male. Erzählst du es mir?«

Sie versuchte, ihm ihre Befürchtungen zu erklären: »Ich habe geglaubt, du siehst mich nur als Modell. Aber ich habe dich schon geliebt, und das wäre mir zu wenig gewesen. Das hätte ich nicht ausgehalten.«

Er lachte und zog sie an sich, und sie vergrub ihr Gesicht an seiner Schulter und sog mit allen Fasern seinen Geruch ein.

»Mich wirst du so schnell nicht wieder los«, sagte er und hob ihr Gesicht, um sie zu küssen.

Wenn sie Geld hatten, durchstreiften sie die Künstler-Cafés und Bars am Montparnasse. Bald bewegte sich Vianne ganz selbstverständlich in der Welt der künstlerischen Bohème, wo sich jede Menge exzentrischer Menschen in seltsamen Kostümierungen und mit manchmal schlechten Manieren trafen. Meistens amüsierten sie Vianne. Sie mochte die unbedingte Art, wie sie zu ihren Marotten standen, die oft Ausdruck ihres Künstlertums waren. Da war ein klapperdürrer Maler, der nie etwas aß und immer mit einem gestohlenen Fahrrad unterwegs war. Einmal erschrak sie fast zu Tode, als sie aus dem Pelzkragen einer Dame eine Maus hervorlugen sah. Bis ihr die anderen sagten, dass die Maus ihrem Ehemann gehörte und sie nie ohne das Tier ausgingen. Ein anderer von Davids Freunden trug einen Winter lang ein Gorillakostüm, das er gegen eine seiner Zeichnungen eingetauscht hatte.

Die meisten von ihnen arbeiteten härter als viele andere.

In anderen Berufen würden sie vielleicht mehr Geld und Anerkennung verdienen, aber sie waren eben Künstler: Maler, aber auch Sänger, Tänzer oder Dichter. Wenn sie Geld hatten, dann waren sie die großzügigsten Menschen, die Vianne je getroffen hatte. Sie luden ihre Freunde ein, denen es gerade nicht so gut ging, und beim nächsten Mal war es andersherum.

Wenn sie ausgingen, verbrachten sie jede Nacht in einem anderen Café, häufig gingen sie am selben Abend in mehrere, weil David einen Kollegen suchte, weil er erfuhr, dass jemand ihn suchte … Überall hatte er Freunde, die ihn lautstark begrüßten und ihn sofort in eine Diskussion über Kunst oder die aktuelle Politik verwickelten. Das hatte sie ja schon bei ihren allerersten Begegnungen gesehen. Davids Freunde und Kollegen waren nett zu ihr, sie fanden nichts dabei, wenn sie sagte, dass sie aus der Provinz kam und Wäscherin war. Vielen von ihnen ging es ähnlich. Sie waren nach Paris gekommen, um hier als Künstler Erfolg zu haben, und sie nahmen alle möglichen Aushilfsarbeiten an, um über die Runden zu kommen. Aber sie waren jederzeit bereit, sich zu amüsieren und sich gegenseitig unter die Arme zu greifen. Sehr oft ging es bei ihren Gesprächen um neue Bilder, um einen potentiellen Käufer, der in der Stadt war, um einen Artikel in einer der zahlreichen Kunstzeitschriften, die in Paris erschienen.

David gehörte nicht zur ersten Riege der Maler. Er war kein offizielles Mitglied der École de Paris oder einer anderen Schule, weil er nicht in Paris studiert, sondern das Malen in London gelernt hatte. Er war nicht so bekannt und auch nicht so reich wie ein Matisse oder ein Picasso, und er hatte keine Schüler, die ihm nacheiferten (und mit deren Unterricht er vielleicht ein bisschen Geld hätte verdienen können).

Am Sonntag gingen sie und David oft in eines der Pariser Museen, weil er ihr seine Lieblingsbilder zeigen wollte. Er erklärte ihr Bildaufbau, Farbauftrag, Perspektive und Motivwahl. Er sagte ihr auch, warum er bestimmte Bilder nicht mochte oder schlecht fand. Und er tat das mit so viel Leidenschaft, dass Vianne ihm wie gebannt zuhörte. Sie lernte viel von ihm, und bald kannte sie die Namen von vielen Malern, von Stilrichtungen und Epochen. Diese Museumsbesuche schafften eine besondere Verbindung zwischen ihnen.

In Viannes Bücherregal kamen zu den botanischen Büchern auch einige Kunstbücher, die sie ebenfalls bei den Bouquinisten an der Seine kaufte. Inzwischen kannte sie sich gut genug in der Malerei aus, um zu sehen, dass David Talent und etwas auszudrücken hatte. Sie wünschte ihm, dass er eines Tages den Erfolg haben würde, den er verdiente. Vor allem verstand sie eines: Er musste malen, um glücklich zu sein, um zu überleben.

Ihr Lieblingslokal lag am Montparnasse. Es war nicht so mondän wie das *Dôme* oder die *Coupole*, und der Wein war billiger. Wenn es spät wurde und die Stimmung stieg, wurde David gebeten, eine Kostprobe seines Talents zu geben. David verfügte nämlich über die Gabe, Stimmen und Habitus von Typen oder Berühmtheiten nachzumachen. Manchmal kam er als blasierter Kunstkritiker mit seidenem Einstecktuch und Monokel daher und machte mit hochmütig näselnder Stimme die Gemälde eines anwesenden Malers herunter. »Als hätte man einem Esel einen Pinsel an den Schwanz gebunden und ihn vor eine Leinwand gestellt«, mäkelte er unter dem tobenden Gelächter der Anwesenden. Dann wieder krempelte er seine Hosenbeine auf, wobei seine behaarten Beine zum Vorschein kamen, hielt sich Orangen vor die

Brust und tanzte auf dem Tisch Cancan. Seine Paraderolle aber war die des bourgeoisen Spießbürgers, der sich in Fistelstimme wahlweise über die mangelnde Moral der Künstler, ihren vulgären Realismus oder die Nutzlosigkeit ihres Tuns ausließ und dabei gierige Seitenblicke auf die anwesenden Malermodelle warf. Er sprach recht gut Französisch, streute aber immer wieder englische Wörter oder Redewendungen ein, die vor Witz nur so sprühten.

Wie alle anderen hörte Vianne ihm zu, auch wenn sie anfangs nicht immer wusste, wen er jetzt genau aufs Korn nahm. Aber wenn es um den kunstverachtenden Bürger ging, hatte sie ihn im Verdacht, von seinem Vater zu reden. Sein komödiantisches Talent amüsierte das ganze Café, alle platzten beinahe vor Lachen und hatten Tränen in den Augen. Wenn er fertig war und sich auch nicht mehr zu einer Zugabe erweichen ließ, fiel er neben Vianne auf den Stuhl und trank die Schnäpse, die die Anwesenden ihm spendierten, während sie ihm kräftig auf die Schulter klopften.

Vianne liebte diese ausgelassenen Abende, an denen das Leben so leicht schien. Die Gedanken an ihre Familie in Saint Florent, die ewigen Sorgen um Geld und ihr Wunsch, doch noch ihren Traum, Botanikerin zu werden, zu realisieren, lachte sie dann einfach weg. Mit David an ihrer Seite war sie glücklich. Und sie wartete voller Ungeduld darauf, dass sie am Ende eines solchen Abends eng umschlungen nach Hause gingen, um sich zu lieben. Wenn sie am Montparnasse waren, verbrachte sie die Nacht bei ihm in dem Bett mit dem roten Überwurf. Aber die durchwachten Nächte machten ihr den nächsten Tag schwer. Ihre schwere körperliche Arbeit musste trotzdem getan werden, und manchmal konnte sie vor Müdigkeit kaum die Augen offen halten. Clothilde beschwerte sich, weil sie sie kaum noch zu Gesicht bekam.

»Du brauchst eine andere Arbeit«, sagte David zu ihr, als sie wieder einmal neben ihm auf der Bank im Café eingeschlafen war, den Kopf an seine Schulter gelehnt. Er strich ihr eine Haarsträhne aus dem Gesicht und sah sie besorgt an.

»Was sollte das für eine Arbeit sein? Ich kann nichts anderes«, gab sie zurück.

»Komm, gib mir deine Hand.«

Vianne reichte sie ihm. Neben seinem komödiantischen Talent konnte David auch recht überzeugend aus der Hand lesen. Alle wussten, dass seine Vorhersagen pure Einbildung waren, aber weil sie immer positiv waren und er sie mit großen Gesten vortrug, machte jeder gerne den Spaß mit.

»Ich sehe …«, sagte er und strich mit dem Daumen zärtlich über Viannes Handfläche, was ihr eine Gänsehaut auf den Armen bescherte, »ich sehe eine Veränderung. Weg vom Montmartre, hin zum Montparnasse. Ich sehe nicht Weiß, sondern Grün. Ich sehe, dass dich ein Maler malen wird, und dass ihr beide, du und der Maler, berühmt werdet.« Er lachte sie an und sie schlug halbherzig nach ihm.

»Spinner!«, sagte sie.

»Wart's nur ab.«

An diesem Abend waren sie im *Jockey* gelandet, weil David erfahren hatte, dass ein Kunstsammler aus Amerika dort sein sollte. Mister Money, wie ihn alle nannten, kaufte jeden Tag zwei Bilder, und David hatte einige Leinwände aufgerollt, um sie ihm zu zeigen. Er saß mit dem Amerikaner an einem Tisch über die Bilder gebeugt, und Vianne setzte sich in eine ruhigere Ecke, weil sie müde war. Sie wollte nur für einen Augenblick die Augen schließen und sich ausruhen.

»Ich kenne Sie«, hörte sie plötzlich eine Stimme neben sich.

Sie öffnete die Augen und sah in das Gesicht eines Mannes.

»Mich?«, fragte sie verwirrt.

»Sie gehen öfter im Jardin des Plantes spazieren.« Sein Dialekt sagte ihr, dass er aus den Cevennen stammte.

»Und Sie sind aus der Gegend von Alès«, sagte sie ihm auf den Kopf zu, »das höre ich.«

»Sie etwa auch?«

»Aus Saint Florent. Aber das werden Sie nicht kennen, es ist nur ein Nest.«

»Gegen Paris ist alles andere ein Nest.«

»Stimmt. Aber Walnüsse und Seidenspinnereien gibt es hier nicht.«

»Wie heißen Sie?«

»Vianne Renard.«

Sein Name war Albert Martin-Curriel. Vianne mochte ihn auf Anhieb. Er war um die Fünfzig, ein leicht vierschrötiger Typ, der durch seine Statur und sein Lachen sofort Vertrauen weckte. Sie mochte seine dicke graue Haarsträhne, die ihm mitten in seinem herzförmigen Haaransatz auf der Stirn wuchs. Er trug sein Haar streng zurückgekämmt, und so legte sich diese leuchtende Strähne über die ansonsten dunkle Masse seiner anderen Haare. Vianne war ganz fasziniert von dieser Besonderheit. Sie hätte gern gewusst, ob dies eine Laune der Natur oder ob Martin-Curriel etwa eitel war, aber sie traute sich nicht zu fragen. Obwohl sie sich so viel zu erzählen hatten. Er kannte die in Kastanienblätter eingewickelten Ziegenkäse, die Banons, und wusste, wo man sie in Paris kaufen konnte. Und sie waren beide schon in demselben Café in Alès gewesen.

»Was treibt Sie nach Paris?«, fragte sie ihn.

»Ich bin Botaniker. Ich arbeite als wissenschaftlicher Mitarbeiter in der Herbariensammlung des Botanischen Gartens. Und bald bin ich dort Direktor.«

»Im Botanischen Garten? Sie meinen *den* Botanischen Garten?«

»Ja«, antwortete er amüsiert. »Den Botanischen Garten, in dem Sie häufig spazierengehen.«

»Bitte erzählen Sie!«

»Was denn?«

»Na, alles. Was tun Sie dort?«

Er räusperte sich. »Ich arbeite in der Abteilung für Blütenpflanzen …«

»Phanerogamen«, sagte sie.

»Sie kennen den Ausdruck«? Er zog vor Verblüffung ein komisches Gesicht, und sie musste lachen, was er ihr aber zum Glück nicht übelnahm. Er lachte einfach mit.

»Ich weiß, dass man Pflanzen in die Kategorien Phanerogamen, das sind die Samenpflanzen, und Kryptogamen einteilt, aber ich wusste nicht, dass das auch für ihre Erforschung gilt.«

»Oh, doch, sonst wäre das Gebiet für einen Wissenschaftler zu unübersichtlich. Wir unterteilen aber noch weiter: in Pilze, Moose, Bäume, Algen, und zwar in Süßwasser- und Salzwasseralgen, aber das wird Sie nicht interessieren.«

»Aber sicher interessiert mich das! Was tun Sie dort genau?«

»Ich arbeite an der Erforschung der europäischen Pflanzenwelt. Unser Ziel ist es, alle Pflanzen zu finden, zu beschreiben und zu katalogisieren.«

»Heißt das, sie sammeln sie und kleben sie ein? Das habe ich früher auch getan. Ich hatte eine ziemlich große Sammlung, allerdings nur von Pflanzen, die bei uns in den Bergen wuchsen.«

»Was ist daraus geworden? Sie können sie uns schicken, wir nehmen sie in die Sammlung auf, wenn sie gut gepflegt ist.«

»Es gibt sie nicht mehr. Und jetzt bin ich ja auch in Paris.«

»Arbeiten Sie auch im Jardin des Plantes? Sehe ich Sie deshalb öfter dort?«

Vianne schüttelte bedauernd den Kopf. Und dann kam ihr eine verrückte Idee.

»Brauchen Sie nicht jemanden? Ich habe gehört, dass bald Ihr neues Institut eröffnet wird. Da gibt es doch bestimmt viel Arbeit. Ich bin es gewohnt, hart zu arbeiten. Und ich habe Vorkenntnisse. Eigentlich bin ich nur nach Paris gekommen, um Botanik zu studieren. Diesen Traum habe ich inzwischen aufgegeben, aber vielleicht könnte ich als Assistentin …« Sie schluckte und wartete auf seine Antwort.

»Es scheint Ihnen sehr wichtig zu sein.«

»Wie gesagt, deshalb bin ich eigentlich nach Paris gekommen.«

»Glauben Sie an Zufälle?« Er sah sie erwartungsvoll an.

Wie bitte? Das hätte sie sich ja denken können, dass er sie nicht ernst nahm. Er wechselte einfach das Thema. Vor Enttäuschung musste sie schlucken. Sie sah sich nach David um, sie wollte nach Hause.

Aber da sagte er: »Ich schon. Meine Assistentin hat geheiratet und zieht nächste Woche mit ihrem Mann nach Brieux. Ich habe noch keinen Ersatz für sie gefunden.«

Vianne hob den Kopf und riss ungläubig die Augen auf, aber er sprach bereits weiter:

»Ich brauche jemanden, der mir beim Katalogisieren hilft, der die Pflanzen vorbereitet. Sie müssten aber auch das Labor saubermachen und Briefe schreiben. Eigentlich alles, was anfällt, und wozu ich keine Lust habe.«

»Ist das Ihr Ernst?«, fragte Vianne. Sie jubelte innerlich

und hätte ihn am liebsten umarmt. »Das wäre großartig! Ich verspreche Ihnen, dass ich Sie nicht enttäuschen werde.«

»Sie haben mich nicht nach der Bezahlung gefragt«, sagte Albert Martin-Curriel.

»Ach, wissen Sie, ich arbeite als Wäscherin. Und weniger kann man nicht verdienen. Es wird schon reichen«, gab sie zurück. »Versuchen Sie es mit mir?« Ihre Hände zitterten vor Aufregung, während sie auf seine Antwort wartete.

Er hielt ihr die Hand hin und sie schlug ein.

Am nächsten Tag marschierte sie in das Büro von Monsieur Balcon, um zu kündigen.

»Wollen Sie heiraten?«, fragte er sie.

»Nein, ich werde Botanikerin.«

Ihr Chef nickte, dann wünschte er ihr viel Glück.

Bei den Frauen im Waschsaal war es ähnlich. Auch sie gingen davon aus, dass Vianne einen Mann gefunden hätte. Es kam selten vor, dass eine von ihnen wegging, weil sie eine andere Arbeit gefunden hatte. Höchstens ging mal eine zur Konkurrenz.

»Vianne nähert sich ihrem Traum«, sagte Clothilde dazwischen.

Vianne sah sie scharf an. Wie meinte sie das? Als sie der Freundin am Morgen von ihrem Glück erzählt hatte, hatte Clothilde merkwürdig reagiert.

»Willst du ausziehen?«, hatte sie gefragt.

»Nein. Zumindest vorerst nicht. Es gibt einen Bus vom Pigalle zur Seine hinunter.«

Clothilde sagte nichts.

»Freust du dich etwa nicht für mich?«

Clothilde hatte einen Schmollmund gezogen, aber dann hatte sie Vianne an sich gezogen und sie fest umarmt.

»Natürlich freue ich mich für dich. Endlich kommt mal eine von uns hier raus. Ich habe nur Angst, dass wir uns dann gar nicht mehr sehen.«

»Du bist meine beste und einzige Freundin. Ich werde dir nie vergessen, was du für mich getan hast.«

»Endlich macht mal jemand was aus sich. Vergiss uns nicht«, sagte Martine, eine der älteren Frauen, die immer besonders nett zu ihr gewesen war.

»Nein, ganz bestimmt nicht«, sagte Vianne.

Die Frauen stimmten ein schmutziges Lied an und schubsten sie zur Tür hinaus. Hier war man nicht zimperlich.

Vianne ging zum letzten Mal durch das Tor, das in die Wäscherei führte. Sie würde die Arbeit dort nicht vermissen. Allerdings machte sie sich immer noch Gedanken über Clothildes Reaktion. Sie konnte ja verstehen, dass ihre Freundin ein wenig eifersüchtig darauf war, dass Vianne eine bessere Anstellung gefunden hatte, aber ihre Angst, sie würde nichts mehr mit Clothilde zu tun haben wollen, konnte sie nicht nachvollziehen. Clothilde war doch ihre Freundin. Und über kurz oder lang würde sie Jeannot heiraten. Die beiden waren verliebt und schmiedeten bereits Zukunftspläne. Dann würde Clothilde ausziehen. Nachdenklich ging Vianne die schmale Gasse der Passage Cottin hinauf, wobei sie automatisch den Pfützen im Kopfsteinpflaster auswich, in denen noch das Regenwasser der letzten Nacht stand. David hatte gestern Abend ganz anders reagiert, als sie nach Hause gegangen waren.

»Ich bin stolz auf dich. Und ich weiß, dass du diese Arbeit gut machen wirst«, hatte er gesagt.

»Hast du keine Angst, dass ich mich verändern werde? Dass unsere Beziehung sich verändert?«

Er blieb stehen und sah sie an. »Weil du endlich eine Arbeit gefunden hast, die deinen Fähigkeiten entspricht? Im Gegenteil. Ich hatte eher Angst, dass du in dieser Wäscherei langsam verblödest. Ich will keine Frau, mit der ich mich nicht unterhalten kann.«

»Dann ist alles gut?«

Er kam auf sie zu und schlang seine Arme um sie. Das hatte Vianne von Anfang an gemocht. Nirgendwo fühlte sie sich so wohl wie in Davids Armen. Er roch immer so gut, nach Farbe und Arbeit und vor allem nach ihm selbst. »Alles ist gut. Alles ist perfekt. Ich liebe dich. Und wenn du eines Tages den Nobelpreis für Botanik bekommen solltest, werde ich vor Stolz platzen, weil du mit mir zusammenlebst.«

Vianne zog seinen Kopf zu sich herunter, um ihn zu küssen. In diesem Moment liebte sie ihn so sehr, dass sie es kaum aushalten konnte. Ihre Brust schien ihr nicht weit genug für ihr Glück. Sie hatte endlich die Arbeit gefunden, die sie immer machen wollte. Und sie hatte David.

»Komm. Ich will nach Hause. Ich will in deine Arme«, sagte sie und zog ihn hinter sich her.

# Dreizehn

Am nächsten Tag stieg sie in den Autobus an der Place Pigalle und fuhr den Hügel hinab und über die Seine bis zu den Weinhallen, eine Art Zollspeicher direkt am anderen Ufer, wo der Wein bis zur Zahlung der Steuern eingelagert wurde. Direkt nebenan, nur durch die Rue Cuvier getrennt, erstreckte sich der weitläufige Park des Botanischen Gartens von Paris. Das Weinlager lag schräg gegenüber den Weinhallen in Bercy, die sie bei ihrem allerersten Spaziergang an die Seine zufällig entdeckt hatte. Das lag jetzt vier Jahre zurück, vier harte, aber schöne Jahre, auf die sie stolz war. Und jetzt begann ein neuer Abschnitt in ihrem Leben, die Verwirklichung ihres beruflichen Traums.

Sie stieg aus dem Bus und lief die Rue Cuvier hinunter. An der nächsten Ecke gab es einen Seiteneingang zum Jardin, von dort ging sie durch die beiden Wintergärten auf das langgestreckte Gebäude zu, das von nun an ihr Arbeitsplatz sein würde.

Atemlos und aufgeregt blieb sie stehen. Das Haus war sicher hundert Meter lang und vier Stockwerke hoch. Kein Wunder, um sämtliche Pflanzen aus aller Herren Länder zu konservieren, brauchte man viel Platz. Durch die schiere Größe und die strenge Architektur wirkte das Ganze so abweisend wie eine Festung. Das hatte sie bereits bei ihrem ersten Besuch so empfunden, als der Wachmann ihr nicht erlaubt hatte, die Treppen hinaufzusteigen. Aber jetzt durfte sie das. Jetzt gehörte sie hierher. Zu den beiden Türmen, die das Gebäude rechts und links begrenzten, führten große Treppen hinauf, auf denen an diesem Morgen ein paar Mitarbeiter in weißen Kitteln in der Sonne saßen. Sie nahm die rechte Treppe, über deren Eingang das Wort *Phanerogamie* stand. In die Fassade waren Blütenpflanzen eingelassen: eine Rose, eine Ananas. Sie nahm an, dass im anderen Turm die Abteilung für Kryptogamie lag, also Pflanzen wie Pilze, Algen, Moose und andere Pflanzen, die im Verborgenen blühten.

Sie ging die Treppe hinauf und stieß die schwere Tür auf. Sie fiel mit einem ohrenbetäubenden Knall hinter ihr zu, und sie fuhr erschrocken herum. Sie stand in einer mehrere Meter hohen Eingangshalle, an deren Ende rechts und links von einem Fahrstuhlschacht weitere Treppen in die oberen Stockwerke führten. In der Eingangshalle war eine kleine Ausstellung untergebracht. Die Schaukästen, die sie bereits von ihrem ersten Besuch – noch im alten Gebäude jenseits der Straße – kannte.

Sie sah sich nach einem Pförtner um, den sie nach dem Büro von Albert Martin-Curriel fragen konnte. Aber in der einschüchternd großen Halle war niemand zu sehen.

»Guten Morgen. Da sind Sie ja! Auf die Minute! Es ist hier ein bisschen unübersichtlich, deshalb dachte ich mir, ich schaue mal, wo Sie bleiben.«

Sie hob den Kopf und sah Martin-Curriel oben an der Treppe stehen. Seine Stimme hallte in dem großen Raum wider, aber sie klang sehr freundlich, als er sagte:

»Nehmen Sie die Treppe. Wir sind hier im Zwischengeschoss zwischen erster und zweiter Etage.«

Schade, dachte Vianne. Ich wäre gern mit dem Fahrstuhl gefahren und hätte das Scherengitter aufgeschoben. Das hatte sie schon einmal in einem Film gesehen.

Oben stand ihr neuer Chef und streckte ihr die Hand hin. »Willkommen«, sagte er herzlich.

Das erste, was sie von seinem Büro wahrnahm, war der Blick aus dem Fenster, der in Richtung der großen Halle ging, in der die Tiere der Welt ausgestopft präsentiert wurden. Weil es sich bei dem Büro um ein Mezzanin handelte, ein Zwischengeschoss, war nur die obere Hälfte des oben abgerundeten Fensters zu sehen. Der Rest verschwand im Fußboden. Der Raum strahlte Würde und Ernsthaftigkeit aus. Blankes Parkett in einem Honigton, rings an den Wänden massive Holzschränke mit Glastüren und offene Regale. Und zwei große Schreibtische, die sich gegenüberstanden und über und über mit Ordnern und Büchern in hohen Stapeln beladen waren. Sie glaubte ihren Augen nicht trauen zu können, als sie in den Schränken und Regalen Hunderte von Gläsern aller Art sah: Marmeladen- und Weckgläser, Milch- und Apothekerflaschen in allen Größen und Formen. Und darin schwammen in gelblichen Flüssigkeiten Pflanzen und Pflanzenteile.

»Oh, wie schön!«, entfuhr es ihr.

Sie wusste nicht, wohin sie zuerst schauen sollte. Ihr gefielen sowohl dieser Raum, der viele Geheimnisse zu bergen schien, als auch die Aussicht. Etwas hilflos ließ sie den Blick schweifen.

»Ich verstehe, dass man erst mal ein bisschen überrumpelt ist. Aber das wird sich geben. Das da vorn«, er wies auf das große Quergebäude, »nennen wir die Große Halle der Evolution. Dort sind wie in einer Arche Noah möglichst viele Tiere unserer Erde versammelt … Aber das wissen Sie ja schon.

»Aber ich war noch nie drinnen«, gestand Vianne.

Er lachte. »Das müssen wir unbedingt ändern. Kennen Sie

denn die Wintergärten?« Er wies auf ein anderes Fenster, das den Blick auf die Gewächshäuser und Wintergärten freigab, die in ihrer Zerbrechlichkeit wie Prinzessinnen oder Elfen wirkten und deren Glasfenster in der Morgensonne blitzten. »Dort ziehen wir unter verschiedenen klimatischen Bedingungen die Gewächse bestimmter, nun ja, Klimazonen. Auch nicht?«

»Doch, ich wollte die Pflanzen sehen.«

»Sie werden häufiger dort sein, wenn Sie hier arbeiten. Und wir hier machen für die Pflanzen das, was die Halle der Evolution für die Tiere ist.«

Vianne nickte.

»Ich führe Sie erst mal rum, dann wird Vieles klarer. Erst mal nur in unserem Haus. Beziehungsweise in der Hälfte des Hauses, die den Phanerogamen vorbehalten ist. Das Haus ist zweigeteilt. Es gibt zwar Türen, genau in der Mitte des Gebäudes, aber die werden nur selten benutzt. Wir sehen ein bisschen auf unsere Kollegen von der Kryptogamie herab – und sie auf uns.« Er lachte. »Kommen Sie!«

Er ging voran und öffnete die Tür zum Nachbarzimmer. »Das hier ist Ihr Arbeitsplatz, wenn ich Sie nicht nebenan brauche.«

Vianne fand sich in einem Labor wieder, in dem ein schier unglaubliches Durcheinander von kleinen Tischen und Regalen herrschte, auf denen dicke Bündel von Papier lagen. Zum Teil waren sie wie Bücher gebunden, oft waren es aber auch nur lose Blätter, auf denen Pflanzen gepresst waren.

»Die Herbarien!«, sagte sie. »Und so viele.« Sie machte einen Schritt auf einen der Tische zu, um eines der Blätter näher zu betrachten. In gestochen scharfer Schrift hatte jemand den Namen der Pflanze, Fundort und -datum und sein eigenes botanisches Kürzel neben die Pflanzen geschrieben. Es war eine Orchideenart, soviel konnte sie auf die Schnelle erkennen.

Albert Martin-Curriel brach in dröhnendes Lachen aus. »Was Sie hier sehen, ist nur ein Bruchteil. Der Teil, an dem wir – oder ich – gerade arbeiten. Warten Sie, bis ich Ihnen den Rest zeige! Wir haben hier mehrere Millionen Stücke, sie werden in den Etagen gesammelt. Wir sind schließlich das nationale Herbarium. Unser ältestes Stück ist eine Heilpflanze. Sie wurde 1558 hier katalogisiert. Auch das zeige ich Ihnen. Wie Sie gesehen haben, unterteilen wir in Blütenpflanzen und andere. Und innerhalb dieser in Pflanzen aus verschiedenen Kontinenten, die in den verschiedenen Stockwerken aufbewahrt werden. Im ersten Europa und Frankreich, im zweiten Afrika, im dritten Asien … Wir haben hier Spezialisten für die Flora von Madagaskar oder von Neukaledonien!«

Vianne versuchte immer noch, das Wirrwarr in dem Zimmer zu erfassen: Mikroskope, Holzkisten, Okulare, Pinzetten, Klebstoff und Pinsel, Bücher, Papiere und Manuskripte. An den Wänden standen merkwürdige Möbelstücke, in die nur zentimeterhohe Schubladen eingepasst waren. Es mussten Hunderte sein.

»Und was ist da drin?«

Er nahm einen der flachen Auszüge heraus und zeigte ihr den Inhalt. Nebeneinander lagen vier kleine Glasplatten mit verschwommenen Punkten darauf. »Das sind Objektträger, die Punkte sind hauchfeine Schnitte von Pflanzen. Können Sie mit einem Mikroskop umgehen?«

»Ich fürchte nicht«, antwortete Vianne und fühlte sich plötzlich entmutigt. »Ich hatte bisher nicht die Gelegenheit.«

»Das macht gar nichts. Das lernen Sie schnell. Das Schneiden der Schnitte erfordert allerdings Fingerspitzengefühl. Aber auch das kann man lernen.« Mit der Schublade in der Hand drehte er sich um sich selbst, weil er einen Platz zum Ablegen suchte. Schließlich legte er sie oben auf einen Stapel Bücher, wobei er sagte: »Das muss nachher gleich zurück an seinen Platz, sonst finden wir es nie wieder.«

»Was ist eigentlich Ihr Spezialgebiet, Monsieur?«

Er lachte. »Ganz unspektakulär – aber nur auf den ersten Blick, wohlgemerkt. Meine Leidenschaft sind die heimischen Pflanzen. Ach, und übrigens nennen wir uns hier alle beim Vornamen. Ich bin Albert.« Er nahm seine Brille ab und begann, in dem großen Raum hin und her zu gehen, so gut das in dem Durcheinander möglich war. »Es gibt in Frankreich noch unzählige ungehobene Schätze. Und übrigens stammt die erste hier katalogisierte Pflanze aus Lyon. Es gibt unbekannte Pflanzen, die direkt vor unseren Füßen, an Bahndämmen und an Waldrändern, sogar in der Kanalisation von Paris leben. Die gilt es zu finden. Ich nenne das ›Auf dem Asphalt botanisieren‹.«

»Ein schöner Ausdruck.«

»Ich finde, es ist ein durchaus passender Leitspruch für unsere Arbeit. Sie nicht?« Er verließ den Raum, und Vianne wusste nicht, was das zu bedeuten hatte, bis sie seine Stimme hörte: »Kommen Sie? Ich zeige Ihnen den Rest.«

Mit dem »Rest« meinte er die übrigen Etagen. Vianne wusste am Ende nicht mehr, ob sie an einem bestimmten Ort bereits vorbeigekommen waren oder nicht. Sie gingen lange Gänge entlang, vorbei an den Stirnseiten endloser Reihen – es waren neunzig, wie Albert ihr stolz erklärte – von meterhohen Schränken, in denen Fächer waren, die mit einer Klappe verschlossen wurden. In ihnen lagerten Tausende dieser dicken Packen Papiere, auf die Pflanzen gepresst waren. Einige waren mit Stoffbändern zusammengehalten, andere lagen lose in den Fächern, und sie mussten aufpassen, wenn sie sie herausnahmen. Albert erklärte ihr alles, zeigte auf die Namen der Botaniker, die diese Herbarien angelegt hatten, erzählte Geschichten über sie. Vianne konzentrierte sich, um alles zu behalten, merkte aber schnell, dass es hoffnungslos war.

Je älter das Papier war – Vianne las Jahreszahlen wie 1831 oder 1799 –, desto dicker war es. Es wellte sich und war an den Kanten porös und brüchig. Irgendwie waren sie dann auf einmal wieder in dem langen Gang, gingen eine Treppe hinauf, und auf der nächsten Etage ging das Ganze wieder von vorne los. An den Stirnseiten der Regale standen Schreibtische, auf denen weitere Herbarien lagen. Und immer wieder Gläser, die mit Flüssigkeit und Pflanzen gefüllt waren.

»Bevor die Pflanzen hier rein dürfen«, Albert wies auf die Regale, »müssen sie ›vergiftet‹ werden, so nennen wir das. Wir verwenden Brom dafür.«

»Vergiftet?«

»Ja, um zu verhindern, dass wir Schädlinge einschleppen. Stellen Sie sich vor, nur ein einziger Parasit würde es bis in diese Hallen schaffen. Dann wäre die Arbeit von Jahrzehnten oder Jahrhunderten verloren.«

Daran hatte Vianne noch gar nicht gedacht und auch bei ihren eigenen Botanisierversuchen hatte sie einfach die am besten erhaltenen Pflanzen gepresst. Aber hier war das natürlich etwas anderes.

Zwischendurch stellte Albert sie den Kollegen vor, es mussten mindestens zwanzig sein. Die meisten sahen nur zerstreut auf und beugten sich dann wieder über ihre Mikroskope. Na gut, dachte Vianne, dann muss ich mir ihre Namen ja wohl auch nicht merken. Die schwirrten ohnehin in ihrem Kopf herum und sie vergaß sie gleich wieder.

Im vierten Stock des Turms, sozusagen über dem Büro von Albert, lag die Bibliothek. Hinter einem Tresen saß eine junge Frau mit kunstvoll verwuschelten Locken.

»Und das ist Delphine Darrieux, unsere Bibliothekarin. Delphine, das ist Vianne Renard, meine neue Assistentin. Vianne, mit Delphine müssen Sie sich unbedingt gut stellen.«

»Und mir vor allem die ausgeliehenen Bücher zurückbringen. Albert ist da äußerst nachlässig.« Delphine stand auf und reichte Vianne mit einem hinreißenden Lächeln die Hand. »Sie wissen schon, dass das hier ein ziemlich exklusiver Männerbund ist, nicht wahr? Da müssen wir zusammenhalten.«

Vianne gab das Lächeln zurück. »Sehr gern.«

Albert war schon wieder auf dem Weg. »So, jetzt noch der Keller«, sagte er, und Vianne erschrak. Waren sie denn immer noch nicht fertig? Hörte dieses Gebäude denn niemals auf? Und dann gab es da auch noch diese andere, spiegelverkehrte Hälfte. Am Ende eines Ganges gab es tatsächlich auf jeder Etage Türen, aber Albert drehte vorher um. Sie würde sich hier hoffnungslos verlaufen, das stand fest.

Diesmal nahmen sie den Fahrstuhl, der in einem offenen Käfig nach unten fuhr. Sie passierten die Stockwerke, die sie bereits besichtigt hatten, aber Vianne hätte schwören können, dass sie noch nie hier gewesen war.

Im Keller waren hauptsächlich Labors untergebracht, ein Autoklav, eine Tischlerei, eine Wäscherei, die Heizung und die Waschräume.

Albert öffnete eine weitere Tür. »Und hier züchten wir unsere Pilze.«

Vianne sah ihn verständnislos an. »Ja, wir züchten hier Champignons. Am Sonnabend darf jeder welche mit nach Hause nehmen. Auf die Idee ist irgendwann einer der Pilzforscher gekommen, nachdem er halluzinogene Pilze gegessen hatte, die er aus dem Urwald mitgebracht hat. Machen Sie das bloß nicht! Nehmen Sie nur unsere Champignons!« Er grinste sie dabei verschwörerisch an, und Vianne fragte sich, was von der Geschichte den Tatsachen entsprechen mochte.

Es war schon Nachmittag, als sie endlich wieder in Alberts Büro ankamen. In Viannes Kopf rauschte es. Sie versuchte, die vielen Informationen zu verarbeiten, die sie gerade erhalten hatte.

»Können Sie mir ein Buch aus der Bibliothek holen?«, fragte Albert.

»Oh Gott, die finde ich nicht wieder«, entfuhr es ihr.

Als sie sein verschmitztes Lachen sah, erkannte sie, dass er sie auf den Arm nahm.

»Sie setzen sich jetzt hier hin und sortieren mir dieses Herbarium. Sehen Sie, es hat Seitenzahlen, aber weil ich damit gearbeitet habe, habe ich die Seiten auseinandergenommen. Und es kann gut sein, dass ich verschiedene Herbarien leicht durcheinandergebracht habe. Das sehen Sie ja dann an den Signaturen.«

»Und den Schriften.«

Jetzt war es an ihm, sie verständnislos anzusehen.

»Na ja, die Handschriften sind doch unterschiedlich.«

Er nickte. »Ach, fast hätte ich es vergessen!« Er verließ den Raum und kam gleich darauf mit einem blütenweißen Laborkittel wieder, den Vianne nicht weißer hätte waschen können. »Mein Einstiegsgeschenk für Sie«, sagte er.

Dann ließ er sie allein.

Vianne zog den Kittel an, schloss die Knöpfe und versuchte, in einem der Glasschränke zu sehen, wie sie aussah. Wie eine echte Botanikerin!

Sie nahm die flache Schublade mit den Objektträgern, die Albert vorhin aus dem Schrank gezogen hatte, und schob sie wieder an ihren Platz. Dann setzte sie sich auf den Drehstuhl vor dem großen Tisch, lehnte sich zurück, und atmete tief aus. Sie lächelte in sich hinein.

# Vierzehn

Es war nicht besonders weit von ihrem neuen Arbeitsplatz bis zur Rue Daguerre, wo David wohnte. Sie nahm oft den Weg durch die engen Gassen bis zum Hôpital du Val-de-Grâce und überquerte das parkähnliche Gelände des Krankenhauses. Auf der anderen Seite lief sie den Boulevard bis zur Place Denfert-Rochereau hinauf, wo der große Löwe auf seinem Sockel thronte und wo es in die Pariser Katakomben hinabging. Von dort konnte sie schon die Einmündung der kleinen Rue Daguerre sehen. Wenn sie sich beeilte, schaffte sie den Weg zu Fuß in zwanzig Minuten.

Sie aßen dann zusammen und erzählten sich, wie sie den Tag verbracht hatten. Manchmal verkaufte David ein Bild, dann gingen sie aus, in eines der Cafés am Montparnasse, in denen Vianne sich inzwischen heimisch fühlte. Ihre andere Heimat war nach wie vor auf dem Montmartre und in ihrer Wohnung. Sie saß dann mit Clothilde an dem kleinen Küchentisch oder auf dem Bett oder sie gingen ins Kino und sahen sich einen Liebesfilm an. Clothilde war glücklich. Sie wartete auf den Tag, an dem sie Jeannot heiraten würde. Sie malte sich ihre Zukunft als seine Frau aus. Sie würden gemeinsam die Garage führen und drei Kinder haben. Aber diese Welten, die bohèmehafte mit David, in der die Zukunft keine Rolle spielte, und die andere mit Clothilde, in der alles einen Plan hatte, passten nicht zusammen, und das machte Vianne manchmal traurig. Sie wäre gern häufiger zu viert ausgegangen, aber weder David noch Clothilde legten gesteigerten Wert darauf.

An diesem Abend kaufte sie unterwegs in einem Anfall von Übermut ein gebratenes Hähnchen, Brot und eine Flasche Rotwein. Sie hatte ihr erstes Gehalt bekommen, und es lag um fast die Hälfte höher als das, was Monsieur Balcon ihr gezahlt hatte. Während sie die Treppe zu Davids Wohnung hinaufstieg, verbreitete sich der verführerische Duft des Fleisches und ihr lief das Wasser im Mund zusammen.

Atemlos klopfte sie. David öffnete die Tür einen Spalt weit.

»Ich muss arbeiten«, sagte er kurz angebunden. Er küsste sie nicht zur Begrüßung wie sonst, aber sie ließ sich nicht entmutigen.

»Gut, ich setze mich einfach nur daneben. Ich bin ohnehin müde. Ich habe heute ungefähr zweihundert Präparate angefertigt, meine Augen tun mir weh. Ich habe uns etwas zu Essen mitgebracht.« Sie hielt ihm das Hähnchen und den Rotwein unter die Nase.

Täuschte sie ihr Gefühl, oder ließ er sie nur widerwillig ein? Sie schob den Gedanken zur Seite und ließ sich auf das Bett fallen. Er verschwand sofort wieder hinter seiner Staffelei und sie wäre beinahe eingeschlafen, während sie ihm zusah. Nach einiger Zeit stand sie auf und wollte sehen, was er malte, doch er hielt sie mit einer Handbewegung zurück.

»Das bringt Unglück«, sagte er knapp.

Sie musste lachen. »Unglück?«

»Bei uns in England schon.«

Sie hörte an seiner Stimme, dass das nicht stimmte und dass er nur nicht weiter mit ihr reden wollte. Na gut, dann eben nicht, dachte sie, aber die Kränkung saß tief. Sie wusste nicht, was sie tun sollte, und begann, einige Sachen vom Boden aufzuheben und das schmutzige Geschirr vom Tisch in den Ausguss zu stellen. Ihre Absätze klapperten auf den hölzernen Dielen. Sie nahm saubere Teller aus dem Schrank und stellte sie auf den Tisch. Sie hatte Hunger und wollte essen, bevor das Hähnchen kalt war.

Sie spürte, dass er aufgehört hatte zu malen und sie ansah. Als sie sich zu ihm umdrehte, brüllte er sie an:

»Ich habe dir gesagt, dass man mit mir nicht leben kann. Ich muss dieses Bild zu Ende malen. Dabei störst du mich. Jedes Geräusch stört mich dann. Ich will dann nicht reden, ich will nicht, dass du aufräumst. Und ich will verdammt noch mal auch nichts essen!« Er starrte sie an, den Pinsel wie eine Waffe erhoben.

Vianne fühlte heiße Scham in sich aufsteigen, seine Zurückweisung traf sie wie eine Ohrfeige. Dann kam die Angst. War es jetzt soweit? Liebte er sie nicht mehr? Hatte sie etwas falsch gemacht? Ja, offensichtlich war es ein Fehler gewesen, einfach so zu ihm zu kommen. Aber das machte sie doch immer so. Immerhin waren sie schon über ein Jahr zusammen. Hatte er schon häufiger so reagiert, so kalt und gleichgültig? Er malte oft, wenn sie bei ihm klopfte, und manchmal riss er sich nur widerstrebend von der Leinwand los. Aber so hatte er noch nie reagiert. Was bedeutete das? Es musste eine andere Frau sein, die er gerade malte. Natürlich. Deshalb sollte sie das Bild nicht sehen. Sie sah ihn an, und in seiner ganzen Haltung, in seinen Augen las sie, dass er allein sein wollte. Dass es ihm egal war, wie sehr er sie mit seiner Zurückweisung verletzte. Mit steifen Bewegungen nahm sie Tasche und Jacke und ging zur Tür, öffnete und schloss sie so leise wie möglich hinter sich. Ihre leise Hoffnung, David würde sie zurückholen, verflog, als sie auf der Straße stand. Sie fing an zu weinen, mitten auf der belebten Rue Daguerre mit ihren Marktständen, und kümmerte sich nicht um die besorgten Blicke der Passanten. Sie nahm die Querstraße, die zum Friedhof führte, und ließ sich dort auf eine Bank fallen. Hier war nur das leise Rauschen des Windes in den hohen Bäumen zu hören, und die Stille beruhigte sie.

»Ich muss dich warnen, ich bin kein einfacher Mann. Ich bin kein Mann zum Heiraten. Meine Malerei geht mir über alles.« Das hatte er zu ihr gesagt, an jenem Tag, als sie zum ersten Mal mit ihm geschlafen hatte.

Sie stöhnte auf. Er hatte recht, er hatte sie gewarnt, aber sie hatte nicht zugehört. Sie hatte vorher noch nie jemanden getroffen, dem seine Arbeit so wichtig war, geradezu lebenswichtig. Wichtiger als essen oder schlafen. Wichtiger als sie. Wenn es früher zu ähnlichen Situationen gekommen war und sie das Gefühl hatte, ihn zu stören, dann hatte sie ihn immer mit einem Lachen oder mit ihrem Körper verführen können. Aber noch nie war er derart abweisend, geradezu feindselig gewesen wie gerade eben. Galt das jetzt nicht mehr? Begann sie ihn zu langweilen? Sie wusste um jenen wichtigen Teil seines Lebens, den er nicht bereit war, mit ihr zu teilen. Sie hatte das bisher akzeptiert. Aber gerade eben hatte er sie komplett aus seinem Leben verbannt. Wut und Verzweiflung stiegen in ihr auf. Sie fuhr sich mit der Hand über das Gesicht und stellte fest, dass es nass von Tränen war. Wildes Schluchzen überkam sie. Und dann wurde sie ganz starr, als würde ihr Herz zu Stein. Als sie sich einigermaßen gefasst hatte, machte sie sich auf nach Hause. Als Clothilde wenig später kam, lag Vianne weinend im Bett.

»Ich habe ihn verloren«, sagte sie mit tonloser Stimme.

Am nächsten Tag schleppte sie sich zur Arbeit. Das Gesicht war vom Weinen immer noch ganz verquollen, sie hatte nicht geschlafen. Zum Glück war Albert auf einer Expedition, so musste sie keine Fragen beantworten. Sie zog sich in ihr Büro zurück und versuchte Trost in der Arbeit zu finden. Aber ihre Gedanken kreisten immer nur um David und ihre verlorene Liebe.

Sie war froh, als der Arbeitstag vorüber war. Sie wollte nach Hause und sich verkriechen. Doch als sie die schwere Tür aufzog, traute sie ihren Augen nicht. Eine Welle des Glücks wallte in ihr auf. Denn am Fuß der Treppe saß David und wartete auf sie. Genau wie früher in der Rue Labat. Sie sah ihn ungläubig an. Er sah abgekämpft, aber glücklich aus. Seine Augen leuchteten, als er sie bemerkte. Er verlor kein Wort über das, was vorgefallen war.

»Komm mit«, sagte er stattdessen. »Ich will dir etwas zeigen. Nein, eigentlich zwei Dinge.« Vianne war zu verwirrt, um sich zu wehren oder auch nur Fragen zu stellen. Was bedeutete das? Tat es ihm leid? Zuerst ging er mit ihr an das nordwestliche Ende des Parks, wo der Ausgang zur Rue Cuvier lag. Er nahm ihre Hand und zog sie in ein Labyrinth aus mannshohen Hecken, das sich dort steil nach oben wand. Sie bogen immer wieder rechts und links ab. Ganz oben angekommen, öffneten sich die Hecken zu einem romantischen achteckigen Pavillon. Ein paar Fledermäuse fühlten sich gestört und flatterten davon. David schlang von hinten seine Arme um sie und drehte sich mit ihr im Kreis. Direkt vor ihnen erhob sich die Krone einer mächtigen Libanonzeder. Sie war im Jahr 1734 als Pflänzchen vom Botaniker Jussieu nach Paris gebracht worden, das wusste Vianne. Aber dieses Labyrinth hatte sie bisher nicht entdeckt.

»Das ist mal wieder typisch für dich«, rief David aus. »Du kennst nur, was mit Pflanzen zu tun hat.«

Vianne sah auf das dunkle Grün des Botanischen Gartens,

jenseits glitzerten die Lichter von Paris. »Dies ist ein Ort für Verliebte. Hier haben sich George Sand und Alfred de Musset zu romantischen Tête-à-Têtes getroffen.«

«Liebst du mich denn überhaupt noch?«, flüsterte Vianne. In ihrem Kopf tobte es.

Liebst du mich so, wie ich dich liebe?, dachte sie. Mit jeder Faser meines Leibes und unwiederbringlich? War das gestern Abend ein Ausdruck von Liebe? Ganz bestimmt nicht! Hat Clothilde recht, und zur Liebe gehören ein gemeinsames Leben, eine gemeinsame Wohnung, eine Hochzeit, Kinder? Du willst all das nicht, und ich bin mir nicht mehr sicher, was du überhaupt von mir willst. Sie überlegte noch, wie sie ihm all diese Fragen stellen sollte, sie suchte nach den richtigen Worten, aber er kam ihr zuvor.

»Was sagst du da? Du willst wissen, ob ich dich liebe?«

Voller Zweifel sah sie ihn an.

Er drehte sie zu sich herum und nahm ihr Gesicht in seine Hände. »Vianne, meine Vianne, ich liebe dich. Du bist die Frau, mit der ich mein Leben teilen will. Du bist meine Muse. Du bringst das Beste in mir zum Vorschein. Du inspirierst mich wie keine andere vor dir oder nach dir. Aber ich muss malen, sonst werde ich unglücklich. Ich komme immer wieder zu dir zurück, darauf hast du mein Wort.« Er ging vor ihr auf die Knie und Vianne hielt den Atem an. »Kannst du dich darauf einlassen? Bitte bleib bei mir. Verlass mich nicht!«

Sie sah auf ihn hinunter und wühlte ihre Hände in sein Haar. Über ihr rauschte die Zeder, und das jahrhundertealte Geräusch gab ihr Kraft. Wollte sie das? Konnte sie so leben? Ein Leben als ewige Geliebte eines Mannes, der sie von Zeit zu Zeit aus seinem Leben ausschloss und unerreichbar war? Ein Leben ohne gemeinsame Kinder, ohne Heirat? Aber mit einem Mann, der in den Stunden, in denen er für sie da war, der perfekte Mann für sie war, der sie respektierte, der keine Ehefrau aus ihr machen wollte, der an sie glaubte und in dessen Armen sie sich als Frau fühlte? Ihre Hände hielten inne. Ja, das wollte sie. In diesem Augenblick, in diesem Pavillon, der für die Liebe stand, schloss sie einen Pakt mit sich selbst. Ja, sie wollte diesen Mann. Sie wollte David, sie würde nur die guten Stunden mit ihm zählen und in den anderen, die zweifellos auch kommen würden, wissen, dass er sie trotzdem liebte. Sie würde das aushalten, denn sie bekam im Gegenzug so viel dafür. Mehr, als sie als junges Mädchen in Saint Florent zu hoffen gewagt hatte.

»Vianne?« Er kniete immer noch vor ihr und hob sein Gesicht zu ihr. Sie konnte die Angst in seinen Augen lesen, sollte sie nein sagen. Angst und schiere Verzweiflung. Aber da war auch ein Versprechen: Er würde sie lieben, so gut es ging. Er würde sein Bestes geben.

»Ja«, sagte sie. »Ja, ich will.«

»Oh Gott, Vianne. Ich hatte solche Angst.« Er stöhnte auf und presste sein Gesicht an ihre Oberschenkel. Dann stand er auf und nahm sie in die Arme und bedeckte ihr Gesicht und ihren Hals mit Küssen.

»Ich will dir doch noch etwas zeigen«, sagte er dann. Er war so bewegt, dass seine Stimme rau klang.

Sie gingen in die Rue Daguerre, und er hatte es so eilig, dass sie ganz außer Atem dort ankamen. An der Tür hielt er ihr die Augen zu und führte sie vor die Staffelei. Als sie die Augen öffnen durfte, stand sie vor ihrem Porträt. Es zeigte sie in eben diesem Zimmer, schlafend ausgestreckt auf dem Bett. Sie trug nur ihr Unterkleid, ihre Beine waren unter dem Betttuch zu ahnen, das ihre Formen nachzeichnete. Das Tuch schützte sie vor Blicken und gab sie gleichzeitig preis.

Sie fand sich selbst atemberaubend verführerisch. Als sie sich zu David umdrehte, sah er sie erwartungsvoll an. Er versuchte in ihren Augen zu lesen, ob ihr das Bild gefiel. Fast glaubte sie, er würde erneut vor ihr auf die Knie gehen. Er wäre am Boden zerstört, wenn ich ihm jetzt sagte, das Bild sei missraten, dachte sie. Sie spürte die Macht, die sie in diesem Moment über ihn hatte. Diese Erkenntnis war neu für sie, und sie erstaunte und berauschte sie. Wir brauchen uns beide, wir können nicht ohne einander, auch wenn wir es uns manchmal so schwer machen.

David sackte in sich zusammen. »Es gefällt dir nicht«, sagte er leise.

»Aber nein, das Bild ist wunderbar! Du siehst mich wie niemand sonst, du gibst mir so etwas wie eine Aura. Und wenn ich mir die Pinselführung ansehe … Wie ist es dir gelungen, meine Haut so alabasterhaft zu malen? Ich habe so etwas noch nie gesehen …«

»Wirklich? Es gefällt dir?« In seiner Stimme lag unendliche Erleichterung.

»Es ist eines der schönsten Bilder, die du je gemalt hast.«

»Kannst du mir dann verzeihen? Es war dieses Bild, das mich dazu gebracht hat, dich fortzuschicken. Und es wird nicht das letzte Mal sein. Es tut mir leid, dass ich so rücksichtslos zu dir war. Aber ich konnte die Arbeit nicht unterbrechen. Ich würde es dir gern verständlich machen, aber ich fürchte, das kann niemand verstehen.« Er nahm sie in die Arme. »Bitte verzeih mir.«

»Ich habe dir schon verziehen. Vorhin, in diesem Liebespavillon.«

»Vianne, lass mich es dir trotzdem erklären. Ich wollte nie mit einer Frau leben. Ich habe mir mein Leben immer nur allein vorgestellt, mit meiner Kunst. Und dann bist du gekommen, hast da an diesem Tisch gesessen und gefroren mit deinen Wäscherinnenhänden. Und ich wollte dich. Ich habe lange mit mir kämpfen müssen, ob ich dich in mein Leben lasse. Ich dachte, das mit uns würde vorübergehen wie all die anderen Geschichten vorher auch. Aber du bist mir zu nahe gekommen, ohne dass ich mich dagegen wehren konnte. Das hat mich am Anfang richtig wütend auf dich gemacht. Aber jetzt weiß ich: Du bist die einzige Frau, mit der ich leben will. Aber es wird immer wieder diese Momente geben, in denen ich niemanden um mich herum ertrage. Nicht einmal dich. Kannst du das verstehen?«

Der Blick aus seinen Augen sagte ihr, dass er die Wahrheit sagte. Und dann veränderte sich der Blick, er wurde fordernd, leidenschaftlich. Vianne hatte das Gefühl, er würde sie mit diesen Blicken ausziehen.

Sie fuhr sich mit der Zunge über die Lippen und sah, wie er vor Verlangen zusammenzuckte. »Komm, schlaf mit mir und mach mich glücklich«, flüsterte sie.

Solche Phasen, in denen David sich völlig zurückzog und nicht ansprechbar war, kamen in unregelmäßigen Abständen immer wieder. Vianne musste sie wohl oder übel hinnehmen. Nur selten beklagte sie sich: »Was ist denn, wenn es mir mal nicht gut geht? Warum richten wir uns immer nach deinen Befindlichkeiten?«, warf sie ihm dann vor. Aber jedes Mal fiel ihr ein, dass er für seine Malerei sogar mit seiner Familie gebrochen hatte, und sie verstummte. Wenn David dann aus seiner schöpferischen Phase wieder auftauchte, hatte er ein Bild geschaffen, auf dem meistens sie zu sehen war. Er blieb seinen Ursprüngen treu und stellte sie in typisch weiblichen Posen und Tätigkeiten dar. Vianne saß am Tisch und putzte Gemüse, sie hatte sich sonntäglich zurechtgemacht und unternahm einen Spaziergang, sie saß mit einer Freundin auf der Terrasse eines Cafés vor einem Kaffee. Er malte sie beim Einkaufen auf dem Markt und bei der Morgentoilette. Es gab aber auch zahlreiche Akte von ihr. David liebte insbesondere ihre Rückenansicht, und er hatte ein gutes Dutzend von ihnen gemalt. Meistens stand Vianne mit nacktem Rücken zu ihm vor dem Spiegel oder am Fenster.

»Zeigst du die den Besuchern, die hierher kommen?«, fragte sie.

Er lachte. »Natürlich. Ich will doch die Meinung meiner Kollegen hören. Und ab und zu kommt ja auch jemand, der ein Bild kaufen möchte. Das ist dir doch nicht etwa unangenehm? Du stehst da in einer Reihe mit ziemlich berühmten Frauen. Denk nur an Madame Picasso.«

»Picasso hat sich immer geweigert, Fernande Olivier zu heiraten.« Die Bemerkung konnte sie sich nicht verkneifen.

David überhörte die Spitze. »Richtig. Aber trotzdem haben sie alle Madame Picasso genannt.«

Vianne seufzte. »Meine Eltern dürfen diese Bilder nie zu Gesicht bekommen. Es würde sie umbringen.«

Ihre Eltern … Vianne vermisste sie mal mehr, mal weniger. Sie hatte ihnen gleich von ihrer neuen Arbeit geschrieben, und sie hätte Stolz und Freude gern mit ihnen geteilt. Immerhin schrieb ihre Mutter, wie sehr sie sich für sie freue. Wie üblich schrieb sie auch, dass ihr Vater sie grüßen lasse. Aber von Arno selbst kam nie ein Wort. Clothilde teilte keine Neuigkeiten aus Saint Florent mit. Wie auch, was sollte dort schon passieren, dachte Vianne bitter. Deshalb bin ich ja weggegangen. In jedem ihrer Briefe bat Vianne Clothilde, doch nach Paris zu kommen. Sie wusste, dass diese Bitte vergebens war. Im Gegenzug bat ihre Mutter sie nie, die Familie in Saint Florent zu besuchen. Das hieß, dass ihr Vater ihr immer noch nicht vergeben hatte.

Das alles machte Vianne traurig, aber weil sie es nicht ändern konnte, stürzte sie sich in ihre neue Arbeit.

# Fünfzehn

Den Frühling im Jardin des Plantes mochte Vianne am liebsten. Dann zeigten die ersten Blumen ihre Farben. Tulpen und Vergissmeinnicht, Ranunkeln und Narzissen waren in Muster gepflanzt, die mit ihren Schnörkeln und Ornamenten wie bunte Orientteppiche aussahen. Darüber zeigten Weißdorn und die ersten Obstbäume ihre Blüten.

Sie blieb stehen, um den Anblick zu genießen. Aus der Ferne hörte sie die Rufe der Tiere aus dem benachbarten Zoo.

Es war noch früh am Morgen, und wenige Menschen waren auf den Wegen unterwegs. Aber natürlich war Maxim unter ihnen, einer der Gärtner, der ihr im vergangenen Jahr ein väterlicher Freund geworden war.

Sie hatte seine ungleichen Schritte schon hinter sich auf dem knirschenden Kies gehört. Maxim humpelte, seit er im Februar bei einem Aufmarsch der rechten Ligen zusammengeschlagen worden war. Und er hatte noch Glück gehabt, an dem Tag hatte es fünfzehn Tote in Paris gegeben. Die rechten Ligen, zu denen auch die Verbände ehemaliger Kämpfer gehörten, wollten das Parlament abschaffen und nahmen sich diesen Hitler zum Vorbild, der seit einem Jahr in Berlin regierte. Seitdem sah man auch auf den geharkten Wegen des Jardin des Plantes viele Flüchtlinge aus Deutschland, die hier auf den Bänken ein wenig Ruhe suchten. Manchmal stritten sie aber auch leidenschaftlich.

»Gefällt es dir?«, fragte er und stützte sich auf seine Harke.

»Ihr habt ganze Arbeit geleistet«, sagte sie zu Maxim. »Es ist wunderschön geworden. Was macht dein Bein?«

Er nahm seine Mütze ab und wischte sich damit über die Stirn. »Wird schon werden. Du hättest erst meine Gegner sehen sollen! Die verdammten Faschisten sind ja gleich zu dritt über mich hergefallen. Die hätten mich kaltgemacht, wenn sich nicht ein paar Genossen eingemischt hätten. Und was das Beet angeht: Das hält höchstens drei Wochen, wenn es so warm bleibt. Dann geht alles wieder von vorn los.«

»Ich bin sicher, du hast schon einen genauen Plan im Kopf, welche Farben dann hier herrschen sollen.«

»Was denkst du denn! Blau, Weiß, Rot. Die Farben von Frankreich, aber das Frankreich der Volksfront! Komm nachher im Gewächshaus vorbei. Es gibt Bananen frisch vom Baum. Du bist zu mager, du brauchst was auf die Rippen.«

»Das ist kein Baum, die Banane wächst an einer Staude! Aber abgesehen davon nehme ich dein Angebot gern an.«

Wenn sie Zeit fand, machte Vianne einen Abstecher in die beiden Glashäuser. In dem einen war es feuchtwarm und roch immer nach verrottenden Pflanzenteilen. Hier herrschte subtropisches Klima. Im zweiten war es trocken und heiß, hier waren die Bedingungen von Wüste und Steppe nachgebildet. Aber die Kakteen und die Gräser der Steppe interessierten Vianne nicht so. Sie bevorzugte die Üppigkeit der Tropen. Und wenn dann noch Bananen dabei abfielen!

Es war schon ihr zweites Frühjahr im Botanischen Institut. Die Arbeit hier gehörte wie selbstverständlich zu ihrem Leben. Sie tat sie gern. In den ersten Wochen hatte sie unendlich viel lernen müssen, und manchmal war sie wegen ihrer großen Wissenslücken entmutigt gewesen. Wie töricht sie gewesen war, sich schon für eine halbe Botanikerin zu halten!

Aber Albert erklärte ihr alles geduldig und schickte sie manchmal zu Vorträgen an die Universität. Dann saß sie in dem großen Hörsaal und ließ sich kein Wort des Professors entgehen. Sogar das hatte sie geschafft! Sie fand sich sehr schnell zurecht, und sie liebte ihre Arbeit, die lange nicht so schwer war wie in der Wäscherei. Albert war dankbar für ihre Hilfe und übertrug ihr immer mehr Aufgaben, denn es war unübersehbar, wie geschickt sie war. Sie zerschnitt die Pflanzen mit dem Skalpell und legte selbst Objektträger an. Sie lernte schnell die Grundzüge des Katalogisierens. Oft ging es darum, Pflanzen derselben Art, aber von verschiedenen Standorten oder Datierungen, zu vergleichen, um Muster zu erkennen. Manchmal stellte sich dabei auch heraus, dass die Pflanzen gar nichts miteinander zu tun hatten, sondern sich nur ähnlich sahen. Besonders spannend wurde die Arbeit, wenn unbekannte Pflanzen, manchmal auch nur Pflanzenteile geschickt wurden. Botaniker aus der ganzen Welt, auch Hobbybotaniker, hatten das Recht und wurden sogar dazu aufgefordert, Fundstücke einzusenden, um sie der Sammlung hinzuzufügen.

Dann ging es darum, diese Pflanzen zu bestimmen, anhand von Blüten und Blättern, von Rindenstückchen oder Wurzeln, je nachdem, was eingeliefert wurde. Vianne zeigte viel Fantasie, wenn es darum ging, auch kleinste Pflanzenteile zuzuordnen. Meistens bediente sie sich dazu des Bestimmungsbuchs des schwedischen Botanikers Linné, der seine Einteilungen aber auf Grund von Blütenteilen vorgenommen hatte. Wenn sie keine Blüten zur Hand hatte, benutzte sie manchmal Bestimmungsbücher für Kinder. Sie kannte einige dieser Bücher noch aus ihrer Zeit in Saint Florent. Die Kenntnisse, die sie sich als Jugendliche angeeignet hatte, waren ihr jetzt sehr hilfreich – auch wenn sie lange nicht ausreichten. Sie war zwar nicht immer ganz wissenschaftlich, aber kreativ. Und ihre Akribie kam ihr zugute. Auch wenn es schier aussichtlos schien, ein Pflanzenteil mit Gewissheit zuzuordnen, hatte sie manchmal Glück.

Inzwischen kannte sie natürlich auch das Gebäude und verlief sich nicht mehr. Sie hätte an den Beschriftungen der Regale sagen können, in welchem Stockwerk sie sich befand. An die oberen Fächer kam sie nur mit einer Leiter heran. Hier versteckten sich die wahren Schätze des Instituts. Herbarien, die seit Jahren nicht mehr geöffnet worden waren, und von denen kaum jemand wusste, was sie überhaupt enthielten. Manchmal war so ein Regalfach gestopft voll mit Blättern, manchmal enthielt es nur eine einzige Blüte, die auf eine Pappe gepresst war. Und manchmal zerfiel alles unter ihren Händen zu unbrauchbaren Krümeln, wenn Vianne es berührte. Am schönsten fand sie die Herbarien, die auf das Papier genäht, nicht geklebt waren. Es gab einen Botaniker aus Spanien, der rund fünfzig Jahre zuvor seine Herbarien dem Institut vermacht und diese Technik perfekt beherrscht hatte. Als Vianne zum ersten Mal eines dieser Blätter umdrehte und die Rückseite sah, die sie an die linke Seite einer Stickerei erinnerte, war sie seltsam berührt gewesen. Auf der Vorderseite befanden sich sehr gut erhaltene Gräserpflanzen, auf der Rückseite diese filigranen Stickereien. Solche Momente brachten sie ihrem Beruf ganz nahe. Sie wusste, dass sie nie wieder etwas anderes machen wollte.

Ihr größtes Talent war allerdings das Entziffern von Handschriften. Hunderte von früheren Mitarbeitern hatten die Kartons und Pflanzen beschriftet, mit den lateinischen und den populären Namen, mit Fundort und -datum und mit einer Klassifikation. Leider waren nicht alle Handschriften leserlich. Oft lag es auch daran, dass die Etiketten über die Jahrzehnte oder gar Jahrhunderte vergilbt waren. Eines Tages hörte Vianne Albert nebenan schimpfen und fluchen. Sie fragte ihn, was los sei, und er reichte ihr ein Exponat mit einer unleserlichen Beschriftung. Vianne kniff die Augen zusammen und las vor: »Funaria Hygrometrica. Wetteranzeigendes Drehmoos. Und hier unten steht HEDW. Wer verbirgt sich dahinter?«

Albert nahm ihr das Papier aus der Hand. »Das gibt es nicht«, rief er aus. »Sie haben recht. Und HEDW ist das botanische Autorenkürzel für Johann Hedwig.«

Diese Autorenkürzel standen auf fast allen Exponaten und bezeichneten denjenigen, der eine Pflanze als Erster beschrieben hatte.

»Sie sind ein Schatz, wissen Sie das?«, sagte Albert zu ihr und strahlte sie an.

Er erzählte die Episode offensichtlich im Kollegenkreis herum, denn seit diesem Tag brachten ihr immer mal wieder verzweifelte Forscher etwas, das sie nicht lesen konnten.

Nur wenn es an die lateinischen Bezeichnungen ging, musste sie häufiger nachschlagen. Dafür ging sie zu Delphine Darrieux in die Bibliothek hinauf. Sie ging überhaupt oft dort vorbei, um sich die Bücher anzusehen oder etwas nachzuschlagen, und langsam entspann sich eine Freundschaft zwischen ihr und der Bibliothekarin.

Wenn sie nach Dienstschluss im Bus saß und sich durch die Stadt ihrer Träume kutschieren ließ, dann musste sie sich manchmal zurückhalten, um nicht zu jubeln vor Glück.

In Sommer dieses Jahres heirateten Clothilde und Jeannot Belcq.

»Erwartest du ein Kind?«, fragte Vianne, als Clothilde ihr

eines Abends, als sie schon in ihren Betten lagen, die Neuigkeit berichtete.

Clothilde setzte sich in ihrem Bett auf, bevor sie antwortete: »Wofür hältst du mich? Wir heiraten, weil wir uns lieben. Und es wird ein rauschendes Fest werden, darauf kannst du dich verlassen.«

Vianne kam zu ihr herüber, legte sich neben sie und nahm sie in die Arme. »Ich weiß doch, dass er dich liebt. Los, erzähl! Wann hat er dich gefragt? Du hast doch schon länger darauf gewartet.«

Clothildes Gesicht bekam etwas Träumerisches. »Gestern. Nach allen Regeln der Kunst. Vorher hat er mich seinen Eltern vorgestellt. Sie wohnen in der Nähe der Place d'Italie. Aber stell dir vor, die beiden sprechen kaum Französisch, obwohl sie schon so lange hier leben.«

»Und? Wie waren sie zu dir?«

»Sehr nett. Seine Mutter hat mich mit offenen Armen empfangen. Sie hat mich an ihre Brust gedrückt und mir gesagt, wie stolz sie ist, dass ihr Sohn eine Französin heiratet.«

Vianne konnte sich die Szene lebhaft vorstellen. Es musste ein gutes Gefühl sein, von der zukünftigen Schwiegermutter als anständige Tochter aufgenommen zu werden. Es musste auch ein gutes Gefühl sein, wenn der Mann, den man liebte, um die Hand anhielt. Sie schob den Gedanken zur Seite. Das würde zwischen ihr und David nicht passieren.

»Sein Vater war ein bisschen reserviert, aber er ist auch ziemlich krank. Er hat jahrzehntelang auf dem Schlachthof von La Villette gearbeitet, das Schleppen von Schweinehälften hat ihn kaputt gemacht, er geht ganz krumm. Ich bin ja so froh, dass Jeannot nicht denselben Beruf ergriffen hat. Er hat sich wirklich hochgearbeitet und unterstützt seine Eltern, wo er nur kann.«

»Er ist ein guter Mann. Und ihr seid ein perfektes Paar, und du kriegst, was du wolltest. Einen Mann mit einem kleinen Geschäft. Der kein Fischhändler ist.« Sie hielt sich demonstrativ die Nase zu.

Clothilde lachte auf. »Das weißt du noch?«

»Du hast es mir an meinem ersten Abend in Paris erzählt.«

»Als du in meinem Bett geschlafen hast.«

Vianne nickte. »Wir haben es weit gebracht, wir zwei. Auch, weil wir zusammengehalten haben.«

Clothilde zögerte. »Aber was ist mit dir und David? Ihr seid auch ein schönes Paar. Was ist mit heiraten, was ist mit Kindern?«

»Du weißt, wie er dazu steht.«

»Aber das ist egoistisch von ihm! Er bekommt alles von dir, er nimmt es sich einfach, und du bleibst auf der Strecke.«

»Clothilde, nicht schon wieder dieses Thema. Das habe ich dir schon oft erklärt. Es ist eine Vereinbarung zwischen David und mir.«

Die Freundin stieß einen Laut des Unwillens aus. »Gut, wie du meinst. Dir ist ja nicht zu helfen.« Jetzt lächelte sie schon wieder. »Wirst du meine Trauzeugin?«, fragte sie.

Vianne umarmte sie. »Ich wäre beleidigt gewesen, wenn du mich nicht gefragt hättest.«

Vier Wochen später verließ Clothilde das gemeinsame Zimmer und bezog eine schöne Beletage in der Rue Mouffetard, die Jeannot gemietet hatte. Bisher hatte er bei seinen Eltern gewohnt, und er hatte mit dem Antrag an Clothilde gewartet, bis er ihr ein richtiges Nest bieten konnte. Clothilde zeigte Vianne stolz die drei Zimmer. Das Beste war das Badezimmer, das in der Wohnung lag und nur für sie war und sogar eine Wanne hatte.

»Ich komme ab jetzt zu dir, um zu baden«, rief Vianne aus, als sie die große Wanne auf den schwarz-weißen Fliesen sah. Alles war neu und blitzblank.

An ihrem ersten Abend allein in ihrer Wohnung war ihr ein bisschen mulmig. Aber dann klopfte es, und David stand vor der Tür. Vianne hatte nicht mit ihm gerechnet, denn er war dabei, ein Bild zu beenden, für das er schon einen Käufer hatte.

»Ich habe mir gedacht, du könntest ein wenig Gesellschaft brauchen«, sagte er mit einem warmen Lächeln zu ihr.

Als sie ihn jedoch fragte, ob er sie zu Clothildes Hochzeit begleiten würde, war seine Antwort ein kategorisches Nein.

»Du weißt, ich gehe auf keine Hochzeit«, sagte er. »Und ich nehme an, die beiden werden dann bald Kinder bekommen, eins und noch eins, wie es sich gehört?« Er sah sie an, und in seinen Augen las sie, wie ernst es ihm war. »Versuch das nicht mit mir, Vianne. Wenn du eine bürgerliche Ehe und Kinder willst, dann musst du dir einen anderen Mann suchen.«

Ein paar Tage, bevor die Feier in einem Restaurant an der Place Monge gefeiert wurde, fuhr er mit einem befreundeten Künstler in die Provence, um dort zu malen. Er sagte ihr, er wisse noch nicht genau, wann er zurückkommen werde.

Vianne ging allein auf die Hochzeit. Sie machte sich besonders schön und kaufte sich ein hellrotes Kleid mit tiefsitzender Taille, das sie wie eine Art Schutzpanzer anzog. Es war nicht angenehm, als Frau allein auf eine Hochzeit zu gehen, zumal wenn viele der anwesenden Gäste wussten, dass sie und David ein Paar waren. Aber sie würde das durchstehen, nahm sie sich vor. Dennoch wurde sie wehmütig, als sie sah, wie glücklich Clothilde und Jeannot waren. Vor allem, als die beiden inmitten einer großen Familie für das Foto posierten. Um sie herum standen Jeannots Eltern, Clothildes Vater, Geschwister, Onkel und Tanten. Ein Geflecht von Menschen, die füreinander da waren und einstanden, eine Familie eben.

Clothilde winkte sie zu sich heran. »Und jetzt mit den Trauzeugen«, rief sie und hakte sich bei Vianne ein.

»Ich seh genau, was in dir vorgeht«, flüsterte sie »Jag ihn endlich zum Teufel. Aber vorher amüsierst du dich gefälligst. Hast du meinen Cousin Alfred gesehen? Er steht dahinten und verschlingt dich mit den Augen. Komm, ich stell ihn dir vor.«

Vianne lachte, bevor sie wieder ernst wurde. »Ich tanze gern mit deinem Alfred, aber lieben tue ich nun mal David.«

»Dir ist wirklich nicht zu helfen.«

# Sechzehn

Als ich mich am Sonntagmorgen aus dem Schlaf kämpfte, starrte ich einen Moment auf die gemusterte Tapete an der Wand, bis mir einfiel, dass ich mich in unserem Hotelzimmer in Paris befand. Und im Musée d'Orsay hing mein Bild! Ich setzte mich auf und fuhr mir mit der Hand an die Stirn. Ich spürte einen hämmernden Kopfschmerz und mein Herz klopfte mir im Hals. Ich stöhnte leise auf, ich wollte Jean-Louis nicht wecken. Ich wollte noch nicht mit ihm reden, ich musste nachdenken. Aber er lag neben mir und schlief tief und fest. Als ich ihn ansah, fühlte ich Wut in mir aufsteigen.

Ich stand auf und ging ins Bad, um ein Aspirin zu nehmen. Aus dem Spiegel sah mich eine Frau mit einem viel zu ernsten Gesichtsausdruck an. Ich hörte wieder Jean-Louis' Worte: *Sie macht wieder auf Lili Marlène.* Ich biss die Zähne aufeinander und lächelte grimmig, dann fuhr ich mir mit beiden Händen über die Stirn und strich mein Haar zurück. Dunkle Schatten unter den Augen kamen zum Vorschein. Ich war einfach komplett verwirrt. Ich wusste nicht, was werden sollte. Ich nahm die Tablette und duschte mich ab, so kalt es ging. Danach fühlte ich mich besser.

Anschließend bürstete ich mein Haar und band es im Nacken zusammen. Dann nahm ich Make-up und Lippenstift zur Hand. Ich wollte gut aussehen, nicht wie eine Frau, deren Mann hinter ihrem Rücken mit seiner Freundin über sie lästerte. Ich nahm mir vor, Caro anzurufen. Ich musste mit jemandem reden.

Aber als ich zurück ins Zimmer kam, war Jean-Louis aufgestanden.

»Ich geh schon mal runter zum Frühstück«, sagte ich knapp.

»Ist gut, ich komme in fünf Minuten nach.« Ich setzte mich an unseren Tisch im Garten und bestellte einen doppelten Espresso und einen Orangensaft. Die sonntägliche Stille besänftigte mich. Ohne es verhindern zu können, musste ich an Étienne denken. Was er wohl gerade tat?

Ich dachte an seine Visitenkarte, die oben in meiner Handtasche lag. Ob er auch gerade an mich dachte? Vielleicht sollte ich ihn anrufen und nicht Caro, dachte ich, mein Mann telefoniert schließlich auch mit anderen Frauen.

Jean-Louis kam und setzte sich neben mich. »Na, was machen wir heute?«, fragte er, als sei nichts gewesen. Aber er wusste ja auch nicht, dass ich sein Gespräch mit Francine gehört hatte.

»Ich will heute noch einmal in das Museum, um das Bild anzugucken. Außerdem möchte ich es fotografieren. Ich muss es vor Augen haben, wenn ich mehr dazu herausfinden will.«

»Oh gut, ich komme mit«, sagte Jean-Louis. »Das will ich auch sehen.«

Ich runzelte die Stirn. »Wirklich? Ich dachte, wir machen es so wie gestern: Jeder macht sein Ding und wir treffen uns abends wieder«, giftete ich.

Er sah mich beleidigt an. »Es interessiert mich aber. Oder willst du mich nicht dabei haben?«

Das war ein eindeutiges Friedensangebot. Vielleicht tat es

ihm leid, was er da gestern über mich gesagt hatte? Oder er hatte ein schlechtes Gewissen? In jedem Fall besänftigte mich sein Entgegenkommen.

Eine Stunde später standen wir in der zentralen Halle des Musée d'Orsay. Es war noch einigermaßen früh am Morgen, nur wenige Besucher flanierten durch die Räume.

»Also, wo hängt denn nun das Bild?«, fragte Jean-Louis.

Ich ging voraus in Richtung des kleinen Saals links von der großen Galerie. Ich war nervös. Und wenn ich mich getäuscht hatte? Wenn das Bild heute ganz anders aussah als gestern? Wenn ich gestern etwas gesehen hatte, vielleicht etwas hatte sehen wollen, was gar nicht da war? Aber dann fiel mir Étienne ein. Er hatte mich gleich erkannt. Bei dem Gedanken an ihn lächelte ich. Als ich den Eingang des Saals erreicht hatte, wurde mir bewusst, dass ich mich auf das Wiedersehen mit der Frau vor dem Spiegel freute.

Im Saal war es völlig still. Niemand außer Jean-Louis und mir war da. Und da hing das Bild. Genau wie gestern traf es mich wie ein Blitz. Es gab keinen Zweifel. Das da oben war ich. Triumphierend drehte ich mich zu Jean-Louis um, um seine Reaktion zu sehen.

»Das ist es also«, sagte er und baute sich vor dem Gemälde auf. »Donnerwetter, das hätte ich nicht erwartet. Das bist ja tatsächlich du! Das gibt's ja nicht. Meine Frau auf einem Bild.« Er trat dich an das Bild heran, um es genauer zu betrachten, genau wie ich es getan hatte. Er las das kleine Schild laut vor, machte dann einen Schritt nach hinten, um das Gemälde noch einmal aus veränderter Perspektive anzusehen. »Unfassbar«, entfuhr es ihm. »Wie kann das sein?« Er raufte sich die Haare und ging in großen Schritten vor dem Bild auf und ab.

Ich war so sehr in die Betrachtung des Gemäldes vertieft, dass ich ihm nicht antwortete.

Ich begrüßte die Frau auf dem Bild wie eine alte Bekannte. Ich freue mich, dich zu sehen, sagte ich in Gedanken zu ihr. Ich finde dich heute Morgen sogar noch schöner als gestern. Du bist dabei, frischen Wind in mein Leben zu bringen. Du hast mir gestern die Bekanntschaft mit einem Mann beschert, die mir viel bedeutet. Und du hast mein verschüttetes Interesse an der Kunstgeschichte wieder geweckt. Dafür bin ich dir etwas schuldig. Ich werde versuchen, herauszufinden, wer du bist. Und wer weiß, was noch alles aus unserer Begegnung erwächst?

»Sprichst du etwa mit ihr?« Jean-Louis guckte mich irritiert an.

»Ich sehe mir das Bild noch einmal ganz genau an«, gab ich knapp zurück. Viele Details, besonders das Kleid und die Perlen im Haar, waren mir noch gut im Gedächtnis. Aber mir war am Vortag nicht aufgefallen, dass die Frau mit der linken Hand mit dem Wasserfallkragen spielte, so, als wollte sie ihn richten. An ihrem Ringfinger entdeckte ich einen Ring mit einer großen dunklen Perle. Der war mir bisher auch entgangen. Bis auf die Perlen im Haar war es der einzige Schmuck, den sie trug. Der Ring war wegen seiner Größe und der schlichten Fassung außergewöhnlich. Ob er ihr gehörte? Ich ging in Gedanken den Schmuck meiner Mutter durch, der zum Teil aus Familienbesitz stammte, aber so etwas war definitiv nicht dabei. Aber vielleicht lag der Ring in der Schatulle einer meiner Tanten, wer wusste das schon?

»Stell dich mal so hin.« Jean-Louis nahm mich bei den Ellenbogen und drehte mich so, dass ich im Profil neben dem Gemälde stand, genau wie die Frau auf dem Bild. Er sah sich um. »Warte mal«, sagte er und zog einen der kleinen

Klappstühle heran, auf denen normalerweise das Aufsichtspersonal saß. »So, jetzt setz dich mal so hin wie die Frau.«

Ich tat es und blieb unbeweglich sitzen, während er sich ein paar Schritte entfernte und uns verglich. »Du hast recht«, sagte er dann. »Diese Frau, das bist du, oder umgekehrt.«

»Hab ich doch gesagt.« Ich konnte nicht anders, ich verglich seine Art, sich dem Bild anzunähern, mit der von Étienne. Bei Jean-Louis war alles Technik, Abbildung, er überprüfte, ob ich auch richtig auf dem Stuhl saß. Étienne hatte einen Blick für die Aura des Bildes, er sah das Verführungspotential der Frau vor dem Spiegel und übertrug es auf mich. Plötzlich wünschte ich mir, mit Étienne hier zu sein. Ich hätte gern noch einmal mit ihm über das Bild gesprochen. Über Pinselführung und Perspektive, über die Art, wie der Maler die Haut der Frau vor dem Spiegel wie Alabaster glänzen ließ …

»Die hatten früher aber schon tolle Kleider an. Und wie die sich zurechtgemacht haben«, sagte Jean-Louis jetzt und schnalzte anerkennend mit der Zunge. »So ein Rückenausschnitt hat doch was.«

»Danke für das Kompliment«, sagte ich.

»Jetzt sei doch nicht so!«

Fast hätte ich mich verraten und etwas gesagt wie: »Nicht so wie wer? Wie Lili Marlène?« Aber ich hielt mich zurück. Es wäre mir peinlich gewesen, wenn Jean-Louis herausgefunden hätte, dass ich seinem heimlichen Telefonat mit Francine gelauscht hatte. So weit war es zwischen uns gekommen: Er hatte Geheimnisse vor mir, und ich schämte mich, weil ich sie herausgefunden hatte.

Die Saalwärterin, eine kleine, dicke Frau stürzte auf uns zu und forderte uns auf, den Stuhl augenblicklich wieder zurückzustellen. Und plötzlich ging es nicht mehr um die Frau auf dem Bild, sondern darum, wie wir uns in einem Museum zu benehmen hatten. Jean-Louis fing eine Diskussion mit der Aufseherin an. Mir war das Ganze unendlich peinlich. Jean-Louis nahm inzwischen den Stuhl und stellte ihn mit einem demonstrativen Knall wieder in die Ecke. Ich zuckte zusammen. Konnte man sich vor einer gemalten Figur schämen? Ich merkte plötzlich, dass es ein Fehler gewesen war, Jean-Louis mitzunehmen. Ich hätte wissen müssen, dass er die Atmosphäre kaputtmachen würde. Ich wollte nicht länger mit ihm hier sein.

Ich holte mein Telefon aus der Tasche und stellte mich vor das Gemälde, um es abzufotografieren.

»Soll ich?«, fragte Jean-Louis und streckte die Hand aus.

«Das mach ich selbst«, antwortete ich eine Spur zu brüsk. Dieses Foto wollte ich machen. Es war *mein* Motiv. Es wäre mir falsch vorgekommen, wie Verrat an der Frau vor dem Spiegel, wenn Jean-Louis sich da eingemischt hätte.

Ich machte einige Aufnahmen, dann drehte ich mich zu Jean-Louis um: »Wollen wir noch in den fünften Stock fahren? Von dort soll man eine wunderbare Aussicht auf die Stadt haben.«

»Okay. Bist du denn schon fertig hier?«

»Ja.« Ich war erleichtert, dass wir endlich gingen.

Jean-Louis hatte schon den Saal verlassen, aber ich blieb noch einen Moment vor dem Gemälde stehen, um mich zu verabschieden. »Ich komme wieder«, flüsterte ich leise. »Ich will wissen, wer du bist. Und diesmal dauert es keine fünfzehn Jahre, bis ich wieder nach Paris komme, dieses Versprechen gebe ich dir und mir hiermit.«

Wir nahmen die vielen Rolltreppen bis ganz nach oben. Auf der Seite, die zur Seine zeigte, war das Zifferblatt der ehemaligen Bahnhofsuhr durch eine Glasscheibe ersetzt worden, durch die man einen weiten Blick in Richtung Norden bis zu Sacré Cœur hatte. Normalerweise hätte ich das genossen. Ich mochte es, Paris von oben zu sehen. Aber ich war nicht bei der Sache. Ich war noch bei der Frau ein paar Etagen unter uns und fragte mich, was da eben so schiefgegangen war. Halbherzig zeigte ich Jean-Louis die Sehenswürdigkeiten, die sich vor unseren Augen ausbreiteten.

Das leuchtende Blau des Centre Pompidou ganz in der Nähe war noch am einfachsten.

»Und das da ist der Louvre und da die Place de la Concorde.«

»Und das da hinten, mit der Kuppel?«

»Weiß ich nicht. Komm, lass uns gehen. Es wird zu voll hier.«

Das stimmte. Hinter uns drängelten andere Besucher, die die Aussicht genießen wollten. Die Schönheit von Paris trat in diesem Augenblick in den Hintergrund. Ich war zu sehr in Gedanken. Wortlos fuhren wir wieder ins Erdgeschoss hinunter und verließen das Museum.

Dann standen wir draußen auf dem Platz vor dem Gebäude. Vor uns lag die Seine und dahinter erstreckte sich, geschützt von einer Mauer, der Jardin des Tuileries. Jean-Louis sah mich erwartungsvoll an. Er hoffte auf einen Vorschlag, was wir tun könnten. Aber ich hatte keine Ideen mehr. Mir fiel nichts ein, was ich mit ihm an meiner Seite tun wollte. Also schlenderten wir schweigend zu einer Bank und setzten uns.

Ich brachte es einfach nicht übers Herz, Jean-Louis noch einen meiner Pariser Lieblingsorte zu zeigen. Er würde womöglich gleichgültig oder ungeduldig neben mir herlaufen und den Augenblick zerstören.

Diese Einsicht schockierte mich derart, dass ich nicht anders konnte. Ich fing hemmungslos an zu weinen. Mitten auf einem belebten Platz in Paris.

»Was hast du denn?«, fragte Jean-Louis hilflos. Er saß neben mir und wusste nicht, was er tun sollte. Er hatte mich noch nie gut trösten können. Er fand einfach nicht die richtigen Worte, und er fühlte sich nicht in mich ein. Aber das sollte der eigene Ehemann doch können, Trost spenden, oder? Ich fing noch mehr an zu weinen, und er wurde ungeduldig.

»Na, habe ich wieder was falsch gemacht? Weißt du eigentlich, dass du mich mit deiner Empfindlichkeit wahnsinnig machst? Die Leute hier gucken mich an, als hätte ich dich misshandelt. Alle glauben immer, ich sei schuld. Du zuallererst. Egal, was ich tue, es passt dir nicht. Ich kann aber nichts dafür, dass ich kein studierter Künstler oder so was bin!« Jetzt war er wütend.

Ich sah zu ihm auf und wischte mir die Tränen aus dem Gesicht. Ich sah, dass auch er sich mies fühlte. Ach, es lief einfach alles schief. Was war denn nur los mit uns?

»Lass uns nach Hause fahren«, sagte ich plötzlich.

»Wie du meinst«, antwortete er.

Wir hatten es beide plötzlich so eilig, dass wir ein Taxi zurück ins Hotel nahmen. Schweigend packten wir unsere Sachen und ich murmelte etwas von plötzlichen Terminen, als die Patronne nach dem Grund für unsere verfrühte Abreise fragte.

»Normalerweise hängen die Gäste eher eine Nacht dran«, antwortete sie.

Jean-Louis holte das Auto, und wir fuhren los.

Während wir uns durch den dichten Stadtverkehr schlängelten, hatte ich das Gefühl, neben mir zu stehen und mir selbst dabei zuzusehen, wie ich Paris verließ. Ich hatte mich so auf dieses Wiedersehen gefreut, ich hatte mir alles Mögliche ausgemalt. Ich hatte gehofft, dass Jean-Louis und ich hier wieder zueinanderfinden würden.

Und alles war anders gekommen: Unsere Meinungsverschiedenheiten waren nur noch deutlicher hervorgetreten. Ja, Paris hatte geholfen, Dinge klarer zu sehen und Entscheidungen zu treffen. Allerdings anders, als ich es mir erhofft hatte. Plötzlich wusste ich, dass ich mein Kunststudium niemals aufgegeben hätte, wenn ich damals in Paris gewesen wäre. Aber fern von der Stadt meiner Träume hatte ich das Gefühl für ihre Möglichkeiten verloren. Wie eine Verbindung, die abgerissen war.

Als wir erst einmal den Großraum Paris hinter uns gelassen hatten, kamen wir schnell voran. Ich schloss die Augen und hing meinen düsteren Gedanken nach. Die Reise war ein Fehlschlag gewesen, und ich war unendlich traurig. Im Geiste ließ ich die vergangenen Tage noch einmal Revue passieren. Unser erster Tag war schön gewesen, wir waren durch die Straßen flaniert, hatten in Bistros gesessen. Aber spätestens mit dem Film waren die Gräben aufgebrochen. Und dann unser Hochzeitstag. Ich war so enttäuscht gewesen, dass er auf diese Automesse wollte. Und dann hatte er sich auch noch mit Francine getroffen. Der Tiefschlag war dann der verächtliche Satz gewesen, den er zu ihr über mich gesagt hatte. Ich hatte mich so auf Paris gefreut, ich hatte so viele Hoffnungen in diese Reise gesetzt, aber eigentlich hatte ich mich nur dann richtig wohlgefühlt, wenn ich ohne Jean-Louis unterwegs gewesen war. Alles, was ich mochte, war ihm zu romantisch oder zu anstrengend oder zu überkandidelt. Und alles, was er mochte, war mir zu technisch, zu pragmatisch. Und jetzt waren wir so weit, dass wir nicht einmal mehr miteinander redeten.

Ich merkte, wie mir schon wieder die Tränen kamen, und sah zu meiner Seite zum Fenster hinaus, damit Jean-Louis nichts bemerkte. Aber der starrte stur auf die Straße und raste wie ein Verrückter.

Zu Hause angekommen, trugen wir unsere Sachen nach oben, und Jean-Louis fuhr das Auto in die Garage. Kurze Zeit später kam er zurück, und ich hörte, wie er sich vor den Fernseher setzte.

Ich klappte meinen Laptop auf. Ich musste einfach irgendetwas tun, sonst würde ich verrückt. Außerdem hatte ich der Frau auf dem Bild das Versprechen gegeben, etwas über sie herauszufinden. Im Stillen hoffte ich, dabei auch etwas über mich herauszufinden. Ich gab in der Suchmaschine den Namen David Marlowe Scott ein. Es erschienen Tausende von Personen, die entweder David, Marlowe oder Scott hießen. Der Mann, nach dem ich suchte, hatte nicht einmal einen eigenen Wikipedia-Eintrag. Als ich auf »Bilder« klickte, erschienen die Fotos all der Männer, die ich ein paar Minuten zuvor schon in der Textsuche gefunden hatte.

Ich klickte mich durch die Einträge, stellte aber schnell fest, dass ich hier nichts finden würde. Nur einmal war sein Name in einem englischsprachigen Aufsatz über englische Künstler in Paris in der ersten Hälfte des 20. Jahrhunderts genannt. Begierig überflog ich den Text, fand ihn dann aber nur in einem Halbsatz erwähnt. Eine Reproduktion des Bildes oder anderer Gemälde fand ich gar nicht.

Enttäuscht kramte ich in meiner Handtasche nach meinem Handy, um die Fotos, die ich von dem Gemälde gemacht hatte, auf den Computer zu laden.

Dann druckte ich eines der Bilder aus und drückte es an mich.

Als ich später im Schlafzimmer meinen Koffer auspackte, fiel mir das Buch von Ernest Hemingway in die Hände. Auf dem Klappentext stand: *Wenn du das Glück hattest, als junger Mensch in Paris zu sein, dann trägst du die Stadt für den Rest deines Lebens in dir, wohin du auch gehen magst.*

Ich schrieb das Zitat ab und legte es zu der Kopie des Bildes. Danach ging es mir ein bisschen besser.

# Siebzehn

Am nächsten Tag hatte ich ja noch frei. Ich rief Caro an und fragte sie, ob wir zusammen zu Mittag essen wollten.

»Ich denke, du bist noch in Paris!«, rief sie in den Hörer.

»Wir sind früher gefahren.«

»Au weia. Heute Mittag bei François?«

»Um eins.«

Ich war als Erste da und setzte mich schon mal an unseren Lieblingstisch auf der Veranda. Caro kam gleich nach mir. Sie wehte förmlich in das Lokal und zog die Blicke auf sich. Sie hatte ein neues Kleid an, eines dieser Wickelkleider aus Jersey, die vor der Brust übereinandergeschlagen werden und bei denen man, je nachdem, wie eng man sie wickelt, mehr oder weniger Figur zeigt. Es war blauweiß gemustert und passte hervorragend zu ihrem blonden Haar. Caro zeigte heute viel Dekolletee, und das freute mich. Ein tiefer Ausschnitt bedeutete bei ihr, dass sie mit ihrem Äußeren gerade richtig zufrieden war. Ich mochte ihren James jetzt schon, denn dieses neue Selbstbewusstsein konnte sie nur ihm zu verdanken haben.

»Schönes Kleid«, sagte ich grinsend, als sie sich zu mir herunterbeugte, um mich auf die Wangen zu küssen.

Sie grinste zurück. Dann stutzte sie. »Wie siehst du denn aus?«

»Wie denn?« Ich wusste, was sie meinte. Ich hatte Schatten unter den Augen und war grau im Gesicht. Ich hatte kaum geschlafen. Und ich hatte gestern Abend kein Wort mehr mit Jean-Louis gewechselt. Als ich ins Bett gegangen war, hatte er immer noch vor dem Fernseher gesessen.

»Als hätte dich ein Laster überfahren?«

»Ich habe nicht gut geschlafen.«

Ich sah die Besorgnis in ihrem Gesicht, aber bevor sie fragen konnte, kam François zu uns an den Tisch. »Was darf's sein? Als Tagesgericht gibt es heute Seezunge mit Bouillonkartoffeln und einem kleinen Salat.«

»Zweimal bitte«, sagte Caro zu ihm, ohne mich zu fragen. Kaum war François gegangen, fragte sie auch schon: »Was ist passiert? Warum bist du schon zurück? Du hattest dich doch so auf Paris gefreut. Und dann fährst du früher wieder ab?«

Mit tränenerstickter Stimme erzählte ich ihr von unserer Reise, von unserem Streit.

Caro strich mir über den Arm. »Und wie war euer Hochzeitstag?«

Unwillkürlich musste ich lächeln. »Der war sehr schön, vor allem der Teil, den ich alleine verbracht habe.«

Und dann sprudelte es nur so aus mir heraus: mein Bild, Champagner am Morgen und Étienne.

Bei der Erwähnung des Namens merkte Caro auf. »Aha, du hast jemanden kennengelernt.«

»Es ging um das Bild. Mit ihm konnte ich mich über Kunst unterhalten, er hat mir das Gefühl gegeben, gern mit mir zusammen zu sein.« Ich sah Étienne vor mir, elegant und gutaussehend, und ich sah seine Betroffenheit, als ich ihm meine Adresse nicht gegeben hatte.

»Jean-Louis gibt dir dieses Gefühl nicht?«, fragte Caro dazwischen.

Ich sah sie verwirrt an.

»Das Gefühl, gern mit dir zusammen zu sein.«

Ich schüttelte den Kopf. »Im Gegenteil«, sagte ich und berichtete von dem Telefonat, das ich belauscht hatte.

»Die Schlange!«, rief sie aus. »Ich fasse es nicht. Diese Frau baggert schon seit Jahren an deinem Mann herum.«

»Vielleicht passt sie viel besser zu Jean-Louis als ich«, sagte ich, und plötzlich erschien mir das irgendwie logisch.

»Aber jetzt erzähl du. Wie ist dieser Typ?«

Caro fing unverzüglich an zu schwärmen:

»James? Himmlisch. Ich bin bis über beide Ohren verliebt. Du musst ihn unbedingt kennenlernen. Am nächsten Wochenende, da kommt er wieder her. Ich wollte ein Essen machen.«

Ich nickte. Ich war wirklich gespannt auf diesen Mann.

Caro gähnte ausgiebig und lächelte dann wie jemand, den man bei einer Unartigkeit ertappt hatte. »Ich habe kaum geschlafen und bin ziemlich müde. Und hungrig«, fügte sie hinzu, als sie François mit dem Essen kommen sah.

Ja, so konnte man auch müde sein. Müde vor Glück, müde, weil die Nacht zum Schlafen zu schade gewesen war. Nicht müde, weil man vor Kummer nicht geschlafen hatte, dachte ich.

Während wir aßen, erzählte sie von James. Er war tatsächlich Häusermakler, war geschieden, hatte zwei fast erwachsene Töchter, die in England lebten, und war laut Caro der netteste, humorvollste Mann, den sie je getroffen hatte. »Es ist alles so leicht mit ihm. Wir lachen die ganze Zeit. Er ist so gemütlich.«

»Meinst du mit gemütlich, dass er einen kleinen Bauch hat?«

»Ja, aber er passt zu ihm. Warte, ich habe ein Foto auf dem Handy.«

Die Tatsache, dass Caro diesem Mann einen Fehler verzieh, ließ mich grinsen. Er musste wirklich ganz besondere Qualitäten haben, wenn sie darüber hinwegsehen konnte. Normalerweise musste bei Caro immer alles perfekt sein. Auf dem Display sah ich einen Mann, der auf den ersten Blick sympathisch und humorvoll aussah. Und sehr englisch: leicht krauses Haar und eine helle Haut mit Sommersprossen. So stellte ich mir jedenfalls einen Engländer vor.

Caro starrte verliebt auf ihr Handy. Ich hatte sie schon lange nicht mehr so glücklich gesehen. Ich beugte mich zu ihr hinüber und nahm sie in die Arme. Sie lächelte mich an.

»Und jetzt erzähl mal, was das mit diesem Bild auf sich hat.«

Ich war dankbar, dass sie nachfragte. Ich holte mein Handy aus der Tasche und zeigte Caro das Foto von dem Gemälde. »Guck mal«, sagte ich. »Fällt dir was auf?«

»Das ist ein Bild«, sagte sie.

»Sieh genau hin.« Ich nahm ihr das Telefon aus der Hand und fuhr mit zwei Fingern über den Bildschirm, um das Gesicht der Frau zu vergrößern. »Jetzt.«

Caro sah auf das Display und dann auf mich. »Das gibt's nicht. Und ich dachte, *ich* hätte das ultimative Wochenende gehabt.«

Ich erzählte ihr, wie ich auf das Bild gestoßen war und was ich bisher darüber wusste.

»Du musst dieser Sache unbedingt auf den Grund gehen. Vielleicht war deine Verwandte eine große Mätresse oder eine Muse. Vielleicht war sie eine zweite Kiki von Montparnasse!«

»Das habe ich vor.«

»Und was hat dieser Mann …?«

»Étienne …«

»Was hat dieser Étienne damit zu tun?«

»Er stand plötzlich neben mir und hat mich gefragt, wie es sein kann, dass ich der Frau auf dem Bild so ähnlich sehe. Da wusste ich eigentlich erst, dass ich nicht spinne. Er heißt Étienne, wie gesagt, ist ein paar Jahre älter als ich, sieht gut aus und hat keinen Bauch, weil er nämlich Radfahrer ist, und das Beste: Er ist Kunsthistoriker und arbeitet als Auktionator. Ich bin dann mit ihm zu einer Versteigerung gegangen, die er geleitet hat …«

»Einfach so? Du?«, entfuhr es Caro.

Ich schürzte die Lippen. »Nein, nicht einfach so. Ich war noch am Überlegen, ob ich seine Einladung annehmen sollte, da habe ich eine SMS von Jean-Louis bekommen, dass er Francine getroffen habe. Auf dieser Automesse. Da war für mich alles klar. Du glaubst nicht, wie interessant das war. Ich war ja noch nie auf so einer Auktion. Und danach haben wir in seinem Büro nach Informationen über den Maler des Bildes gesucht …« Ich merkte, dass ich gar nicht aufhören konnte zu erzählen.

»Oh, ich weiß Bescheid. Und du willst mir sagen, ihr hättet euch auf einer rein intellektuellen Ebene gefunden …«

Ich musste lachen und rollte mit den Augen.

»Du weißt schon, dass die meisten Beziehungen am Arbeitsplatz beziehungsweise über den Beruf entstehen? Hast du seine Adresse?«

Ich suchte in meiner Handtasche nach Étiennes Visitenkarte. Ich fand sie nicht gleich und geriet in Panik. Aber da war sie ja! Ich wedelte damit vor Caros Gesicht herum. »Aber mir geht es in erster Linie um die Frau auf dem Bild.«

»Schon klar«, sagte Caro. »Oh, Mist, ich muss los. Ich bin heute Morgen schon zu spät gekommen.« Sie stand auf und griff nach ihrer Tasche. »Was wirst du jetzt tun?«

»Ich zahle.«

»Du weißt genau, was ich meine. Frag deine Eltern, wer das auf dem Bild sein könnte. Dann hast du wenigstens was um die Ohren und grübelst nicht nur.«

Wir verabschiedeten uns, und ich blieb noch sitzen, um auf die Rechnung zu warten.

Ich war zwar kein Stück weitergekommen mit meinen Fragen, aber es hatte unendlich gutgetan, mit jemandem zu reden. Caro war immer so praktisch. Sie brachte die Dinge auf den Punkt und war dabei oft sehr pragmatisch. Mir half das, Dinge klarer zu sehen.

Zu Hause setzte ich mich an den Rechner und ging auf die Seite des Musée d'Orsay, um nach dem Bild zu suchen. Außer der Kurzbeschreibung, die auch neben dem Bild hing, fand ich jedoch nichts. Ich war enttäuscht, obwohl ich mir schon gedacht hatte, dass *Nach dem Ball* nicht gerade ein Hauptwerk des Museums war. Ich fragte mich, wo ich es noch versuchen könnte. Vielleicht auf den Seiten von englischen Museen? Gut möglich, dass in dem einen oder anderen ein Bild von David Marlowe Scott hing, aber wo sollte ich anfangen?

Ich könnte in Kunstzeitschriften und Pariser Zeitungen aus den dreißiger Jahren nach dem Maler suchen. Dort wurde doch über Ausstellungseröffnungen und gesellschaftlichen Klatsch berichtet. Vielleicht fand ich dort einen Hinweis auf den Maler und sein Modell. Aber dafür müsste ich in Archive nach Paris fahren. Ich klickte mich durch verschiedene Seiten und dabei fiel mir auf, wie schnell die Zeit verging und wie viel Spaß mir diese Arbeit machte, genau wie früher.

Weil ich nicht weiterkam, tippte ich Étiennes Namen in die Tastatur. Ich kam mir zwar ein bisschen blöd dabei vor, aber ich war einfach neugierig. Es gab einige Einträge und sogar ein Foto, das ihn bei einer Versteigerung zeigte. Er hatte im letzten Sommer ein Rad-Amateurrennen gewonnen. Ich lächelte, als ich daran dachte, wie ich ihn gefragt hatte, ob er Autos mochte. Ich fand ein paar Hinweise auf Aufsätze, deren Autor er war. Wo ich gerade dabei war, googelte ich schnell noch die Straße, in der er wohnte. Rue du Cherche-Midi, stand auf seiner Karte. Mitten im 6. Arrondissement von Paris. Die Bilder zeigten gediegene Bürgerhäuser. In genau so einem Haus musste Étienne wohnen, das passte zu ihm. Wahrscheinlich war die Wohnung voller alter Möbel, deren Oberfläche wie Honig glänzte, und die Bücherregale quollen über.

# Achtzehn

Es war noch nicht mal zwei Uhr, der Nachmittag lag vor mir. Ich rief meine Eltern an. »Hallo, Maman. Hast du heute noch was vor? Würdest du mit mir nach Saint Florent fahren?«

»Nach Saint Florent? Was willst du denn da?«

»Sag ich dir, wenn wir da sind. Ich hol dich ab, so in einer halben Stunde, einverstanden?«

Ich legte auf. Dann ging ich ins Wohnzimmer, wo Jean-Louis auf dem Sofa lag. »Ich nehme das Auto. Ich will mit Maman nach Saint Florent.«

»Da warst du doch schon seit Ewigkeiten nicht mehr. Geht es etwa immer noch um dieses Gemälde?«

Ich nickte. »Wieso ›immer noch‹? Ich fange gerade erst an, mich damit zu beschäftigen.«

Er stöhnte, dann vertiefte er sich wieder in seine Zeitschrift.

Als ich vor dem Haus meiner Eltern parkte, kam mir meine Mutter strahlend entgegen, nahm mich in den Arm und gratulierte mir nachträglich zum Hochzeitstag. Ich erzählte ihr nicht, wie der Tag verlaufen war, sie machte sich immer gleich so viele Sorgen.

Dann deutete sie mit einem Kopfnicken zum Haus: »Papa will auch mit.«

»Tatsächlich? Sonst hat er doch nie Lust auf Ausflüge.«

»Wer sagt, ich hätte keine Lust auf Ausflüge? Das stimmt

gar nicht«, hörte ich die Stimme meines Vaters. Er kam auf mich zu und küsste mich auf die Wangen, viermal, wie es in unserer Familie üblich war. »Können wir?«, fragte er und nahm auf dem Vordersitz Platz.

Wir schafften die hundert Kilometer in einer guten Stunde, weil ich zügig fuhr.

Bei Lunel verließ ich die Autobahn und fuhr auf der Landstraße weiter. Als wir die Kleinstadt Anduze erreicht hatten, waren es nur noch ein paar Kilometer bis Saint Florent. Während der Fahrt erzählte ich von Paris und was Jean-Louis und ich dort alles gemacht und gesehen hatten. Von dem Bild erzählte ich vorerst nichts, weil ich es ihnen zeigen wollte, und das ging während der Fahrt nicht.

»Meine Güte, war hier immer so wenig los?«, fragte ich, als ich das Auto an der einzigen Kreuzung parkte. Große Platanen säumten den Platz und verdeckten beinahe vollständig die kleine Kirche aus unregelmäßig großen Sandsteinen. Vor der Kirche erstreckte sich der staubige Pétanque-Platz des Dorfes. An ihn konnte ich mich noch gut erinnern. Ich hatte lange Abende hier auf der Mauer gesessen und meiner Oma Odile beim Spielen zugesehen. Ich war immer fasziniert von den Magneten an der Schnur gewesen, mit denen die alten Leute die Kugeln aufhoben, damit sie sich nicht bücken mussten. Sie ließen den Magneten nach unten fallen, er griff sich mit einem Klacken die schwere Boule-Kugel, die in einem lässigen Bogen in der Hand landete und dann mit einem alten Lappen abgewischt wurde. Der Magnet und das Tuch verschwanden in der Hosentasche und ein neues Spiel begann. Am Rand des Platzes stand damals immer ein alter Citroën-Lieferwagen, aus dem heraus Eis, in Öl gebackene Churros und Getränke verkauft wurden. Plötzlich hörte ich wieder das Zirpen der Grillen und roch die samtige Luft, die durch die Laternen vergoldet schien. Dazwischen die Gespräche der Spieler, die sich über Gott und die Welt unterhielten und zwischendurch das Spiel kommentierten

»Du warst lange nicht hier. Als Kind erscheint einem immer alles größer«, unterbrach mein Vater meine Gedanken.

Wir gingen langsam die Straße hinauf. Rechts und links standen zweigeschossige Häuser, von denen viele restauriert waren und sehr einladend aussahen.

»Hier war der Friseursalon von deinen Urgroßeltern, Arno und Clothilde«, erklärte Papa und blieb vor einem kleinen Haus stehen. »Rechts neben der Eingangstür befand sich das Schaufenster. Man konnte sehen, wer sich gerade die Haare schneiden ließ. Es war mir immer peinlich, wenn ich selbst auf dem Stuhl saß und meine Kumpels gingen vorbei.«

Ich erkannte das Haus wieder, und ich erinnerte mich auch an das große Schaufenster. Meine Oma Odile hatte es nie ersetzen lassen, auch als es den Friseursalon schon lange nicht mehr gegeben hatte. Aber die neuen Besitzer hatten zwei kleinere Fenster an die Stelle gesetzt.

»An der Rückwand des Ladens stand das große Wandregal mit den ganzen Kräutern und Salben, die Clothilde verkauft hat.«

»Salben?«, fragte ich.

»Na ja, es war so eine Art Drogerie, in der man fast alles bekam, was man so brauchte: Seife, Waschpulver, Sicherheitsnadeln, Kopfschmerztabletten und so weiter. Und noch später kamen dann ein Tabac und eine Postfiliale dazu. Für mich als Kind war das toll. Bei uns gab es immer alles. Meine Freunde haben mich beneidet.«

»Wer jetzt wohl hier wohnt«, sagte meine Mutter.

»Dieses Ehepaar aus Bordeaux hat das Haus gekauft. Aber

nach Arno und Clothilde haben erst mal ihr Sohn Jacques und seine Frau Odile, also meine Eltern, den Laden übernommen. Bis in die sechziger Jahre hat Oma Odile ihn gehalten, dann lohnte es sich einfach nicht mehr. Als ich dann auch noch weggezogen bin …«

»Wieso bist du aus Saint Florent weggegangen?«, fragte ich.

Er zuckte mit den Schultern. »Hier war doch nichts. Wir wollten damals alle in die Stadt. Und ich wollte doch unbedingt zur Handelsmarine.«

»Und wenn du hiergeblieben wärst, hättest du mich nie getroffen«, warf meine Mutter ein.

»Das stimmt«, sagte mein Vater und tätschelte ihr liebevoll den Unterarm.

Die beiden waren immer noch verliebt ineinander. Ich seufzte. »Und wie lange gab es den Laden?«

»Lass mich nachrechnen. Ich bin mit achtzehn zur Marine, also 1960, Odile hat noch ein paar Jahre allein weitergemacht … Ich würde sagen, bis in die Mitte der Sechziger Jahre. Und nach ihrem Tod ist alles verkauft worden. Niemand wollte nach Saint Florent ziehen.«

»Und den Friseursalon gab es ja schon zu Omas Zeiten nicht mehr. Nachdem dein Vater gestorben war. Wenn ich mich richtig erinnere, ist er nicht aus dem Krieg zurückgekommen.« Meine Mutter sah meinen Vater fragend an.

Mein Vater nickte. »Ja, so war es. Er war beim Arbeitsdienst in Deutschland und ist dort gestorben. Nach dem Krieg haben wir erfahren, dass er in der Rüstungsindustrie arbeiten musste, in der Nähe von Mannheim. Er ist bei einem alliierten Bombenangriff ums Leben gekommen.«

»Was? Das wusste ich gar nicht!« Ich war richtig erschrocken.

»Ich war damals erst zwei oder drei. Ich habe keine Erinnerungen an ihn.«

»Und Oma ist die ganze Zeit allein geblieben? Wenn sie 1990 gestorben ist, dann heißt das ja, dass sie fast fünfzig Jahre verwitwet war.« Die Aussicht erschreckte mich. »Warum hat sie denn nicht wieder geheiratet?«

Meine Mutter schüttelte den Kopf. »So war das damals. Wenn du erst mal Witwe warst, dann bist du es auch geblieben.«

»Hatte sie eigentlich Geschwister?«

»Du meinst, Oma Odile? Das weiß ich nicht. Du, Mathieu?«

Mein Vater hatte sich dem Haus genähert und schaute nun auf das Klingelschild. »Was habt ihr gefragt?«

»Ob Odile Geschwister hatte.«

Er kratzte sich am Kopf und verzog den Mund. »Meine Mutter nicht, aber mein Vater. Erinnerst du dich nicht an Christophe? Er war bei unserer Hochzeit dabei. Er und seine Frau Hélène. Er hat gehinkt, weil er eine Kriegsverletzung hatte.«

»Stimmt, jetzt weiß ich es wieder«, antwortete meine Mutter.

»Leben sie noch?«, fragte ich.

»Nein, sie sind kurz nach unserer Hochzeit bei einem Autounfall ums Leben gekommen. Das war schrecklich damals. Du kannst dich nicht erinnern, du warst gerade erst geboren.«

»Haben sie mal in Paris gelebt?«

Meine Mutter lachte. »Nein, die sind nie von hier weggekommen. Christophe war der Pfarrer der Gemeinde.«

Okay, es war wohl eher unwahrscheinlich, dass sich die Frau des Gemeindepfarrers in Abendgarderobe malen ließ.

Sie konnte ich wohl ausschließen. »Hatten sie Kinder?«, fragte ich dennoch.

»Kind, was willst du denn noch alles wissen?« Mein Vater zog verwundert die Stirn kraus. »Ja, sie hatten fünf Kinder. Erst kamen drei Mädchen, aber Hélène wollte unbedingt einen Sohn, und dann kamen noch zwei hinterher. Zwillinge. Kam häufig vor in meiner Familie. Wir haben auch bei dir lange Zeit gedacht, dass da noch jemand in Mamans Bauch wäre.«

In meinem Kopf verhakte sich ein Gedanke, ohne dass ich ihn richtig fassen konnte. Dann hatte ich es: Zwillinge. Die Frauen meiner Onkel konnten nicht für die Frau auf dem Bild Modell gestanden haben, sie waren ja angeheiratet und sahen anders aus. Es musste noch eine Tochter gegeben haben.

»Hatten Jacques und Christophe zufällig noch eine Schwester? Und wann sind sie eigentlich geboren?«

Meine Eltern sahen sich an. »Jetzt will ich aber wissen, warum dich das alles auf einmal so brennend interessiert«, sagte mein Vater.

»Also gut. Ich war in Paris in einem Museum, und dort hängt ein Bild, das eine Frau zeigt, die mir wie aus dem Gesicht geschnitten ist.« Ich schwieg und wartete gespannt auf die Reaktion meiner Eltern.

Meine Mutter sah mich fragend an. »Ein Bild, auf dem du bist?«

»Nein, nicht ich, das Bild wurde 1939 gemalt. Aber die Frau sieht aus wie ich.«

»Und du glaubst, dass das jemand aus der Familie ist?«, fragte mein Vater.

Ich nickte. »Zum Beispiel eine Tochter meiner Urgroßeltern, von der ihr mir nie etwas erzählt habt.«

»Ich weiß von keiner Tochter. Aber das muss ja nichts heißen, das ist alles lange her. 1939, sagst du? Das war kurz vor dem Krieg. Da sind viele Familien auseinandergerissen worden.«

»Wieso kann es denn nicht eine meiner Tanten sein?«, fragte meine Mutter.

»Weil ich nach Papa komme, also muss sie aus seiner Familie stammen.«

»Und was ist auf dem Bild zu sehen?«

Ich zeigte ihnen das Foto. Obwohl es nur klein war, war die Ähnlichkeit nicht zu übersehen.

»Das glaub ich nicht. Meine Tochter auf einem Gemälde in Paris«, rief mein Vater.

Und dann redeten wir so laut durcheinander, dass im ehemaligen Elternhaus meines Vaters eine Gardine zur Seite geschoben wurde und eine Frau uns missbilligend ansah. Mein Vater nickte ihr zu, und wir gingen langsam weiter.

»Ich verstehe das auch nicht«, sagte ich. »Deshalb bin ich mit euch hierhergefahren. Ich möchte wissen, ob Arno und Clothilde noch weitere Kinder außer Jacques und Christophe hatten. Ich dachte, hier fällt es euch leichter, euch zu erinnern.«

Mein Vater zog die Stirn kraus. »Ich habe wirklich keine Ahnung. Da müsste man mal in die Kirchenbücher sehen oder auf der Mairie nach den Geburtsurkunden fragen.«

»Sind Jacques und sein Bruder Christophe nicht vor dem Ersten Weltkrieg geboren?«, fragte meine Mutter.

»Mein Vater Jacques ist Jahrgang 1912, sein Bruder ist ein Jahr jünger. Aber von weiteren Geschwistern weiß ich nichts. Damals waren eben anderen Zeiten. Kinder sind viel häufiger noch im Babyalter gestorben. Die Mairie ist übrigens da vorn. Jetzt will ich das auch wissen«, sagte mein Vater und beschleunigte seinen Schritt.

Das Rathaus war nur ein Stück die Straße hoch, aber als wir dort ankamen, stellten wir fest, dass es bereits geschlossen hatte. Es war schon nach fünf.

»Wie ärgerlich!«, entfuhr es mir.

»Wir könnten zu uns nach Hause fahren und uns alte Fotos ansehen«, schlug mein Vater vor.

Auf der Rückfahrt waren wir alle in uns gekehrt. Wenn ich einen Seitenblick auf meinen Vater warf, konnte ich sehen, wie angestrengt er nachdachte.

»Unsere Lili Marlène auf einem Bild«, sagte meine Mutter ab und zu von der hinteren Bank.

Zu Hause angekommen machte meine Mutter einen Kaffee, und mein Vater und ich suchten die Fotos und andere Familienerinnerungen in den Tiefen des Einbauschranks auf dem Flur.

»Na, das ist ja mal eine Geschichte«, sagte mein Vater. Er ächzte, als er sich wieder erhob und hielt eine Kiste in der Hand. Im Wohnzimmer ließ er sich in seinen Sessel fallen, und ich sah ihm an, dass ihn die ganze Sache beschäftige. »Ich weiß nichts Genaues«, sagte er langsam. »Aber ich habe die ganze Fahrt über nachgedacht, und mir ist etwas eingefallen: Ich erinnere mich, dass ich als Kind, ich muss so drei oder vier gewesen sein, ab und zu komische Sachen gehört habe, ein Name, der nur geflüstert wurde und dann hatte man sich schnell bekreuzigt. Alle machten ein Geheimnis daraus, und wenn ich nachgefragt habe, wurde ich aus dem Zimmer geschickt. Ich habe damals geglaubt, es würde so etwas wie einen Geist in unserer Familie geben. Es ging um eine Frau, und ich glaube, auch um Paris …, mir hat das richtig Angst gemacht. Aber mehr weiß ich darüber nicht. Und meine Mutter hat nie von der Vergangenheit gesprochen.«

»Rum ist rum«, sagte ich. »Das war doch immer ihr Spruch.«

Mein Vater lachte. »Hat sie das auch zu dir gesagt?«

Ich nickte.

»Von solchen Gerüchten habe ich nie etwas mitbekommen«, sagte meine Mutter verwundert und stellte das Kaffeetablett auf den Tisch.

»Das war ja auch lange vor deiner Zeit, mein Schatz. So, und jetzt lasst uns doch mal die Fotos ansehen. Vielleicht finden wir dort einen Hinweis.«

Er hob den Deckel einer alten, hölzernen Zigarrenkiste an und nahm einen Stapel Bilder heraus. Sie waren schwarz-weiß und noch mit dem altertümlichen weißen Zackenrand versehen. »Das sind die Fotos, die ich von meiner Mutter nach ihrem Tod übernommen habe. Viele sind es nicht gerade.«

Das stimmte, es handelte sich um ein knappes Dutzend Bilder. »Warum sie die wohl nie in ein Album geklebt hat? Sie war doch sonst immer so ordentlich«, sagte meine Mutter schließlich.

»Sie standen alle gerahmt auf der großen Anrichte im Esszimmer. Als wir das Haus aufgelöst haben, habe ich sie aus den Rahmen genommen und in diese Kiste gelegt. Weißt du das nicht mehr? Oh, schaut mal, das Hochzeitsfoto meiner Eltern. Das war 1941, mitten im Krieg, als die Deutschen bei uns gehaust haben.«

Ich erkannte meine Oma Odile sofort. Sie trug ihr Haar streng zurückgekämmt und sah ernst in die Kamera. Ihr Mann Jacques stand stolz neben ihr. Noch wusste er nicht, was ihm bevorstand: Die Deportation nach Deutschland und der Tod während eines Bombenangriffs.

»Sie haben so wenig Zeit miteinander gehabt«, murmelte ich, und der Gedanke erschreckte mich.

»Und dieses Foto muss dann kurz vor seinem Abtransport nach Deutschland entstanden sein.« Mein Vater reichte mir ein anderes Foto, das Jacques in Uniform vor dem Haus in Saint Florent zeigte. Der Maulbeerbaum war in voller Blüte. »Und hier: das ist Christophe bei seiner Einschulung. Und hier sieht man beide Brüder als Kinder im Friseursalon.« Hinter den beiden stand ein älteres Ehepaar, das mussten Arno und Clothilde sein. Aber keine Schwester. Ich blätterte noch einmal zurück und suchte nach Fotos der beiden Jungen. Wo war die Frau auf dem Bild? Bei jeder Frau suchte ich nach Ähnlichkeiten mit mir selbst. Ich suchte nach einem eher blassen Gesicht, umrahmt von dunklen Haaren, der geraden Nase, den hellen Augen. Aber es war wie verhext. Entweder gehörte die Frau auf dem Gemälde wirklich nicht in meine Familie, oder sie war systematisch von allen Fotos verbannt worden. Und auch den Ring mit der Perle konnte ich nicht ausmachen.

Wir betrachteten die Fotos wieder und wieder, bei zwei oder drei kannten wir keine der abgebildeten Personen, aber das waren Männer. Währenddessen erzählten meine Eltern Erinnerungen aus ihren Jahren in Saint Florent. Von Festen und einem Brand in einem Haus, den der älteste Sohn gelegt hatte, wie Christophe seine erste Predigt gehalten hatte. Viele kleine Geschichten, die ich nicht kannte.

»Ich hol jetzt noch das Familienstammbuch.« Meine Mutter stand auf. Die Einträge setzten aber erst mit der Hochzeit meiner Eltern ein, die Namen ihrer Eltern wurden genannt, aber andere Familienmitglieder suchte ich vergeblich.

Einigermaßen ratlos sahen wir uns an.

»Das ist wichtig für dich, nicht wahr?«, fragte mein Vater und sah mich an.

Ich nickte. »Ich glaube schon.«

»Ist sonst bei dir alles in Ordnung?« Er klang besorgt.

»Sicher. Diese Geschichte mit dem Bild hat nur etwas in mir berührt, dem ich gern auf den Grund gehen möchte.«

»Ich mach mir mal Gedanken, wen ich fragen kann«, sagte er.

Eine knappe Stunde später machte ich mich auf den Heimweg, in Gedanken bei der geheimnisvollen Frau. Ich hatte zwar bisher nichts über sie herausbekommen, aber das machte sie nur noch interessanter für mich. Wie hatte mein Vater noch gesagt? Er habe als kleiner Junge das Gefühl gehabt, es mit einem Geist zu tun zu haben. Irgendetwas sagte mir, dass mit diesem Geist sie gemeint war. Als ich den Hügel wieder hinunterfuhr, lag unter mir die Altstadt von Sète und dahinter erstreckte sich tiefblau mit kleinen weißen Schaumkronen das Mittelmeer. Die Sonne ging gerade unter. Ich hielt kurz in einer Parkbucht, um das Licht zu genießen. Ich stellte den Motor ab und betrachtete zum wiederholten Mal das Gemälde auf meinem Handy. Nein, Jean-Louis hatte nicht recht, wenn er meinte, ich würde mir etwas einbilden! Die Frau hatte etwas mit meiner Familie zu tun. Und egal, ob mich das auch nur einen Deut interessanter oder mein Leben besser machte, ich würde der Sache auf den Grund gehen. Ich seufzte tief. Unter mir auf der Straße hörte ich das blubbernde Geräusch eines amerikanischen Oldtimers. Und dann kam eine rote Corvette ins Blickfeld. Ich erkannte sie, weil Jean-Louis mir in Paris das Foto gezeigt hatte. Das Dach des Autos war runtergeklappt. Am Steuer saß Francine und neben ihr mein Mann. Sie lachten.

# Neunzehn

Schon wieder lag ich die halbe Nacht wach und grübelte über meine Ehe nach. Das wurde langsam zur Gewohnheit, aber eine, die mir nicht besonders gefiel.

Ich hatte Jean-Louis zur Rede gestellt, als er nach Hause gekommen war, und er hatte den Beleidigten gespielt. »Du bist doch nur mit dieser hirnrissigen Geschichte beschäftigt. Und ich wollte einfach mal dieses Auto fahren, was ist denn schon dabei?«

»Alle haben euch gesehen, weil ihr ja auch noch das Dach aufmachen musstet.«

»Aber wenn du mit Caro im Auto fährst, sagt doch auch keiner was!«

Ich gab auf und knallte die Tür hinter mir zu.

Am nächsten Morgen rief ich meine Chefin, Madame Grenier im Büro an und sagte ihr, ich hätte eine Magenverstimmung. Ich hatte so etwas noch nie in meinem Leben getan und wunderte mich, wie leicht mir die Lüge von den Lippen ging. Dann sprach ich Jean-Louis auf die Mailbox, dass ich den Wagen vom Parkplatz der Stadtverwaltung holen würde. Nur, damit er nicht glaubte, er sei gestohlen worden. Anschließend fuhr ich noch einmal nach Saint Florent. Ich wollte in die Mairie, um die Geburtsurkunden einzusehen. Das schien mir eine gute, wenn nicht die einzige Möglichkeit zu sein, um herauszufinden, ob Arno und Clothilde eine

Tochter gehabt hatten. Ich genoss die Fahrt, und wieder einmal ging mir durch den Kopf, wie gern ich allein mit mir war. Diese Freiheit nahm ich mir viel zu selten. Ich beschleunigte auf der Autobahn und fuhr ganz links, dann nahm ich mit Schwung die Ausfahrt. Auf der Landstraße fuhr ich langsamer, um die Landschaft zu genießen. Ich legte eine CD ein und sang die Chansons von Zaz mit. Ich genoss den kühlen Schatten, den die dunklen Wälder, durch die ich fuhr, spendeten. Dann war es auf einmal wieder gleißend hell, und ich überquerte ein Flussbett, in dem hellgrünes Wasser über weiße Steine schoss. Kurz vor Anduze gab es eine kahle Anhöhe. Ich hielt kurz an und öffnete das Fenster, um wilden Thymian und Rosmarin zu riechen. Ich hatte ganz vergessen, wie schön und beruhigend diese Landschaft war und wie wohltuend.

Um kurz vor elf parkte ich das Auto vor dem Rathaus von Saint Florent und bat die Frau am Empfang um Einsicht in die Geburtsregister der Jahre 1900 bis 1930. Ich hatte mir ja schon in Paris ausgerechnet, dass die Frau auf dem Bild Anfang des Jahrhunderts geboren sein musste.

Französische Behörden und Amtsstellen können sehr pedantisch und kompliziert sein, vor allem, wenn man etwas von ihnen will. Knappe Öffnungszeiten, Sperrfristen, wochenlange Anmeldefristen, Genehmigungspflichten, uneinholbare Ausnahmegenehmigungen, Renovierungs- und Restaurierungsarbeiten, unmotivierte Archivare, die ihre Geheimnisse gern für sich behalten und so weiter, so kannte ich es zumindest aus Sète. Aber in Saint Florent war das anders. Vielleicht fragte hier so selten jemand nach alten Akten, dass die Mitarbeiter noch nicht auf die Idee gekommen waren, irgendwelche Hindernisse einzubauen.

Madame Ourtel hatte jedenfalls nichts dagegen, mir behilflich zu sein. Sie führte mich in einen Raum im hinteren

Teil des Hauses. Die Fenster waren mit Milchglas abgedunkelt, es roch nach altem Papier und Staub. In der Mitte standen zwei mit Resopal beschichtete Arbeitstische. Sie bat mich Platz zu nehmen und ging durch eine unscheinbare Tür mit einem großen Schild: *Archiv*. Kurze Zeit später kam sie mit zwei Kartons zurück. Die Deckel waren mit einem Band zugebunden. »Hier sind die Geburtsregister der Jahre, nach denen Sie gefragt haben, bitte schön«, sagte sie und stellte die Kartons vor mir ab. »Sie sind ein bisschen staubig, da hat sich lange niemand für interessiert. Aber immerhin sind sie noch da.«

»Wie meinen Sie das?«

»In der Gemeinde, in der ich vorher gearbeitet habe, sind im Krieg Bomben gefallen, alle Akten sind vernichtet. Falls Sie Hilfe brauchen, melden Sie sich.«

»Danke«, sagte ich und zog den ersten der beiden Kartons zu mir heran. Ich wartete, bis ich allein war, dann atmete ich tief durch, zog die Schleife auf und nahm den Band heraus, auf dessen Rücken *1900 bis 1910* stand. Zum Glück war Saint Florent ein kleiner Ort mit nur wenigen Hundert Einwohnern, so gab es nicht viele Einträge pro Jahr. Im ersten Band fand ich nichts und nahm den zweiten Band heraus, der die Einträge ab 1911 zeigte. Mir stockte der Atem, als ich den Eintrag in der gestochen scharfen Schrift las. Unter dem 8. April 1912 war die Geburt von Jacques Renard als Sohn von Arno und Clothilde Renard eingetragen. Ich hatte den Vater meines Vaters gefunden. Den Mann, der in Deutschland ein Opfer des Bombenkriegs geworden war. Aber was mich in helle Aufregung versetzte, war der Eintrag direkt darunter: Am selben Tag wurde auch Vianne Germaine Elisabeth Renard geboren. Ich las die Zeile wieder und wieder. Meine Hände wurden vor Aufregung feucht. Das V ihres

Namens war mit großem Schwung geschrieben und reichte bis in die Zeile darüber.

Ich hatte sie gefunden! Das musste sie sein. Vianne Renard, geboren am 8. April 1912, Jacques' Zwillingsschwester. Also gab es noch ein Zwillingspaar in der Familie. Aber warum wusste niemand von ihr? Warum war sie auf keinem der Familienfotos?

Mein Herz schlug vor Aufregung schneller. Ich hatte den ersten Anhaltspunkt für die Existenz der Frau auf dem Bild, der Frau, die mir so ähnlich sah, als sei sie *meine* Zwillingsschwester! Und meine Vermutung war richtig: Die Frau war mit mir verwandt. Sie war die Tante meines Vaters, die Schwägerin meiner Oma Odile. Und sie war meine Großtante. Ich las den Eintrag noch einmal und wollte ihn abschreiben, dabei merkte ich, wie meine Hände zitterten. Ich versuchte, den Schwung des Vs nachzumachen, aber das misslang mir. Der Stift rutschte in meinen Händen. Ich war mindestens so aufgeregt wie in dem Moment, als ich vor dem Bild gestanden hatte. Die Gedanken kreisten in meinem Kopf, ich sah abwechselnd das Gemälde vor mir, dann wieder den Eintrag im Standesregister.

Langsam beruhigte ich mich. Ich hatte zwar schon gefunden, was ich gesucht hatte, aber der Form halber sah ich auch die folgenden Jahre durch und stieß 1913 auf Christophe Renard. Das war der hinkende Onkel meines Vaters, der Gemeindepfarrer.

Mir kam ein anderer Gedanke: Ich überprüfte die Namen von Jacques, Vianne und Christophe Renard in den Sterberegistern und fand für Jacques als Todesdatum den 26. September 1944, für Christophe den 16. Januar 1976. Bei Vianne fand ich keine weiteren Einträge. Aber es war ja gut möglich, dass sie geheiratet und einen anderen Namen angenommen hatte. Ich fuhr mit dem Zeigefinger die Listen der Namen hinunter, fand aber nichts. Vianne Renard blieb verschwunden, sie tauchte in den Akten nicht wieder auf. Auch keine Vianne mit einem anderen Nachnamen. Ich schrieb mir die Daten heraus, meine Schrift war immer noch etwas wackelig. Dann klappte ich die Ordner wieder zu und stand auf. Überschwänglich dankte ich Madame Ourtel, als ich ihr die Unterlagen wieder auf den Tisch legte.

»Dafür sind wir doch da«, antwortete sie mit einem Lächeln.

Ich war immer noch ganz kribbelig, als ich wieder auf dem Platz vor der Mairie stand. Der Friedhof! Dort konnte ich suchen. Ich ging die Straße hinunter und durch das Tor in der mit Rosen überwucherten Mauer, die den kleinen Friedhof umgab. Ich ging an das Grab meiner Familie. Von den hier Beerdigten hatte ich nur meine Oma Odile gekannt. Ich hatte sehr um sie getrauert, obwohl ich sie in ihren letzten Jahren nur noch selten besucht hatte. Ich vermisste diese kleine, patente Frau plötzlich, bei der ich so viele glückliche Ferienwochen verbracht hatte. Hoffentlich habe ich dir gesagt, wie sehr ich dich geliebt habe, dachte ich.

Eine kleine Plakette mit einem verquollenen Foto, auf dem niemand mehr zu erkennen war, erinnerte an Arno und Clothilde. Sie waren 1952 und 1957 gestorben, darunter standen die Namen von Jacques und Odile, Christophe und Hélène. Auch hier von Vianne keine Spur. Sie war also nicht hier begraben. Ob sie noch lebte? Dann könnte ich mit ihr sprechen! Ich rechnete nach und musste dann einsehen, dass das sehr unwahrscheinlich war. Sie müsste heute über hundert sein. Ich war in Hochstimmung, als ich wieder im Auto saß. Ich war ein Stück vorangekommen, hatte ein Teil des

Puzzles in der Hand. Immerhin hatte ich jetzt einen Namen, nach dem ich suchen konnte. Und dann überkam mich Trauer um all die Toten, deren Leben viel zu kurz gewesen waren und die ein gewaltsames Ende genommen hatten.

»Und wie bist du gestorben, Vianne Renard?«, sagte ich leise und sah eine schöne Frau vor mir, die im Ballkleid vor dem Spiegel saß …

In der Garage parkte ich das Auto ein bisschen schräg in der Lücke. Ich hatte es eilig, und es war mir egal, was Jean-Louis dazu sagte. Ich konnte es kaum erwarten, mich vor den Computer zu setzen, um mehr über Vianne Renard zu erfahren. Unten im Treppenhaus nahm ich die Post aus dem Briefkasten. Ein dicker Brief in einem gefütterten Umschlag fiel mir in die Hände. Mein Name stand vorne drauf, in einer schönen, charaktervollen Schrift. Ich kannte niemanden mit einer solchen Schrift und drehte ihn herum, um den Absender zu lesen. Er war von Étienne. Ich fühlte, wie mir warm wurde. Oben setzte ich mich an den Esstisch. Bevor ich den Umschlag öffnete, atmete ich ein paarmal ganz tief ein und aus. Dann strich ich die vier engbeschriebenen Seiten glatt und begann zu lesen.

*Verehrte Lili Marlène,*

*ich hoffe, Sie verzeihen mir, dass ich nach Ihnen gesucht und Sie zum Glück gefunden habe. Glauben Sie mir, dass ich noch nie einen Brief wie diesen geschrieben habe. Ich werde Ihnen erklären, warum ich es dennoch tue. Sie haben mir gesagt, Sie seien verheiratet, also, wenn Sie diesen Brief nicht lesen wollen, dann werfen Sie ihn einfach weg.*

*Bitte tun Sie es nicht!*

*Als Sie am Samstag nach der Auktion gegangen sind, bin ich oben an der Treppe stehengeblieben und habe Ihnen nachgesehen. »Dreh dich um, Lili Marlène«, dachte ich. »Dreh dich um und gib mir ein Zeichen. Sag mir, dass unsere zufällige Begegnung Schicksal war.«*

*Und tatsächlich, als Sie am Fuß der Treppe angekommen waren, blieben Sie stehen. Ich spürte Ihr Zögern. Ich machte eine Bewegung in Ihre Richtung, weil ich glaubte, Sie würden noch einmal zurückkommen, aber dann waren Sie aus der Tür und verschwunden. Einfach so, obwohl die Begegnung mit Ihnen etwas in mir aufgerührt hat.*

*Seit dem Tod meiner Frau Élodie vor drei Jahren habe ich mir größte Mühe gegeben, jede Art von Gefühlen von mir fernzuhalten. Als die Polizei damals anrief und erzählte, dass Élodie einen Unfall hatte, war der Schmerz so groß, dass ich alles andere ausgeblendet habe. Ich hatte gehofft, nach der Verurteilung des Autofahrers, der betrunken gewesen war und sie mitten auf einem Zebrastreifen überfahren hatte, würde ich mich besser fühlen. Aber dem war nicht so. Seit Élodies Tod bin ich ein anderer. Ich hatte jede Fröhlichkeit und die Lust am Leben verloren. Ich empfand den frühen, gewalttätigen Tod meiner Frau als ungerecht und haderte mit dem Schicksal.*

*Ich habe mein Auto verkauft und fahre seitdem Rennrad. Das Radfahren hat mich über die ersten Monate nach dem Tod meiner Frau gerettet, das weiß ich heute. Élodie war Winzerin und Sommelière in einem Pariser Restaurant. Nach ihrem Tod machte ich eine Ausbildung zum Kellermeister, um ihr nahe zu sein. Ich weiß viel über Wein, aber es gibt niemanden, den ich zu einer Weinprobe einladen würde. Glauben Sie mir, dass ich mit diesem Leben auf Sparflamme nicht glücklich war, aber es war das beste Leben, das ich nach Élodies Tod führen konnte.*

*Und dann habe ich Sie getroffen: Sie standen ratlos und verwirrt vor einem Bild, und ich habe Sie einfach angesprochen, bevor ich es mir anders überlegen konnte. Irgendetwas war an Ihnen, das mich meine Reserviertheit vergessen ließ. Sie haben so einsam und verwirrt ausgesehen. Ich habe mich Ihnen sofort nahe gefühlt. Ich mochte alles an Ihnen: Ihr Haar, die Art, wie Sie angezogen waren. Aber vor allem, wie Sie da gestanden haben, aufgeregt, konzentriert, verunsichert.*

*Ich habe gleich die Ähnlichkeit mit der Porträtierten gesehen, man muss blind sein, um das nicht zu bemerken.*

*Sie zappelten beinahe vor Ungeduld vor dem Bild hin und her, und Sie haben sich mit der Frau auf dem Bild verglichen. Ich konnte förmlich sehen, dass Sie sich gefragt haben, was die Frau auf dem Bild hatte, das Ihnen fehlte.*

*Diese Gedanken gingen mir durch den Kopf, als ich zurück in mein Büro ging. Und als ich so weit in meinen Gedanken gekommen war, kam mir eine Erkenntnis, die eine lange nicht gekannte Freude in mir aufsteigen ließ: Seit dem Tod von Élodie interessierte mich eine lebendige Frau mehr als ein Porträt.*

*Und dennoch hatte ich Sie gehen lassen, ohne Ihnen all das zu sagen! Ich drehte mich auf dem Absatz um und begann zu laufen. Ich schaffte den Flur und die Treppe in wenigen Minuten. Aber als ich auf der Straße stand, konnte ich Sie nirgendwo entdecken. Sie waren verschwunden! Auf gut Glück rannte ich zur Metro. Vielleicht standen Sie ja noch auf dem Bahnsteig. Ich lief so schnell ich konnte und stürzte die Treppen zu den Bahnsteigen hinunter. Doch als ich atemlos um die Ecke bog, sah ich nur noch die Rücklichter des Zuges. Und auch der gegenüberliegende Bahnsteig war leer.*

*Ich ging zurück in mein Büro und dachte darüber nach, was ich von Ihnen wusste. Sie hatten Kunstgeschichte studiert und arbeiteten in der Stadtverwaltung einer kleinen Stadt im Süden. Ich setzte mich an den Computer, um Sie ausfindig zu machen.*

*Ich wäre sogar bereit gewesen, eine Suchanzeige in einer Zei-*

*tung zu schalten. So etwas wie eine kitschige Suchanzeige wäre mir bis dahin nicht im Traum eingefallen. Sie fingen bereits an, meine Gewohnheiten, die ich schon lange nicht mehr mochte, umzukrempeln. Das gefiel mir.*

*So, jetzt wissen Sie, warum Sie diesen etwas merkwürdigen Brief erhalten haben. Ich komme mir im Moment gar nicht wie ein würdiger Auktionator vor, sondern wie ein Trottel! Die Begegnung mit Ihnen hat ein Gefühl in mir ausgelöst, von dem ich geglaubt hatte, es nie wieder erleben zu dürfen. Und dass ich Ihnen das hier gestehe, daran sind auch nur Sie schuld. Und gleichzeitig bin ich Ihnen dankbar. Können Sie sich vorstellen, dass ich am nächsten Tag noch einmal ins Musée d'Orsay gegangen bin, nur in der Hoffnung, Sie dort zu treffen? (Wenn Sie wüssten, was ich noch alles bereit wäre zu tun, um Sie wiederzusehen!)*

*Ich glaube, dass dieser Brief viel zu lang und sehr ungeschickt formuliert ist, aber ich bin so aufgeregt, dass ich es nicht besser kann.*

*Ich hoffe sehr, von Ihnen zu hören. Und noch mehr, Sie bald wieder in Paris zu sehen!*

*Ihr Étienne Viardot*

Ich ließ die Blätter sinken und spürte, wie eine tiefe Freude sich in mir ausbreitete. Der Brief las sich ja wie eine Liebeserklärung! Mir gefiel, wie genau Étienne mich in dem Brief beschrieben hatte. Und die Offenheit, mit der er mir seine Gefühle offenbart hatte, gefiel mir noch mehr.

So etwas hätte ich mich nie getraut. Obwohl es mir ja ähnlich ging. Auch in mir hatte die Begegnung mit ihm etwas ausgelöst. Etwas, das über unser Interesse an dem Bild hinausging. Mir ging es doch auch so, dass ich immer wieder an ihn denken musste. Und das hatte auch nur in zweiter Linie mit dem Bild zu tun. Aber das Ganze war völlig aussichtslos.

Ich war verheiratet. Dennoch fühlte ich mich, als wäre ich wieder zwanzig. Ich las den Brief noch einmal.

Dann, bevor ich es mir anders überlegen konnte, öffnete ich meinen Computer und suchte die Visitenkarte mit seiner Mail-Adresse in meiner Handtasche.

*Lieber Étienne,*

*ich glaube, sie heißt Vianne. Der Geburtsname ist Renard. Geboren am 8. April 1912. Sie war meine Großtante väterlicherseits. Können Sie damit etwas anfangen?*

Ich blieb mit dem Finger über der Tastatur sitzen und überlegte, ob ich noch etwas Persönliches hinzufügen sollte. Sollte ich ihm sagen, dass ich seinen Brief bereits gelesen und wie sehr er mich berührt hatte? In dem Augenblick hörte ich Jean-Louis' Schlüssel in der Tür und drückte schnell auf Absenden. Dann fiel mir ein, dass ich nicht mal eine Grußformel und meinen Namen dazugesetzt hatte. Hoffentlich hatte ich Étienne mit meiner ungewollten Schroffheit nicht verletzt! Das wollte ich auf keinen Fall.

»Wird das jetzt zur Gewohnheit, dass du immer mein Auto nimmst?« Jean-Louis stand in der Tür und sah mich aufgebracht an.

»Es ist unser Auto. Und ich brauchte es.«

»Ich musste zu Fuß nach Hause gehen.«

»Du willst doch immer sportlich sein.«

»Was machst du da? Etwa schon wieder diese Geschichte?«

Ich legte meine Hand auf den Brief. Sollte er doch denken, was er wollte.

Das Telefon klingelte. Jean-Louis ging ran und kam mit dem Hörer in der Hand zu mir. »Dein Vater«, sagte er.

»Hallo, Papa.«

»Hallo. Hör zu, mir hat diese Sache keine Ruhe gelassen. Ich habe gerade mit dem alten Charlot telefoniert. Du wirst dich an ihn erinnern, er hatte bis vor einigen Jahren den alten Lieferwagen und hat Lebensmittel verkauft …«

»Und das Eis, abends auf dem Boule-Platz.«

»Genau der. Ich habe mir gedacht, ich rufe ihn einfach mal an, denn Charlot ist jetzt weit über achtzig, und er wusste schon damals alles. Kein Wunder, er ist ja auch überall rumgefahren und kannte jeden.«

»Und? Was hat er gesagt?«, fragte ich, und mein Atem ging schneller.

»Er schwört Stein und Bein, dass Arno und Clothilde drei Kinder hatten.«

»Stimmt. Dein Vater Jacques hatte eine Zwillingsschwester. Sie hieß Vianne«, sagte ich und konnte meinen Triumph kaum verbergen.

»Eine Zwillingsschwester? Woher weißt du das?«, fragte er verblüfft.

»Ich war heute noch mal in Saint Florent und habe die Geburtsregister durchgesehen.« Ich konnte aus den Augenwinkeln sehen, wie Jean-Louis genervt die Augenbrauen hochzog und dann im Wohnzimmer verschwand. Es war mir egal. »Eine Vianne Renard wurde am selben Tag wie Jacques geboren. Aber dann taucht sie leider nie wieder auf.«

»Musstest du denn heute gar nicht zur Arbeit?«, fragte meine Vater misstrauisch.

»Papa! Ich habe mir frei genommen.«

»Wie du meinst. Aber ich weiß, was aus dieser Schwester geworden ist. Zumindest teilweise.« Ich konnte meinen Vater beinahe durch den Hörer grinsen sehen.

»Jetzt spann mich nicht so auf die Folter!«

»Sie ist eines Tages aus Saint Florent verschwunden. Niemand wusste, wohin. Charlot schwört aber, er habe sie während des Krieges einmal in Alès gesehen. Sie lief auf der anderen Straßenseite. Er hat es seiner Mutter gesagt, aber die hat ihm verboten, darüber zu reden und hat ihn einfach weitergezogen. Charlot meint, dass damals im Dorf über sie geredet wurde. Er war zwar damals noch ein Kind, aber seine Erinnerung war erstaunlich frisch.«

»Man hat über sie geredet? Warum?«

»Das konnte er nicht sagen. Irgendetwas war mit ihr. Oder sie hat etwas angestellt. Er sagt, sie sei geheimnisvoll gewesen. Eine merkwürdige Geschichte.«

»Hm. Aber das würde auf jeden Fall zu deiner Erinnerung mit dem Geist passen. Dieser Geist, das könnte doch Vianne sein. Sie war dann ja wohl deine Tante. Aber wir haben immer noch kein Foto von ihr.«

»Wenn sie Jacques Zwillingsschwester war, wie du sagst, müsste sie doch so aussehen wie er.«

»Nicht unbedingt. Sie waren ja zweieiig.«

»Wieso?«

»Weil sie ein Junge und ein Mädchen waren.«

»Was? Ach so. Das ist mir zu kompliziert.«

»Danke, dass du für mich gefragt hast. Ich werde mal sehen, was ich mit der Information anfangen kann.«

»Wenn du noch mal hinfährst, ruf mich an. Dann komme ich mit. Ist ja schließlich auch meine Familie.«

»Mach ich. Gib Maman einen Kuss von mir.« Damit legte ich auf.

Vor lauter Aufregung trommelte ich mit den Fingern auf dem Schreibtisch herum und war viel zu unruhig, um am Tisch sitzen zu bleiben. Also holte ich mir ein Glas Wein aus der Küche und las den Brief von Étienne zum dritten Mal und dann gleich noch einmal. Ich trank den Wein viel zu schnell aus. In meinem Kopf drehte sich alles. Um mich abzulenken, versuchte ich meine Gedanken auf Vianne zu konzentrieren. Sie war aus dem Dorf verschwunden und nicht wieder aufgetaucht. Warum? Was hatte sie getan? Was hatte man ihr angetan? Und wie hatte sie es von Saint Florent, einem Nest in den menschenleeren Cevennen, auf ein Bild geschafft, das in Paris im Museum hing? Und schon war ich wieder bei Étienne. So ging das nicht. Ich musste versuchen, die Informationen zu sammeln und zu bündeln. Ich nahm mir einen Zettel, um alles aufzuschreiben, was ich bisher über Vianne herausgefunden hatte.

»Gibt es heute kein Abendessen?«, rief Jean-Louis aus dem Nebenzimmer und riss mich aus den Gedanken.

Oh Gott, er konnte einem so auf die Nerven gehen. »Gleich«, antwortete ich.

»Mach dir keine Mühe, ich treffe mich sowieso mit Philippe.«

Kurz darauf fiel die Tür ins Schloss. Er hatte sich nicht einmal von mir verabschiedet. Meine Probleme mit Jean-Louis waren die dritte Sache, die mich beschäftigte. Seit wir aus Paris zurück waren, redeten wir nicht mehr richtig miteinander. Keiner von uns fand den Mut, den ersten Schritt zu tun. Und er fuhr mit Francine durch die Gegend.

Und was würde ich jetzt mit dem Abend anfangen? Ich könnte Étienne anrufen, aber der Ton seines Briefes hielt mich zurück. Ich hatte Angst davor, wohin das womöglich führen würde. Ich hatte ihm Viannes Namen durchgegeben, jetzt war er an der Reihe. Vielleicht hatte er ja schon geantwortet! In meinem Postfach war jedoch keine neue Mail, wie ich mit leisem Bedauern feststellte.

Voller Unruhe stand ich auf und stellte mich ans Fenster,

um auf das Meer hinauszusehen. Es war wunderbar mild draußen, die Sonne ging gerade unter und färbte den Himmel roséfarben. Aber richtig dunkel wurde es um diese Jahreszeit ohnehin nicht, außerdem hatten wir Vollmond. Er stand bereits über der Mole.

Irgendetwas musste ich tun. Ich wurde noch verrückt! Ich schenkte mir ein weiteres Glas Wein ein. Dann ging ich in der Wohnung umher wie ein Tiger im Käfig, zu nervös, um mich zu setzen, den Fernseher einzuschalten oder ein Buch zu lesen.

Nach dem dritten Glas Wein rief ich Caro an.

»Kannst du vorbeikommen? Ich kann leider nicht mehr fahren«, bat ich sie mit unsicherer Stimme. »Und bring Wein mit.«

# Zwanzig

Eine halbe Stunde später war sie da.

»Du bist wirklich eine echte Freundin!«, begrüßte ich sie und fiel ihr um den Hals.

Wir ließen uns auf das Sofa fallen.

»Wo ist Jean-Louis?«, fragte sie.

»Fußball gucken.«

»Mit Francine?«

»Ist mir echt egal.«

»Okay, was ist passiert?«

Ich riss mich zusammen. »Passiert ist eigentlich nichts. Das ist es ja. Jean-Louis und ich reden nicht. Wir versöhnen uns nicht. Und weißt du was: Es macht mir nichts aus. Das ist doch keine Ehe!« Ich griff nach der Weinflasche, aber Caro hielt mich zurück und holte mir ein großes Glas Wasser aus der Küche.

»Trink das erst mal«, sagte sie.

»Mein Gott, wie sehr vermisse ich die Intensität der Gefühle von früher! Wo mich eine einfache Berührung in Flammen gesetzt hat, wo der Gedanke an einen Kuss mir Schmetterlinge im Bauch gemacht hat. Wo die Welt nur mir und Julien gehörte. Wo ist das alles nur geblieben? Ich will dieses Gefühl wieder!« Ich merkte, wie mir Tränen in die Augen stiegen.

»Bist du dir im Klaren, dass du gerade Julien und nicht Jean-Louis gesagt hast?« Caros Reaktion schwankte zwischen echter Betroffenheit und Sarkasmus. »Außerdem bist du ganz schön theatralisch, hoffentlich kommt das, weil du viel Wein getrunken hast. Aber im Ernst: Du willst doch nicht mehr derart pubertären Gefühlsschwankungen unterworfen sein wie mit Anfang zwanzig. Ich jedenfalls bin froh, dass diese Phase vorbei ist.«

»Das musst du auch gerade sagen. Wer hat mir denn gestern von seinem James vorgeschwärmt?«

»Sicher schwärme ich und habe allen Grund dazu. Aber ich verliere dabei nicht den Verstand. Darf ich dich daran erinnern, wie du dich gefühlt hast, als Julien dich verlassen hat? Du hast gelitten wie ein Tier.«

»Trotzdem«, sagte ich lahm.

»Ich bin noch nicht fertig. Ich gebe ja zu, dass Gefühle mit Anfang zwanzig intensiver sind und dass man seiner ersten Liebe womöglich sein Leben lang nachtrauert, aber es gibt auch Liebe, wenn man älter ist. Guck mich an. Ich *habe* Schmetterlinge im Bauch, wenn ich an James denke.«

»Ich beneide dich so«, sagte ich aus tiefstem Herzen. »Bei mir läuft im Moment alles schief. Ich werde nächstes Jahr vierzig, und nichts ist so, wie es sein sollte. Es gibt nichts in meinem Leben, was mir so richtig Freude macht. Ich habe keine Kinder, meine Arbeit fordert mich nicht heraus, ich mag unsere Wohnung nicht, die Reise mit Jean-Louis ist in die Hose gegangen, obwohl ich mir so viel von ihr versprochen hatte. Wenn ich mir vorstelle, dass das die nächsten Jahre so weitergeht, könnte ich vor Selbstmitleid zerfließen …«

»Und was ist mit diesem Bild? Und mit diesem Étienne?«

»Wenn du wüsstest …« Ich kicherte.

»Hallo?«, fragte Caro.

»Er hat mir einen Brief geschrieben. Man kann sagen, einen Liebesbrief. Er ist so herrlich altmodisch, ein richtiger Gentleman. Er macht so nette Komplimente.«

»Das hört sich an, als hättest du dich verliebt.«

Mir blieb der Mund offen stehen. »Meinst du? Nein, das ist absoluter Blödsinn. Wir haben ein bisschen geflirtet. Und er hat mich immer auf so eine bestimmte Art angesehen … Ich hatte seit langer Zeit mal wieder das Gefühl, jemand Besonderes zu sein. Aber ich muss zugeben, dass er mir nicht aus dem Kopf geht.«

»Und dieser Brief?«

Ich ging an meinen Schreibtisch, um ihn zu holen, und reichte ihn Caro. Während sie las, schenkte ich mir Wein nach.

»Das ist … charmant«, sagte sie.

»Der ganze Mann ist charmant. Und er sieht gut aus. Er hat übrigens keinen Bauch, weil er Rennrad fährt.«

Caro schlug mit dem Brief nach mir. »Und was ist der Herr bereit zu tun, um dich wiederzusehen?«, raunte sie. *»Wenn Sie wüssten, was ich noch alles bereit wäre zu tun, um Sie wiederzusehen«*, las sie vor. »Eine Bank ausrauben? Nein, ich weiß: das Bild aus dem Museum stehlen.« Sie lachte.

»Ich habe ihn nicht gefragt. Aber so etwas würde er nie tun. Er ist ein Gentleman.«

»Was man von Jean-Louis nicht gerade behaupten kann.« Caro und Jean-Louis mochten sich nicht besonders, das war gleich bei unserer allerersten Begegnung deutlich geworden, als sie mich aus seinem Auto gezerrt hatte. Caro fand Jean-Louis ein bisschen langweilig und Jean-Louis fand Caro überkandidelt. Deshalb nahm ich ihn ihr gegenüber meistens in Schutz. Aber heute fiel mir das schwer.

»Er hält mich für übergeschnappt, weil ich nach diesem Bild recherchiere.«

»Er will dich klein halten. Er kann keine starke Frau neben sich ertragen, die irgendetwas Besonderes ist.«

»Vielen Dank für das Kompliment.«

»Du weißt, wie ich das meine. Er war damals dagegen, dass du wieder nach Paris gehst und dein Studium zu Ende bringst.«

»Meine Eltern waren auch dagegen.«

»Deine Eltern sind deine Eltern. Aber er ist dein Mann. Hast du ihm von diesem Étienne erzählt?«

»Um Gottes willen!«

»Aber er trifft sich mit Francine.«

»Ich habe sie heute gesehen. Sie sind mit ihrem Auto rumgefahren.«

Caro fasste sich an die Stirn. »Ich glaube es nicht. Warum lässt du dir das gefallen?«

»Ist ja eigentlich nichts dabei.«

»Und wo ist er jetzt?«

Ich erschrak. »Du meinst, bei ihr?«

Sie zuckte mit den Schultern.

Ihr Handy klingelte.

»Oh, das ist James! Ich geh schnell ran.«

Ich hörte die beiden aufgeregt flüstern und Liebesworte tauschen. »Ich dich auch«, sagte Caro und legte auf.

»Ich will das auch«, hörte ich mich sagen. »Ich will auch am Telefon säuseln und mich geliebt fühlen. Verdammt, was ist das alles für ein Mist!« Ich spürte, wie mir die Tränen kamen, aber vor Caro musste ich sie nicht verstecken.

Sie kam zu mir herüber und nahm mich in die Arme. »Ich muss los«, sagte sie dann. »Es ist schon spät. Und du musst ins Bett. Komm, ich helf dir.«

Auf dem Weg ins Schlafzimmer musste ich mich bei ihr unterhaken. »Ich bin ja so froh, dass ich dich habe«, nuschelte ich. »Mit dir kann ich über alles reden. Ich weiß auch nicht, was mit mir los ist. Wahrscheinlich Hormone. Können das schon die Wechseljahre sein?«

»Meine Güte, du bist ganz schön durcheinander. Ich glaube, du musst dir über ein paar Dinge klarwerden. Aber nicht mehr heute Abend. Jetzt schlaf dich erst mal aus. Morgen früh sieht die Welt schon wieder ganz anders aus.«

»Das hat meine Oma auch immer gesagt.« Ich kuschelte mich in mein Bett und schlief sofort ein.

# Einundzwanzig

Diesmal gab es keinen Zweifel. Vianne war sich ganz sicher, schwanger zu sein, als ihr monatliches Unwohlsein schon zum dritten Mal ausblieb. Es war zwar auch früher schon mal vorgekommen, dass ihre Menstruation sich verspätete, deshalb machte sie sich anfangs nicht so große Gedanken. Sie kannte sich mit ihren fruchtbaren Tagen aus und führte einen kleinen Kalender. An diesen Tagen vermied sie es, David zu sehen, weil sie wusste, dass sie ihm nicht widerstehen konnte. Dazu war die Liebe mit ihm einfach zu schön. An den anderen Tagen benutzte sie ein Pessar. Das Wissen über diese Dinge hatte sie von Tineke, einer ehemaligen Kollegin in der Wäscherei von Monsieur Balcon. Tineke stammte aus den Niederlanden, und dort benutzten viele Frauen Pessare zur Verhütung. Und weil die Frauen bei Monsieur Balcon kein Blatt vor den Mund nahmen, hatte Vianne davon gehört. Tineke hatte auch gewusst, wo man die kleinen Kautschukteile diskret erwerben konnte.

Bisher war immer alles gutgegangen. Aber diesmal war es anders. Vianne durchlebte einige Wochen lang eine Achterbahnfahrt der Gefühle. Sie fühlte wilde Panik bei dem Gedanken, David sagen zu müssen, dass sie ein Kind erwartete. Dann wieder überkam sie unglaubliche Freude: ein Kind, ihr Kind, das sie umsorgen und lieben könnte. Sie wollte irgendwann Kinder, also warum nicht jetzt? So hatte sie Woche um Woche verstreichen lassen, ohne etwas zu tun.

Und an diesem Morgen hatte sie ein leichtes Ziehen im Bauch verspürt. Sie war auf die Toilette gerast, in der Hoffnung, das Ziehen könnte vom Einsetzen ihrer Menstruation stammen. Als sie nicht die geringste Spur von Blut entdecken konnte, beschloss sie, sich endlich Gewissheit zu verschaffen und zum Arzt zu gehen.

Jetzt saß sie im Wartezimmer der Praxis von Docteur Berthaud in der Rue Frochot, die auf den Pigalle führte. Neben ihr saßen andere Frauen, ganz junge und schon ältere, verbrauchte, in deren Gesichtern sie ähnliche Gefühle wie ihre eigenen ablesen konnte. Angst kroch in ihr hoch. Sie zerrte nervös an einem frisch gebügelten Taschentuch, bis der Spitzenbesatz einriss. Der Doktor rief die nächste Patientin auf. Die Frau neben ihr, die höchstens siebzehn war, stand auf und warf ihr einen flehenden Blick zu, als könnte Vianne ihr helfen. Danach wäre sie an der Reihe. Dann würde sie Bescheid wissen, dann konnte sie sich ihrem Zustand nicht länger verschließen. Schluss mit den Ausflüchten und der Hoffnung, sie könnte sich geirrt haben.

«Herzlichen Glückwunsch«, sagte Docteur Berthaud zu ihr, nachdem er sie untersucht hatte. Obwohl er wusste, dass längst nicht alle Frauen, die zu ihm in die Praxis kamen, sich glücklich schätzten, wenn sie erfuhren, dass sie ein Kind erwarteten.

Er ignorierte das einfach.

Clothilde hatte ihr den Arzt empfohlen. Sie selbst wünschte sich schon lange ein Kind, immerhin war sie schon vier Jahre mit Jeannot verheiratet, aber es wollte nicht klappen.

»Wie alt sind Sie?«, fragte der Doktor. »Sechsundzwanzig? Dann wird es Zeit. Sie sind kerngesund, da dürfte nichts schiefgehen. Ich sehe Sie dann in vier Wochen wieder.« Damit war Vianne entlassen.

Als sie die Treppe hinunterging, stolperte sie und musste sich am Geländer festhalten. Ihr war heiß und kalt gleichzeitig. Sie öffnete den obersten Knopf ihrer Jacke, obwohl es bereits Ende Oktober war. Auf der Straße holte sie tief Luft.

Und jetzt?, dachte sie. Ich will Davids Kind haben, ich will diesen kleinen Menschen lieben und für ihn sorgen. Aber David darf es nicht erfahren. Sie hatte in den letzten Jahren einige Male das Thema einer Heirat zur Sprache gebracht. Es ging ihr dabei nicht darum, versorgt zu sein, das konnte sie inzwischen sehr gut allein. Aber sie träumte von einer Familie und einem Kind. David hatte sie jedoch jedes Mal brüsk abgefertigt. »Fängst du schon wieder damit an? Ehe heißt auch Kinder. Du weißt, ich will keine Familie. Noch nicht.« Damit war für ihn alles gesagt. Seine Ablehnung von Familie und Kindern ging so weit, dass sie auf seinen Bildern als Thema nicht vorkamen.

In ihrem Kopf schwirrte es. Wie soll ich unbemerkt von ihm unser Kind bekommen? Oh Gott, das heißt, ich werde ihn nicht sehen dürfen, wenn man mir meinen Zustand ansieht. Wie soll das gehen? Ich kann nicht auf ihn verzichten! Aber auf dieses Kind auch nicht! Sie rechnete nach, wann es passiert sein könnte, und sie musste sich eingestehen, dass sie in den letzten Monaten nachlässig mit der Verhütung geworden war. Als ob der unerfüllte Wunsch nach einem Kind in ihrem Inneren die Oberhand gewonnen hatte.

Wie soll ich das Clothilde erzählen? Sie will unbedingt ein Kind und kann keins bekommen, und ich stehe hier vor dem Haus von Doktor Berthaud und bin schwanger. Dabei könnte alles perfekt sein.

Es war ein wunderschöner Herbsttag und jetzt kam die Sonne hinter den Wolken hervor. Vianne hielt ihr Gesicht in die wärmenden Strahlen und spürte ihre Kraft unvermittelt auch unter dem dunklen Rock auf ihrem Bauch. Sie legte ihre Hand darauf und plötzlich stieß sie ein nervöses Lachen aus. Ein Mann rempelte sie an. Er lüpfte den Hut und entschuldige sich. Vianne trat dichter an die Hauswand. In ihrem Kopf rasten immer noch die Gedanken wie in einem Karussell, das nie zum Stehen kam. Sie war schwanger. Von David. Sie war schwanger und Clothilde nicht. Sie war schwanger, aber David würde dieses Kind nicht wollen. Er würde verlangen, dass sie zu einer Engelmacherin ging. Aber das kam für sie nicht in Frage. Sie wusste von anderen Frauen, wie gefährlich ein verpfuschter Abbruch sein konnte. Erst im letzten Jahr war die kleine Charlotte, die als Büglerin gearbeitet hatte, nach einem Eingriff elend verblutet. Nein, es kam nicht in Frage, das Kind wegmachen zu lassen. Nicht nur wegen der Gefahren. Sie war im richtigen Alter, um Mutter zu werden, und das Kind in ihrem Bauch war von dem Mann, den sie liebte. Aber wie sollte das gehen? Sie konnte kein Kind bekommen und gleichzeitig mit David zusammen sein. Aber ihn verlassen konnte sie auch nicht. Beides würde ihr das Herz zerreißen.

Sie machte ein paar Schritte, dann blieb sie wieder abrupt stehen, weil ihre Sorgen sie übermannten. Immerhin lebte sie nicht mit David in seinem Atelier, sondern hatte immer noch das Zimmer in der Passage Cottin, das sie mit Clothilde geteilt hatte. Seit ihre Freundin auf der anderen Seite der Seine wohnte, hatte sie es für sich allein. Sie konnte sich das leisten, weil sie im Institut genug Geld verdiente und ansonsten wenige Ansprüche hatte. Dieses eigene Zimmer war jetzt ein Glücksfall. Auf diese Weise würde sie ihren Zustand noch eine Zeit lang vor David verheimlichen und ihre Entscheidung aufschieben können. Mit schweren Schritten machte sie sich auf den Weg nach Hause, aber als sie schon fast dort angekommen war, machte sie kehrt. Sie musste David sehen, sofort.

Als sie in der Rue Daguerre ankam, war sie in einem nervösen Zustand, der einem Fieber gleichkam. Sie hatte auf dem Weg alles wieder und wieder durchdacht, Für und Wider abgewogen und sich die immer gleichen Fragen gestellt, auf die es keine Antworten gab. Jetzt war sie durcheinander und zitterte. Ihre Zähne schlugen aufeinander. Ich muss versuchen, mit David zu reden, dachte sie, während sie die Haustür aufstieß. Die Concierge kam aus ihrer Loge.

»Guten Tag, Madame Renard«, sagte sie. Sie nannte Vianne schon länger respektvoll »Madame« und hatte mit dieser Anrede offenbar ihren Frieden damit gemacht, dass Vianne eigentlich eine Mademoiselle war und als unverheiratete Frau über Nacht bei einem Mann blieb. Im Lauf der Jahre hatten die beiden Frauen eine Art Waffenstillstand geschlossen. »Geht es Ihnen nicht gut?«, fragte Madame Oblensky jetzt. »Meine Güte, Sie sind ja leichenblass. So sollten Sie Monsieur Scott nicht unter die Augen treten, er wird sich Sorgen machen. Kommen Sie herein.« Damit griff sie nach Viannes Hand und zog sie in ihre Loge und auf einen Lehnsessel, der dort stand.

Vianne war unendlich dankbar, sich setzen zu können. Sie zitterte, und ihre Stirn war schweißnass. Sie nahm das Glas Wasser, das Madame Oblensky ihr reichte, und trank es in einem Zug aus.

»Was ist denn passiert?«, fragte die Concierge.

Vianne schüttelte den Kopf. »Ich weiß nicht, vielleicht die Hitze.«

»Aber so warm ist es doch gar nicht.« Madame Oblensky sah sie an und legte ihr sogar die Hand auf die Stirn, um zu prüfen, ob sie Fieber habe.

Diese unverhoffte Fürsorge ließ bei Vianne die Dämme brechen. Wie lange war es her, dass sich jemand so mütterlich um sie gekümmert hatte? Die Erinnerung an Krankheitstage im Bett in Saint Florent stieg in ihr auf. Ihre Mutter hatte dann bei ihr gesessen und ihre Hand gehalten. Und mit der anderen ihre Stirn gefühlt. In diesem Augenblick vermisste sie Clothilde über die Maßen. Unendliche Traurigkeit überkam sie. Es wäre so natürlich, so schön gewesen, wenn sie ihrer Mutter von ihrer Schwangerschaft hätte erzählen und sich mit ihr hätte freuen können.

Vianne begann zu weinen, es war ein nervöses Schluchzen, das ihren Oberkörper schüttelte.

»Madame, Madame«, machte Madame Oblensky hilflos. Dann legte sie einfach den Arm um ihre Schulter und wartete ab, bis Vianne sich beruhigte.

Vianne riss sich zusammen. »Entschuldigen Sie, Madame Oblensky. Ich weiß auch nicht, was mit mir los ist.«

»Vielleicht schlechte Nachrichten von zu Hause?«, kam ihr die Concierge zu Hilfe.

Vianne sah sie an und las in ihren Augen, dass sie Bescheid wusste. Aber so vertraut waren die beiden Frauen nun auch wieder nicht. Sie nickte. »Ja, mein Bruder ist plötzlich schwer krank geworden.«

»Das wird schon wieder«, sagte Madame Oblensky. »Es findet sich doch meistens ein Ausweg. Geht es Ihnen wieder besser?«

»Ja, danke.« Vianne verabschiedete sich mit einem langen Händedruck, dann stieg sie die Treppen hinauf.

Für eine Sekunde hoffte sie, dass auch David ihren Zustand bemerken und sie fragen würde, was denn los sei. Und das dann alles gut werden würde.

Er öffnete die Tür, kaum dass sie die Hand gehoben hatte, um zu klopfen.

»Da bist du ja endlich! Ich habe dich schon vom Fenster aus kommen sehen. Ich habe wunderbare Nachrichten!«

Ich auch, dachte Vianne und vermied es, ihn anzusehen. Er sollte ihre Erschütterung nicht bemerken.

Aber David war ganz mit sich selbst beschäftigt. »Stell dir vor, Dudevant nimmt mich in seine nächste Ausstellung! Im August geht es los.« David riss sie in die Arme, hob sie hoch und wirbelte sie im Zimmer herum. Vianne spürte Übelkeit in sich aufsteigen. »Ich werde ihm deine Porträts geben und zwei Landschaften. Ich habe mir schon alles genau überlegt.« Er setzte Vianne wieder ab.

Sie schluckte die aufsteigende Übelkeit hinunter. »Dudevant? Wer ist das?« Sie hatte den Namen zwar schon einmal gehört, wusste ihn aber nicht ganz genau unterzubringen.

»Ambroise Dudevant, der Kunsthändler. Wir haben ihn vor einiger Zeit mal im *Café de Flore* getroffen ...«

Wir haben so viele deiner Freunde getroffen, dachte Vianne müde.

»So ein zerzauster Kerl, aber er hat einen guten Ruf. Ich werde ihm alles geben, was ich im letzten Jahr gemalt habe. Das heißt, fast ausschließlich Bilder von dir. Ich habe schon mal alles zusammengestellt. Schau, hier ...« Er hielt inne und sah sie prüfend an. »Was ist mir dir? Man könnte denken, du freust dich nicht. Geht es dir nicht gut? Dabei siehst du wunderschön aus. Kann es sein, dass du ein bisschen runder geworden bist?«

Vianne stockte der Atem. Sah man ihren Umstand schon? Sie sah zu ihm auf und wieder stieg die Hoffnung in ihr auf, er würde etwas bemerken. Er würde sie ansehen, sie in die Arme nehmen, ganz zärtlich, und ihr sagen, dass sie sich keine Sorgen machen solle. Aber David redete bereits aufgeregt weiter, und Vianne wusste, dass die Gelegenheit, ihm von ihrem gemeinsamen Kind zu erzählen, unwiderruflich vorüber war.

»Er will, dass ich ein großes Porträt einer Frau der besseren Gesellschaft mache. Er meint, das wäre gut, weil es viele Käufer dazu inspiriert, ihre eigenen Frauen malen zu lassen. Ich werde natürlich dich malen. Dann darfst du aber nicht dick werden, hörst du?« Er redete und redete. Dann merkte er, dass Vianne stumm blieb. »Jetzt sag schon, was los ist. Das ist meine große Chance. Bei seiner letzten Ausstellung hat Dudevant alle Bilder verkauft. Ich werde schuften wie ein Verrückter, um noch mehr Bilder zu malen. In den nächsten Monaten werde ich kaum Zeit für dich haben. Aber dann werde ich mir ein größeres Atelier leisten können und endlich aus diesem Loch herauskommen. Ich habe daran gedacht, dass du ein eigenes Zimmer haben könntest. Dann wohnen wir endlich zusammen. Und ich kann meinem Vater von meinem Erfolg berichten! Jetzt sag doch auch mal was!«

»Ich freue mich für dich«, sagte sie etwas steif.

»Weinst du etwa?«

»Mir ist eben auf der Straße eine Fliege hineingeflogen. Es ist so warm draußen, sie müssen glauben, es sei Frühling.« Sie wischte sich mit dem Handrücken über die Augen.

»Ach, und ich dachte schon, es wäre, weil du dich für mich freust.«

»Das tue ich«, sagte sie voller Ernst.

Er nahm sie wieder in die Arme und wirbelte sie im Kreis. Ihre Röcke flogen um sie herum »Komm, das müssen wir feiern. Wir gehen in die *Coupole.* Hast du Lust auf Meeresfrüchte? Ich verkaufe ein Bild, dann lassen wir es uns gutgehen!«

Vianne nickte. Obwohl sie ziemlich sicher war, dass Austern und Champagner während einer Schwangerschaft eigentlich verboten waren.

# Zweiundzwanzig

Die *Coupole* war an diesem Abend bis auf den letzten Platz besetzt. Als David ihr den Wagenschlag aufhielt und sie die hell erleuchteten Fenster und den Austernmann sah, der vor seinen Körben stand und Austern und Meerestiere auf großen Silbertabletts mit Tang und duftenden Zitronen anrichtete, hob sich ihre Stimmung wieder. Heute Abend werde ich mich amüsieren, beschloss sie. Vielleicht ist es das letzte Mal. Entscheidungen kann ich auch morgen noch treffen. Sie lachte David an und gab ihm mitten auf der Straße einen Kuss.

Vor gut zehn Jahren hatten zwei Männer aus der Auvergne das Lokal am Boulevard Montparnasse eröffnet, an einem Ort, an dem vorher ein Holzlager gewesen war. Im Erdgeschoss lag das Restaurant, im Keller spielten zwei Kapellen Tango und Blues, im ersten Stock gab es eine Boule-Bahn. Am Eröffnungsabend waren sagenhafte tausendzweihundert Flaschen Champagner geköpft worden und die Polizei musste die letzten Gäste am frühen Morgen hinauskomplimentieren. Die Innendekoration war in reinem *Art déco* gehalten. Eckige Pfeiler, die von Künstlern wie Marc Chagall, Moise Kisling oder Fernand Léger bemalt worden waren, stützten eine Kassettendecke. Auch zehn Jahre nach der Eröffnung war es jeden Abend proppevoll. Die *Coupole* nannte sich *Bar américain* und wollte damit vielleicht die vielen Amerikaner anlocken, die als Soldaten nach Paris gekommen waren und sich in die Stadt der Lichter verliebt hatten. Jetzt kamen sie in Scharen zurück, und wegen des hohen Dollarkurses schwammen sie im Geld. Sie benahmen sich, wie sie wollten. Ihr Geld gab ihnen das Recht auch auf die verrücktesten Extravaganzen. Aber das machte einen Abend in der *Coupole* auch so interessant. Es konnte einem passieren, dass man den ganzen Abend freigehalten wurde. Oder dass man in eine handfeste Prügelei geriet.

Neben den Amerikanern traf sich hier die internationale Künstler- und Avantgardeszene von Paris. Vianne liebte die *Coupole*, weil sie hier, ganz wie sie wollte, still in einer Ecke sitzen und das Treiben beobachten oder sich in den Trubel stürzen konnte. Die Gäste kannten sich zum großen Teil untereinander, und es reichte oft aus, eine Person an einem Tisch zu kennen, um gleich einer ganzen Gruppe vorgestellt zu werden. Alkohol in Strömen, Musik und Tanz sowie die beherzten Darbietungen der Gäste ließen schnell alle Zurückhaltung vergessen.

Als sie das Lokal an diesem Abend am Arm von David betrat, winkte sie Auguste Marquadet, mit dem Dudevant vor einigen Jahren seine allererste Ausstellung gemacht hatte, an seinen Tisch, an dem bereits eine lärmende Gruppe von Malern und ihren blutjungen Modellen saß. Vianne erkannte unter ihnen die Russin Elsa Triolet, die sich hierher verirrt haben musste, denn sie gehörte zur Gruppe der Surrealisten unter der strengen Führung von André Breton und Philippe Soupault, die sich üblicherweise von den übrigen, in ihren Augen nur normalsterblichen Gästen absetzten.

»David, kommen Sie! Ich habe schon davon gehört, dass Dudevant Sie ausstellt. Solche Nachrichten sprechen sich in Paris schnell herum.« Er rückte auf der Bank zur Seite und machte Platz für David und Vianne.

»Dann kaufen Sie mein Bild, jetzt können Sie es sich noch leisten, wenn Dudevant mich erst ausstellt, werden die Preise unerschwinglich!« David lachte und wickelte das Gemälde aus dem Packpapier. Vianne hatte nicht gesehen, welches Bild er mitgenommen hatte. Aber es wunderte sie nicht, dass sie darauf zu sehen war. Es war ein schnell hingeworfenes Brustporträt, das sie mit einem blauen Hut und Zigarette zeigte.

»Oh, da haben wir ja die reizende Mademoiselle Renard«, sagte Marquadet und sah zu ihr herüber. Er hob das Bild ins Licht und begutachtete es. Elsa Triolet stand auf und ging zu ihm hinüber, um es ebenfalls anzusehen. Dann sagte sie: »Ich kaufe es.« Sie legte einen Zwanzig-Franc-Schein auf den Tisch. Marquadet schnappte nach Luft, aber David nahm den Schein an sich und bedankte sich mit einer Verbeugung bei der Russin.

»Danke. Der Abend gehört uns!« Er bestellte Whiskey für alle und fing an, Marquadet mit Fragen nach seinen Erfahrungen mit dem Kunsthändler zu bombardieren.

Vianne beteiligte sich nicht an dem Gespräch. Sie saß neben David und bewunderte Elsa, die mit ihren glutschwarzen, leuchtenden Augen eine Berühmtheit war. Sie hatte das Bild nachlässig wieder in das Packpapier eingeschlagen und stellte es neben sich auf die Bank. Vor ziemlich genau zehn Jahren hatte sie sich hier an der Bar der *Coupole* dem Dichter Louis Aragon vorstellen lassen, weil sie sich in den Kopf gesetzt hatte, einen Dichter zu heiraten. Genau wie ihre Schwester Lili Brik, die ihr ihre erste Liebe, den russischen Dichter Wladimir Majakowski, ausgespannt hatte. Noch am ersten Abend hatte Elsa Aragon mit in ihr Hotel genommen, seitdem waren sie ein Paar. Vianne sah sich nach Louis Aragon um, konnte ihn aber nicht entdecken und schloss daraus, dass die beiden mal wieder einen ihrer legendären Kräche hatten, über die ganz Paris sprach. Elsa rächte sich ab und zu für die Wutausbrüche und den Narzissmus ihres Mannes, indem sie für einige Tage in ein Hotelzimmer zog und dort Liebhaber empfing. Sie musste sich in regelmäßigen Abständen vergewissern, dass sie immer noch Männer verführen konnte. Jetzt saß sie Vianne gegenüber und verschlang mit ihren dunklen Augen einen Beau, mit dem sie leise auf Russisch flüsterte.

Ob sie auch schon mal ungewollt schwanger gewesen ist?, fragte sich Vianne. Oder wie schafft sie es, dass ihr das nicht passiert? Damit war sie schon wieder in ihre Gedanken verstrickt. Aus dem Amüsieren würde an diesem Abend wohl doch nichts werden.

Am Tisch wurde mehr Whiskey bestellt. Die meisten tranken ihn pur aus kleinen, dickwandigen Gläsern, Vianne verdünnte ihn mit Wasser und nippte nur an ihrem Glas, sie hatte das Getränk noch nie gemocht, und an diesem Abend wurde ihr schon von dem Geruch übel. Außerdem hatte sie Hunger, aber aus dem Essen, das David ihr versprochen hatte, würde wohl nichts werden. Niemandem fiel auf, dass sie eher still dabeisaß. Als der Abend später wurde und David ziemlich angetrunken war, klemmte er sich einen Weinkorken zwischen die Lippen, als sei er eine dicke Zigarre, streckte den Bauch heraus und steckte die Daumen in den Hosenbund. Er mimte einen reichen amerikanischen Kunsthändler mit breitem Südstaatenakzent, der durch seine, Davids, Ausstellung ging. »Ich kaufe alles, was da ist«, rief er und ließ dabei die Korken-Zigarre in seinem Mundwinkel tanzen. »Geben Sie mir mehr, ich kaufe alles! Das da auch!« – »Aber das ist nur ein Fetzen Papier, auf dem ich meine Pinsel abgestrichen habe«, antwortete David in der Stimme des Künstlers. – »Egal, ich kaufe es«, dröhnte der Amerikaner. Zu diesen Worten zog David ein paar Schnipsel Papier aus der Hosentasche und ließ sie durch die Luft fliegen, als seien es Geldscheine. Alle johlten und machten das Spiel mit, indem sie sich um die Papierfetzen balgten. Stühle und Gläser kippten um, es herrschte ein Riesendurcheinander. Die Gäste am Nebentisch beschwerten sich über den Krach, Beleidigungen flogen hin und her und noch mehr Gläser gingen zu Bruch. Niemand schien sich groß daran zu stören.

Vianne lachte mit, aber nur halbherzig. Es war spät geworden, und sie wollte nach Hause. Sie sah zu David hinüber, der betrunken im Arm von Marquadet lag, während die beiden sich eine goldene Zukunft ausmalten. Wie konnte es sein, dass er heute eine so gute Nachricht bekommen hatte und sie eine derart niederschmetternde? Ihr gegenüber, wo vorher Elsa Triolet mit ihrem russischen Beau gesessen hatte, saß nun ein Amerikaner mit einem länglichen Gesicht und einer runden Brille unter der ausgeprägten Stirnglatze. Sein Anzug war aus grobem Stoff, die Krawatte saß schief. Er hatte allerdings einen schönen, sehr sinnlichen Mund. Vianne hatte vorhin seinen Namen mitbekommen, Henry Miller. Der Dichter war für seine freizügigen Texte bekannt. Auch dieser Amerikaner tat alles, um bloß nicht bürgerlich zu wirken. Alle diese Leute, zu denen auch David gehörte, hatten eine panische Angst vor bürgerlichen Konventionen. Sie schockierten für ihr Leben gern. Für ihre Kunst waren sie bereit, alles, auch ihre Beziehungen zu zerstören. Sie betrogen ihre Frauen, ließen sie mit einem Kind sitzen oder zwangen sie zu blutigen Abtreibungen, sie nahmen sich Geliebte, ließen sich betrügen und verlassen. Einige brachten sich um, wenn die geliebte Muse sie verließ. Und sie glaubten, bei all dem glücklicher zu sein, als wenn sie sich zu einem Partner bekennen und bei ihm bleiben würden.

Vianne hatte all das schon länger durchschaut und sie hatte gelernt, sich dagegen so gut wie möglich zu wappnen. Im Grunde war dieser Abend in der *Coupole* ein Sinnbild für ihr Leben: David befand sich im Zentrum einer Gruppe von Gleichgesinnten, die alle dasselbe Ziel verfolgten: Ruhm und Amüsement. Und sie, Vianne, saß daneben und wartete, bis er sich ihr wieder zuwenden würde. In diesem Augenblick war sie dankbar dafür, ihr eigenes Leben zu führen, mit ihrem Beruf, ihrer eigenen Wohnung. Und das Kind, das sie haben würde, gehörte auch nur ihr. Es würde bleiben, auch wenn David eines Tages nicht mehr an ihrer Seite sein würde. Dieser Tag würde kommen, das spürte sie gerade sehr eindringlich. Bei dem Gedanken wurde ihr Herz schwer.

»Sie scheinen die einzige Person am Tisch zu sein, die sich nicht über den Erfolg Ihres Freundes freut«, sagte der Amerikaner durch den Lärm zu ihr. Vianne hatte Mühe, ihn wegen seines Akzents zu verstehen.

»Vielleicht liegt es daran, dass ich nicht betrunken genug bin«, gab sie zurück.

# Dreiundzwanzig

Clothilde war die einzige, die Bescheid wusste. Einige Tage nach dem Besuch bei Doktor Berthaud klingelte Vianne nach der Arbeit an der Tür in der Rue Mouffetard. Clothilde hatte sich seit ihrer Heirat mit Jeannot verändert. Sie war rundlicher geworden und hatte etwas von einer zupackenden Haus- und Geschäftsfrau bekommen. Sie half ihrem Mann in der Werkstatt, die sich ein paar Hundert Meter die Straße hinunter an der Rue Monge befand, direkt an der Metrostation Censier-Daubenton. Sie übernahm den Kontakt mit den Kunden, traf die Mietvereinbarungen und nahm das Geld ein. Sie war eine resolute Verhandlungspartnerin und ließ keine Ungenauigkeiten durchgehen. Weil sie ständig mit Autos zu tun hatte und sie in der in einem Innenhof liegenden Garage hin und her rangierte, war sie eine routinierte Autofahrerin geworden. Sie und Jeannot hatten natürlich inzwischen selbst einen Wagen, und am Sonntag fuhren sie oft aufs Land.

Als Vianne an der Tür im dritten Stock klingelte, kam von drinnen das helle Bellen eines Hundes. Das war Loulou. Die niedliche Promenadenmischung war Clothilde eines Tages zugelaufen, und sie hatte sie einfach behalten. Das war typisch für Clothilde. Sie hatte immer noch ein großes Herz. Während sie darauf wartete, dass die Tür geöffnet wurde, fühlte Vianne Dankbarkeit für ihre Freundin in sich aufsteigen, die so großzügig und immer bereit zu helfen war.

Clothilde öffnete und Vianne küsste sie auf beide Wangen und machte ihr ein Kompliment für ihr neues Kleid.

»Die Geschäfte laufen gut, und meine anderen Kleider sind ein bisschen eng geworden. Komm rein. Ich habe uns eine gute Pastete gemacht, feinster Blätterteig mit Steinpilzen.«

Vianne lief das Wasser im Mund zusammen. »Gib's zu, die hast du in einem Restaurant bestellt«, sagte sie, denn dass Clothilde nicht kochen konnte, hatte Vianne während ihres Zusammenlebens leidvoll erfahren, und es war Jeannots großer Kummer.

Clothilde stand zu ihrer Schwäche auf diesem Gebiet. »Ich finde, jeder sollte das tun, was er am besten kann und andere von seinen Künsten profitieren lassen. Ich kann ja auch keine Brücke bauen. Und ob nun selbst gekocht oder gekauft, ist doch egal. Hauptsache, es schmeckt.«

»Pasteten werden gebacken, nicht gekocht«, warf Viannne ein.

»Willst du nun ein Stück oder nicht?«, drohte Clothilde.

Aber Vianne war schon dem verführerischen Duft gefolgt, der aus dem Esszimmer herüberwehte.

»Du bist im letzten Jahr ganz schön rund geworden, meine Liebe«, neckte Vianne sie, als sie an dem großen Tisch im Esszimmer Platz genommen hatten, wo Clothilde bereits gedeckt hatte. In der Zimmerecke vor dem Fenster stand eine riesige Volière, in der ein Papagci hauste, der ab und zu durchdringend krächzte, woraufhin Loulou zum Käfig stürzte und ihn anbellte.

Es war kühl draußen geworden, Clothilde hatte den Ofen angeheizt. Durch die geschlossenen Fenster drang der Lärm des belebten Marktes herein.

»Schieß los. Du willst mir doch was sagen. Du siehst irgendwie verändert aus«, begann Clothilde, nachdem sie ein großes Stück Pastete auf Viannes Teller gelegt hatte und etwas lauwarme Senfsoße darüber gegossen hatte. »So … rosig oder blühend.«

»Sieht man es mir schon an?«, entfuhr es Vianne.

Clotilde riss die Augen auf. »Du kriegst ein Kind«, entfuhr es ihr.

Vianne nickte. Sie war froh, dass Clothilde den Satz ausgesprochen hatte. Sie hatte ein bisschen Angst davor gehabt. Clothilde war zwar ihre beste Freundin, aber wie würde sie reagieren?

In diesem Augenblick fing der Papagei an zu krächzen, weil draußen eine Taube auf dem Fensterbrett Platz nahm. Loulou stürzte herbei und bellte, und es herrschte ein Lärm, bei dem kein Gespräch möglich war. Die kleine Unterbrechung gab beiden die Möglichkeit, die Neuigkeit zu verdauen.

»Weiß David Bescheid?«, fragte Clothilde endlich, als wieder Ruhe eingekehrt war.

»Du bist mir nicht böse?«

»Ich dir böse? Aber warum denn?«

»Auch nicht eifersüchtig oder neidisch?«

Clothilde stemmte die Hände in die Hüften. »Jetzt hör aber auf. Ich glaube zwar, dass ich zuerst an der Reihe gewesen wäre, und es macht mich traurig, dass es nicht so ist, aber du bist meine Freundin.« Mehr musste sie dazu nicht sagen.

Vianne stand auf. Sie musste Clothilde jetzt einfach in die Arme nehmen. »Danke, für alles. Weißt du eigentlich, wie wichtig du für mich bist?«

Clothilde lächelte sie an. »Einer muss doch auf dich aufpassen. Und jetzt sag: Weiß David Bescheid?«

Vianne setzte sich wieder und nahm ein Stück Pastete, bevor sie sagte: »Er wird es nicht erfahren.«

»Du willst es ihm nicht sagen? Du bist verrückt. David ist schließlich der Vater. Oder etwa nicht?«

Vianne senkte den Blick. Sie wusste, dass Clothilde auf ihre Art mit ihren Argumenten recht hatte. »Er will nun mal keine Kinder …«

»Aber mit dir schlafen will er! Das ist doch auch sein Kind.«

»Ich muss da allein durch.«

»Du willst dich doch nicht etwa von ihm trennen?« Obwohl Clothilde Vianne diesen Schritt mehr als einmal nahegelegt hatte, wusste sie, dass Ihre Freundin David viel zu sehr liebte, um ihn zu tun. Sie nickte, als Vianne sagte: »Dazu liebe ich ihn viel zu sehr. Ich werde das Kind bekommen, ohne dass er etwas davon erfährt.«

»Und wie willst du das anstellen? Noch ein paar Wochen, und jeder sieht, dass du schwanger bist. Eine Schwangerschaft kann man vor seinem Mann nicht verheimlichen. Und selbst wenn dir das gelingen sollte – was bedeutet, dass du ihn ein paar Monate lang nicht sehen darfst: Was machst du, wenn das Kind da ist? Vianne!« Sie nahm Viannes Hände in ihre und zwang sie, sie anzusehen. »Du weißt, wie ich mich für dich freue, und wie sehr ich mir selbst ein Kind wünsche. Aber ich bin verheiratet, ich habe einen Mann, der mich und mein Kind versorgen würde. Du hast nichts von dem.«

»Darüber habe ich doch auch schon nachgedacht, immer und immer wieder. Sogar, wenn ich neben David im Bett liege. In Momenten der Schwäche wünsche ich mir ein ganz normales Familienleben mit David: Morgens gemeinsam aufwachen, sich an den Tisch setzen, um zu essen, gemeinsam zu überlegen, was eingekauft werden müsste. Gemeinsam irgendwo hingehen, eine Einladung von Freunden annehmen … Die Wäsche des anderen waschen, Geschichten aus seiner Kindheit hören … Ich will David dann ganz haben, nicht nur den Teil von ihm, den er mir geben will. Ich will mein Leben mit ihm teilen, mit allen Konsequenzen. Und dann …«

»Und dann?«

»Dann finde ich mich feige. Er hat immer ganz deutlich gesagt, dass er so etwas nicht möchte.«

Denn es gab auch die andere Seite: das unverhoffte Glück, allein zu sein, selbst bestimmen zu können, wann sie aß oder nach Hause kam. Ganze Tage zu vertrödeln, sich in ihren Büchern oder in öffentlichen Gärten zu verlieren, ohne dass zu Hause ein Mann auf sie wartete, der Hunger hatte oder Erklärungen verlangte. So erging es Clothilde. Ihr Jeannot war in vielen Dingen sehr altmodisch. Manchmal erinnerte er Vianne an ihren eigenen Vater. Die Fürsorglichkeit, mit der er Clothilde umgab, für sie beide die Wohnung gemietet und die Hochzeit geplant hatte, hatte auch ihre Schattenseite: Er verlangte, dass seine Frau sich »anständig« benahm und dass zu Hause alles reibungslos lief. Er hatte Vianne mehr als einmal zu verstehen gegeben, dass er ihr Verhältnis zu David und die Tatsache, dass sie ihm Modell saß, nicht guthieß. »Er muss dich endlich heiraten, wie es sich für einen anständigen Mann gehört«, sagte er zu ihr. Vianne überhörte seine Vorwürfe, aber es störte sie, das Clothilde anfing, ähnlich zu denken. Ihre Freundin nahm sich zwar ihre kleinen Freiheiten und stahl sich manchmal mit einer Ausrede davon, um wie früher mit Vianne auszugehen, aber im Grunde erfüllte sie die Rolle der braven Ehefrau. Sie musste für ihre gemeinsamen Ausflüge oder Café-Besuche immer häufiger ein gutes Alibi haben, denn Jeannot glaubte, dass Vianne einen schlechten Einfluss auf seine Frau hatte. Er machte Clothilde regelmäßig filmreife Szenen, bevor sie sich wieder versöhnten.

Vianne versuchte, Clothilde diesen Tumult in ihrem Kopf zu erklären. »Verstehst du, was ich meine?«, fragte sie. »Natürlich wäre ich auch lieber verheiratet und hätte einen Vater für mein Kind. Aber ich will auch kein Leben wie …«, sie zögerte, fast hätte sie gesagt: »Wie du«. Stattdessen sagte sie: »… wie meine Mutter. Ich habe so viel aufgegeben, um zu leben, wie ich lebe. Aber das Allerwichtigste: Ich will David nicht verlieren. Deshalb werde ich ihm nichts von seinem Sohn sagen.«

»Von seinem Sohn?«

Vianne lächelte, und für diesen Augenblick fielen alle Sorgen vor ihr ab, war sie einfach voller Vorfreude und Glück. »Ich weiß, dass es ein Junge wird.«

»Na gut, aber wie gehen wir das jetzt praktisch an?«

Vianne schenkte ihr einen dankbaren Blick. »Ich habe gehofft, dass du mir hilfst. Und dass du seine Patentante wirst.«

Gerührt stand Clothilde auf und umarmte sie.

Es kam Vianne zugute, dass David sehr mit der geplanten Ausstellung beschäftigt war. Er traf sich häufig mit dem Kunsthändler Dudevant, um alles zu besprechen. Inzwischen hatte auch Vianne den kleinen, drahtigen Mann mit dem Spitzbauch besser kennengelernt. Mit seinem Schwung und seiner Begeisterung für die Malerei hatte er sie für sich eingenommen. Dudevant hieß eigentlich ganz anders, er kam aus Polen und hatte einen unaussprechlichen Namen, den er abgelegt hatte wie seine jüdische Religion. Im Großen Krieg hatte er für Frankreich gekämpft wie hunderttausend andere Ausländer, die in Paris eine neue Heimat gefunden hatten und sich dem Land erkenntlich zeigen wollten. Er wurde im

Sommer 1917 verwundet und erhielt zum Dank für seine Tapferkeit das *Croix de Guerre* – und die Einbürgerung, die ihm viel wichtiger war. Dudevant war einer der größten Amüsierwilligen der Stadt. Wenn er ausging, dann trank er Unmengen, lud alle ein und sang zu später Stunde Opernarien in der *Coupole*. Wenn er nicht Kunsthändler geworden wäre, hätte er als Sänger Karriere machen können. Seine Stimme war dunkel und voll.

»Vielleicht sollte er wirklich umsatteln. Mit seinen Malern verdient er doch kaum die Butter auf dem Brot«, hatte Vianne eines Abends einen Mann sagen hören. Er hatte einen starken spanischen Akzent.

Der Mann, zu dem er das sagte, legte beschwichtigend die Hand auf den Unterarm des Anderen. »Jeder fängt mal klein an, Pablo. Und er hat ein gutes Auge, das musst du ihm lassen.«

Dudevant stellte seinen Schützlingen gern ein Atelier in der Nähe von Caen zur Verfügung, weil er wusste, dass dort die Verführungen von Paris nicht greifbar waren, die sie vom Malen abhielten. Zu dem Atelier gehörte eine Zugehfrau, die täglich für Essen sorgte und die Wäsche machte. Die Behausung war nicht besonders nobel, denn der Kunsthändler schwamm wirklich nicht im Geld. Aber der Atelierraum war groß und hell, und der umliegende Garten bot mit seinen Apfelbäumen und dem weiten Himmel Inspiration und Weite. Ideale Bedingungen, um ungestört zu arbeiten.

Als Dudevant David einlud, ihn in sein Haus in der Normandie zu begleiten, um dort ungestört zu malen, drängte Vianne ihn zuzusagen. Etwas Besseres konnte ihr kaum passieren. David wäre nicht in Paris und würde von ihrer Schwangerschaft nichts mitbekommen. Das würde ihr einige

Wochen Aufschub verschaffen, dann würde sie weitersehen. Sie gewöhnte sich langsam an ihren Zustand. Die Zweifel waren einer echten Vorfreude gewichen. Sie wusste, es würde schwierig werden, aber mit Clothildes Unterstützung würde sie das schaffen.

»Ich fahre aber nur, wenn du mitkommst!«, sagte David.

Vianne erschrak. Sollte ihr Plan doch nicht aufgehen? Dann fasste sie sich wieder und lachte. »Ich muss doch arbeiten. Und außerdem sollst du nach Caen, um vor Verlockungen geschützt zu sein.«

Er nahm sie um die Taille und zog sie an sich. »Das stimmt, meine größte Verlockung bist du. Aber dann komm wenigstens an den Wochenenden.« Er küsste sie hinter das Ohrläppchen und fuhr mit der Zunge ihren Hals hinab.

»Wann immer ich kann, versprochen. Du hast doch ohnehin keine Zeit für mich, wenn du malst.« Sie überließ sich seinen Zärtlichkeiten.

# Vierundzwanzig

Anfang 1939 fuhr David in die Normandie. Von dort schrieb er regelmäßig Briefe, in denen er begeistert von den idealen Bedingungen zum Malen schwärmte. Und eine andere Note schlich sich in seine Zeilen. Er machte ihr Liebeserklärungen und gestand ihr, wie sehr er sie vermisste.

*Irgendetwas ist anders,* schrieb er. *Ich male wie im Fieber, viele Stunden am Tag, und dennoch fehlst du mir. Ich weiß, das ist furchtbar egoistisch, aber ich brauche meine Kunst und gleichzeitig dich in meiner Nähe. Du bist meine Muse. Und mein Modell! Ich habe hier jeden Apfelbaum und jede Kuh gemalt. Wenn du nicht bald kommst, komme ich zurück nach Paris!*

Vianne las diese Briefe, und ihr Herz lief ihr über vor lauter Glück und Sehnsucht. Am liebsten wäre sie sofort gereist, um sich in seine Arme zu werfen. Aber sie musste vernünftig sein. Das Einzige, was jetzt zählte, war ihre Schwangerschaft. Sie rechnete sich aus, wann sie spätestens zu ihm fahren konnte, bevor ihre Schwangerschaft unübersehbar war, obwohl die Sehnsucht nach David täglich unerträglicher wurde. Ende Februar fuhr sie schließlich nach Caen und hoffte, dass ihr sich rundender Körper sie nicht verriet.

Sie blieb eine Woche in dem kleinen Haus vor den Toren von Caen. Das Herzstück des Gebäudes war ein großes, rundum verglastes Atelier, in das von allen Seiten das Licht hereinströmte, das um diese Jahreszeit fahl und oft ohne Sonne war, sich aber hervorragend zum Malen eignete, weil es Konturen hervorhob und Farben akzentuierte. Neben dem Atelier lag eine kleine Schlafkammer. Als Vianne sie zum ersten Mal betrat, sah sie gleich die vielen aufgespannten Leinwände, die an der Wand lehnten. Dann fiel ihr Blick auf das schmale, zerwühlte Bett.

»Wer sind alle diese Frauen?«, fragte sie.

»Irgendwelche Frauen aus dem Dorf. Ich brauche ja Modelle, wenn du nicht da bist.«

David hatte sein großes Thema, Frauen bei der Arbeit, auch hier verfolgt, und sie beim Weben und am Herd gemalt. »Leider ist kein Sommer, ich würde sie zu gern auch bei der Ernte malen.«

Vianne entdeckte einige Gemälde, die am Meer entstanden waren. David sah ihren Blick.

»Ich fahre mit dir hin, das musst du unbedingt sehen. Letzte Woche hatten wir Sturm, die Wellen sind meterhoch geschlagen, ich habe versucht, ein paar Skizzen zu machen, aber der Wind hat mir die Blätter einfach aus der Hand gerissen. Und dies wird mein Hauptwerk.« Er nahm ihre Hand und führte sie zu einer bespannten Leinwand, die größer war als üblich. Er hatte Vianne ausführlich in seinen Briefen von seiner Idee erzählt und ihr einige grobe Skizzen von dem Bild geschickt. Es sollte eine Frau der besseren Gesellschaft in einem Ballkleid zeigen. David hatte die Skizzen auf die Leinwand übertragen. Eine Frau war zu erkennen, die auf einem Stuhl saß, in Dreiviertelansicht zum Betrachter gedreht. Vianne sah ein üppiges Kleid und eine Hand. »Ich habe das Bild genau im Kopf, ich habe es zigfach skizziert, aber um es auf die Leinwand zu bringen, brauche ich dich.«

Er kam auf sie zu und nahm sie in die Arme. »Ich habe dich so vermisst«, sagte er.

Vianne lachte ihn aus. »Für dein Bild? Weil du es sonst nicht malen kannst?«

Er wurde böse, seine Stimme wurde hart. »Lass das! Das haben wir nicht nötig. Natürlich hätte ich mir hier ein anderes Modell suchen können. Die normannischen Frauen sind schön und gern bereit, sich ein paar Francs zu verdienen. Aber du weißt genau, dass es darum nicht geht. Ich will Emotionen in dem Bild, eine Verbindung zwischen der abgebildeten Frau und mir. Verdammt noch mal, du weißt genau, dass ich dich liebe. Das habe ich dir oft genug gesagt!«

»Das stimmt. Und dennoch gibt es deine Liebe nur zu deinen Bedingungen.« Sie biss sich auf die Lippen, nachdem ihr der Satz herausgerutscht war. Sie hatten diese Diskussion doch schon so oft geführt, und jetzt hatte sie womöglich den Augenblick des Wiedersehens verdorben.

David wandte den Kopf ab, und sie fürchtete, er würde zornig werden. Aber er sah sie an und sagte fast ein wenig bedauernd: »Ja, so ist es. Und du hast dich darauf eingelassen.«

Vianne versuchte den Ausdruck in seinen Augen zu deuten. Irrte sie sich, oder war es tatsächlich ein leises Bedauern, Reue, die sie dort las? Waren Davids Ansichten über die Ehe und Kinder in den Wochen, die er ohne sie verbracht hatte, womöglich ins Wanken geraten? Gab es eine Hoffnung, dass sie ihm von seinem Kind erzählen konnte? Nein, jetzt nicht, vielleicht später. Und außerdem war der milde Ausdruck schon wieder aus seinem Gesicht gewichen. »Du hast ja recht«, sagte sie. »Komm her zu mir und schlaf mit mir und mach mich glücklich.« Sie ging auf ihn zu und küsste ihn und über ihre Leidenschaft vergaßen sie alle Streitigkeiten.

»Das Bild wird *Nach dem Ball* heißen, so viel weiß ich schon. Ich will dich malen, wie du nach einem Fest nach Hause kommst, angefüllt mit der Bewunderung der Männer, mit denen du getanzt hast. Ich habe sogar schon ein Kleid. Dudevant hat es mir geliehen. Wir müssen gleich ausprobieren, ob es dir passt.«

Sie hatten sich geliebt, und die lange Trennung hatte ihrer Liebe eine besonders schmerzliche Leidenschaft gegeben. Vianne stürzte sich mit wilder Verzweiflung auf ihn, denn sie wusste, dass sie nach dieser Woche für lange Zeit auf David würde verzichten müssen. Nach Stunden erst waren sie aus einem Taumel wieder aufgetaucht. Aber jetzt war David wieder ganz auf seine Malerei konzentriert. Er erhob sich und nahm die Wärme mit. Vianne spürte, wie sie zu frieren begann. Sie wickelte die Decke um sich und stand ebenfalls auf. Sie war hungrig. Wie fast immer in den letzten Wochen. David verschwand hinter einem Paravent, von dem Vianne annahm, dass die Modelle sich dort umzogen, und kam mit einem atemberaubenden Kleid über dem Arm zurück. In dem Licht der niedrigstehenden Sonne, das durch die Fenster fiel, sah sie den Stoff kupferfarben funkeln. Er musste mit Metallfäden durchwirkt sein.

Oh Gott, hoffentlich passt es mir noch, durchfuhr es sie. Immerhin war sie jetzt im vierten Schwangerschaftsmonat, und ein winziger Bauchansatz ließ sich nicht länger verbergen. »Das ist ja ein Kleid von Vionnet!«, rief sie aus, als sie den hauchzarten Stoff durch ihre Finger gleiten ließ. Madeleine Vionnet war eine der beliebtesten Modeschöpferinnen von Paris. Vianne kannte einige Frauen, die sich ihre Kleider leisten konnten, berühmte Schauspielerinnen oder die Ehefrau eines Kinobesitzers. Manchmal kamen sie damit in eines der Cafés am Montparnasse. Sie sahen immer aus wie Göttinnen. Und gleich würde sie so ein kostbares Kleid tragen!

Das Oberteil war eng auf den Körper gearbeitet und lief in einem fließenden, bodenlangen Rock aus. Vorn am Ausschnitt fiel ein Wasserfallkragen, im Rücken war es frei, aber der Kragen lief hinten in einer Art Schal aus, der wie ein zarter Schleier über die Schultern fiel. »Wo hast du das her? Das muss ein Vermögen wert sein. Und wie das funkelt! Stell dir das Ganze mal bei Kerzenlicht vor. Man muss darin aussehen wie eine Fee!«

»Dudevant ist irgendwie mit ihr verwandt, wenn ich das richtig verstanden habe. Sie hat ihm schon häufiger Kleider aus ihrer Kollektion ausgeliehen. Sie meint, es würde für ihre Firma werben, wenn die Kleider auf Gemälden auftauchen … Ist mir eigentlich auch egal. Aber sie will es natürlich wiederhaben. Also sei bitte vorsichtig.« Er lehnte sich im Bett zurück, um sie zu beobachten, aber Vianne ging mit dem um ihren Leib geschlungenen Betttuch hinter den Paravent. Erst hier ließ sie es fallen.

Vianne wagte kaum Luft zu holen, als sie den kostbaren Stoff über den Kopf hob, mit den Händen in die Ärmel schlüpfte und es an sich herabfallen ließ. Sie befürchtete, dass es zu eng sein könnte, denn Madeleine Vionnet schneiderte ihre Kleider eher für schlanke, durchtrainierte Modelle. Aber Vianne war immer schlank gewesen, daran konnte auch die Schwangerschaft noch nichts ändern. Das Kleid passte ihr wie angegossen. Ihr Bauch, der sich ganz leicht zu wölben begann, eine Veränderung, die sie aber bisher nur selbst eher spürte als dass sie wirklich sichtbar wäre, wurde durch den fließenden Rock verborgen.

Bereits in dem Moment, als Vianne das Kleid überstreifte, fühlte sie eine Veränderung. Kleider machen tatsächlich Leute, dachte sie. Die Zartheit des Rocks umspielte ihre Beine, während der festere Stoff des Oberteils ihre Brüste modellierte. Sie drehte sich vor dem Spiegel und richtete den Wasserfallkragen aus. Ihre zarten, durch die jahrelange Arbeit als Wäscherin festen, aber kräftigen Schultern und Oberarme passten perfekt zu der schmalen Silhouette des Kleides. Auf der nackten Haut ihres Rückens spürte sie den Stoff des Schals. Die Berührung war federleicht und jagte ihr einen Schauer über die Haut.

David beobachtete sie und Vianne registrierte voller Entzücken, dass sein Atem zunehmend schneller ging. Sie machte ihre Bewegungen größer und lasziver und warf ihm immer wieder Blicke zu. Dann drehte sie sich um sich selbst, um den Schwung des Kleides zu spüren.

»Du bist noch schöner geworden. Irgendetwas ist anders an dir.« David stand auf und fuhr mit den Fingerspitzen ihren Rücken entlang, und sie spürte, wie die Härchen sich aufrichteten und die Lust zu ihr zurückkehrte.

»Das bildest du dir ein, weil du mich längere Zeit nicht gesehen hast«, sagte sie möglichst leichthin. Sie begann im Zimmer auf und ab zu gehen, um ein Gefühl für das Kleid zu bekommen. Aber immer noch fühlte sie Davids Blick auf sich ruhen.

»Ich habe etwas für dich«, sagte er und räusperte sich. Als sie sich zu ihm herumdrehte, sah sie das Schmucketui in seiner Hand. »Ich hätte dir schon längst sagen müssen, wie wichtig du für mich bist und wie sehr ich dich liebe.« Er öffnete die kleine Schatulle.

Vianne schnappte nach Luft. Vor ihr steckte in einem Bett aus dunkelgrünem Samt eine große, fast schwarze Perle, die an vier Ecken von funkelnden Diamanten gefasst war. Die Steine waren so meisterhaft auf dem Ring angeordnet, dass man die goldene Fassung kaum sah. »Das kann ich nicht annehmen …«

»Er hat meiner Mutter gehört. Ich möchte, dass du ihn trägst.« Er nahm den Ring und steckte ihn ihr an den Finger. »Siehst du, er passt perfekt. Ich wusste es.«

Vianne streckte den Arm aus, um den Ring besser betrachten zu können. Er passte nicht nur von der Größe, sondern er ließ ihre langen Finger noch schöner aussehen. Und er war wie für das Vionnet-Kleid gemacht. »Ich hatte noch nie so etwas Schönes«, sagte sie.

»Ich auch nicht«, sagte David und zog sie an sich. »Zieh dieses Kleid sofort wieder aus und komm zu mir.«

Die körperliche Liebe in dieser Woche war für Vianne noch erfüllender als sonst. Sie fühlte beinahe ständig ein wildes, schmerzliches Begehren, das sie auf ihre Schwangerschaft zurückführte. Sie hatte in einem Buch gelesen, dass viele Frauen besonders große Lust verspürten, wenn sie ein Kind erwarteten. Vielleicht hatte es damit zu tun, dass die Angst vor einer ungewollten Schwangerschaft wegfiel. David und sie liebten sich in dieser Woche mehrmals am Tag und konnten kaum genug voneinander bekommen. Manchmal überfiel sie die Lust, während David sie malte. Sie spürte seinen Blick auf sich, als würden seine Pinselstriche sie streicheln, und wurde unruhig. Er bemerkte das und legte den Pinsel zu Seite, um zu ihr zu kommen.

Nach drei Tagen, in denen sie das Atelier kaum verließen, nahmen sie den Autobus, der sie in einer knappen Stunde die fünfundzwanzig Kilometer nach Arromanches ans Meer brachte. Es war ein kalter, aber windstiller Tag. Von einer Anhöhe aus konnten sie unter sich die geschwungene Strandlinie sehen. Im Vordergrund lag ein Streifen weißer Sandstrand, der sich zu einer schroffen Gesteinskante erhob. Am Ende der Bucht hörte der Sandstrand auf, die Kante fiel hier fast senkrecht ab.

»Was ist dahinter?«, fragte Vianne, die ein solch wildes Panorama nicht kannte. Für sie gehörten Steine und Abbrüche in die Cevennen. Und das Meer kannte sie nur von den flachen Stränden des Mittelmeers bei Sète, wo sie zwei- oder dreimal gewesen war.

David lachte sie aus. »Lass uns hingehen und nachsehen!«

Sie marschierten am Strand entlang, bis sie die Felskante erreicht hatten und feststellten, dass es dahinter ganz ähnlich weiterging.

Mittlerweile war es Nachmittag geworden und die Sonne kam heraus. Sie fanden eine geschützte Ecke zwischen den Felsen, wo sie sich hinsetzten und auf das Meer sahen. Vianne lehnte ihren Kopf an Davids Schulter.

»Es wäre so schön, wenn wir einfach hier zusammenbleiben könnten.«

»Ich komme in ein paar Wochen zurück nach Paris.«

»Aber da gibt es nicht so ein Meer.«

»Wir kommen wieder her, ich verspreche es. Aber jetzt müssen wir los, der letzte Bus fährt in einer Stunde.«

Vianne hatte sich darauf gefreut, nach ihrer Ankunft vor dem großen Ofen im Atelier zu sitzen. Sie war schläfrig von der frischen Luft und der Wärme im Raum. Aber David stellte sich vor die Staffelei und bat sie, das Kleid noch einmal anzuziehen und sich vor den improvisierten Frisiertisch zu setzen. »Um die Haut zu malen, ist es zu dunkel, aber ich will noch einmal die Faltenwürfe überarbeiten. Und morgen früh muss ich als erstes noch einmal an dein Gesicht im Spiegel. Ich glaube, ich habe noch nie etwas so Schwieriges gemalt, dein Gesicht im Spiegel und gleichzeitig im Profil davor. Ich muss das Bild fertig haben, bevor du wieder fährst.

Sonst musst du noch mal kommen, aber ich will die Arbeit nicht unterbrechen, dann ist die Inspiration weg. Also bleib stehen und rühr dich nicht.«

»Was ist mit den Möbeln? Mit der Frisierkommode, dem Spiegel …?«

»Das kriege ich auch ohne dich hin. Ich werde im Dorf fragen, ob mir jemand etwas ausleiht. In der Hoffnung, dass es hier etwas derart Bürgerliches gibt. Sonst wird Dudevant mir helfen. Er ist wirklich fantastisch. Er besorgt mir alles, was ich brauche.«

Wenn David malte und sie nicht brauchte, streifte sie durch die Gegend. Dabei war sie immer auf der Suche nach Pflanzen, die sie bisher nicht kannte. Einige fand sie, die sie nicht zuordnen konnte, und nahm sie mit. Einen Nachmittag verbrachte sie natürlich im Botanischen Garten von Caen, der mit dem von Paris assoziiert war. Auch hier gab es Wintergärten, aber alles war kleiner und bescheidener als in der Hauptstadt.

Später würde Vianne sagen, dass diese Woche in der Normandie ihre Flitterwochen gewesen waren. Alles passte dazu: der Ring und ihr ungestörtes Zusammensein, der Ausflug ans Meer, die gemeinsamen Mahlzeiten und die Nächte.

Was danach kommen würde, was sein würde, wenn sie ihr Kind geboren hätte, darüber würde sie sich später Gedanken machen.

# Fünfundzwanzig

Die Woche war viel zu schnell herum, und dann kam der Abschied, vor dem Vianne sich fürchtete. Sie würde David bis zur Geburt ihres Kindes nicht wiedersehen, das wären mindestens vier Monate. Und was danach kommen sollte, wusste sie nicht.

Bevor sie in den Zug stieg, versprach sie David in die Hand, so schnell wie möglich wiederzukommen. Es war das erste Mal, dass sie ihn belog. Eine bittere Erfahrung. Vianne ließ ihn dort stehen, den Mann, der alle Begierden in ihr weckte, den Vater ihres Kindes, in der Gewissheit, dass diese Begegnung bis nach der Geburt die letzte bleiben würde.

Sie würde ihn in den kommenden Monaten nicht sehen, weder in Caen noch in Paris. Ihre Schwangerschaft würde schon sehr bald unübersehbar sein. Es war nur Davids Unwissenheit auf diesem Gebiet zu verdanken, dass er keinen Verdacht schöpfte. Er hatte mehrfach eine Bemerkung darüber gemacht, wie weich ihr Körper geworden war und sie damit geneckt, dass sie zugenommen habe. Er liebte es, ihre Brüste zu streicheln und sie mit seinen Künstlerhänden zu umfassen, um sie dann zu küssen. Ihre Brüste waren größer geworden, was ihn faszinierte, aber auch empfindlicher für seine Berührungen, was wiederum sie aufstöhnen ließ.

Während der Fahrt im Zug zurück nach Paris überlegte sie hin und her, wie es weitergehen sollte. Sie trug Davids Ring, sie hatte ihn in der letzten Woche nicht abgelegt, und drehte ihn die ganze Zeit an ihrem Finger hin und her, wenn sie nicht die Hände ineinanderlegte, um ihn zu spüren. Die dunkle Perle wurde ganz warm unter ihrer Berührung. Sie fühlte die Sehnsucht nach David geradezu körperlich: als ein Ziehen in ihren Brüsten. Die Mitreisenden ertappten sie bei einem Seufzen, wenn sie sich in ihren Gedanken verfangen hatte.

Aber wie sollte sie es bewerkstelligen, dass er auch weiterhin nichts von ihrer Schwangerschaft bemerkte? Es gab nur einen Weg: Sie musste Paris verlassen, bevor David wiederkam. Das würde in ungefähr zwei Monaten der Fall sein. Aber wohin sollte sie gehen? Zurück zu ihren Eltern nach Saint Florent? Sie lachte bitter auf. Ausgerechnet jetzt, wo sie unverheiratet schwanger war? Ihr Vater würde ihr die Tür weisen.

Ihr Blick ging aus dem Zugfenster, als würde sie dort die Lösung finden. In Rouen stieg ein Mann ein und setzte sich ihr gegenüber. Er stellte sich als Handelsvertreter vor und erzählte ihr von seinen Reisen quer durch das Land. Jetzt kam er gerade aus der Normandie, wo er in den letzten beiden Wochen Städte abgeklappert hatte, um Töpfe und anderes Küchengerät an die Händler zu verkaufen. Eigentlich ging er Vianne mit dem Geplapper über seine Geschäfte auf die Nerven, aber dann wurde sie hellhörig. Sie fragte ihn nach seinem Beruf aus, und als sie schon fast in den Bahnhof Saint-Lazare einfuhr, hatte sie endlich eine Idee. Sie ließ den Handelsreisenden einfach stehen und fuhr auf direktem Weg zu Clothilde, um sich mit ihr zu besprechen.

Gleich am nächsten Morgen ging sie in das Büro ihres Chefs und legte ihm die Ausbeute an Pflanzen auf den Schreibtisch. »Sehen Sie sich das mal an. Besonders dieses Stück, es wurde angeschwemmt. Ich glaube, es ist eine Fächeralge. Ich habe sie schon mal provisorisch getrocknet.«

Albert sah sie mit einem Lächeln an. »Sie sind wirklich Botanikerin mit Leidenschaft. Aber das bringen Sie am besten zu unseren Kollegen von der Krypto.«

»Genau darüber wollte ich mit Ihnen sprechen.«

»Über die Kollegen in der Kryptogamie? Wollen Sie etwa die Seiten wechseln?«

»Nein, natürlich über meine Leidenschaft als Botanikerin.«

Er stützte die Ellenbogen auf und verschränkte die Finger. »Ich höre.«

»Sie sind doch Sekretär der Botanischen Gesellschaft Frankreichs. Können Sie mir eine Arbeit in einem anderen Botanischen Institut verschaffen? Sie wissen, dass ich mir für nichts zu schade bin und fast alles kann. Ich würde mir inzwischen auch zutrauen, in einer Bibliothek zu arbeiten. Ich bin in den letzten fünf Jahren wirklich sehr oft dort gewesen. Fragen Sie Delphine Darrieux. Ich würde überall hingehen, nur nicht nach Caen.«

Albert Martin-Curriel sah sie an und strich seine graue Haarsträhne nach hinten. Inzwischen kannte Vianne ihn gut genug, um zu wissen, dass er kein bisschen eitel war. Er war sogar so wenig eitel, dass er nicht einmal auf die Idee kam, diese graue Strähne in der Farbe seines übrigen Haars zu färben. »Wissen Sie noch, wie Sie diesen Job bekommen haben?«

»Natürlich. Ich habe Sie gefragt, ob Sie mich nehmen würden.«

»Nun, das war ja nicht meine schlechteste Entscheidung. Aber sagen Sie mir, warum Sie wegwollen. Gefällt es Ihnen hier nicht mehr?«

»Oh, doch. Und ich will auch zurückkommen.« Sie holte tief Luft, dann sagte sie, was sie vorher einige Mal laut geübt hatte, um es über die Lippen zu bringen, weil es so schwer war. Dennoch zitterte ihre Stimme ganz leicht, als sie hervorbrachte: »Ich bin schwanger und ich möchte mein Kind nicht in Paris bekommen. Wenn es geboren ist, bin ich wieder da, wenn Sie mich noch wollen.«

»Ich nehme an, die Gründe für Ihr Verhalten gehen mich nichts an?«

Vianne wollte ehrlich zu ihm sein. »Der Vater des Kindes weiß nicht, dass ich schwanger bin, und er soll es auch nicht wissen. Ich bin nicht verheiratet, wie Sie wissen.«

Er kratzte sich am Kopf. »Haben Sie sich überlegt, wie es werden wird, wenn Ihr Kind auf der Welt ist?«

Vianne wusste, dass er mit seinen Fragen nicht auf irgendwelche moralischen Bedenken anspielte. Dafür war er viel zu sehr Wissenschaftler und Menschenfreund. Aber er machte sich Sorgen, wie sie arbeiten und gleichzeitig für ein Kind da sein wollte. Sie erzählte ihm, dass ihr Kind bei einer Amme aufwachsen würde, im Süden des Landes.

Sie war in einem langen Gespräch am Vorabend mit Clothilde auf diese Idee gekommen, die im Grunde die einzig mögliche war. Sie würde nicht in Paris sein, wenn ihr Kind geboren wurde. Es würde bei einer guten Amme aufwachsen. Clothilde wusste auch, bei wem: bei ihrem ehemaligen Hausmädchen, einer jungen Frau mit einem großen Herzen, die ebenfalls schwanger war und in die Provinz zurückging.

»Oh, im Süden. Sie werden Ihr Kind oft besuchen wollen«, gab Albert zu bedenken.

»So oft es irgend geht.«

»Da ist ein Wochenende sehr kurz, allein die Bahnreise ...«

Vianne nickte. Das wusste sie alles, und es beunruhigte sie.

»Wir könnten eine Regelung treffen, dass sie in der Woche abends länger bleiben und dafür am Freitag frei haben, sagen wir, alle zwei bis drei Wochen.«

Vianne atmete auf. »Danke«, sagte sie und sie musste gegen ihre Tränen ankämpfen.

»Ja, aber vorher müssen wir sehen, wo wir Sie unterbringen. Ich werde mich mal bei meinen Kollegen umhören.«

»Wissen Sie was? Wenn ich nicht schon in einen anderen Mann verliebt wäre und Sie nicht so alt, dann könnten Sie mir gefährlich werden.«

Zwei Wochen später unterbreitete er ihr ein Angebot. Der Botanische Garten in Toulouse brauchte eine Angestellte. »Das dürfen Sie sich nicht so vorstellen wie bei uns, es handelt sich dort eher um einen öffentlichen Park. Sie würden in der Verwaltung arbeiten, die dort alles umfasst: Pflege des Gartens, Buchhaltung, Bibliotheksbestand, einfach alles.«

»Das hört sich gut an. Wann soll ich anfangen?«

»Nächste Woche, wenn Sie wollen. Es gibt sogar ein Zimmer bei einer Wirtin direkt neben dem Park.«

Vianne gab ihm einen Kuss auf die Wange, sie konnte nicht anders. Sie wusste genau, dass dieses Zimmer nicht einfach vom Himmel gefallen war, sondern dass Albert vielmehr alles in Bewegung gesetzt hatte, um es für sie aufzutreiben. »Ich fange sofort an, zu packen.« Es wurde höchste Zeit, dass sie Paris verließ, denn in zehn Tagen würde David zurückkommen.

Mit Clothildes Hilfe fand sie eine Untermieterin für ihre Wohnung in der Passage Cottin. Mimi war eine ganz junge Frau, die vor einigen Tagen aus der Bretagne gekommen war und in Paris keine Menschenseele kannte. Clothilde hatte sie aufgelesen und unter ihre Fittiche genommen, genau wie sie es zehn Jahre zuvor mit Vianne getan hatte.

Vianne war froh, ihre kleine Wohnung behalten zu können. Das Zimmer mit der winzigen Küche und der Toilette auf dem Flur war für sie ein Stück Heimat geworden. Über die Jahre hatte sie es sich dort gemütlich eingerichtet. Es war auch schön gewesen, diesen Ort mit Clothilde zu teilen, aber jetzt, wo sie ihn für sich hatte, war er für sie eine Art Refugium. Ein paar Hemden von David lagen auch im Schrank, und über dem Waschbecken stand seine Zahnbürste. Auf das Bett legte sie tagsüber eine bunte Decke in den Farben des Südens. Sie hatte einen Tisch mit zwei Stühlen, einen kleinen Schrank für ihre Kleider und einen Sessel, in dem sie nach der Arbeit saß und las. In der Küche stand neben dem Herd ein niedriger, offener Schrank, in dem sich ihr Geschirr und die Lebensmittel stapelten. Besonders stolz war sie auf die geblümten Gardinen, Mohnblumen auf hellem Grund. Sie hatte eines Tages den Stoff auf dem Markt gefunden und eine Nachbarin, die eine Nähmaschine besaß, hatte ihn für sie zurechtgenäht. Wenn die Sonne durch den Stoff hindurchschien, konnte man sich wie auf einer Blumenwiese fühlen. Das passte gut zu den terrassenartig angelegten Gärten auf der Rückseite der Häuser. Wenn sie zur Straßenseite aus dem Fenster sah, hatte sie einen freien Blick auf die steile, enge Treppe, die das eine Ende der Straße bildete. Zumindest im Winter, denn im Frühling verdeckten die Bäume die Fassaden der oberen Häuser. Auch der Glockenturm von Sacré Cœur verschwand dann hinter einem grünen Kleid. Im Sommer waren alle Fenster weit geöffnet, und man hörte, was die Bewohner drinnen taten, ob sie sich stritten oder beim Essen mit den Tellern klapperten oder das Radio laufen hatten. Vianne wohnte am Fuß der Treppe, die sie beinahe täglich hinauf- oder hinunterlief und die ein Lieblingsmotiv des Malers Utrillo war. Rundherum lag das quirlige Viertel mit den kopfsteingepflasterten, schmalen Straßen, die sich zum Hügel von Sacré Cœur hinaufwanden. Sie hatte hier ihre Händler, wo sie einkaufte und wo man sie kannte und freundlich grüßte. Die Besitzerin der Crèmerie stammte wie sie aus der Region der Cevennen. Seitdem sie das herausgefunden hatten, steckte Madame Mortier ihr immer die schönsten Käse zu, und bei ihr durfte Vianne auch anschreiben, wenn es mal knapp wurde. Nein, sie wollte dieses kleine Paradies mitten in der lärmenden Großstadt nicht aufgeben. Wo hätte sie mit ihren Sachen hin sollen? Außerdem wäre sie in einigen Monaten wieder da.

Das Schwierigste war, David Bescheid zu sagen. Sie schrieb ihm einen Brief, in dem sie ihm erklärte, sie sei für einige Monate in den Süden versetzt worden, um dort auf einer Inspektionsreise verschiedene Botanische Gärten zu besichtigen. Sie gab mit Absicht keine feste Adresse an, weil sie verhindern wollte, dass er ihr womöglich folgte.

Er würde wütend sein und sich fragen, warum sie nicht auf ihn wartete. Vielleicht würde er nicht malen können, weil sie ihm fehlte. Aber sie hatte in Caen genügend fertige Bilder für die Ausstellung gesehen, und das große Gemälde *Nach dem Ball* hatte er vollendet, wie er ihr geschrieben hatte.

Dass sie selbst ihn vermisste und Angst vor der langen Trennung hatte, musste sie akzeptieren und aushalten. Jetzt ging es darum, dass sie ihr Kind zur Welt brachte und es gut versorgt wusste.

Trennungen und Sehnsucht würden von nun an zu ihrem Leben gehören. Dass David nicht bei ihr war, war schwierig genug auszuhalten. Bei der Vorstellung, dass ihr Baby bei einer anderen Frau aufwachsen würde, brach sie immer wieder hilflos in Tränen aus. Wie sollte sie das ertragen? Sie spürte die ersten Kindsbewegungen in ihrem Bauch, die ihr das Wesen, das da in ihr heranwuchs, noch näher brachten. Der Gedanke, dass sie es allein lassen sollte, war ungeheuerlich. Sie versuchte immer wieder, sich den Moment vorzustellen, wenn sie allein in den Zug nach Paris stieg, es gelang ihr nicht. Die Vorstellung war zu schrecklich, die Schuldgefühle, die sie jetzt schon gegenüber ihrem Kind hatte, drohten sie zu überwältigen.

Dann riss sie sich zusammen. Sie lebte ihr Leben allein, und sie war stolz darauf. Sie kam zurecht, und das gab ihr Kraft. Sie traf ihre eigenen Entscheidungen, und sie hatte ihre Familie aufgegeben, um so weit zu kommen. Die Entscheidung, die sie jetzt hatte treffen müssen, gehörte zu den schwierigsten, und sie wünschte keiner Frau, in ihrer Situation zu sein. Aber sie war die einzig richtige. Schließlich war es für sie nichts Neues, dass Kinder bei einer Amme aufwuchsen. Sie hatte das oft genug in Saint Florent miterlebt. Und mit Agnès hatte sie eine Frau mit einem goldenen Herzen gefunden, die ihr Kind ebenso lieben würde wie ihr eigenes.

Wenn sie an diesem Punkt ihrer Grübeleien angekommen war, schlich sich regelmäßig eine Hoffnung ein: Und wenn sie David doch eines Tages von seinem Kind erzählen könnte und er wäre bereit, es anzunehmen?

# Sechsundzwanzig

Es war schon Anfang März, als Vianne alles erledigt hatte und den Zug nach Toulouse nahm. Eine ihrer letzten Besorgungen vor ihrer Abreise war es, mit der Hilfe ihrer Nachbarin die Nähte ihrer Röcke auszulassen, denn ihr Bauch fing nun unübersehbar an zu wachsen. Ihre Nachbarin stellte keine Fragen. Es gab hier viele Frauen, die am Ende einer Schwangerschaft die Stadt verließen und eines Tages wieder da waren, ohne Kind.

Als der Zug durch die Vororte von Paris fuhr, wurde ihr das Herz schwer. Sie verließ nur ungern die Stadt. Ein neuer Lebensabschnitt lag vor ihr, sie würde wieder allein sein, aber das schreckte sie nicht. Und sie würde ja wiederkommen …

Der beginnende Sommer im Süden war wie eine Reise in ihre Kindheit. Sie fühlte sich sofort heimisch. Wenn sie abends in ihrem Bett lag und das Zirpen der Zikaden hörte, erinnerte sie das an die Nächte in Saint Florent. Die Arbeit ging ihr leicht von der Hand, sie setzte sogar Pflanzen, bis ihr Leibesumfang ihr das Bücken schwermachte. Aber sie litt nicht unter ihrer Schwangerschaft, nur, als die Hitze des Sommers kam, war sie manchmal matt. Sie führte ein stilles, zurückgezogenes Leben, tat ihre Arbeit und bereitete sich auf die Geburt vor. Im Botanischen Garten von Toulouse lernte sie eine Menge Dinge, weil man sie fast alles tun ließ.

An den freien Tagen machte sie Ausflüge in die Umgebung. Einmal nahm sie den Bus in östlicher Richtung in die Wälder der Cevennen. Ihre Aufregung, als sie die vertrauten Ortsschilder las, übertrug sich auf ihr Kind, das in ihrem Bauch zu strampeln begann. Der Bus hielt in Anduze. Sie hielt den Atem an und dachte daran, auszusteigen und den nächsten Bus zu nehmen, aber dann blieb sie sitzen und fuhr weiter. Sie war jetzt über zehn Jahre weg gewesen. Irgendwann würde sie den Mut haben, nach Saint Florent zurückzukehren und ihre Eltern zu besuchen. Aber nicht, solange sie schwanger war. Der Bus fuhr weiter nach Alès, die Hauptstadt der Cevennen. Dort stieg sie aus und setzte sich in das Café auf dem Marktplatz, das sie von früher her kannte. Es war unwahrscheinlich, dass sie hier jemanden aus ihrer Familie treffen würde, aber sie war dennoch nervös. Sie bestellte eine Limonade, dann ging sie zurück zur Bushaltestelle und wartete dort auf den nächsten Bus zurück nach Toulouse.

Anfang Juni stand die Geburt kurz bevor. Sie verabschiedete sich von ihren neuen Kollegen und fuhr in ein kleines Dorf in der Nähe von Manosque im Lubéron, wo Agnès lebte. Als Agnès sie vom Bus abholte, glaubte sie, in einen Spiegel zu sehen: Zwei Frauen mit dicken Bäuchen, die sich schwerfällig bewegten. Aber es tat gut, jemanden zu treffen, der die Gefühle einer werdenden Mutter kannte. Der Vater ihres Kindes arbeitete in Jeannots Garage. Er polierte dort die Autos und machte kleinere Reparaturen. Er wollte Agnès unbedingt heiraten, aber sie wollte das nicht. »Er ist ja noch nicht einmal achtzehn«, sagte sie zu Vianne. Sie ging zurück auf den Bauernhof ihrer Eltern, um dort das Kind zu bekommen, und dort würde auch Viannes Kind aufwachsen.

Vianne wurde schwer ums Herz, als sie sah, wie liebevoll

sich Agnès' Eltern um sie kümmerten. Am Anfang hatten sie ihr Vorwürfe gemacht, aber jetzt freuten sie sich auf ihr Enkelkind. So konnte es also auch gehen. Warum waren ihre Eltern nicht dazu bereit? Oder waren sie es, und sie wusste es einfach nur nicht? Sie verwarf die Idee. Sie hatte zu viel Angst vor einer Zurückweisung, von der sie wusste, dass sie endgültig wäre.

Der Abend mit Clothilde kam ihr wieder in den Sinn. Bis in die Nacht hatten sie gemeinsam alle Möglichkeiten durchgesprochen und wieder einmal hatte Vianne gemerkt, wie wichtig die Freundin in ihrem Leben war. Als sie weinend am Tisch in der Rue Mouffetard gesessen hatte, hatte Clothilde sie in den Arm genommen.

»Damals, als du deine Familie verlassen hast, um nach Paris zu gehen, ist es auch schwer gewesen, aber du weißt, dass deine Entscheidung richtig war«, hatte ihre Freundin mit leiser Stimme gesagt. »So wird es dir mit dem Entschluss, dein Kind zu einer Amme zu geben, auch gehen. Außerdem kenne ich Agnès sehr gut, sie ist mir in den Jahren, die sie als Haushaltshilfe bei uns gearbeitet hat, sehr ans Herz gewachsen. Sie kann keiner Fliege etwas zuleide tun, sie wird deinem Kind eine gute Mutter sein ...« Ihr fiel auf, was sie da gesagt hatte, und sie verstummte.

»Die Mutter bin ich, auch wenn ich nicht bei meinem Kind sein kann«, hatte Vianne heftig geantwortet.

»Tut mir leid, so meinte ich das nicht«, sagte Clothilde. »Ich wollte nur sagen, dass ihre Eltern Bauern sind und auf dem Land leben. Dein Kind wird in einer gesunden und liebevollen Umgebung aufwachsen und du wirst es sehen können, wann immer du willst. Und wenn es größer ist, holst du es zu dir nach Paris.«

An diese Hoffnung klammerte sich Vianne. Aber vorher

musste sie nach Paris zurück, um genügend Geld für sich und ihr Kind zu verdienen. Hier waren ihre Arbeit und hier war David. Sie würde ihr Geld sparen und ihr Kind so bald wie möglich zu sich holen. Sie würde eine Lösung finden.

Am 5. Juli 1939 wurde der kleine Benoit geboren. Vianne hielt ihren Sohn, der bereits einen zarten Haarflaum hatte, zum ersten Mal in ihren Armen und atmete seinen Duft ein. Sie war vor Glück fassungslos. Sie fand ihn wunderschön und konnte nicht die Augen von ihm lassen. Stundenlang saß sie an seiner Wiege, die im Garten unter einem duftenden Pfirsichbaum stand, und betrachtete ihn, wie er schlief. Jetzt, wo sie ihn in den Armen gehalten und seinen Geruch eingeatmet hatte, fiel es ihr noch viel schwerer, sich von ihm zu trennen. David, wenn du wüsstest, was dir hier entgeht, dachte sie. Und wie gern ich dich hier bei mir hätte, um dieses Wunder zu sehen!

»Du darfst ihn nicht länger stillen. Dein Körper muss sich daran gewöhnen, dass er keine Milch mehr produziert. Und deine Seele auch«, sagte Agnès vier Wochen nach der Geburt. Sie war unbemerkt hinter Vianne getreten und legte ihr die Hand auf die Schulter.

»Ich weiß«, antwortete Vianne leise.

Agnès' Tochter Claire kam zwei Tage nach Benoit zur Welt. Sie war pausbäckig und von den Anstrengungen der Geburt ganz rot im Gesicht. Benoit kam ganz nach Vianne, er war zart und hatte ihre helle Haut. Die beiden wuchsen wie Geschwister auf, einige Leute in Manosque waren der Meinung, sie seien Zwillinge. Sie lagen gemeinsam in der Wiege, und manchmal hielten sie sich im Schlaf an den Händen.

Vianne hatte Agnès längst in ihr Herz geschlossen. Sie war

eine hingebungsvolle Mutter, robust, lebhaft und rothaarig, und sie schenkte Benoit ebenso viel Liebe wie ihrer eigenen Tochter. Die beiden Kinder hatten sogar ihren Stillrhythmus aufeinander abgestimmt, und als Vianne nicht länger stillte, gab Agnès erst dem einen, dann dem anderen Kind die Brust, wobei sie darauf achtete, dass jedes der Kinder mal als erstes an der Reihe war. Spätestens als Vianne das bemerkte, wusste sie, dass sie mit Agnès die beste Amme für ihren Sohn gefunden hatte. Das tröstete sie in all dem Gefühlschaos. Sie war schon ganz erschöpft von der Grübelei, ob sie die richtige Entscheidung getroffen hatte, ob sie Benoit doch mit nach Paris nehmen sollte. Sie schlief kaum noch, weil sie die halbe Nacht wach lag. Sie magerte ab und sah angegriffen aus.

»Ich glaube, jetzt reicht es«, sagte Agnès eines Tages streng zu ihr. »Hör auf, dir Vorwürfe zu machen. Sie helfen niemandem, am wenigsten Benoit. Und du wirst noch krank davon. Nutz die Zeit, die du hier bist, und sei ihm eine liebevolle, glückliche Mutter. Er merkt es, wenn du traurig bist. Reiß dich zusammen! Du bist nicht die einzige Mutter, der es so geht! Dann hättest du dich eben nicht verlieben dürfen!«

Vianne sah sie empört an, doch dann drangen Agnès' Worte zu ihr durch. Sie waren gutgemeint, und außerdem hatte Agnès recht. Vianne riss sich zusammen, und von da an wurde alles ein bisschen leichter.

Die Wochen, die sie mit Benoit in Agnès' Familie verbrachte, als wäre sie ein Teil davon, gaben ihr einen inneren Frieden und Ruhe. Sie genoss das Leben auf dem Land, das sie seit ihrer Flucht aus Saint Florent nicht mehr kannte. Sie machte lange Spaziergänge, sah den Bauern bei der Arbeit zu und machte sich im Haushalt nützlich. Und sie verbrachte jede Minute, die er wach war, mit Benoit. Sie konnte sich nicht an seinem perfekten Gesicht sattsehen. Sie sang ihm die Lieder vor, die sie von ihrer Mutter kannte, sie sprach mit ihm und kitzelte ihn und hielt ihn in ihrem Schoß. Sie sog ihren kleinen Sohn mit jeder Faser in sich auf, um sich für die Zeiten zu wappnen, in denen sie ihn nicht bei sich haben konnte.

Das Abstillen fiel ihr schwer. Ihr Körper wehrte sich, sie litt unter schmerzhaften Brustentzündungen. Und der Anblick, wenn Agnès Benoit stillte, tat ihr oftmals so weh, dass sie den Raum verlassen musste.

Und dann kam der Tag, an dem sie nach Paris zurückfuhr. Schon wieder ein Abschied. Vianne hatte die ganze Nacht an Benoits Bettchen gewacht und in Gedanken mit ihm gesprochen. Sie hatte versucht, ihm alles zu erklären. Warum sie gehen musste, aber dass sie wiederkommen würde. Sie sang ihm noch einmal die alten Lieder vor und dann erzählte sie ihm von seinem Vater. Als es Zeit wurde, drückte sie einen Kuss auf seine Stirn. Dann stand sie auf und nahm ihre Tasche auf.

»Mach dir keine Sorgen um ihn. Er ist so ein lieber kleiner Kerl. Ich werde mich gut um ihn kümmern und ihn lieben. Ich verspreche es«, sagte Agnès.

»Das weiß ich«, ab Vianne zurück und umarmte sie.

»Und in ein paar Wochen bist du wieder da. Dann wird er schon wieder ein Stückchen gewachsen sein.«

»Genau davor habe ich ja Angst«, sagte Vianne traurig.

Sie machte sich auf den Weg zum Bahnhof und wartete auf den Zug. Die ganze Fahrt über erlaubte sie sich keine einzige Träne. Sie hätte nicht wieder aufhören können zu weinen. Sie presste ein Foto von Benoit an sich und betrachtete es immer wieder in allen Einzelheiten. Im Dorf gab es einen Fotografen, der das Bild gemacht hatte. Ihr Sohn hatte die Augen offen und sah neugierig in die Welt. Auf der Schwarz-Weiß-Fotografie war es nicht zu erkennen, aber er hatte die leuchtend blauen Augen seines Vaters. Als das Fotopapier von der Wärme ihrer Hand zu zerknicken drohte, verstaute sie es in ihrer Handtasche, nur um es kurz darauf wieder herauszunehmen und es erneut anzusehen. Am Ringfinger der Hand, in der das Foto lag, steckte Davids Ring. Sie wurde sich bewusst, dass sie die Symbole für die beiden Lieben ihres Lebens bei sich trug.

Als sie in Paris ankam, war ihr Herz in Stücke geschlagen.

# Siebenundzwanzig

Am Morgen nach dem Treffen mit Caro hatte ich einen ziemlichen Kater. Ich bildete mir ein, dass der nicht nur vom Wein kam, sondern vor allem von dem Gedankenkarussell, das sich in meinem Kopf drehte. Aber ich konnte nicht schon wieder auf der Arbeit anrufen und mich krank melden.

»Oh, Sie sehen aber immer noch nicht gut aus«, sagte Madame Grenier. »Hat es Ihren Mann auch erwischt? Meistens sind diese Geschichten ja sehr ansteckend.«

»Nein, Jean-Louis geht es gut«, gab ich mit schwacher Stimme zurück. »Noch, zumindest.«

Madame Grenier fand meinen Mann toll, weil er ihr einmal, nach einer Musikveranstaltung, die wir organisiert hatten, den Reifen gewechselt hatte.

Ich quälte mich durch den Tag, mit der Hilfe von Aspirin, Cola und Pommes Frites mit Mayonnaise. Diese Diät hilft bei mir am besten gegen Kater.

Als ich nach Hause kam, ging ich gleich schlafen. Ich war hundemüde und ich hatte keine Lust, mit Jean-Louis zu reden.

Am nächsten Vormittag bekam ich eine Mail von Étienne. Meine Hände zitterten, als ich sie öffnete.

*Ich nehme an, Sie haben meinen Brief erhalten. Da Sie nicht darauf reagieren, nehme ich an, dass ich zu weit gegangen bin. Bitte verzeihen Sie mir!*

Dann ging es in einem sachlichen Ton weiter, was ich ein bisschen schade fand. Er bedankte sich für meine E-Mail. Er hatte einem Archivar in der Nationalbibliothek die Namen von Vianne und David gegeben, und dort gab es tatsächlich eine Akte! Er hatte sie schon zur Einsichtnahme bestellt, sie würde aber erst in ein paar Tagen vorliegen. Im Archiv wurde umgebaut, und einige Akten waren ausgelagert.

Am Schluss fragte er dann, wann ich nach Paris kommen würde. Die Frage klang ganz unschuldig, als sei es überhaupt keine große Sache, einfach so nach Paris zu fahren.

Und das war es ja auch nicht!, dachte ich plötzlich. Warum eigentlich nicht? Paris war schließlich nicht aus der Welt. Mit dem TGV dauerte das knappe vier Stunden. Theoretisch konnte man sogar am selben Tag hin- und wieder zurückfahren, das machten andere Leute ständig! Die Idee hatte sich in meinem Kopf festgesetzt und elektrisierte mich. Ich würde auf dem Bahnhof ankommen und Paris ganz für mich haben. Ich allein in meiner Stadt. Ich sah mich bereits in Cafés sitzen und Notizen machen, im berühmten Lesesaal der Nationalbibliothek unter einem der grünen Lampenschirme sitzen und dem Geheimnis von Vianne Renard auf die Spur kommen. Und immer wieder schob sich das Bild von Étienne dazwischen. Vielleicht würde ich ihn treffen, mit ihm einen Spaziergang an der Seine machen, mit ihm durch Galerien streifen … die Vorstellung ließ mich träumen.

Ich las die E-Mail noch einmal und war enttäuscht, dieses Mal kein Kompliment zu lesen. Wahrscheinlich hatte ich es mir wegen meiner bündigen Antwort mit ihm verdorben. Aber irgendwie glaubte ich auch, dass Étienne nicht zu der Sorte Mann gehörte, der eine Frau wie wild umschwärmte und beim kleinsten Widerstand aufgab.

Die Aussicht, vielleicht einfach so nach Paris zu fahren,

war so kostbar, dass ich sie mir noch ein paar Tage bewahren wollte, bevor ich absagte. Ich konnte schließlich nicht einfach so alles stehen und liegen lassen.

Am Ende der Woche kam Jean-Louis von der Arbeit nach Hause und verkündete, er habe wieder in unserem Hotel in Agadir gebucht, wie jedes Jahr. In zehn Tagen sollten wir losfahren. Wir fuhren immer Anfang Juni, weil es dann dort noch nicht so heiß und voll war.

»Du hast gebucht, ohne mich zu fragen?« Ich war fassungslos. Erst redeten wir tagelang kein Wort miteinander und dann wollte er mit mir in den Urlaub fahren?

»Aber wir fahren doch jedes Jahr!«

»Und immer nach Agadir. Ich will aber auch mal woanders hin. Ich will mir nicht immer von dir sagen lassen, was ich zu tun und zu lassen habe!«

»Aber mit Paris warst du doch auch einverstanden.« Er war jetzt auch wütend. »Diese Reise bedaure ich übrigens zutiefst. Seit wir zurück sind, bist du so anders, so zickig und …« Er suchte nach dem passenden Wort.

»Du meinst, ich benehme mich, als sei ich Lili Marlène?« So, jetzt hatte ich es doch gesagt, es war mir einfach so herausgerutscht. An seiner Reaktion sah ich, dass ich einen Fehler gemacht hatte.

Er lief rot an. »Wie kommst du denn jetzt darauf? Spionierst du mir neuerdings nach?«

»Nur, wenn du nebenan mit deiner Freundin telefonierst und schlecht über mich redest!«

Er lief rot an. »Jetzt reicht es mir aber! Mach doch, was du willst!« Er warf mir die Reiseunterlagen vor die Füße und verließ türenknallend die Wohnung.

Ich stellte den Fernseher an, um mich abzulenken. In den

Nachrichten ging es in diesen Tagen immer wieder um vier Kämpfer der Résistance, die unter der deutschen Besetzung gegen Hitler gekämpft hatten und deren Leichname nun posthum ins frisch renovierte Panthéon in Paris überführt werden sollten, um sie für ihren Mut zu ehren.

Ich sah die Nachrichten zu Ende, und dann öffnete ich meinen Computer. Ich las noch einmal die Mail von Étienne, in der er mich bat, nach Paris zu kommen. Und dann ging ich auf die Seite eines dieser Mitwohnportale, einfach so. Ich wollte nur mal eine Vorstellung davon bekommen, was eine Wohnung in Paris kostete. Und stieß auf ein kleines Appartement im 20. Arrondissement, in der Rue de Bagnolet, in einem begrünten Hinterhof, zwei Zimmer und eine kleine Küche, die Metro an der nächsten Ecke. Das Schlafzimmer sah besonders gemütlich aus, mit einem hohen Bett, und auf dem Nachtschrank stand das Porträt von Max Jacob, das Picasso von seinem Freund gemacht hatte.

Das konnte doch nur ein Wink des Schicksals sein! Die Wohnung war frei, genau in den ersten beiden Juniwochen, in denen Jean-Louis für uns Agadir gebucht hatte. Ohne darüber nachzudenken, machte ich eine Reservierungsanfrage. Nur, um eine unverbindliche Option zu haben.

Am Sonnabend waren wir bei Caro zum Essen eingeladen. Ich freute mich darauf, endlich James kennenzulernen. Jean-Louis hatte schlechte Laune und zeigte mir deutlich, dass er keine besondere Lust hatte, mitzukommen. Am Vormittag ging ich auf den Markt, um Blumen für Caro zu kaufen. Ich fühlte mich großartig. Ich spielte immer noch mit dem Gedanken, diese Wohnung in Paris zu mieten, und allein die Möglichkeit versetzte mich in Hochstimmung. Mit einem Lächeln trat ich an den Stand des Blumenhändlers, der wie immer hemmungslos mit mir flirtete. An diesem Tag vielleicht noch mehr als sonst.

Ich war bester Dinge, als ich kurze Zeit später mit einem Riesenstrauß Pfingstrosen nach Hause kam. Als ich die Haustür aufschloss, hörte ich, wie Jean-Louis mit jemandem telefonierte. »Nein, heute Abend kann ich nicht. Wir sind bei Marlènes Freundin eingeladen, ja, bei Caro. Sie hat mal wieder einen neuen Typen, den sie uns präsentieren will.« In seiner Stimme schwang Verächtlichkeit mit. Ich zuckte zusammen. »Ja, das hoffe ich auch«, sagte er, dann legte er auf.

»Hallo«, er hatte mich gehört und fuhr herum.

Ich antwortete nicht. Ich wollte keinen Streit, kurz bevor wir losgingen.

Abends bestand Jean-Louis darauf, mit dem Auto zu fahren, was mich verwunderte, denn Caro wohnte nicht weit entfernt. Als wir vor ihrem Haus ausstiegen, griff ich nach seiner Hand.

»Lass uns an diesem Abend nicht streiten.«

Er nickte, machte sich aber von mir los. Dann eben nicht, dachte ich enttäuscht.

Caro war eine leidenschaftliche Köchin. Als sie noch mit Pierre verheiratet gewesen war, hatten die beiden ein kleines Bistro in Sète gehabt, und sie hatte dort gekocht. Nach der Scheidung hatte Pierre das Restaurant behalten, und Caro fing einen schwunghaften Handel mit Feinkost für Gastrobetriebe an. Sie wusste immer, was gerade in der Küche angesagt war, ihr Herz aber galt der traditionellen mediterranen Küche. Sie hatte mir verraten, dass es an diesem Abend Lammcarée mit Ratatouille geben sollte und vorher eine Bouillabaisse. Ich freute mich auf das Essen, aber noch gespannter war ich auf James. Als wir klingelten, öffnete er uns die Tür.

»Endlich lerne ich Caros beste Freundin kennen«, sagte er mit einer vollklingenden Stimme zu mir. Sein englischer Akzent klang liebenswert. Er schien sich wirklich zu freuen, er war herzlich und charmant. Und er sah gut aus, auch mit dem kleinen Bauch. Hatte Caro in seinem Zusammenhang nicht das Wort gemütlich verwendet? Es passte hundertprozentig. Er trug ein weißes Hemd und eine leicht zerknitterte Leinenhose und einen gepflegten Dreitagebart, der an den Rändern leicht grau war. Und er hatte Lachfältchen um die Augen, auch das sprach für ihn. Ein Mann mit Humor ist Gold wert. Ich fand ihn auf der Stelle überaus sympathisch. Und als er mich dann kurz entschlossen in die Arme nahm, hatte er bei mir gewonnen.

Jean-Louis begrüßte ihn eher kühl. Ich sah meinen Mann scharf an. »Bitte verdirb mir nicht den Abend«, sagte ich leise zu ihm, während wir James in den Salon folgten.

Dort stand Caro und zündete noch schnell die Kerzen an. Sie drehte sich zu uns um und strahlte. Ich hatte sie selten so glücklich gesehen.

Wir stießen an, es gab Champagner, dann verschwand James kurz in der Küche, um die Suppe zu servieren. Caro ging hinterher, um ihm zu helfen, aber ich hatte sie im Verdacht, heimlich knutschen zu wollen. Ich hatte sehr wohl gesehen, dass er ihr heimlich an den Po griff. Die erotische Anziehungskraft zwischen ihnen war unübersehbar. Ich wurde richtig wehmütig. Solche Verliebtheiten kamen zwischen Jean-Louis und mir kaum noch vor.

Ich sah zu Jean-Louis hinüber, der mir am Tisch gegenüber saß. »Wie findest du ihn?«, flüsterte ich.

»Er macht ein bisschen zu doll auf Althippie, findest du nicht? Das ist doch lächerlich für einen Mann in seinem Alter.«

»Ich finde es attraktiv.«

»Er hat einen furchtbaren Akzent.«

»Stimmt doch gar nicht. Er spricht auf jeden Fall besser Französisch als du Englisch!«

»Ich bin mal gespannt auf das Essen. Weiß doch jeder, dass die Engländer nicht kochen können.«

Damit hatte Jean-Louis sich wohl warmgelaufen. Er tat wirklich alles, um den Abend zu verderben, und er schaffte es, bevor wir beim Hauptgang waren. Er gab einsilbige Antworten und löffelte betont lustlos seine Bouillabaisse, die ich nur mit einem Wort beschreiben konnte: göttlich.

»Und Sie haben tatsächlich in Paris ein Gemälde gesehen, auf dem eine Frau abgebildet ist, die Ihnen ähnelt?«, fragte James zwischen zwei Löffeln. »Caro hat mir davon erzählt.«

Ich sah aus den Augenwinkeln, dass Jean-Louis genervt mit den Augen rollte.

»Oh, das freut mich, dass Sie sich dafür interessieren. Mein Mann findet nämlich, dass ich spinne.«

»Zeig doch mal das Foto«, mischte sich Caro beschwichtigend ein.

»Der Maler ist übrigens Engländer«, sagte ich und holte mein Handy heraus, um es James zu zeigen.

»Wer sagt denn, dass mich das nicht interessiert?«, zischte Jean-Louis dazwischen.

»Na ja, jedenfalls hast du nicht ein einziges Mal nachgefragt, was ich inzwischen herausgefunden habe. Die Frau auf dem Bild ist nämlich meine Großtante.«

Er sah mich überrascht an. »Du redest ja nicht mit mir.«

»Weil du mir nicht zuhörst und lieber mit Francine durch die Gegend fährst.«

»Marlène«, bat Caro. »Seid ihr fertig? Dann holen wir mal das Lamm.« Sie fing an, die Suppenteller abzuräumen.

James sah sich immer noch das Foto an. »Das ist wirklich erstaunlich«, sagte er dann und sah mich an. Offensichtlich eine Spur zu intensiv, denn Jean-Louis platzte der Kragen.

Er fing an, sich über die Eurofeindlichkeit der Briten auszulassen. »Den Euro wollen sie nicht, aber sich hier breitmachen, das geht schon. Halb Sète haben sie aufgekauft.«

Caro warf ihm einen giftigen Blick zu. »Und unsere Frauen nehmen sie uns auch weg, das willst du doch sagen?«

»Na ja, die Franzosen hast du ja bald alle durch.« Er versuchte seine Unverschämtheit hinter einem Lächeln zu verbergen.

Caro schnappte nach Luft.

Ich legte meinen Löffel zur Seite. »Jean-Louis, ich glaube, das reicht jetzt.«

James versuchte zu vermitteln. »Na ja, das mit den Frauen ist wohl nicht so gemeint, aber sonst hat er ja nicht mal so unrecht.«

»Darauf kommt es ihm doch gar nicht an. Warum stänkerst du hier rum?« Ich war auf einmal unendlich wütend auf ihn. Nicht nur wegen dieses Abends. Wegen allem. Wegen Paris und wegen Francine. Weil er mich klein machen wollte und meine Begeisterung für das Bild ins Lächerliche zog. Weil er meine Versuche, uns an diesem Abend wieder anzunähern, ignorierte. Weil er vorhin meine Hand losgelassen hatte. Und zum ersten Mal hatte ich das traurige Gefühl, dass zwischen uns etwas unwiederbringlich zerbrochen war. Das war schlimmer als Wut. Wut verrauchte irgendwann, wenn beide sich Mühe gaben. Aber Resignation? Leise sagte ich: »Wenn du keine Lust auf unsere Gesellschaft hast, dann geh doch. Ich hab vorhin gehört, wie du telefoniert hast. Anscheinend verpasst du ja gerade etwas sehr Wichtiges.«

Jean-Louis sah mich an, dann sah er sofort wieder weg. Aber ich hatte die Unaufrichtigkeit in seinem Blick erkannt. »Seit wann belauschst du eigentlich meine Telefongespräche?«

»Seitdem du heimlich welche führst! Das war Francine vorhin. Gib es wenigstens zu! Dann geh doch zu ihr!«

Jean-Louis sprang auf. »Weißt du was? Das mache ich auch.«

»Jean-Louis!«, rief Caro ihm nach, aber er war schon aus der Tür.

Dabei hatten wir noch nicht einmal den Hauptgang gegessen.

Ich ließ mich wieder auf meinen Stuhl fallen. In meinem Hals bildete sich ein Kloß, der immer größer wurde.

»Hab ich etwas falsch gemacht?«, fragte James.

»Nein, du doch nicht«, sagte ich und fing an zu weinen. Caro nahm mich in die Arme, was die Sache noch schlimmer machte. James stand auf und ging in die Küche. Dann kam er mit dem Lamm zurück.

»So, wir essen jetzt.« Er füllte einen Teller und hielt ihn mir hin. Es roch verführerisch nach Rosmarin und sonnenreifen Tomaten. »Essen und Trinken hält Leib und Seele zusammen. Und das Lamm kann ja schließlich nichts dafür«, sagte er und zwinkerte mir zu.

Ich schniefte und nahm den Teller.

Während des Essens erzählte ich, was gerade bei uns zu Hause los war. James hatte zwischendurch gefragt, ob er uns allein lassen sollte, aber er störte mich kein bisschen. Ich hatte Vertrauen zu ihm und er kam mir vor wie ein alter Freund. Wir hatten es uns inzwischen auf dem Sofa bequem gemacht. James hatte Caro im Arm, die sich an seine Brust lehnte, und ich saß mit untergeschlagenen Beinen auf der anderen Ecke des Sofas, und es tat mir merkwürdigerweise gut, die beiden so vertraut miteinander zu sehen. Auch wenn es mir gleichzeitig wehtat. Wie lange vermisste ich diese Art von trauter Zweisamkeit eigentlich schon? James war ein guter Zuhörer. Er versuchte sogar halbherzig, Jean-Louis in Schutz zu nehmen. Aber nur, um mich zu trösten.

»Ich verstehe nicht, wie du ihn verteidigen kannst«, sagte Caro zu ihm. »Was ist denn nur los mit Jean-Louis? Ist er jetzt tatsächlich auf dem Weg zu Francine?«

»Man könnte glauben, er tut alles, um dich wegzustoßen«, meinte James.

Caro nickte. »So sieht es tatsächlich aus. Er benimmt sich mit Absicht schlecht. Das darfst du dir nicht gefallen lassen. Du musst dem etwas entgegensetzen. Wenn du ihn überhaupt noch willst.«

»Ich überlege, ob ich diesen Urlaub in Paris verbringe, allein, und nicht wieder mit Jean-Louis nach Marokko fahre. Obwohl er den Urlaub schon gebucht hat, natürlich ohne mich zu fragen.« Meine Stimme war bitter geworden. »Ich brauche Abstand. Im Moment weiß ich nicht mehr, was ich will und wohin unsere Ehe noch führen soll. Ich würde so gern eine Zeit lang alleine sein, um mir darüber klar zu werden. Außerdem will ich dieser Sache mit meiner Großtante auf den Grund gehen. Das ist gerade das Einzige, was mir Freude bringt, und das Gefühl, dass nicht alles umsonst war, mein Studium, die Reise nach Paris … Und wer weiß, vielleicht bringt mir die Auseinandersetzung mit dieser Frau, die von ihrer Familie totgeschwiegen wurde, auch ein bisschen Klarheit für mein Leben«, fügte ich etwas kleinlaut hinzu. »Für meine Großtante muss Paris auch eine Faszination ausgeübt haben, schließlich ist sie in den Dreißiger Jahren irgendwie dort gelandet, und das, obwohl sie aus so einer einfachen Familie aus der Provinz kam. Das zumindest haben wir gemeinsam …«

»Monter à Paris«, sagte James mit seinem englischen R, »nach Paris aufsteigen, so nannte man das doch damals, wenn Menschen ihre Dörfer verließen, um in der Hauptstadt ihr Glück zu machen.«

Ich nickte. »Genau. Manchmal glaube ich wirklich, ich bin ihr ähnlich. Und Jean-Louis versteht das nicht. Das ist auch etwas, was mich von ihm trennt. Er sieht doch, wie wichtig das für mich ist, aber er nimmt mich nicht ernst. Er meint, ich würde Hirngespinsten hinterherjagen und mich für was Besonderes halten.«

»Vielleicht ist es genau das, was ihm Angst macht«, sagte Caro.

Ich wusste, wie sie das meinte, ich hatte selbst schon den Gedanken gehabt. »Für dich scheint diese Tante, diese Vianne, etwas zu haben, das dich beflügelt und von Jean-Louis entfernt. Das gefällt ihm nicht. Er hätte wohl gern, dass alles so bleibt, wie es ist.«

Ich nickte heftig. »Ich will das aber nicht. Ich finde mein Leben gerade ziemlich … ereignislos.«

»Langweilig?«, schlug Caro mit einem diebischen Lächeln vor.

»Was würde denn diese Tante von dir in deiner Situation unternehmen?«, fragte James dazwischen.

Ich starrte ihn an. Mit dieser Frage hatte er ins Schwarze getroffen. Genau darum ging es! Was hätte Vianne in meiner Situation getan? Bestimmt wäre sie mutiger gewesen als ich. Sie hätte sich nicht so demütigen lassen. Mir wurde plötzlich klar, was mein Mann da gerade getan hatte: Er hatte mich vor den Augen meiner Freunde sitzen lassen, um zu seiner Freundin zu fahren. Das war einfach unverzeihlich!

»Mal angenommen, du würdest nach Paris fahren, nur mal angenommen. Um Zeit für dich zu haben, um Jean-Louis zu zeigen, dass es so nicht weitergeht, und um nach dieser Tante zu suchen: Dann brauchst du eine Wohnung«, sagte Caro und zog die Stirn kraus.

»Ist alles schon erledigt«, sagte ich und in diesem Augenblick war meine Entscheidung gefallen. Ich brachte sogar ein kleines Lächeln zustande. Monter à Paris. Genau das würde ich tun. Genau wie Vianne vor mir.

Es war ziemlich spät, als ich nach Hause kam. James hatte darauf bestanden, mich zu fahren, aber dann hatte er es auch sehr eilig, wieder zu Caro zurückzukommen.

»Ich bin froh, dass sie dich getroffen hat«, sagte ich zum Abschied.

»Und ich erst«, sagte er.

Als ich die Wohnung betrat, war Jean-Louis noch nicht da. Und als ich am nächsten Morgen aufstand, auch nicht. Ich setzte mich an meinen Computer und buchte das Appartement in Paris und eine Fahrkarte für den TGV.

Als er gegen elf kam, sagte ich ihm, dass er meinetwegen mit Francine nach Marokko fahren könne, ich würde jedenfalls nicht mitkommen.

# Achtundzwanzig

Die Tage, bis ich endlich nach Paris fuhr, waren schlimm. Jean-Louis und ich gingen uns aus dem Weg, und wenn wir gleichzeitig zu Hause waren, umkreisten wir uns wie Kampfhähne. Er hatte mir am Sonntagmorgen eine Riesenszene gemacht, als ich ihm gesagt hatte, ich würde in diesem Jahr nicht mit ihm in den Urlaub fahren. Ich sei verrückt geworden und egoistisch. Ich konnte nur müde lächeln, als ich entgegnete, dass er wohl lieber mit Francine als mit mir zusammen war. Er stritt es nicht einmal ab.

Trotzdem wollte ich meine Ehe noch nicht verloren geben. Immerhin waren wir zehn Jahre verheiratet und wir hatten uns ewige Treue auch in schlechten Zeiten versprochen. Als wir uns beide einigermaßen beruhigt hatten, schlug ich vor, es so zu machen: Wir würden einen getrennten Urlaub verbringen, um nachzudenken. Dann würden wir eine Entscheidung treffen.

»Das klingt nach so einer Therapeutenscheiße«, sagte er.

»Weißt du was Besseres?«, giftete ich zurück. Er hatte ja recht, das hörte sich zwar vernünftig und nach einem Plan an, aber es war im Grunde nur Ausdruck unserer Hilflosigkeit. Ich ertrug seine Anwesenheit gerade nicht, und ich wollte nur noch weg von ihm. Am Abend zog ich in das kleine Arbeitszimmer, und in den folgenden Tagen redeten wir nur das Allernötigste. Jean-Louis war abends oft lange weg, und ich war froh, ihn nicht zu hören, wenn er nach Hause kam. Morgens wartete ich, bis er zur Arbeit gegangen war, bevor ich in die Küche ging, um mir einen Kaffee zu kochen.

Wir hatten uns in eine verfahrene Situation manövriert, und ich hatte keine Ahnung, wie wir da wieder herauskommen sollten.

Dann endlich nahm ich den Zug nach Paris. Jean-Louis schlug halbherzig vor, mich zum Bahnhof zu bringen, aber ich lehnte ab. Ich wollte diese Reise von Anfang an alleine wagen.

Während der Zugfahrt sah ich aus dem Fenster oder las in einem Buch über die Pariser Künstler-Bohème zwischen den beiden Weltkriegen, weil ich annahm, dass auch Vianne Renard sich in diesen Kreisen bewegt hatte. Wie wäre sie sonst auf ein Bild gekommen? Ich ließ mich von den Beschreibungen der Erfolge, Rivalitäten, Skandale und Liebesaffären fesseln. Immer, wenn meine Gedanken zurück zu Jean-Louis wanderten, schob ich sie weg. Jetzt waren erst mal ich und Paris an der Reihe.

Für die ersten Stunden in »meiner Wohnung« in der Rue de Bagnolet gab es nur ein Wort: zauberhaft. Ich ging durch den dunklen Flur des Vorderhauses. Dort war offensichtlich gerade geputzt worden, es roch intensiv nach Eau de Javel, aber auch nach frischen Croissants. Am Ende des Flurs ging es durch eine Tür in den schmalen Hof, dort standen rechts und links zweistöckige Häuschen, dahinter ein kleiner, struppiger Garten, von hohen Mauern umgeben. Ich verliebte mich sofort in dieses kleine, etwas heruntergekommene Idyll. Meine Wohnung lag im ersten Stock links. Sie war hell und sonnig. Drei kleine Räume gingen ineinander über. Ganz vorn lag die winzige Küche mit einem Tresen zum Essen und zum Arbeiten, denn für einen Schreibtisch war die Wohnung zu klein. Dann folgte ein offenes Wohnzimmer mit einem kleinen Sofa und einem Fernseher. Dahinter lag das Schlafzimmer, in dem es nur ein Bett, einen Nachtschrank und einen Kleiderschrank gab. Ich hatte nicht viel Gepäck, und das bisschen Kleidung war schnell verstaut. Ich probierte das Bett aus, es war hoch und gemütlich. Auf dem Nachtschrank lehnte ein Buch, auf dessen Cover das Porträt Max Jacobs prangte, das Picasso 1907 von seinem Dichterfreund gemalt hatte. Mein gutes Omen, das ich auf den Fotos im Internet gesehen und noch für ein Bild gehalten hatte. Aber es war ein Ausstellungskatalog. Ich nahm mir vor, das Buch am Abend im Bett zu lesen.

Summend sah ich in die Küchenschränke und fand alles, was ich in den nächsten beiden Wochen brauchen würde. Meine Vermieterin hatte freundlicherweise Kaffee, Zucker, ein paar Gewürze, Reis und Bouillon und andere Grundnahrungsmittel für mich dagelassen.

Ich machte mir meinen ersten Kaffee in meiner Pariser Wohnung und setzte mich an den kleinen Küchentresen, von dem aus ich einen Blick in den Pariser Himmel hatte. Ich saß einfach nur da, nippte an meinem Kaffee, sah mich um und freute mich über meine ungewohnte Freiheit. Dann kam mir eine Idee: Ich nahm die Farbkopie des Gemäldes aus meiner Tasche und pinnte sie mit Reißzwecken, die ich in einer der Schubladen in der Küche gesehen hatte, an die Wand. Dann legte ich mein Buch über die Bohème, Zettel und Stifte neben mich. So, jetzt hatte diese Wohnung etwas Persönliches. Ich fühlte mich großartig.

Nachdem ich mich akklimatisiert hatte, ging ich aus dem Haus, um mich mit der Straße vertraut zu machen. Ich kaufte ein bisschen Gemüse und Obst, Milch, Butter und Joghurt im Supermarkt und dann ging ich in eine Crèmerie und besorgte den schönsten Käse, den sie hatten. In der Straße gab es viele Bistros und einige Weinhändler. Ich nahm eine gute Flasche Crémant mit, dann kaufte ich bei mir nebenan noch ein Baguette. Im Nachbarhaus befand sich nämlich eine Bäckerei, daher auch der Geruch nach den Croissants und Vanille. Als ich das Geschäft betrat, sah ich, dass die Backstube in den hinteren Räumen lag, also genau neben meiner kleinen Wohnung.

»Bonne soirée, Madame«, wünschte mir die Verkäuferin und reichte mir das noch warme Brot, dessen Kruste verheißungsvoll durch das Papier knackte. Jetzt hatte ich alles für meinen ersten Abend in Paris.

Ich setzte mich an den Küchentresen und sah in den Himmel, der sich abendlich färbte. Zartrosa Schleierwolken vor blassem Blau. Wie ein Gemälde, dachte ich. Durch das offene Fenster drang sogar Vogelgezwitscher, das wahrscheinlich vom Friedhof Père-Lachaise herüberwehte, der nur ein paar Schritte entfernt lag. Er sollte am nächsten Morgen mein erstes Ziel sein, das hatte ich mir schon überlegt. »Vielleicht unternehme ich aber auch spontan etwas ganz anderes. Schließlich ist hier niemand, auf den ich Rücksicht nehmen muss. Und das ist ja das Schöne!«, rief ich.

Ich nahm einen Schluck Crémant und klappte mit Schwung meinen Laptop auf. Im Posteingang wartete eine Mail von Étienne. Dieser Mann war einfach unglaublich. Als hätte er geahnt, dass seine Nachricht genau zur rechten Zeit kam! Ich hatte lange gezögert, ob ich ihm schreiben sollte, dass ich nach Paris kommen würde, es dann aber gelassen. Ich wollte das alles nachholen, wenn ich wirklich hier war. Und ich wollte abwarten, ob es sich noch richtig anfühlte.

Jetzt wusste ich, dass ich die ganze Zeit auf eine Nachricht von ihm gewartet hatte. Ich öffnete die Mail.

*Verehrte Lili Marlène,*

*ich nehme an, Sie haben meine vorherige Mail nicht erhalten. Ich hatte Ihnen vor knapp zwei Wochen geschrieben, dass ich Material zu Vianne Renard in der Nationalbibliothek ausfindig gemacht habe. Weil im Findbuch neben ihrem Namen der von David Marlowe Scott steht, gibt es keinen Zweifel, dass es sich um »Ihre« Vianne handelt.*

*Und ich habe noch etwas herausgefunden! Sie werden die Berichterstattung über die Umbettung der vier ehemaligen Résistance-Kämpfer ins Panthéon verfolgt haben. In diesem Zusammenhang bin ich ebenfalls auf den Namen Vianne Renard gestoßen! Natürlich kann ich Ihnen die Ergebnisse meiner Nachforschungen auch schriftlich mitteilen, ich sehe auch für Sie die Akten in der Nationalbibliothek ein, wenn Sie das möchten. Sie würden mich aber zu einem sehr glücklichen Mann machen, wenn ich all das gemeinsam mit Ihnen herausfinden dürfte.*

*Wenn Sie diese Mail lesen, dann antworten Sie mir bitte!*
*Ihr ungeduldiger Étienne*

Der Streit mit Jean-Louis hatte mich ziemlich in Anspruch genommen. Ich war in Sète verwirrt und verunsichert gewesen und hatte den Kopf voll gehabt. So hatte ich Étienne nicht antworten wollen.

Aber jetzt, unter dem Himmel von Paris, mit einem Glas Crémant in der Hand, fühlte sich das anders an. Ich war wie von einer Last befreit. Ich las die Mail noch einmal.

Was sollte das heißen, er war noch in einem anderen Zusammenhang auf den Namen meiner Großtante gestoßen? Im Zusammenhang mit Widerstandskämpfern gegen die deutsche Besetzung? Oder etwa im Zusammenhang mit der Kollaboration? Das wäre ganz furchtbar. Ich malte mir Vianne inzwischen als großes Vorbild aus, es wäre schrecklich, wenn ich herausfinden würde, dass sie eine Kollaborateurin gewesen war. Das wäre in jedem Fall ein Grund gewesen, warum in Saint Florent über sie getuschelt wurde. Aber sie war ja lange vor dem Krieg nach Paris gegangen. Nein, für die Deutschen hatte sie bestimmt nicht gearbeitet.

Ich schüttelte energisch den Kopf und nahm noch einen Schluck und brach ein Stück Baguette ab, um damit den wunderbar weichen Saint Nectaire vom Teller zu nehmen.

Ich drückte auf die Antworten-Taste und tippte schnell.

*Lieber Étienne,*

*ich bin für einige Tage in Paris und würde gern mit Ihnen die Akten einsehen und hören, was Sie sonst herausgefunden haben. Wann passt es Ihnen?*

*Marlène*

Die Antwort kam postwendend.

*Jetzt gleich! Wollen wir uns im* Café de Flore *treffen? In einer Stunde? Bitte sagen Sie nicht nein. Jetzt sind Sie mir schon so nahe!*

*Étienne*

Das ging aber schnell!

Ein Treffen im berühmten *Café de Flore*? Das hörte sich gut an. Ich hatte während der Zugfahrt in dem Buch über die Bohème darüber gelesen. Apollinaire hatte hier eine Literaturzeitschrift gegründet und hier war das Wort »Surrealismus« erfunden worden. Die Blütezeit des Cafés kam während und nach dem Zweiten Weltkrieg, seine berühmtesten Gäste waren wohl Sartre und de Beauvoir, die hier eine neue Generation der künstlerischen Bohème begründeten.

Es passte zu Étienne, dass er dieses Café ausgesucht hatte. Hatte er womöglich Informationen, dass auch Vianne und David hier gewesen waren? Meine Neugierde wuchs.

Eine neue Mail ploppte auf.

*Marlène? Sie werden doch kommen?*

*Ja*, schrieb ich zurück. Ich sah schnell nach, wie ich am besten nach Saint Germain kam. So ein Glück, von der Rue de Bagnolet fuhr ein Bus bis zur Bastille, dort konnte ich umsteigen in Richtung Saint Germain.

Ich zog mir die Lippen nach, sah noch einmal in den Spiegel neben der Eingangstür, verabschiedete mich von meiner kleinen Wohnung und machte mich auf den Weg. Der Bus kam gerade und ich stieg ein. Ich setzte mich auf einen Fensterplatz und sah auf die Stadt hinaus. Ein Mann auf der Straße lächelte mich an, und ich lächelte zurück. Hatte Étienne mir nicht ein Kompliment für mein hinreißendes Lächeln gemacht? Ich lehnte mich in meinem Sitz zurück und fühlte mich unwiderstehlich.

Es war himmlisch, sich so durch die Straßen fahren zu lassen. Ich war allerdings die Einzige, die sich an der Aussicht freute. Die anderen Passagiere starrten vor sich hin oder auf ihre Telefone. Ich hätte sie schütteln können. Wussten sie denn nicht, was für ein Glück sie hatten, in der schönsten Stadt der Welt zu leben? Anfangs ging es bergab in Richtung Seine. Der Bus fuhr durch das 20., dann durch das 11. Arrondissement, und ich merkte mir die Namen der Haltestellen. Denn ich wollte mir in den kommenden Tagen eines der Fahrräder mieten, die es überall in der Stadt gab und die Strecke mit dem Rad fahren. Jean-Louis kam mir in den Sinn. Ich hatte ihm eine Fahrradtour vorgeschlagen, als wir hier gewesen waren, aber er wollte nicht. »Ich bin doch nicht lebensmüde!«, hatte er gesagt und sich mit dem Finger an die Stirn getippt. Und dann dachte ich schon wieder an Étienne, der hier immer mit dem Rad fuhr. Der Bus bog nach rechts ab in den Faubourg Saint-Antoine, und vor mir leuchtete die grüne Säule der Bastille mit der goldenen Freiheitsfigur in der Abendsonne. Ich musste schon wieder lächeln, als ich um den berühmten Platz herumfuhr und links die neue Bastille-Oper liegen sah. Ich war in diesem Moment einfach nur glücklich!

Am anderen Ende des Platzes stieg ich um in die Linie 86. Wir fuhren über die Seine und ich konnte Notre-Dame sehen, dann fuhren wir am Odéon-Theater vorbei und hielten schließlich am Boulevard Saint Germain. Hier stieg ich aus. Unter normalen Umständen hätte ich es bedauert, nicht weiterfahren zu können. Aber noch viel mehr als auf eine charmante Stadtrundfahrt freute ich mich darauf, Étienne Viardot wiederzusehen.

Ich hatte bestimmt immer noch mein Dauerlächeln im Gesicht, als ich das Café betrat. Ich suchte Étienne erst auf der verglasten Innenterrasse. Hier hätte ich mich hingesetzt, an einen der kleinen grünen Tische, denn draußen war es zu kühl, und im Innenraum hätte ich nicht so gut die Passanten beobachten können, die vorübergingen. Aber hier konnte ich ihn nicht entdecken, also durchschritt ich die Glastür, wobei ich über das Fliesenmuster ging. Grün auf gelbem Grund stand dort *Café de Flore*.

»Bonsoir, Madame«, rief ein Kellner laut. »Eine Person?«

»Ich bin verabredet. Zwei Personen, bitte. Aber ich sehe den Herrn noch nicht.«

»Dann nehmen Sie doch schon einmal Platz. Vielleicht in unserem Wintergarten?« Er ging voraus und bot mir einen

Tisch in der ersten Reihe an, von wo aus ich einen unverstellten Blick auf das breite Trottoir hatte.

Ich hatte mich kaum hingesetzt, als ich Étienne bemerkte. Er kam auf dem Rad, bremste rasant und stieg elegant von dem Fahrrad, das er mit unglaublicher Leichtigkeit anhob, um es an einen Laternenpfahl anzuschließen. Er fuhr sich mit der Hand durch das Haar und kam dann mit langen Schritten auf das Café zu.

Er sah mich sofort und ein strahlendes Lächeln erschien auf seinem Gesicht.

»Sie wissen gar nicht, wie glücklich Sie mich machen, Lili Marlène«, sagte er. »Und Sie sitzen wie ich am liebsten auf der Innenterrasse.« Er beugte sich zu mir herunter und küsste mich rechts und links auf die Wange. Nur einmal, aber es reichte, um seinen sehr angenehmen Duft wahrzunehmen. Seine Haut war warm vom Radfahren, er roch männlichherb.

Warum nannte er mich immer Lili Marlène? Eigentlich hasste ich es, wenn man mich so rief, und Jean-Louis' gehässige Bemerkung am Telefon hatte dieses Gefühl nicht kleiner gemacht. Aber bei Étienne war das etwas anderes. Ihm glaubte ich, dass er keine Hintergedanken hatte. Seine offensichtliche Freude, mich zu sehen, machte mich verlegen. Auf einmal war es vorbei mit meiner Selbstsicherheit. Ich wusste nicht, was ich sagen sollte.

Er rettete die Situation. »Haben Sie schon bestellt?«, fragte er. »Wenn nicht, würde ich einen Touraine vorschlagen, der ist hier sehr gut. Und dann erzählen Sie mir, wie es Sie nach Paris verschlagen hat. Wo wohnen Sie? Und wie lange können Sie bleiben? Und wie ist es Ihnen seit unserem letzten Treffen ergangen?«

Der Kellner brachte den Weißwein und ein Schälchen mit

Oliven und eingelegten Paprikastückchen. Während er mit gekonnten Handgriffen die Flasche öffnete, begann ich zu erzählen.

»… und jetzt bin ich hier, seit heute, genaugenommen. Ich habe mir eine Wohnung gemietet. Sie ist entzückend. Und ich habe mich sehr darüber gefreut, dass Sie mir ausgerechnet heute eine Mail geschrieben haben. Was für ein Zufall!« Ich strahlte ihn an, und plötzlich waren mir mein Gerede und mein Strahlen unangenehm. Verlegen blickte ich zur Seite.

Aber er fand offensichtlich gar nichts dabei, und ich entspannte mich wieder. »Oh, Sie haben sich eine Wohnung gemietet? Das gefällt mir. Viel besser als ein Hotel.«

»Hm, aber jetzt sind Sie dran mit Fragen beantworten. Was haben Sie denn über meine Großtante herausgefunden?«

Er griff nach seiner Aktentasche, die er auf den freien Stuhl gelegt hatte, und nahm einen Pappordner heraus. »Es war wirklich purer Zufall, dass ich auf die Spur gestoßen bin, aber sehen Sie selbst, hier …«

Es war ein Artikel in einem Magazin, der im Zusammenhang mit der Umbettung der Résistance-Kämpfer erschienen war. Ich sah ihn fragend an. Ich wusste nicht, was das mit Vianne zu tun haben sollte.

»Ich meine diese Liste, sehen Sie?« Er wies auf die Abbildung einer mit Schreibmaschine getippten Liste. Die Typographie und die ausgefransten Ränder des Papiers sagten mir, dass sie schon alt sein musste. Oben auf der Liste stand *Polizeipräfektur*, darunter: *Liste der zu verhaftenden Personen*. Dann folgte eine alphabetische Reihe von Namen, Vornamen und Geburtsdaten sowie Berufsbezeichnungen. Einige Namen waren durchgestrichen, andere unleserlich gemacht.

Einige waren mit einem dicken Stift eingekreist. Ich fuhr die Liste mit den Augen herunter, bis ich unter R auf Renard stieß. Vianne Renard.

»Mein Gott«, entfuhr es mir. »Wie haben Sie das gefunden?«

»Ich sagte Ihnen doch, es war reiner Zufall. Ich habe heute am Zeitungsstand in dem Magazin geblättert, und mein Blick blieb an diesem Namen hängen. Ist alles in Ordnung mit Ihnen?«

»Ja, natürlich. Nein, eigentlich nicht! Sie ist verhaftet worden? Womöglich von der Gestapo?« Der Schrecken fuhr mir in die Glieder. Ich mochte mir nicht vorstellen, was das für Vianne bedeutet haben mochte. Ich empfand unendliches Mitleid mit ihr. »Ich bin nur … Das hätte ich nicht erwartet. Was hat das zu bedeuten?« Ich wusste nicht, was ich sagen sollte und starrte vor mich hin. Ich sah Gestapo-Keller vor mir, Menschen, die gequält wurden, auf Lastwagen verladen, um vor ein Erschießungskommando zu kommen … Ich merkte, wie mir die Tränen kamen, aber ich hatte kein Bedürfnis, sie zurückzuhalten.

»Lili Marlène, hören Sie. Das ist schlimm. Aber wir wissen noch nichts Genaues. Und das alles ist zum Glück lange her.« Er nahm meine beiden Hände in seine und sah mich an, und das beruhigte mich. Die Wärme, die von ihm ausging, strahlte von meinen Händen in die Arme und dann in meinen ganzen Körper aus. Das war unglaublich tröstlich. Ich fasste mich wieder. »Verzeihen Sie mir, dass ich Sie so damit überfallen habe. Ich hätte Sie warnen müssen. Es tut mir leid.«

Er reichte mir das blütenweiße Taschentuch aus seiner Brusttasche, und diese fürsorgliche Geste nahm mich vollends für ihn ein. So etwas war mir in meinem ganzen Leben noch nicht passiert, dass mir ein Mann sein Taschentuch reichte! Ich tupfte mir damit die Wangen ab und gab es ihm zurück.

»Können wir herausfinden, was damals passiert ist?«, fragte ich. Meine Stimme zitterte immer noch.

»Wie gesagt, ich hatte noch nicht die Zeit, dieser Information nachzugehen. Wir wissen weder, von welcher Präfektur diese Liste erstellt wurde, noch ob die Leute auf dieser Liste tatsächlich verhaftet worden sind und was aus ihnen wurde. Ein Datum fehlt auch. Aber es gibt vielleicht Möglichkeiten, das herauszufinden.«

Er hatte wieder »wir« gesagt, das gefiel mir. »Sie meinen über die Vereinigungen ehemaliger Widerstandskämpfer?«

»Eine gute Idee. Wenn diese Liste die Verhaftung von Hitler-Gegnern betrifft. Oder wieder über Archive. Oder über Auszeichnungen, die viele von ihnen erhalten haben. Ich bin sicher, dass wir etwas finden werden.«

»Ich glaube, ich würde am liebsten in der Bibliothek anfangen.«

»Warum?«

»Weil ich hoffe, so chronologisch vorzugehen. Wenn in der Nationalbibliothek Akten zu Vianne und David sind … Also, ich gehe davon aus, dass David nach Kriegsbeginn als Engländer Frankreich verlassen musste.«

»In dem Lexikon-Artikel stand, dass sich seine Spur während des Kriegs verloren hat. Gut möglich, dass er einberufen wurde.«

Ich nickte. »Also stammen die Unterlagen in der Bibliothek aus den Jahren bis 1939. Und der Widerstand gegen Hitler und die deutsche Besetzung Frankreichs begann im Mai 1940 nach dem Einmarsch.«

»Gut kombiniert. So machen wir es.«

»Wir?«

Er sah mich erschrocken an. »Wollen Sie mich etwa nicht dabei haben?«

Sein Erschrecken rührte mich. Natürlich wollte ich ihn gern dabei haben, weil man zu zweit mehr herausfinden konnte und weil er mich als Mann interessiere und ich ihn gern besser kennenlernen würde. »Doch, natürlich. Ich dachte nur, dass Sie vielleicht keine Zeit haben.«

»Die Zeit nehme ich mir, Lili Marlène.«

Wir spekulierten noch ein wenig darüber, was es zu bedeuten haben könnte, dass Viannes Name auf dieser Liste stand. Und dann geriet unser Gespräch ins Stocken.

Ich wurde mir plötzlich seiner Nähe bewusst. An dem kleinen Bistrotisch saßen wir sehr eng beieinander, es ging gar nicht anders, als dass wir uns mit den Unterarmen berührten. Einmal griffen wir beide gleichzeitig zu den Oliven und unsere Hände berührten sich. Wir zuckten beide zurück wie vom Blitz getroffen. Er sah mich lange an, und ich senkte den Blick. Etwas stand unausgesprochen zwischen uns. Wir wussten beide, dass wir uns zueinander hingezogen fühlten, aber ich war noch nicht bereit, das vor mir selbst zuzugeben. Und dieses Wechselbad der Gefühle zwischen Aufregung und Beruhigung, das er mit mir veranstaltete, brachte mich zunehmend aus der Fassung. Wir taten so, als würde uns ausschließlich das Schicksal von Vianne Renard interessieren, aber da war noch mehr. Étienne sah mich manchmal auf eine Art an, die sehr intensiv, aber auch nachdenklich war. Am liebsten hätte ich ihn gefragt, was das zu bedeuten habe, aber ich schwieg, weil ich ahnte, was er dann sagen würde. Dazu war ich noch nicht bereit.

Ich rutschte auf meinem Stuhl hin und her, und dann stand ich auf.

»Ich gehe jetzt besser. Wir sehen uns dann morgen.«

Er stand auch auf. »Um zehn, vor der BN?«

Ich nickte und ging. Dabei fühlte ich seine Blicke im Nacken. Ich hörte noch, wie er leise sagte:

»Dann schlafen Sie gut in Ihrer ersten Nacht in Paris.«

# Neunundzwanzig

Ich war geradezu übermütig, als ich die Tür zur Wohnung in der Rue de Bagnolet aufschloss. Ich ließ mich auf das Sofa fallen und musste dabei über mich selbst lachen. Was für ein berauschendes Gefühl, in Paris nach Hause zu kommen! Ich ging ins Bett, dann stand ich noch einmal auf, um das Fenster zu öffnen. Die weiche Nachtluft umschmeichelte mich. Ich drehte mich auf die Seite und freute mich auf den nächsten Tag, dann schlief ich wie ein Stein. Oder wie ein Engel. Auf jeden Fall so gut, wie schon lange nicht mehr.

Als ich aufwachte, war mein erster Gedanke ziemlich derselbe wie am Abend vorher beim Einschlafen: Du bist in Paris! Du kannst machen, was du willst! Du wirst hoffentlich etwas Neues über deine Großtante herausfinden. Und dann dachte ich: Du wirst gleich Étienne treffen!

Ich stand auf und stellte die Kaffeemaschine an. Mein Handy lag auf dem Tresen, und ich sah nach, ob Jean-Louis sich vielleicht gemeldet hatte. Hatte er nicht, und das wunderte mich auch nicht. Jean-Louis tat sich schwer damit, auf andere zuzugehen, um eine Sache zu klären oder einen Streit aus der Welt zu räumen. Er saß die Dinge aus. Ich nahm mir vor, ihn am Abend anzurufen. Morgen würde er nach Agadir fliegen, ich wollte ihm vorher wenigstens einen guten Flug wünschen. Ich war schließlich mit ihm verheiratet.

Nachdem ich geduscht hatte, zog ich mich in Windeseile an. Ich hatte am Vorabend noch *Le Monde* gekauft. Ich blätterte zerstreut durch die Seiten, dann war es Zeit, mich auf den Weg zu machen.

Étienne wartete bereits auf mich. »Guten Morgen.« Er kam mit einem Lächeln auf mich zu und begrüßte mich mit einem Wangenkuss.

»Haben Sie auf mich gewartet? Bin ich zu spät?«

»Nein, kein bisschen. Aber ich war schon früher hier. Ich warte so gern auf Sie.«

Seine Worte machten mich verlegen. Ich wusste nicht, wohin ich sehen sollte, und war froh, dass wir mit der Sicherheitskontrolle beschäftigt waren.

Wegen des Umbaus stand ein Container im Garten der Nationalbibliothek. Wir mussten unsere Taschen durchsuchen lassen und eine Sicherheitsschleuse passieren, dann durften wir eintreten. Étienne ging voraus zur Saalaufsicht und nannte die Signaturen der Akten. Er füllte die Bestellscheine aus, dann gingen wir auf einen der langen Tische zu und setzten uns.

Bisher war alles ungezwungen gewesen, weil wir etwas zu erledigen hatten. Aber jetzt saßen wir stumm nebeneinander und warteten darauf, dass die Akten gebracht wurden. Ab und zu sahen wir uns an, nur um dann schnell wieder wegzuschauen. Wie lange dauerte das denn, bis die Akten kamen?

»Hier darf man ja auch nicht reden«, sagte Étienne auf einmal leise zu mir. »Wer es dennoch tut …« Er machte eine Bewegung mit der flachen Hand über den Hals.

Ich musste lachen. Der Mann, der uns gegenüber hinter einem hohen Stapel Bücher saß, warf mir einen vernichtenden Blick zu.

Dann brachte die Saalaufsicht die Unterlagen. Im Grunde

war es nur eine Mappe, was mich enttäuschte. Ein dünner Papphefter mit Klappen oben und an der Seite, damit nichts herausfallen konnte. Ein Gummiband hielt alles zusammen. Als ich es vorsichtig abstreifte, riss es. Es war über die Jahre porös geworden.

»Mehr nicht?« Ich sah Étienne fragend an, und er nickte mir aufmunternd zu und gab mir zu verstehen, dass ich hineinsehen sollte. Also schlug ich den Deckel auf und klappte die Laschen zur Seite.

Oben lag eine getippte Liste:

*Inventar und Provenienz des Nachlasses von Vianne Renard.*

Mir stockte der Atem. Ich hatte bisher noch nicht so recht daran geglaubt, dass wir tatsächlich etwas finden würden. Aber hier lag es vor uns. Und wenn es noch so wenig war. Ich blätterte um, und dort, auf dem zweiten Blatt stand handschriftlich:

*Beschlagnahmt Commissariat de Police, 19. Juli 1943.*

Vorsichtig nahm ich die Blätter heraus. Viele waren es nicht, höchstens zwanzig oder dreißig. Und dazwischen lagen einige Fotos, die jetzt herausrutschten.

Ich erkannte Vianne sofort. Sie war noch ein kleines Mädchen, vielleicht fünf oder sechs, und trug ein kariertes Kleid. Das Foto war in einem Fotostudio aufgenommen, das sah ich an dem gemalten Hintergrund. Vianne lächelte nicht, sondern sah eher herausfordernd, wenn nicht triumphierend in die Kamera.

»Die Ähnlichkeit zwischen uns ist wirklich verblüffend«, flüsterte ich. »Ich habe als Kind genauso ausgesehen. Und ich war auch oft schlechter Laune.«

Ich nahm das Bild an mich und drückte es an mein Herz.

Dabei fing ich den strafenden Blick der Saalaufsicht auf, und ich legte es rasch wieder auf den Tisch, aber ich musste es immer noch ansehen. Es war wie ein Bindeglied zwischen mir und meiner Großtante.

»Wir können nachher fragen, ob wir Kopien machen dürfen. Wollen wir erst mal sehen, was wir noch finden?«, fragte Étienne leise.

Ich nickte. »Erst die Fotos«, flüsterte ich.

Das nächste Foto zeigte ein Baby, dann kamen noch zwei Aufnahmen von einem kleinen Jungen, der offensichtlich gerade das Laufen gelernt hatte. Er hielt sich unsicher auf den Beinen und griff nach einer Hand. Zu wem die gehörte, war aber nicht zu sehen.

»Wer ist das?«, fragte ich.

Étienne zuckte mit den Schultern.

Das letzte Bild zeigte einen gutaussehenden Mann mit dunklen Haaren vor dem Eiffelturm. Er lächelte. Das musste David sein. Ich drehte das Bild um, aber dort stand nur ein Datum: 1938.

Als nächstes fand ich eine Postkarte. Sie trug eine englische Marke und war auf einen Tag im Oktober 1939 datiert. Das genaue Datum war unleserlich.

*Ich bin gut hier angekommen. Meiner Mutter geht es gut, die Fabrik läuft weiter. Seit drei Wochen bin ich eingezogen, ich darf nicht sagen, wo ich bin. Ich male nicht, die Zeiten sind nicht dafür. Aber ich vermisse das Malen nicht so sehr wie Dich. Ich werde alles tun, um zu dir zurückzukommen, du wirst wissen, wie ich das meine. Geh zu Dudevant und hol die Bilder ab. Nimm das Geld.* Nach dem Ball *gehört dir. Verkauf es nicht. Ich liebe dich, David.*

Ich schluckte. David Marlowe Scott, da war er. Der Maler, der meine Großtante gemalt hatte. Und es war keine Auftragsarbeit gewesen. Er hatte sie geliebt. Deshalb war sie sein Modell gewesen. Dies war die Information, die sich in meinem Kopf festsetzte. Meine Großtante hatte diesen englischen Maler geliebt und er sie.

»Dudevant? Ich glaube, der Name ist mir schon mal untergekommen«, hörte ich Étienne neben mir murmeln.

»Vielleicht ein Freund?«, schlug ich vor.

»Oder ein Galerist. Das können wir später überprüfen. Lassen Sie uns zuerst nachsehen, was wir noch finden.«

Leider fanden wir keine weiteren Briefe. Nur einige Zeitungsartikel aus den vierziger Jahren, die wir erst einmal zur Seite legten, und Viannes Lebensmittelkarte, auf der fast alle Marken entwertet waren. Und dann kamen noch einige Nachrichten von einer Agnès, die in vorgedruckten Postkarten über einen Benoit berichtete. Auf vorgezeichneten Linien konnte der Absender eintragen, ob jemand tot, verletzt oder in Gefangenschaft sei oder ob es keine Nachrichten von ihm gebe. Dort stand jedes Mal, dass es Benoit gut gehe und dass er nichts brauche. Ich fand diese Nachrichten in höchstem Maße frustrierend, weil sie so nichtssagend waren. Zum Glück lagen in der Akte auch drei »richtige« Postkarten. Dort stand, dass er gut essen würde und ein liebes Kind sei, dass er seit einigen Tagen Maman sagen, dass er viel mit Claire spielen würde, dass die beiden wie Geschwister seien.

»Dieser Benoit ist bestimmt der Junge von den Fotos. Aber was hat er mit Vianne zu tun?«, fragte ich.

Étienne reichte mir ein Blatt Papier, das wie eine Urkunde aussah. »Hier. Das war zwischen die Zeitungsartikel gerutscht.«

Vor mir lag eine Geburtsurkunde für einen Renard, Benoit, geboren am 5. Juli 1939 in Manosque. Als Mutter war Vianne Renard eingetragen, Hilfsassistentin im Jardin des Plantes, wohnhaft in Paris, als Vater David Marlowe Scott mit unbekanntem Wohnort.

»Benoit war ihr Sohn. Die beiden hatten ein Kind zusammen.« Ich versuchte Klarheit in meine Gedanken zu bringen, aber mir ging zu viel durch den Kopf. Vianne hatte einen Sohn gehabt. Aber niemand aus meiner Familie wusste von ihm. Warum nicht? Oder doch? Ich musste das unbedingt meinem Vater erzählen. Benoit war schließlich sein Cousin. Und mein Großcousin! Ich räusperte mich und lehnte mich auf meinem Stuhl zurück. Das musste ich erst mal verdauen.

»Wissen Sie was, wir machen Kopien von den Unterlagen, und dann suchen wir uns einen Ort, an dem wir alles besprechen können«, schlug Étienne vor.

Ich nickte und stand langsam auf. Ich fragte bei der Aufsicht, ob ich Kopien machen dürfte. Zu meiner großen Erleichterung hatte sie nichts dagegen. Während ich an den Kopierer ging, vergewisserte sich Étienne, dass wir sämtliches Material gesehen hatten, das zu den beiden Namen gehörte.

Dann standen wir wieder vor der Bibliothek in der Rue de Richelieu. Ich war völlig durcheinander und presste die Kopien an mich.

»Jetzt habe ich auch noch so etwas wie einen Onkel gefunden«, sagte ich. »Was kommt da noch alles?«

»Kommen Sie, es gibt hier ein gutes Café, in der Galérie Colbert. Es ist ganz in der Nähe. Ich glaube, Sie brauchen eine Stärkung.« Er nahm mich am Arm und ließ mich nicht wieder los, bis wir an einem der kleinen Tische saßen.

Der Kellner begrüßte Étienne wie einen alten Bekannten. Wir bestellten Kaffee.

Ich saß da und hatte das Kinn in die Hände gestützt. Ich war immer noch verwirrt und aufgeregt.

Étienne lächelte mich voller Zuversicht an. »Jetzt lassen Sie uns doch mal in Ruhe ansehen, was wir haben, einverstanden? Und dann besprechen wir alles. In der Bibliothek konnten wir nicht gut reden.«

»Ich weiß, der Mann von gegenüber hätte uns am liebsten umgebracht.«

»So ein Wichtigtuer. Also gut. Was haben wir? Eine Postkarte von David. Damit fangen wir an.«

Ich suchte sie aus den Kopien heraus und gab sie ihm. »Warum sind die letzten Zeilen so schwer lesbar?«, fragte ich. Es stimmte, sie sahen aus wie durchgestrichen, aber nicht richtig.

»Das war bestimmt die Zensur. Sehen Sie, hier erkennt man den Rest eines Stempels. ›Zensiert‹. Aber ich verstehe nicht, warum sie ausgerechnet die letzte Bemerkung zu den Bildern gestrichen haben. ›Geh zu Dudevant und hol die Bilder ab. Nimm das Geld. *Nach dem Ball* gehört dir. Verkauf es nicht.‹ Wer weiß, was die englische Zensur sich dabei gedacht hat.«

»Oder die französische«, gab ich zu bedenken.

»Auf jeden Fall ist der Stift, mit dem die Zeilen durchgestrichen worden sind, über die Jahre verblasst, und deshalb können wir es heute lesen. Ich glaube, man hat früher eine Art Wachsstift dafür verwendet, und die Farbe hat sich einfach aufgelöst.«

»Das bedeutet, wir wissen mehr als Vianne«, sagte ich nachdenklich. »Sie hat nicht erfahren, dass er ihr das Bild geschenkt hat. Und auch die Liebeserklärung war ausgestrichen.« Ich schluckte und merkte zu meinem Entsetzen, wie mir die Tränen in die Augen schossen. Das wurde ja langsam zur Gewohnheit. Was war denn bloß los mit mir? Ich sah zur Seite, weil ich nicht wollte, dass Étienne das sah. Es war doch absolut lächerlich, wegen einer verpassten Liebeserklärung zu heulen, die jemand vor über siebzig Jahren gemacht hatte! Oh Gott, ich würde hier gleich in aller Öffentlichkeit in Tränen ausbrechen. Hilflos kniff ich die Augen zusammen.

Étienne spürte meine Bedrängnis. Und er tat das einzig Richtige. Ich glaube, wenn er versucht hätte, mich zu trösten, oder Mitleid mit mir gehabt hätte, wäre mir das so peinlich gewesen, dass ich einfach aufgestanden wäre und ihn nie wiedergesehen hätte.

Aber er tat, als wäre alles in Ordnung.

»Warten Sie! Wir haben einen Fehler gemacht. Es war doch Ihre Idee, chronologisch vorzugehen. Und vor diesem Brief, den David aus England geschickt hat, kommt die Geburtsurkunde für den gemeinsamen Sohn. Geben Sie sie mir rüber?«

Ich atmete tief ein und raschelte ein bisschen mit den Kopien, bis ich mich wieder gefangen hatte.

»Sehen Sie, Benoit ist im Juli geboren, und Davids Brief datiert vom Oktober«, sagte er, nachdem er beide Dokumente nebeneinandergelegt hatte.

»Ob er seinen Sohn kennengelernt hat?«, fragte ich. »Ich meine, weil Benoit doch in Manosque geboren ist und nicht in Paris. Und warum eigentlich dort?«

»Wer weiß«, gab Étienne zurück. »Was haben wir noch? Die Nachrichten von dieser Agnès, bei der Benoit aufwächst und die Vianne von ihm berichtet. Diese Nachrichten sind auf sogenannten Familienkarten geschrieben, die einzigen, die zwischen der freien und der von den Deutschen besetzten Zone zugelassen waren, damit die Zensur alles unter Kontrolle hatte. Sehen Sie? Es gibt nur ein paar vorgedruckte

Formeln, die Gesundheit, Schule und Arbeit betreffen. Man durfte keinen weiteren Text hinzufügen.«

Ich blätterte durch die weiteren Nachrichten von Agnès. »Aber dies hier ist eine andere Karte, in der sie persönlichere Dinge erzählt. Die ist garantiert über die Demarkationslinie geschmuggelt worden. Was wissen wir noch über sie?«, fragte ich. Meine Stimme klang inzwischen wieder wie immer.

Étienne blätterte durch die Seiten. »Hier haben wir doch einen Nachnamen: Molinet. Und die Karte ist in Manosque abgeschickt worden …«

»… dort ist Benoit ja auch geboren«, warf ich ein.

Étienne nickte. »Das hilft uns weiter. Agnès Molinet aus Manosque. Mit diesen Angaben müssten wir sie ausfindig machen können. Vielleicht war sie Benoits Amme, weil Vianne sich nicht um ihn kümmern konnte. Ich finde, wir suchen zuerst nach dieser Agnès. Und dann haben wir ja noch die andere Spur, die Vianne mit der Résistance in Verbindung bringt.«

»Vielleicht hat sie deshalb ihren Sohn nicht bei sich gehabt? Weil es zu gefährlich war?«, fragte ich. Ich seufzte. »Ich befürchte, die Geschichte ist nicht nur lustig«, sagte ich dann. »Was werden wir noch alles herausfinden?«

»Wollen Sie aufhören?«, fragte Étienne.

Ich schüttelte den Kopf. »Nein, ich will wissen, was aus Vianne geworden ist.«

Wir betrachteten noch einmal die Fotos und blätterten durch die Zeitungsausschnitte. Es waren Besprechungen von Kunstausstellungen. Aber nur eine handelte von Davids Ausstellung in der Galerie Dudevant.

»Ach, da haben wir ihn ja. Wie ich es mir gedacht hatte. Dudevant war sein Galerist. Zu diesem Dudevant sollte doch Vianne gehen, um sich die Bilder abzuholen.«

»Das ist ein weiterer Name, dem wir nachgehen können«, sagte ich.

Étienne nickte. »Das ist doch schon eine ganze Menge. Aber was halten Sie davon, wenn wir trotzdem für heute Schluss machen und ich Ihnen die Passagen zeige? Es wäre schade, wenn Sie ihre Schönheit nicht wahrnehmen würden. Haben Sie überhaupt schon einen Blick an sie verschwendet?«

Nein, hatte ich nicht, dazu war ich zu aufgewühlt. Aber als ich mich jetzt umsah, staunte ich über die schwelgerische Architektur um mich herum. Überall Stuck, gewundene Treppen mit zarten geschmiedeten Geländern, bunte Fliesen und Kacheln, Vitrinen und Schaufenster aus glänzendem Holz, nostalgische Kugellampen. Und ganz besondere Geschäfte. Die Passagen waren vor über hundertfünfzig Jahren von Geschäftsleuten angelegt worden, die hier ihre Läden hatten. Eine reihte sich an die andere, und man erzählte sich voller Stolz, dass man in Paris trockenen Fußes von der Seine bis zur Oper laufen konnte. Die Passagen waren alle unterschiedlich und voller architektonischer Wunder. Wir entdeckten winzige Lädchen, die noch genauso aussahen wie zur Zeit ihrer Entstehung und den Staub der Geschichte angesetzt hatten, aber auch einen riesigen Showroom von Jean-Paul Gaultier.

Ich war entzückt. Étienne und ich stöberten in einem Antiquariat, in dem die Bücher bis zur Decke gestapelt waren und nur schmale Gänge zwischen den Regalen begehbar waren. Wir standen vor den Auslagen eines Geschäfts für Stickereien und für Seidenblumen.

Es gelang Étienne, mich mit seinen Anekdoten und seinem Charme aufzuheitern. Ich hatte wirklich noch nie einen Mann getroffen, neben dem es sich so leicht ging und dessen

Plaudereien einem so angenehm einen Nachmittag vertrieben.

Irgendwann standen wir wieder auf der Straße.

»Und jetzt?«, fragte er und sah mich dabei mit einem ähnlich intensiven Blick an wie bei unserem allerersten Abschied, als er oben an der Treppe stehengeblieben war. »Haben Sie Hunger? Wollen wir noch etwas essen gehen?«

»Ein andermal, einverstanden?«

Es wäre bestimmt ein wunderschöner Abend geworden, aber ich hatte das Bedürfnis, allein zu sein. Ich wollte die Unterlagen noch einmal durchgehen. Und dann hatte ich mir ja vorgenommen, Jean-Louis anzurufen. »Danke für den Tag, für beide Seiten, die dieser Tag hatte. Ich habe ihn sehr genossen.« Ich beugte mich vor, um ihn zum Abschied auf beide Wangen zu küssen.

Aber er hielt mich am Arm fest, als ich mich zum Gehen wenden wollte. »Lili Marlène«, begann er, »ich habe Sie schon einmal gehen lassen, ohne Ihre Telefonnummer zu haben. Ich will das nicht noch mal machen müssen. Dafür bin ich zu alt. Und ich will Sie nicht immer nur anmailen.«

Ich musste lächeln. Und gab ihm meine Handynummer.

»Bis morgen«, sagte ich.

Ich fuhr mit dem Bus nach Hause.

Als die Boulangère in der Rue de Bagnolet mir einen guten Abend wünschte und fragte, ob ich wie immer ein Baguette wollte, wusste ich, dass ich wieder in Paris angekommen war.

Zu Hause setzte ich mich voller Zufriedenheit an meinen kleinen Tresen und blätterte durch das Material aus der Bibliothek. Ich wusste nicht, was ich davon halten sollte. Ich rief meinen Vater an und erzählte ihm die Neuigkeiten und dass er einen bisher unbekannten Cousin hatte.

»Fährst du deshalb nicht mit Jean-Louis in den Urlaub?«, fragte er. »Er war gestern hier und hat es uns erzählt.« Seine Stimme klang besorgt.

»Ach, Papa«, sagte ich. »Ich weiß es selbst nicht. Ich melde mich wieder. Gib *maman* einen Kuss von mir.«

Ich legte auf und wählte gleich wieder neu. Jean-Louis meldete sich erst nach dem vierten Klingeln.

»Hallo?«

»Hallo Jean-Louis. Ich bin's.«

»Hallo.«

»Wie geht es dir?«

»Ich packe. Ich fahre morgen früh in den Urlaub.« Seine Stimme war unversöhnlich.

»Jean-Louis …«

»Was willst du?«

Im Hintergrund hörte ich jemanden flüstern.

»Wer ist denn bei dir?«

Er holte tief Luft, dann platzte er heraus: »Wenn du es so genau wissen willst: Francine.«

In diesem Moment war mir alles klar. »Ich nehme an, sie fährt mit dir?«

»Warum denn nicht? Soll ich das Ticket verfallen lassen? Du bist ja nicht hier. Aber keine Sorge, sie hat ein eigenes Zimmer.«

»Jean-Louis …«, sagte ich noch einmal.

»Jean-Louis! Jean-Louis!«, äffte er mich nach. »Was willst du eigentlich von mir? Wenn es dir nicht passt, dann hättest du nicht nach Paris fahren sollen und dieser blöden Marotte nachrennen! Als wenn es irgendeine Rolle spielt, was irgendeine Tante von dir vor hundert Jahren gemacht hat.«

»Du willst das einfach nicht kapieren, nicht wahr? Ich fühle mich einfach nicht mehr wohl in meinem Leben …«

»Ach, jetzt kommt die Nummer. Von wegen, du musst dich selbst finden. Ich kann den Scheiß nicht mehr hören. Ich wünsch dir viel Spaß beim Suchen!« Er stieß wütend die Luft aus, und dann legte er einfach auf. Ich starrte fassungslos auf das Telefon. Dann warf ich es in die Ecke.

# Dreißig

Am nächsten Morgen bekam ich eine SMS von Jean-Louis. Na endlich, dachte ich und öffnete sie. Er hat sich beruhigt und mal nachgedacht und will sich bei mir entschuldigen oder zumindest noch mal mit mir reden, bevor er nach Marokko flog. Aber ich hatte mich geirrt.

*Wo hast du die verdammte Schnorchelausrüstung hingepackt?*

Kein Wort der Entschuldigung oder der Erklärung, keine Begrüßung. Wie konnte er so kalt zu mir sein? Das tat mir weh. Dann fragte ich mich, was er eigentlich mit der Ausrüstung wollte. Er hasste doch Schnorcheln. Zumindest hatte er das früher immer behauptet, als ich das gern mit ihm machen wollte. Ich nahm an, dass er mit Francine mehr Lust dazu hatte. Eine SMS kann man leider nicht zusammenknüllen und in den Papierkorb werfen. Das hätte ich am liebsten getan. »Immer wenn ich etwas von dir höre, werde ich wütend«, sagte ich und löschte die Nachricht.

Ich merkte, wie Unruhe mich ergriff. Ich konnte mich nicht mehr auf die Unterlagen vor mir konzentrieren, mein Kaffee schmeckte plötzlich bitter. Ein Blick auf die Uhr sagte mir, dass Jean-Louis' Flug in vier Stunden gehen würde. Wahrscheinlich war er gerade dabei, die letzten Sachen einzupacken. Ob Francine ihn in ihrem neuen Auto abholte? Ob die beiden so taten, als seien sie ein Paar? Ich stellte mir alles Mögliche vor, und mein Herz wurde klamm. Ich will mir aber nicht den Tag verderben lassen, dachte ich. Schluss jetzt mit der Grübelei. Ich kann es ja doch nicht ändern. Ich mache jetzt einen langen Spaziergang auf dem Père-Lachaise, bis ich mich wieder beruhigt habe!

Auf dem Weg dorthin sah ich aber ein Plakat, das eine Ausstellung über die Kollaboration der Franzosen mit den Deutschen während des Krieges ankündigte. Ich änderte meinen Plan für den Tag sofort. Das war doch genau mein Thema! Das Nationalarchiv lag mitten im Marais, einem der ältesten Viertel der Stadt mit mittelalterlichen Straßen und vielen imposanten Wohnhäusern mit Säulengängen und Innengärten, die von Adligen erbaut worden waren und Hôtels genannt wurden. Ich war während meines Studiums häufiger im Archiv gewesen, um zu arbeiten, und es war ein schönes Gefühl, jetzt wieder durch die Toreinfahrt des großen Gebäudes zu gehen.

Die Ausstellung bedrückte mich. Es war beklemmend, die deutschen Straßenschilder und die wehenden Fahnen mit dem Hakenkreuz vor den schönsten Gebäuden von Paris zu sehen. Aus Lautsprechern im Hintergrund liefen Tonaufnahmen mit den Stimmen französischer Politiker, die die Deutschen und das neue Frankreich priesen, in dem nicht länger demokratische Werte, sondern die »nationale Revolution«, Vaterland, Arbeit und Familie gefeiert wurden. Auf vielen Fotos sah ich die französischen Staatschefs Pétain und Pierre Laval gemeinsam mit dem deutschen Botschafter Otto Abetz oder mit Hitler. Ein anderes Foto zeigte Reinhard Heydrich und René Bousquet, die in Deutschland und Frankreich für die Verfolgung und Ermordung der jüdischen Bevölkerung zuständig waren. Das Foto wurde zwei Monate vor der berüchtigten Razzia des Vélodrome d'Hiver aufgenommen, bei der am 16. und 17. Juli 1942 allein in Paris dreizehntausend französische Juden verhaftet und anschließend deportiert wurden. Andere Fotos zeigten Aufmärsche junger Franzosen, die vor der Pariser Oper den Hitlergruß zeigten. Am schlimmsten aber fand ich die zahllosen Briefe, in denen Pariser ihre Nachbarn denunzierten. Ich war entsetzt über den hasserfüllten Ton, und einige Schreiber hatten auch noch stolz mit ihrem vollen Namen unterschrieben. Mit ähnlicher Abscheu betrachtete ich Plakate, in denen Männer mit kantigen Gesichtern verkündeten, dass sie ab sofort in Deutschland ihr Geld verdienen würden. Ich hatte schon vom STO gehört, dem *Service du Travail Obligatoire*, eine Art Dienstverpflichtung für französische Männer und Frauen. Aber ich hatte nicht gewusst, dass ab August 1942 alle Männer zwischen achtzehn und fünfzig und auch unverheiratete junge Frauen bis fünfunddreißig zwangsverpflichtet wurden, nachdem freiwillige Aufrufe nicht genügend Bewerber gebracht hatten. Mein Opa Jacques, der Mann von Odile, hatte zu ihnen gehört. Ob er gehen musste? Oder hatte er sich freiwillig gemeldet? Auf jeden Fall war er gegen Ende des Krieges in Deutschland umgekommen. Meine Oma Odile hatte nie von ihm gesprochen. Das Wenige, das ich wusste, hatte mein Vater mir erzählt, und der hatte seinen Vater ja nur als ganz kleiner Junge gekannt, im Grunde gar nicht. Ich bedauerte es in diesem Augenblick unendlich, Odile nicht nach ihrer Vergangenheit und ihrer Familie ausgefragt zu haben. Aber wenn man jung ist, interessieren einen die alten Geschichten nicht, und Odile hatte immer nach dem Spruch gelebt: »Rum ist rum. Und was vorbei ist, ist vorbei.«

Ein anderes Detail war im Zusammenhang mit dem Arbeitsdienst interessant: Als der Druck immer größer wurde und ab Februar 1943 ganze Jahrgänge nach Deutschland geschickt werden sollten, um dort für BMW, Daimler Benz, Siemens oder BASF zu arbeiten, entschieden sich viele junge Männer und Frauen, in den Untergrund zu gehen und fortan gegen die Deutschen zu kämpfen.

Für welche Seite hatte sich Jacques' Zwillingsschwester Vianne entschieden? Würde ich das herausbekommen? Tief in Gedanken verließ ich die Ausstellung. Als ich die abgedunkelten Räume verließ, in denen eines der düstersten Kapitel der französischen Geschichte behandelt wurde, und wieder auf die sonnige, belebte Straße trat, atmete ich erleichtert auf.

Die nächsten Tage verbrachte ich zum großen Teil in verschiedenen Pariser Museen und Archiven. Am Abend ging ich ins Kino, um mir Filme aus den Dreißiger und Vierziger Jahren anzusehen. Ich tauchte so tief wie möglich in die Zeit ein, um ein Gefühl dafür zu bekommen, wie es war, als meine Großtante Vianne hier gelebt hatte. Ich hoffte, ihr dadurch näherzukommen. Gleichzeitig durchsuchte ich das Internet. Ich weiß nicht mehr, wie ich dorthin gelangt war, aber ich fand komischerweise sogar auf der Seite des Regionalarchivs in Montpellier gesprochene Zeugnisse von ehemaligen Résistance-Kämpfern. Ich lauschte den Stimmen betagter Männer und Frauen aus meiner Heimatstadt Sète, die in Interviews ihre Geschichten erzählten. Die meisten hatten Botendienste verrichtet, abgeschossene Engländer mit Essen versorgt oder feindliche Lastwagen gezählt. Aber einige hatten mit der Waffe in der Hand gegen die verhassten Besatzer gekämpft, Brücken in die Luft gejagt und gefangene Genossen aus dem Gefängnis befreit. Alle waren todesmutig gewesen, denn allen drohten Verhaftung und Erschießung oder Deportation, falls man sie erwischte.

»Ausgerechnet Montpellier!«, rief Étienne, als ich ihm davon erzählte. »Da fahren Sie nach Paris und finden das!« Wir hatten uns wieder, wie schon oft, zur blauen Stunde im *Café de Flore* verabredet, das so etwas wie unser Stammcafé geworden war. Ich wusste inzwischen, dass der Kellner Marcel hieß, und Marcel wusste, dass mein Lieblingstisch in der Ecke auf der Innenterrasse war.

Ich kam mir vor, als würde ich einen Pullover aufribbeln: Ich hatte mit einem Faden angefangen, der sich immer weiterspann. Ich konnte gar nicht genug bekommen.

Ich ging völlig in dieser Arbeit auf, ich las wie im Fieber alles, was ich kriegen konnte. Der Küchentresen in meiner Wohnung war mittlerweile zu klein, um all meine Fundstücke aufzunehmen, also war ich mittlerweile dazu übergegangen, meine Notizen mit Reißzwecken an die Wand zu heften. Es sah fast ein bisschen so aus wie in diesen Krimi-Serien, in denen die Ermittler ihre Ergebnisse an die Wand pinnen. Ich stellte mich vor meine Ergebniswand und betrachtete lange meine Fundstücke. Das Gemälde, die Fotos, die Karte von David, Zeitleisten zum Krieg und zur Résistance, ein Plan von Paris … Die Details, die ich zu Vianne zusammengetragen hatte, wurden immer zahlreicher. Was ich am schmerzlichsten vermisste, war ein Foto, das sie etwa in meinem Alter zeigte. Ich hätte so gern gewusst, ob ich ihr immer noch ähnlich sah. Ich hatte die Feuilletons von Zeitungen aus den Jahren durchgeblättert, in der Hoffnung, vielleicht ein Foto von ihr während einer Ausstellung zu sehen, aber vergebens.

Die Spur zu Agnès Molinet hatte leider auch nichts gebracht. Sie war schon Anfang der Sechziger Jahre gestorben. Dafür hatte ich herausgefunden, dass es in Paris einige Altenheime für ehemalige Mitglieder der Résistance gab. Die wollte ich in den nächsten Tagen anrufen.

Aber ich wusste immer noch nicht, wie Vianne da hineinpasste. Widerstand oder Kollaboration? Ich tippte immer noch eher darauf, dass sie in der Résistance gewesen war, sonst hätte man sie ja nicht zur Verhaftung ausgeschrieben. Aber mir fehlte ein Beweis. Das trieb mich um, ich redete immer wieder mit Étienne darüber.

Meine Nachforschungen nahmen manchmal den ganzen Tag in Anspruch. Wenn ich nicht weiterkam oder mir der Nacken schmerzte, flanierte ich durch Paris.

Und dabei fand ich etwas über mich heraus: Ich war unglaublich gern allein mit mir. Ein Zustand, den ich in den letzten zehn Jahren fast nicht mehr gekannt hatte. Ich genoss es in vollen Zügen, meine Tage so zu verbringen, wie ich es für richtig hielt. Vielleicht war Paris mit seinen unzähligen Attraktionen und kleinen Schönheiten auch einfach wie gemacht für Leute, die sich gern treiben ließen. Ich fühlte mich niemals einsam, ich genügte mir selbst vollkommen. Ich ging sogar so weit, zu denken, dass ich allein glücklicher war als mit Jean-Louis. Eine Erkenntnis, die wehtat, die aber auch etwas Heilsames hatte.

Oft landete ich per Zufall an einem unbekannten Ort in Paris. Ich mochte die Idee, sich auf diese Weise mit einer Stadt vertraut zu machen. Und ich hatte genügend Zeit, um so vorzugehen. Ich stieg einfach irgendwo aus der Metro und erkundete dann die Umgebung.

An einem Tag war ich im 9. Arrondissement in der Nähe der Oper gelandet. Vor mir wand sich die Rue des Martyrs den Hügel nach Sacré Cœur hinauf, und ich beschloss, ihr einfach zu folgen. Das ist das Schöne an Paris. Ganz egal, wo man sich befindet, in jeder Straße kann man eine Entdeckung machen und dem Zauber dieser Stadt erliegen.

Auch die Rue des Martyrs war überaus charmant. Ich überlegte, ob sie ihren Namen, Straße der Märtyrer, vielleicht daher hatte, dass sie ziemlich direkt zur Basilika Sacré Cœur führte. Entweder pilgerten hier die Büßer den steilen Weg hinauf, oder es ging tatsächlich um die Erschossenen nach der Pariser Kommune 1871, von denen viele aus diesem Viertel kamen. Beide Versionen fand ich plausibel.

Die Straße öffnete sich an vielen Stellen und machte Platz für begrünte Räume, die etwas von einer italienischen Piazza hatten: Bänke unter Bäumen, ein Kiosk in der Mitte und rundherum Cafés. Einer der Plätze war nach dem Italiener Lino Ventura benannt. Auf beiden Seiten waren Bäume gepflanzt, was die Fußwege in sanfte Schatten tauchte. Rechts und links gingen kleine Stichstraßen ab, begrünte Passagen, die mit einem Gitter verschlossen waren. Sie erinnerten mit ihren gepflegten Eingangstüren an Plätze oder Gärten auf dem Land. Die Häuser hatten die Hausmannschen, über die ganze Front laufenden Balkone mit geschmiedeten und verzierten Brüstungen. Und auf der Straße selbst gab es einige wirklich schöne Boutiquen mit ausgesuchten Kleidern und Schuhen. Und dazwischen ein Paradies für Schlemmer: kleine Restaurants und Bistros, Kaffeebars und Delikatessenläden, Geschäfte für Tee und Schokolade. Die Kundschaft schien hier ziemlich bobo, bourgeois-bohémien, zu sein: gut angezogen, intelligent, ökologisch, links, selbstbewusst.

Ich setzte mich in ein Straßencafé und bestellte ein Stück Cheesecake mit Himbeeren. Als ich die Straße hinunterblickte, stellte ich fest, dass ich sie schon ein ganzes Stück hochgelaufen war. Nach einer halben Stunde stand ich wieder auf und setzte meinen Anstieg fort. In der Nähe des Boulevard de Clichy wurde die Gegend merklich rauer. Einige Häuser standen leer, und ich wusste nicht, ob sie renoviert oder abgerissen wurden. Die Fußwege waren nicht mehr so breit und das Pflaster aufgerissen, ich musste aufpassen, wo ich hintrat.

Ich kam an einer Brocante vorbei. Hier gab es richtigen Trödel, keinen Ramsch für die Touristen. Der Laden hieß L'objet qui parle, das Ding, das zu dir spricht. Das fand ich witzig und ich ging hinein. Drinnen war es winzig, ein einziger Raum, keine zwanzig Quadratmeter groß, und vollgestopft bis unter die Decke. Der Laden war offensichtlich spezialisiert auf Insekten unter Glas. Es gab Schmetterlinge und Käfer in allen Formen und Größen. Darüber standen alte Apothekerinstrumente und -flaschen, in denen Flüssigkeiten waren. Und schöne gläserne Cloches in verschiedenen Größen und Formen, unter denen fragile Pflanzen geschützt wurden und die man heute in Cafés sah, wo sie über Torten gestülpt waren. Ganz oben, schon fast unter der Decke, hingen einige Gemälde, für die sonst wirklich kein Platz gewesen wäre. Sie zeigten Männer in schwarzer Kleidung. Mich traf der Blick eines Priesters mit einem glatten, geröteten Kindergesicht. Vorwurfsvoll sah er mich an, in seinem Blick lag etwas Hinterhältiges. Der Blick erinnerte mich an den *Falschspieler* von Jean de La Tour. Und ich war der Meinung, er würde mich meinen.

»Haben Sie etwas gefunden?«

Ich sah mich nach der Stimme um. Ich hatte mich schon gefragt, wo der Inhaber wohl sein könnte. Ich erkannte den jungen, bärtigen Mann, der vor dem Geschäft auf einem Stuhl in der Sonne gesessen und geraucht hatte.

»Was sind das für Bilder da oben?«, fragte ich. »Besonders der diabolische Priester in der Mitte?«

»Wollen Sie ihn sich mal näher ansehen?«, fragte der Besitzer.

Ich nickte, wusste aber nicht, wie das Bild von der Wand kommen sollte, dafür hing es zu hoch. Ich staunte nicht schlecht, als der Mann das Geschäft verließ und gleich darauf mit einer Leiter wiederkam. Woher hatte er die so schnell? Er bugsierte sie vorsichtig durch den Laden und stellte sie vor dem Bild auf.

»Bitte«, sagte er und wies mit der Hand hinauf. »Ich halte die Leiter für Sie fest.«

Ich fühlte mich ein bisschen komisch, als ich die Stufen hinaufstieg. Dann war ich ganz oben und auf Augenhöhe mit dem Priester. Aus der Nähe war der Firnis zu sehen. Auf der Wangenpartie war er unbeschädigt, deshalb glänzte sie so. Unterhalb war er abgeplatzt, wahrscheinlich war die Leinwand aufgerollt gewesen. Die Augen hatte etwas Stechendes, irgendwie Unangenehmes. Aber gleichzeitig reizte mich der Blick.

»Wenn ich mich recht erinnere, ist es auf der Rückseite signiert«, sagte der Besitzer unter mir.

»Ein bekannter Maler?«

»Nein.« Er lachte. »Nehmen Sie sich ruhig Zeit und hören Sie zu, was er Ihnen zu sagen hat.«

»Genau darüber bin ich mir ja nicht im Klaren. Verspottet er mich?«

»Kaufen Sie es und finden Sie es heraus. Für vierhundert gehörte es Ihnen.«

»Hm«, machte ich und sah den Priester weiter an. Dann stieg ich die Leiter vorsichtig wieder hinunter.

»Dreihundertfünfzig«, sagte ich.

»Einverstanden.«

Jetzt musste er die Leiter hinaufsteigen, um das Bild abzuhängen. Ich lächelte.

»Können Sie es einpacken?«, fragte ich.

»Bin ich *Monoprix*?«, gab er mit einem ziemlich frechen Lächeln zurück.

Also klemmte ich mir das Bild mit Rahmen unter den Arm und fuhr damit nach Hause.

Ich stellte es auf den Fußboden im Wohnzimmer. So hatte ich es im Blick, wenn ich an meinem Tresen saß. So langsam füllte sich das Zimmer mit meinen Fundstücken, das gefiel mir.

Und diesmal hatte ich ein Gemälde gekauft. Einfach so. Das gefiel mir auch.

Ich würde es Étienne zeigen und ihn nach seiner Meinung fragen.

# Einunddreißig

Étienne! Es war auch ihm zu verdanken, dass ich mich in der Stadt so leicht und voller Tatendrang fühlte wie damals als Studentin. Wenn wir gegen Abend im *Café de Flore* verabredet waren, war das für mich wie ein Versprechen, und ich freute mich schon den ganzen Tag darauf.

Diese Tage wurden unbestreitbar meine Lieblingstage in Paris. Ich war sehr gern allein mit mir, aber die Aussicht, ihn abends zu treffen, machte das Alleinsein irgendwie noch schöner. Oft blieben wir nicht lange, für einen Aperitif und ein paar Oliven, aber ich genoss diese kleine Stunde mit ihm, in der wir meistens über Vianne sprachen und darüber, was wir herausgefunden hatten. Es war so leicht, sich an seine Anwesenheit zu gewöhnen. Ich war gern mit ihm zusammen.

An meinem ersten Sonntag in der Stadt machten wir eine Fahrradtour.

»In Paris kann man sich nicht verfahren«, sagte er, bevor es losging. »Paris ist nämlich überall schön.«

Ich sah ihn verblüfft an. »So etwas Ähnliches habe ich gestern auch gedacht. Dass es ganz egal ist, wo man in Paris aus der Metro steigt, weil es immer etwas Schönes zu entdecken gibt.«

»Da sehen Sie mal wieder, wie gut wir zusammenpassen.«

Viele Pariser Straßen und ganze Viertel wie zum Beispiel

das Marais sind am Sonntag für den Autoverkehr gesperrt. Wir radelten stundenlang durch die Straßen und ich hatte alle Zeit der Welt, mir Häuser, Balkone, Café-Terrassen, Kanäle, Kreuzungen, Kinos und Theater, einfach alles anzusehen. Es war ein herrlicher Tag, an dem alles stimmte.

Und Jean-Louis hatte keine Lust gehabt, mit dem Rad zu fahren! Ich vermisste meinen Mann nicht, und ich hatte zum ersten Mal kein schlechtes Gewissen deswegen. Am Vortag hatte ich ihm eine halbherzige SMS geschickt und ihn gefragt, ob es ihm gut gehe und wie der Urlaub sei. Anrufen wollte ich ihn aber nicht. Ich hatte keine Lust, mit ihm zu sprechen. Ihm schien es ähnlich zu gehen. Er hatte bisher nicht geantwortet.

Darf man sagen, dass einem ein Mann guttut? Wenn es ein anderer als der eigene Mann ist? Bei Étienne war es so. Ich freute mich auf jede Verabredung mit ihm. Er war von vollendeter Höflichkeit mir gegenüber, konnte aber auch sehr charmant und vor allem witzig sein. Er machte mir Komplimente, er machte einfach, dass ich mich wohlfühlte und mich selbst mochte. Das hatte ich in der Ehe mit Jean-Louis fast verlernt.

Ja, Étienne tat mir gut. Er sagte immer so nette Sachen zu mir. Ich fing an, die schönsten Sätze auf kleine Zettel zu schreiben, wenn ich nach Hause kam. Die Zettel sammelte ich auf dem Tresen in meiner kleinen Küche.

Den ersten Satz schrieb ich am Sonntagabend nach unserer Fahrradtour auf.

*Ich kann witzig sein, wenn ich will. Und für Sie, Lili Marlène, will ich witzig sein. Ich will, dass Sie mit mir lachen. Ich werde mir Mühe geben.*

Nachdem er das gesagt hatte, hatte er seinen Hut tief in die Stirn gezogen und war freihändig um mich herumgefahren und hatte dabei *Singin' in the Rain* gepfiffen, laut und falsch. Ein kleiner Hund schoss auf ihn zu und kläffte ihn ausgelassen an, während sein Frauchen vergeblich versuchte, ihn wieder einzufangen. Ich stand da und konnte nicht mehr vor Lachen.

Am Montag blieb ich an meinem Arbeitstresen sitzen. Ich hatte einige Bücher über die Résistance gekauft und wollte sie durcharbeiten.

Ich nahm das erste Buch vom Stapel, es war die Neuauflage eines autobiografischen Berichts, der kurz nach dem Krieg erschienen war, und las das Inhaltsverzeichnis. Dann blätterte ich ganz nach hinten zum Personenregister. Und dort stand … *Renard, Vianne, S. 234ff.* Mit zitternden Fingern suchte ich nach den Passagen. Gleich würde ich etwas darüber erfahren, was meine Heldin Vianne um 1940 getan hatte!

Ich überflog die Zeilen der entsprechenden Seiten, dann hatte ich Gewissheit: Vianne Renard hatte Ende der Dreißiger Jahre im Botanischen Institut im Jardin des Plantes gearbeitet. Und an diesem Institut war eine der ersten Widerstandszellen gegen die deutschen Besatzer gegründet worden. Ich las die Zeilen noch einmal. Viel stand dort nicht zu Vianne, aber das, was ich gefunden hatte, reichte mir aus. Sie hatte im Jardin des Plantes gearbeitet! Dort war ich vor nicht einmal vier Wochen mit Jean-Louis gewesen. Ich war auf ihren Spuren gewandelt, ohne es zu wissen!

Ich rief sofort Étienne an, um ihm die Neuigkeiten mitzuteilen. Er hatte mir gesagt, er sei auf einer Auktion außerhalb von Paris und würde erst am nächsten Tag wiederkommen. Ich sprach ihm auf die Mailbox.

Dann rief ich meine Eltern an, um auch ihnen Bescheid zu

sagen. Ich konnte am Telefon spüren, wie bewegt mein Vater war. Und wie stolz auf seine Tante.

Ich war auch stolz auf sie.

»Und was ist aus ihr geworden?«

»Das finde ich auch noch heraus.«

»Lili Marlène ...«

»Ja?«, so nannte mein Vater mich nur, wenn er es wirklich ernst meinte. Er wusste, dass ich den Namen nicht mochte.

»Ich weiß zwar nicht, wie du das alles herausbekommen hast, aber ich danke dir.« Er zögerte einen Moment. »Wie lange bleibst du noch?«

»Ich weiß nicht. Bis ich alles herausgefunden habe ...?«

»Jean-Louis kommt Ende der Woche zurück. Aber ich nehme an, du musst das erst zu Ende bringen?«

»Ja.«

»Meinen Segen hast du.«

»Danke, Papa.«

Von Étienne kam eine SMS:

*Bravo! Wollen wir uns morgen im Musée Picasso treffen? Um drei?*

*Einverstanden*, schrieb ich zurück.

Am Dienstag standen wir lange vor Picassos Bild *Der Wettlauf.* Es war Étiennes Lieblingsbild, obwohl es im Grunde einfach komponiert und so schnell zu erfassen war. Er sagte mir, dass er beim Anblick dieser dicken, starken Frauen, die mit voller Kraft am Strand entlangrennen, an mich denken müsste.

»Ich bin doch nicht stark«, protestierte ich.

Ein nachdenklicher Blick aus seinen grauen Augen traf mich, der Eisberge zum Schmelzen bringen könnte. »Wenn Sie wüssten«, sagte er.

Dann zeigte er mir die Aussicht aus dem Fenster im oberen Stockwerk. Wir konnten gleichzeitig Sacré Cœur und den Eiffelturm sehen. »Das geht nur von hier aus«, sagte er. Als ich ihn ungläubig ansah, beteuerte er treuherzig, ganz bestimmt recht zu haben und brachte mich schon wieder zum Lachen.

»Ihr Lachen ist bezaubernd, wissen Sie das eigentlich? Sie sollten immer lachen.«

»Das haben Sie schon einmal zu mir gesagt.«

»Gehen Sie heute Abend mit mir essen?«, fragte er, nachdem wir das Museum verlassen hatten.

Ich spürte, dass Étienne mit mir über etwas reden wollte. Während wir ohne ein bestimmtes Ziel in Richtung Fluss gingen, erzählte er mir von seiner Frau Élodie und wie einsam sein Leben seit ihrem Tod war. Und dann war ich gekommen.

Er blieb stehen und sah mich an. »Aber das alles habe ich Ihnen ja bereits in meinem dummen Brief geschrieben. Mit dem ich Sie offensichtlich so erschreckt habe, dass Sie nie darauf reagiert haben. Ich dachte schon, Sie hätten ihn gar nicht bekommen.«

»Doch, ich habe ihn bekommen. Und es stimmt, Ihre Offenheit hat mich verunsichert. Aber auch gerührt. Und inzwischen kenne ich Sie ja besser«, sagte ich.

Er nahm meine Hand, ließ sie aber gleich wieder los. »Lili Marlène, Sie bringen mein Leben ganz durcheinander. Ich habe die letzten drei Jahre wie ein Eremit gelebt und meine Wohnung nur verlassen, um zur Arbeit zu gehen oder Rennrad zu fahren. Und jetzt: Ich freue mich jeden Morgen, Ihnen wieder etwas von Paris zu zeigen. Ich pfeife beim Radfahren, und das beste ist: ich tue es richtig gern, weil Sie dabei sind.« Er sah mich ein bisschen beunruhigt an. Wahrscheinlich fürchtete er, wieder zu weit gegangen zu sein.

Ich lächelte ihn an: »Das haben Sie schön gesagt!«

Er atmete erleichtert aus.

Nach diesem Geständnis hatte auch ich das Bedürfnis, ihm etwas von mir preiszugeben. Ich lud ihn auf einen Wein in meine kleine Wohnung ein. Es war ein eigenartiges Gefühl, ihn in meinen Räumen herumgehen zu sehen. Ich zeigte ihm auch den Priester, und er begutachtete das Bild und sagte dann, es sei eine schöne Amateurarbeit und ich hätte in keinem Fall zu viel bezahlt. Schon hatten wir die schönste Diskussion über Kunst und das Motiv des Priesters in der Malerei des späten 19. Jahrhunderts. Es machte einfach Spaß, mit ihm zu fachsimpeln, obwohl er viel mehr wusste als ich.

Wir gingen nicht essen. Ohne dass wir uns absprachen, wussten wir, dass wir lieber zu zweit bleiben wollten. Ich hatte noch Wein, etwas Käse und Erdbeeren da. Er ging in die Bäckerei und holte frisches Baguette. Während er weg war, verdeckte ich die Zettel mit den Sätzen. Es wäre mir peinlich gewesen, wenn er gelesen hätte, dass ich seine Worte aufschrieb. Dann kämmte ich mir die Haare und zog die Lippen nach. Da klopfte er auch schon an die Tür. Er überreichte mir eine rote Rose. »Da stand gerade ein Blumenverkäufer«, sagte er wie zur Entschuldigung, obwohl es gar nichts zu entschuldigen gab.

Wir saßen uns an meinem Tresen gegenüber, aßen, tranken Wein und redeten. Es wurde spät, aber wir zögerten beide den Abschied hinaus. Ein paar Mal waren wir uns so nahe, dass wir uns fast geküsst hätten. Im letzten Moment wich ich aus. Als Étienne weit nach Mitternacht ging, sah ich ihm aus dem Fenster nach. Ich roch noch seinen Duft in der Wohnung. Ich setzte mich wieder an den Tresen und rief mir sein

Bild hervor, wie er vor mir gesessen hatte, sein Lächeln, die Blicke, die er mir zuwarf.

Dabei schrieb ich seine Worte auf:

*Sie sind stark.*
*Sie haben ein schönes Lächeln.*
*Sie bringen mein Leben durcheinander.*

Ich seufzte glücklich. Ich war dabei, mich mit Haut und Haaren zu verlieben. Gegen meinen Willen, aber wer verliebte sich schon, weil es ihm gerade in den Kram passte? Und das Gefühl war so schön, dass ich wenig Lust hatte, mich dagegen zu wehren.

Am nächsten Morgen wachte ich glücklich auf. Der letzte Abend war so schön gewesen wie schon lange keiner mehr. Étienne war in mich verliebt! Ich räkelte mich und fühlte mich wunderbar. Leichtfüßig sprang ich aus dem Bett und summte vor mich hin. Unsere Weingläser standen noch auf dem Tresen, und auf dem Hocker, auf dem Étienne gesessen hatte, fand ich seinen Schal. Ich zögerte, dann nahm ich ihn und vergrub mein Gesicht darin, um seinen Duft zu spüren.

Mein Handy klingelte, und ich fühlte mich ertappt.

»Na, bist du wieder zur Besinnung gekommen?«

Ich schüttelte unwillig den Kopf. Der Gegensatz zwischen meinen Gedanken und der angriffslustigen Stimme von Jean-Louis hätte nicht größer sein können. »Wie meinst du das?«

»Ob du wieder normal geworden bist. Ich erwarte, dass du zu Hause bist, wenn ich zurückkomme.«

Seine Stimme klang verwaschen.

»Bist du betrunken?«

»Und wenn es so wäre?«

»Dann würdest du vielleicht nicht so einen Blödsinn reden.« Ich legte einfach auf.

Jean-Louis machte es mir leicht, das konnte man wirklich nicht anders sagen.

Ich verbrachte den Tag mit Lesen, aber leider fand ich nichts Neues über Vianne heraus. Zwischendurch sah ich immer wieder auf mein Telefon, ob Étienne vielleicht angerufen hätte. Hatte er nicht, aber das machte mir nichts aus. Er würde anrufen, das wusste ich. Er hatte in meinen Augen gesehen, dass ich kurz davor war, schwach zu werden.

Am Nachmittag machte ich einen Spaziergang und kam an einer kleinen Boutique vorbei. Im Fenster hing ein geblümtes Seidenkleid. Ich probierte es kurzerhand an und drehte mich, wobei der kühle Stoff um meine Beine schwang.

»Das müssen Sie nehmen«, sagte die Verkäuferin. »Sie sehen toll darin aus.«

Ich kaufte das Kleid und eine passende kurze Strickjacke und behielt beides gleich an. Ein Blick in die Schaufenster, an denen ich vorbeikam, zeigte mir, dass die Verkäuferin absolut recht hatte.

Mein Handy klingelte. »Ich vermisse Sie!«, hörte ich Étiennes schöne Stimme.

»Ich Sie auch«, sagte ich ohne zu überlegen. »Ich habe mich so an Sie gewöhnt.«

»Das ist schön«, sagte er. »Sehen wir uns nachher im *Flore*?«

»Ja«, sagte ich voller Vorfreude.

Marcel pfiff leise durch die Zähne, als ich das Café betrat.

Étienne stand auf und blieb mit offenem Mund stehen. »Wow«, sagte er. »Was haben Sie mit sich angestellt?«

»Ich fühle mich wohl. Mit Ihnen«, sagte ich.

Er schob mir den Stuhl zurecht, und Marcel stand schon neben uns, um die Bestellung aufzunehmen.

Aber ich war nicht richtig bei der Sache, und Étienne auch nicht. Etwas anderes stand zwischen uns. Die Gefühle, die wir füreinander hegten, lagen in der Luft und machten uns das Sprechen schwer.

»Ob Vianne und David auch hier gesessen haben, was meinen Sie?«, fragte ich ihn, um das Schweigen zu beenden.

»Das ist gut möglich. Immerhin war das *Flore* ein Treffpunkt für Künstler. Heute ist es allerdings eher ein Pilgerort für Leute, die Künstler sehen wollen«, stellte er fest, als eine Gruppe lärmender Japaner hereindrängte und sämtliche Tische um uns herum in Beschlag nahm.

»Glauben Sie, dass Paris früher noch schöner war?«

»Wann?«

»Zur Zeit von Vianne?«

»Sie sind eine Nostalgikerin, ich wusste es«, rief er aus.

»Ist das schlimm?«

»Kein bisschen. Aber um Sie zu trösten: Ich glaube, Paris hat zu jeder Zeit etwas ganz Besonderes gehabt. Obwohl: Wenn ich mir die Schwarzweißfotos aus jener Zeit ansehe … Es kommt mir vor, als wäre damals in Paris das gute Leben erfunden worden.«

»Die Belle Epoque war bestimmt auch nicht schlecht. Das Goldene Zeitalter von Paris.«

»Dann hätten Sie ein Korsett tragen müssen! Aber ganz ehrlich, ich glaube, dass das Publikum des *Flore* früher mehr Stil hatte.«

Wir hatten schon wieder ein Thema am Wickel, über das wir uns lebhaft unterhalten konnten. Die Japaner waren schon längst wieder gegangen, und wir bestellten etwas zu

Essen. Als der Kellner das Entrecôte in Estragonsoße mit extradünnen Pommes frites brachte, bekam ich aber kaum einen Bissen herunter. Die Nähe zu Étienne an dem kleinen Tisch, wo wir uns zwangsläufig immer wieder mit den Händen oder den Knien berührten, wurde mir wieder einmal bewusst. Ich fragte mich, ob der Ausschnitt meines Kleides vielleicht doch zu gewagt war. Ich konnte Étiennes Blicke spüren.

Meine Güte, was machst du hier eigentlich?, fragte ich mich. Du flirtest mit einem anderen Mann, und er interessiert dich mehr, als gut für dich ist. Er interessiert dich auch mehr als nur für eine Nacht. Und genau da lag das Problem. Mit einer betrogenen Nacht hätte ich leben und Jean-Louis unter die Augen treten können. Aber wenn ich jetzt nachgab, würde es nicht bei einer Nacht bleiben. Und das machte mir Angst. Ich hörte auf zu essen und sah Étienne heimlich von der Seite an. Er sah wirklich gut aus. Die scharfgeschnittene Nase und das dunkle Haar … Und ich mochte die Art, wie er jetzt sein Weinglas vom Tisch nahm und trank. Ich konnte die Augen kaum von seinen Lippen lassen. Ich hatte plötzlich Lust, ihn zu küssen.

»Sie essen ja gar nicht. Schmeckt es Ihnen nicht?«

Ich zuckte zusammen und legte mein Besteck auf den Teller. »Étienne, ich glaube, ich muss gehen. Ich muss nachdenken. Das wird mir alles ein bisschen zu eng mit Ihnen, das geht mir zu schnell.«

Er sah mich an, und sein Blick war ganz warm und dunkel. »Lili Marlène, ich weiß, dass Sie verheiratet sind. Sie …, verdammt, ich hasse dieses Sie. Es passt nicht zu uns!«

»Okay, dann sag du.«

Er nickte dankbar. »Du musst ganz allein entscheiden, wie du zu deinem Mann stehst. Aber ich möchte, dass du eines weißt: Marlène, ich werbe um dich! Ich habe mich Hals über Kopf in dich verliebt. Du machst mein Leben reich! Ich verstehe mich selbst nicht mehr. Ich bitte dich, mich als deinen Freund zu betrachten, der gern mehr wäre.«

Er sagte das in einem feierlichen Ton, zu dem es gepasst hätte, wenn er vor mir auf die Knie gegangen wäre. Dann rief er den Kellner, und wir bezahlten.

Wir standen ohne zu reden draußen auf dem großen Boulevard, auf dem sich an diesem schönen Frühsommerabend die Nachtschwärmer drängelten. Er pfiff nach einem Taxi. Dann nahm er mich in die Arme und ich hätte mich am liebsten an ihn gedrängt. Alles zog mich in diesem Moment zu ihm hin. Aber ich machte mich los und stieg in den Wagen.

Zu Hause schrieb ich diesen Satz unter die anderen.

*Ich werbe um dich! Ich habe mich Hals über Kopf in dich verliebt!*

Daneben lag der Zettel, auf den ich Jean-Louis' Satz notiert hatte:

*Wo hast du die verdammte Schnorchelausrüstung hingepackt?*

# Zweiunddreißig

Nach der Geburt von Benoit änderte sich Viannes Leben noch einmal grundlegend. Sie war siebenundzwanzig Jahre alt und sie hatte jetzt die Verantwortung für ein Kind. Mitte August 1939 kehrte sie nach Paris zurück.

Die Atmosphäre in der Stadt war drückend und lag wie ein sirrendes Flirren in den Straßen. Die Pariser stöhnten unter der Sommerhitze.

Die Abende waren von berückender Schönheit. Paris versank fast in einem Taumel aus Licht und Duft. Aber die politischen Verhältnisse waren alles andere als stabil. In Frankreich waren die Streiks und politischen Aufmärsche wieder aufgeflammt, und schließlich war Léon Blum, der drei Jahre zuvor von den Massen an die Macht getragen worden war, als Ministerpräsident zurückgetreten. Sein Nachfolger Daladier wollte die Franzosen wieder »an die Arbeit bringen«. Alle fürchteten, dass die Errungenschaften der Volksfront, die Reduzierung der wöchentlichen Arbeitszeit auf vierzig Stunden und der bezahlte Urlaub, wieder rückgängig gemacht werden könnten.

Dazu kam die Angst vor einem neuen Krieg. Hitler hatte im Jahr zuvor Österreich annektiert und stellte bereits neue Forderungen. Frankreich und England hatten eine Garantie für die Freiheit Polens gegeben, nachdem Hitler sich auch Tschechien und Böhmen einverleibt hatte. Die Appeasement-Politik, die Politik des Nachgebens, mit der Daladier und Chamberlain noch 1938 Hitler zu besänftigen versucht hatten, war gescheitert. Der Diktator in Deutschland ließ sich nicht besänftigen, und Polen stand als nächstes Land auf seiner Liste. Sollte er Polen überfallen, dann würde es Krieg geben.

Die nervöse Spannung in der Stadt war zu spüren, als Vianne aus dem Zug stieg. Es waren nur wenige Reisende unterwegs, weil die halbe Stadt bereits in die Ferien gefahren war. Sie sah sich um und entdeckte David, der am Ende des Perrons stand und die Zeitung las. Sie setzte ihren Koffer ab, um ihn ungestört zu betrachten: Groß und schmal lehnte er an einem Pfeiler, hatte ein Bein vor das andere gestellt und war in die Lektüre vertieft. Er sah verändert aus, kräftiger. Die Luft in der Normandie und der Erfolg schienen ihm gutzutun.

Sie musste an ihre erste Ankunft vor zehn Jahren hier denken. Sie fing ihr Spiegelbild auf, als sie an dem großen Buffet vorüberging, und blieb abrupt stehen. Wie sie sich verändert hatte! Aus der verängstigten jungen Frau, der man die provinzielle Herkunft ansah, war eine schöne, selbstbewusste Dame geworden, die unter ihrer kleinen blauen Kappe , die sie schräg auf dem Kopf trug, kühl in die Welt blickte. Ihr schmaler Rock endete kurz unterhalb des Knies und ließ ihre schlanken Waden sehen. Sie trug Schuhe mit Absätzen, die auf dem Marmorboden klapperten. Heute wusste sie genau, welchen Weg sie nehmen musste. Die Entgegenkommenden wichen ihr automatisch aus, während sie »Pardon« sagten. Sie senkte nicht mehr den Blick, sie genoss die Anonymität der Großstadt, in der niemand wusste, dass sie eine unverheiratete Mutter war, die ihr Kind auf dem Land zurückgelassen hatte. Sie spielte die Rolle der waschechten Pariserin, die sich gut im Leben zurechtfand, perfekt.

Sie war nur noch ein paar Schritte von David entfernt, der sie noch nicht bemerkt hatte. Doch jetzt sah er auf. Er ließ die Zeitung sinken und sah sie mit beinahe schmerzhafter Intensität an. Dann riss er sie in seine Arme.

»Mein Gott, Vianne! Wie du mir gefehlt hast!« Er küsste sie leidenschaftlich und hielt sie die ganze Zeit umschlungen.

Vianne hätte stundenlang so stehenbleiben können, eingehüllt in seine Arme und seinen Geruch. Aber dann lösten sie sich voneinander. David hielt sie in den ausgestreckten Armen und betrachtete sie.

»Was hast du mit dir gemacht? Du bist noch schöner geworden.«

Vianne wusste genau, was er meinte. Nach der Schwangerschaft hatte sie fast ihre alte Figur wieder, aber sie war weicher und runder geworden. Das Mädchenhafte war von ihr abgefallen, von ihrem Körper, aber auch von ihrer Seele. Sie war jetzt eine Mutter, es gab ein Wesen in ihrem Leben, das wichtiger als alles andere war. So etwas veränderte eine Frau. Sie sah David an, der anscheinend immer noch auf eine Antwort auf seine Frage wartete.

»Ach, der Sommer auf dem Land hat mir einfach gutgetan. Ich habe viel gegessen und mich bewegt. Genau wie du. Du siehst auch sehr gut aus.«

»Wenn ich Geld habe, dann mieten wir uns ein Haus auf dem Land und leben dort wie Gott in Frankreich.«

»Wenn wir Geld haben«, sagte Vianne lachend.

»Wir werden bald mehr als genug haben, du wirst schon sehen.« Er riss sie wieder in die Arme und presste sie an sich. »Warum warst du nicht bei der Vernissage dabei? Ich hätte dich so gern an meiner Seite gehabt. Alle haben gefragt, wer die schöne Frau auf den Bildern ist. Die Damen sind vor Eifersucht beinahe geplatzt.«

Vianne machte sich los. »Du weißt doch, dass ich in Toulouse war. Ich konnte dort einfach nicht weg.« Das stimmte nicht. Anfang August war sie mit Benoit in Manosque gewesen. Und wenn sie ganz ehrlich war, dann war ihr das Zusammensein mit ihrem Sohn wichtiger gewesen, auch wenn sie in Gedanken bei David in Paris war.

»Ich hätte dir Geld für den Zug geschickt. Du hättest ja nur für den Abend kommen müssen.«

Vianne wollte nicht länger darüber reden, denn sie spürte, dass er immer noch verletzt war. »Aber jetzt bin ich doch hier. Ist das Bild verkauft?«

»Du meinst *Nach dem Ball*? Du hast es noch nicht einmal fertig gesehen. Komm, wir fahren sofort in die Rue Lafayette zu Dudevant.«

Dudevants Kunstgalerie lag an der Ecke der Rue Lafayette, von der aus ein Straßendurchbruch freie Sicht auf die Kuppel von Sacré Cœur bot. Die Abenddämmerung hatte eingesetzt, und das weiße Gebäude hatte einen zartrosa Ton angenommen. Vianne nahm das als gutes Vorzeichen, denn sie hatte Dudevants Galerie nicht als unbedingt idealen Ort für eine Ausstellung in Erinnerung. Als sie das letzte Mal hier gewesen war, hatte sie die Aneinanderreihung von drei zunehmend dunklen Räumen, in denen ein grandioses Chaos herrschte, entsetzt. Überall standen Bilder an die Wand gelehnt, zum Teil auf dem Kopf oder mit dem Rücken zum Betrachter. Im Raum, der zur Straße lag, stand ein großer Schreibtisch, auf dem sich Zeitungen, Korrespondenz, ein Sammelsurium an Dingen, Metrokarten, Verpackungsmaterial und tausend andere Dinge stapelten. Wenn das Telefon klingelte, musste Dudevant es regelmäßig unter Stapeln von Papieren suchen. Sie hatte niesen müssen, weil der Staub zentimeterhoch lag. Und die beiden Räume, die sich in die Tiefe des Hauses anschlossen, waren noch dunkler und voller. Aber als sie jetzt eintrat, hatte sich alles verändert.

»Ich habe selbst mitgeholfen, hier Ordnung zu schaffen«, flüsterte David ihr zu. »Wir haben einfach alles in den hinteren Raum gebracht.«

»Dort kann man jetzt allerdings keinen Fuß mehr hineinsetzen«, sagte Dudevant, der sie begrüßte »Ich werde nie wieder etwas finden, wenn diese Ausstellung zu Ende geht.«

Der Raum wirkte viel größer, jetzt, wo nur noch der leere Schreibtisch in der Mitte stand. So kamen auch Davids Bilder in den Blick. Langsam ging Vianne an den Leinwänden vorüber. Die meisten Bilder kannte sie aus Davids Atelier. Und auf vielen war sie zu sehen. Als sie sich betrachtete, wie sie vor einigen Jahren gewesen war, noch im Stadium der Unschuld, noch ehe sie ihren Sohn verlassen hatte, jung und schön und unbelastet, kamen ihr die Tränen. Das passierte ihr jetzt häufiger. Die Schwangerschaft und die Trennung von Benoit hatten sie emotionaler gemacht. Rasch wischte sie sich über die Wangen, bevor David merkte, dass sie weinte.

Im zweiten Raum hingen die Bilder, die in Caen entstanden waren. Zwei kleine Formate zeigten Frauen bei der Feldarbeit. David musste sie in den letzten Wochen gemalt haben, genau wie er es sich gewünscht hatte. Und sie fand drei Akte von sich selbst. Ihr Körper leuchtete warm-golden in der Sonne, die durchs Fenster schien, ihre Augen waren schwarz umrandet unter scharfgeschnittenen Brauen. David hatte offensichtlich keine Schwierigkeiten gehabt, ihren Körper aus dem Gedächtnis zu malen. Vielleicht hatte er sie aber auch heimlich skizziert, als sie geschlafen hatte. In jedem Fall waren die Veränderungen ihres Körpers, die die Schwangerschaft mit sich gebracht hatte, unübersehbar – zumindest für jemanden, der Bescheid wusste. Insgesamt waren die Caen-Bilder kühner, moderner im Strich und farbiger. Als hätte sich die Kraft des nahen Meeres in ihnen verewigt.

»Die sind schön«, flüsterte sie, »anders, mutiger.«

»Du kannst es sehen, nicht wahr? Ich wusste es«, sagte David.

Sie nickte.

Nachdem sie alles gesehen hatte, ging sie wieder in den zur Straße liegenden Raum zurück, um das Hauptwerk zu betrachten, das sie sich für den Schluss aufgehoben hatte und das für sie das wichtigste Bild der Ausstellung war: *Nach dem Ball.* Sie prallte zurück, als sie genauer hinsah und erkannte, was David daraus gemacht hatte. Sie hatte das Bild schon in Caen geliebt und es für gelungen gehalten, aber er hatte offensichtlich noch viele Stunden vor der Leinwand verbracht und es perfektioniert. Aber nicht die Farbgebung oder die Detailgenauigkeit faszinierten sie, sondern der Ausdruck, den er ihrem Gesicht gegeben hatte. Sie war schön auf dem Bild, dafür sorgten schon das kostbare Kleid von Vionnet, die zartschimmernde Haut und ihr Haar, das zu einem Knoten geschlungen weich in den Nacken fiel und von einer Perlenschnur gehalten wurde. Aber das eigentlich Erstaunliche war ihr Gesichtsausdruck. In ihm lag eine ruhige Zuversicht, gleichzeitig war die Frau aber in sich gekehrt und nachdenklich.

»Du hättest mich malen können, wie ich dich ansehe«, sagte sie zu David, der die ganze Zeit hinter ihr gestanden und ihre Reaktion beobachtet hatte.

Er fuhr sich mit den Händen durch das dichte Haar. »Das wollte ich auch. Aber ich konnte dich nicht packen, dein Inneres nicht einfangen. Du bist mir ausgewichen. Ich hatte in Caen oft das Gefühl, dass du nicht ganz bei mir bist. Da war etwas in deinem Blick, in der Art, wie du manchmal weggesehen hast.« Er trat hinter sie und legte ihr die Hände auf die Schultern. »Habe ich dir zu viel zugemutet? Habe ich dich verloren?«

Sie drehte sich zu ihm herum und sah ihn lange an. »Wie sollte ich denn ohne dich leben?«

»Ich befürchte fast, dass du das besser könntest, als wenn es umgekehrt wäre. Ich habe dich in den letzten Monaten so sehr vermisst, es hat mich beinahe umgebracht.«

Vianne lächelte. »Du bist derjenige, der immer wieder Abstand braucht.«

Er senkte den Blick. »Ich bin ungerecht und egoistisch. Du musst mir versprechen, immer in meiner Nähe zu sein, wenn ich dich brauche. Ohne dich kann ich nicht sein.«

»Ich liebe dich doch«, gab sie zurück.

Sie leisteten sich ein Taxi, um in die Rue Daguerre zu fahren. Dort feierten sie Davids Erfolg und ihr Wiedersehen. Sie hatten kaum die Wohnung betreten, als David Vianne an sich riss und sie küsste. Vianne stöhnte auf. Wie sehr hatte sie das vermisst, mindestens ebenso wie er.

»Oh, Vianne«, stöhnte er an ihrem Hals und umfasste mit den Händen mal zärtlich, mal fordernd ihre Brüste. Vianne presste sich an ihn, sie wollte ihn ganz spüren, überall, die Kleider störten nur, und sie begann, sein Hemd aufzuknöpfen, um die glatte Haut seiner Brust streicheln zu können. Sie liebten sich die ganze Nacht und schliefen erst im Morgengrauen eng umschlungen ein.

Vianne wachte auf, als David mit der Zeitung und Croissants zur Tür hereinkam. Früher hatte er nie etwas zum Frühstück geholt. Etwas hatte sich zwischen ihnen geändert.

David legte die Croissants auf den Tisch und schlug die Zeitung auf.

»Hör zu, was dieser Schmierfink schreibt:

*In diesen unsicheren Zeiten, in denen unser Land in Gefahr ist, kommt es einer Blasphemie gleich, elegante Frauen in schönen Kleidern zu zeigen, die extravaganten Vergnügungen nachgehen. Aber solche Sorgen kennt ein jüdischer Galerist wohl kaum.*«

David schäumte vor Wut.

Vianne erschrak. Sie setzte sich im Bett auf. »Was meinen die damit? Ist Dudevant denn Jude? Das ist einfach widerlich!«

»Wenn ich den Kerl sehe, haue ich ihm eine runter!«

Vianne war in diesen Tagen von einer nervösen Unruhe. Sie war überglücklich, wieder mit David vereint zu sein, aber die Sehnsucht nach Benoit fraß sie beinahe auf. Sie musste erst lernen, ohne ihn zu sein. Zudem lief Davids Ausstellung nicht so, wie er sich das erhofft hatte. Die Zeiten waren nicht dafür gemacht, um in Galerien zu gehen und Gemälde zu betrachten oder gar zu kaufen. Alle sahen beunruhigt nach Deutschland, wo Hitler immer unverhohlener seine Kriegslust zeigte.

David machte sich Sorgen.

»Wenn es zum Krieg kommt, dann muss ich zurück nach England.«

Die Aussicht lähmte ihn, er konnte nicht malen, stundenlang stand er vor der Staffelei, ohne den Pinsel anzusetzen. Schließlich warf er ihn entnervt von sich und ging in ein Lokal, um sich zu betrinken. Vianne ging nicht mit. Sie hatte ihre eigenen Sorgen. Sie vermisste ihren Sohn. Ihre Brüste schmerzten, wenn sie an ihn dachte und sich an das leise schmatzende Geräusch erinnerte, das er beim Stillen gemacht hatte. Jetzt würde er Agnès mit diesem unergründlichen Blick ansehen, in dem die ganze Welt lag und der bis auf den Grund der Seele reichte.

Die Gleichzeitigkeit von lärmender Vergnügungssucht und Angst vor dem, was unvermeidlich kommen musste, kostete Kraft. Die Pariser amüsierten sich – zu Tode. Sie tanzten auf einem brodelnden Vulkan. Man konnte es ihnen nicht verdenken. Alle ahnten, dass die guten Zeiten bald vorüber sein würden, alle nahmen mit, was sie noch kriegen konnten. Seit die Front populaire den bezahlten Urlaub eingeführt hatte, fuhren die Franzosen ans Meer. Paris war wie ausgestorben. Wenn die Deutschen in diesen Tagen in die Stadt einmarschieren würden, sie würden niemanden antreffen.

Aber tönten die Generäle nicht, die französische Armee sei stark wie nie, die Maginot-Linie sei uneinnehmbar, die Deutschen würden niemals wagen, gegen Frankreich zu ziehen und wenn, dann würde es ihnen schlecht bekommen?

Jeder, der wollte, mochte das glauben und seine Ferien genießen. Vianne glaubte dem Frieden nicht. Und sie hatte Angst davor, David zu verlieren, wenn es zum Krieg kommen würde.

Vianne war noch keine zwei Wochen wieder in der Stadt, da kam ein Telegramm aus London. Davids Vater war gestorben. Er packte sofort seine Sachen und machte sich auf den Weg, um noch rechtzeitig zur Beerdigung einzutreffen.

»Wenn etwas passiert …«

Vianne sah ihn entsetzt an.

Er kam auf sie zu und nahm ihre Hände in seine. »… wenn

ich nicht in vier Wochen zurück bin, dann nimm die Bilder an dich und löse meine Wohnung auf«, sagte er zu ihr.

Sie nickte. »Aber bis dahin bist du ja längst wieder da«, sagte sie und versuchte ein Lächeln.

»Natürlich bin ich bis dahin wieder da.« Er küsste sie und stieg dann in den Zug. Doch dann besann er sich anders. Er stürzte auf sie zu und küsste sie mit aller Leidenschaft, deren er fähig war.

Vianne schluchzte, als er sich mit Gewalt von ihr los machte. Der Zug begann schon zu rollen. Er sprang auf und sah sie an, bis der Zug die Bahnhofshalle verlassen hatte.

Drei Tage später marschierte die deutsche Wehrmacht in Polen ein. Am nächsten Tag erfolgte in Frankreich die Mobilmachung, am 3. September erklärten England und Frankreich dem Deutschen Reich den Krieg. Im Jardin des Plantes fingen die Mitarbeiter an, die kostbarsten Stücke und Bücher in Archive und Schlösser außerhalb von Paris zu evakuieren. Täglich fuhren Lastwagen vor, die mit Kisten beladen wurden. Die Ausstellung blieb geschlossen, es kamen ohnehin keine Besucher mehr.

Ende des Monats klopfte Vianne bei Madame Oblensky und kündigte Davids Wohnung.

»Das dachte ich mir, dass Monsieur Scott nicht wiederkommt. Wir haben schlechte Zeiten«, sagte sie mit einem Seufzen.

Vianne ging durch die Räume, in denen sie mit David gelebt hatte. Viele Bilder gab es hier nicht, die meisten waren bei Dudevant in der Galerie ausgestellt. Seine Anzüge hatte David mitgenommen, nur ein Wintermantel hing einsam im Schrank. Sie nahm ihn an sich und vergrub ihre Nase darin, um seinen Duft zu riechen.

Dann rollte sie die Leinwände auf und verpackte alles. Davids Sachen, das, was von seinen Pariser Jahren übrig war, passte in drei Kartons, die sie in einem Taxi in die Passage Cottin mitnahm.

Als sie ihre kleine Wohnung betrat und die Kisten in eine Ecke stellte, spürte sie, wie eine unglaubliche Leere in ihr aufstieg. Ihr Leben mit David war vorüber. Sie glaubte nicht daran, dass der Krieg schnell vorüber sein und er bald zu ihr zurückkehren würde. Sie würde ohne ihn, ohne seine Liebe leben müssen. Das machte ihr Angst. Sie wanderte in ihrem Zimmer auf und ab und weinte.

Wenn sie wenigstens mit David in Kontakt treten könnte! Clothilde bekam regelmäßig Briefe von Jeannot, der in der Nähe von Metz als Wetterbeobachter stationiert war. Aber von David hatte sie bisher erst eine Postkarte bekommen. Viel stand nicht darauf:

Er habe sich um seine Mutter und die Fabrik kümmern müssen. Er sei mobilisiert worden und dürfe nicht sagen, wo er stationiert war. Er male nicht. Dafür sei nicht die Zeit.

Ebenso wenig wie für die Liebe, fügte Vianne in Gedanken hinzu. Es standen noch drei Zeilen unten auf der Karte, aber der Teil war von der Zensurbehörde geschwärzt. Vianne drehte die Postkarte hin und her, hielt sie gegen das Licht und versuchte, die schwarze Farbe abzuwaschen, die Nachricht blieb unlesbar.

# Dreiunddreißig

In den Parks wurden Gräben ausgehoben, Schutzräume wurden ausgewiesen und Luftschutzübungen abgehalten. In den großen Bürgerhäusern gingen die Leute in die Logen der Concierge und die Keller, die anderen flüchteten sich in die Metrogänge. Wegen der Verdunklung blieben die Straßen in der Stadt der Lichter schwarz, nur die blau übergestrichenen Lampen vor den Metroeingängen wiesen den Parisern den Weg. Aber solange die Deutschen nicht die Grenze überschritten und keine Bomben fielen, blieb es bei diesem »komischen Krieg«, der kein richtiger war. Auch die Franzosen griffen die Deutschen nicht an. Die beiden Armeen lagen sich an der Grenze gegenüber und taten nichts. Das Tanzverbot wurde bald wieder aufgehoben, die Kinos und Theater waren voll, auch wenn die Ausgangssperre alle zwang, nach der Vorstellung schnell nach Hause zu gehen und die sprichwörtliche »letzte Metro« zu nehmen.

*Paris bleibt Paris*, so hieß es auf Plakaten, so stand es in den Zeitungen. Die meisten waren nur zu bereit, das zu glauben. Trotz der Kriegserklärung ging das Leben in Paris mit einigen Einschränkungen weiter wie bisher.

Dudevant schrieb ihr und fragte, was er mit den nicht verkauften Bildern machen sollte. Auf dem Weg in die Galerie dachte Vianne daran, dass sie nicht einmal seinen Vornamen kannte. Als sie um die Ecke kam, erschrak sie. Die große Fensterscheibe war kaputt und notdürftig mit Brettern vernagelt. Und Dudevant war entsetzlich abgemagert und grau im Gesicht. Aber er gab sich Mühe, liebenswürdig zu sein. Sie erinnerte sich, dass David ihn einen »gütigen Narren« genannt hatte. Auf seinem großen Schreibtisch stapelten sich wieder Papiere und andere Dinge. Vianne sah das übliche Durcheinander. Als Dudevant ihren Blick bemerkte, hob er entschuldigend die Hände.

»Wissen Sie, es kommen keine Kunden, oder nur ganz wenige. Da ist es egal, wie es hier aussieht. Ich bringe meine Angelegenheiten in Ordnung, und dann …«

»Und dann?«

»Ich werde Paris verlassen. Ich habe Freunde im Süden. Dort soll es besser sein. Die Menschen haben dort nicht so viel Angst vor ausländischen Spionen.«

Vianne wusste, worauf er anspielte: Die Deutschen und Österreicher, die vor Hitler Schutz in Frankreich gesucht hatten, wurden als feindliche Ausländer verhaftet und in Lager gesteckt.

»Zum Glück habe ich einen französischen Pass, aber es ist nicht leicht … Es tut mir leid, ich kann nichts mehr für David tun. Wie gesagt, niemand hat zurzeit Interesse an Kunst. Und letzte Nacht hat mir jemand die Scheibe eingeworfen. Ich nehme an, ein Dummejungenstreich.«

Beide wussten, dass das nicht stimme. Antisemitische Parolen hatten Konjunktur.

Vianne bewunderte den kleinen Mann für seine Haltung. »Es tut mir leid«, brachte sie heraus. »Ich schäme mich dafür, wie mein Land mit Menschen wie Ihnen umgeht.«

»Sie können ja nichts dafür«, sagte er und lächelte. »Soll ich Ihnen die Bilder schicken?« Er wies auf eine große Rolle mit Leinwänden.

»Nein, ich nehme sie mit. Was ist mit *Nach dem Ball*?« Sie

wünschte sich, dass es noch da war, sie hatte plötzlich Sehnsucht nach dem Bild, das in ihrer glücklichsten Zeit mit David entstanden war. Es war wie eine Verbindung zu ihm.

Dudevant wies auf die aufgerollten Leinwände: »Es ist dabei. David wollte es nicht verkaufen. Obwohl es einen Interessenten gab, der zweitausend Francs geboten hat. Er hat mir gesagt, dass das Bild Ihnen gehören würde.«

»Davon wusste ich nichts«, murmelte Vianne. Sie atmete tief ein. Dieser Liebesbeweis von David rührte sie. »Auf Wiedersehen. Passen Sie auf sich auf«, sagte sie zu dem kleinen Mann.

»Oh, machen Sie sich keine Sorgen. Ich komme zurecht.« Damit drückte er ihr traurig die Hand und schob sie aus dem Geschäft.

Zum Glück hatte Vianne ihre Arbeit, die sie von ihrer Sehnsucht nach Benoit und David ablenkte. Im Botanischen Institut hatte sich einiges verändert. Ihre jungen Kollegen waren mobilisiert und langweilten sich in den Schützengräben im Norden des Landes. Alle Expeditionen und Exkursionen waren abgesagt. Viele Länder, mit denen Frankreich im Krieg lag oder in denen gekämpft wurde, konnten nicht mehr bereist werden. Internationale Zeitschriften wurden nicht mehr geliefert. Der Kontakt zu vielen Kollegen an anderen Forschungsstandorten war unterbrochen. Zum Glück war Albert noch da, er war zu alt, um eingezogen zu werden. Vianne und er rückten noch näher zueinander, sie mochten sich und arbeiteten gern zusammen. Weil es nur wenig zu tun gab, machten sie sich daran, die schier unerschöpflichen Depots zu sichten. Sie fanden jahrzehntealte Schätze, die vor ihnen wohl noch niemand bewertet und katalogisiert hatte, Unterlagen und Material von Expeditionen, deren Teilnehmer seit

Jahrzehnten tot waren. Die Arbeit brachte neue Erkenntnisse, aber sie hatte auch etwas Deprimierendes, weil sie ihnen wie eine nutzlose Beschäftigung vorkam.

Nach der Arbeit ging sie meistens direkt nach Hause, zu Davids Bildern. Sie hatte so viele wie möglich noch am selben Abend aufgehängt, an dem sie sie von Dudevant abgeholt hatte. Sie konnte es kaum erwarten, sie wiederzusehen, besonders *Nach dem Ball*. Als sie die Leinwand auseinanderrollte, überkamen sie ihre Gefühle. Sie erinnerte sich an jede Minute, die sie David für das Bild gesessen hatte. Sie fühlte wie damals den Schauer auf ihrer Haut, der von dem kühlen Raum, aber auch von der Erregung kam, die das leise Wischen des Pinsels auf der Leinwand, Davids leise gemurmelte Anweisungen, ihre Gespräche in ihr erzeugt hatten. Irgendwann war die Spannung für sie beide unerträglich geworden, und David hatte den Pinsel zur Seite gelegt und war zu ihr herübergekommen, um sie in die Arme zu nehmen und zum Bett zu tragen.

Jetzt hing das Bild gegenüber ihres Bettes, weil dort die einzige freie Wand war, die groß genug war. Sie lag oft abends in ihrem Bett und wunderte sich, wie David sie so hatte malen können. Ihr Leben war gerade das Gegenteil einer rauschenden Ballnacht. Es war arbeitsam, es gab nur selten kleine Vergnügungen. Vor allem war es einsam, ohne David und ohne Benoit.

Wenn ihr die Decke auf den Kopf fiel, ging sie ins Kino. Manchmal besuchte sie Clothilde.

»Wir sind jung und schön, wir sollten uns amüsieren«, seufzte Clothilde. »Und was tun wir stattdessen?«

»Die Zeiten sind nicht dafür, um sich zu amüsieren«, sagte Vianne. »Ich mache mir Sorgen um David. Ich weiß nicht, wo er ist. Vielleicht mitten im Kampf.«

»Es wird doch nicht gekämpft«, beruhigte sie Clothilde. »Nur in Polen.«

Aber beide befürchteten, dass das nicht so bleiben würde.

Das erste Weihnachtsfest im Krieg verbrachte Vianne in Manosque bei Benoit. Es war ihr vierter Besuch bei ihm, seit er geboren war. Im Oktober war er getauft worden. Clothilde war mit nach Manosque gekommen, denn sie wurde seine Patin. Der Tag war schön und feierlich gewesen, aber als Benoit weinte, ließ er sich nicht von Vianne beruhigen, Agnès musste ihn auf den Arm nehmen. Vianne war am Boden zerstört, aber Clothilde tröstete sie: »Es kommt die Zeit, wo du ihn bei dir haben wirst.«

Aber diesmal konnte sie länger bleiben, sie hatte sich eine Woche frei genommen.

Jedes Mal, wenn sie Benoit wiedersah, hatte er sich verändert. Er wurde wacher, er lachte sie an und gab kleine glucksende Geräusche von sich. Obwohl es kühl war und ein kalter Wind über die hügelige Landschaft strich, ging Vianne viel mit ihm spazieren. Es tat ihr gut, bis zur Erschöpfung zu marschieren, während er in seinem Kinderwagen schlief. Es fiel ihr allerdings unendlich schwer, zuzusehen, wie Agnès ihn stillte. Auf diese Momente der innigen Zweisamkeit musste sie verzichten. Sie setzte sich dann abseits, weil sie es nicht ertrug, dass Benoits intensive Blicke beim Stillen nicht ihr galten. Aber sein leises Schmatzen, das wohlige Seufzen hörte sie trotzdem.

Dennoch tröstete Benoit sie darüber hinweg, dass David nicht bei ihr war. Sie wusste, dass die Zeiten nicht für Liebespaare gemacht waren, sie versuchte, stark zu sein, aber als sie zu Beginn des neuen Jahres allein im Zug zurück nach Paris saß, spürte sie eine unendliche Müdigkeit und Mutlosigkeit.

Was würde in einem Jahr sein? Was in drei oder fünf? Würde sie immer noch getrennt von ihrem Sohn und von David sein? Würde der Krieg nach Frankreich kommen?

An Pfingsten marschierte die deutsche Wehrmacht in Holland und Belgien ein und überrannte die Verteidigungslinien. Drei Tage später, am 13. Mai 1940, überquerten die Soldaten die Grenze nach Frankreich, ohne auf nennenswerten Widerstand zu stoßen. Die Pariser begannen sich auszurechnen, wie lange es dauern würde, bis die ersten Deutschen in Paris ankommen würden. In der Nacht des 3. Juni gab es den ersten Fliegeralarm. Die Werke von Citroën und Renault in Paris wurden bombardiert, es gab Tote. Die Menschen verbrachten eine angstvolle Nacht in Luftschutzräumen.

Der Exodus begann. Jeden Tag verließen jetzt hundertzwanzigtausend Pariser die Stadt, mit dem Zug, mit dem Auto, auf Fahrrädern und mit Karren, viele mussten zu Fuß gehen. Die Bahnhöfe wurden von der Polizei geschützt, damit die Menschen nicht die Züge stürmten. Bis Ende Mai waren es eine Million Menschen. Die Straßen in Richtung Süden waren hoffnungslos verstopft, Züge wurden gekapert, Familien auseinandergerissen, in dem Chaos gingen mehrere Hundert Kinder verloren. Nach den Bombardements der Automobilwerke wurde die Angst noch größer, noch mehr Menschen wollten weg aus Paris. In wilder Panik und in einem unvorstellbaren Chaos verließen sie die Stadt und flohen Richtung Süden, während aus dem Norden die Franzosen in die Stadt strömten, die von dort vor den Deutschen geflohen waren. Sie hatten mancherorts ihr Vieh einfach in den Ställen zurückgelassen. Auf ihrer Flucht wurden die Flüchtenden von gierigen Bauern ausgenommen, die für ein

Glas Wasser ein Vermögen verlangten, und von deutschen Tieffliegern bombardiert. Wenn sich die feindlichen Flugzeuge näherten, begannen alle zu rennen, um in Kornfeldern, in Wäldern oder in Gräben Schutz zu suchen. Auch Viannes Nachbarin, die Schneiderin, hatte sich mit ihrem Mann und den Kindern in Richtung Süden aufgemacht, wo eine Schwester von ihr wohnte. Die Concierge war weg, der Zeitungsmann und die Inhaber der Bäckerei an der Ecke. Ebenso wie die meisten Zeitungsredaktionen, die Beamten und viele Restaurantbesitzer.

Am 10. Juni flüchtete auch die Regierung. Für einhundertzwanzig Kilometer brauchten die Fahrzeuge mehrere Stunden. Auch die Minister kamen auf den hoffnungslos verstopften Straßen nicht voran. Das Land befand sich in Auflösung.

Als am 13. Juni Paris zur offenen Stadt erklärt wurde, um Zerstörungen zu verhindern, weinte Vianne. Einen Tag später marschierten wie aus dem Nichts die ersten deutschen Soldaten durch die Straßen, die wie ausgestorben waren. Vianne war auf dem Heimweg von der Arbeit gerade aus dem Bus gestiegen, als sie die erste Gruppe von ihnen sah, die über den Boulevard de Clichy schlenderte und vor dem *Moulin Rouge* stehenblieb. Sie drückte sich in einen Hauseingang, um sie passieren zu lassen. Sie gingen in lockeren Zweierreihen, große, blonde Männer, die sich gegenseitig fotografierten und lachten. Sonst war niemand auf der Straße. Die Pariser, die noch in der Stadt waren, blieben zu Hause, weil sie nicht zuschauen wollten, wie die Eroberer ihren Triumph auskosteten.

Vianne hatte nie daran gedacht, aus der Stadt zu fliehen. Benoit war bei Agnès in Sicherheit. Und sie hoffte immer noch, dass David sich melden würde. Aber wo sollte er sie finden, wenn sie nicht in Paris war? Sie verbrachte schlaflose Nächte, wenn ein Luftalarm sie in den Keller zwang, aber nach den schrecklichen Geschichten, die sie von den Flüchtenden gehört hatte, hielt sie die Gefahr, von einer deutschen Bombe getroffen zu werden, für geringer als die Gefahren auf den verstopften Straßen Frankreichs. Sie war geblieben, aber Paris war nicht länger ihre Stadt. Sie hasste den Anblick der Uniformierten in den Straßen. Und sie schämte sich, wenn sie mit ansehen musste, wie französische Polizisten vor deutschen Offizieren salutierten.

An diesem Montag, dem 17. Juni 1940, war sie auf dem Weg zur Arbeit. Obwohl das Museum geschlossen war, so wie alle anderen Museen auch. Sie ging aber trotzdem hin, weil sie die Untätigkeit nicht aushielt. Auf dem Weg holte sie etwas beim Präparator in der Rue de Rivoli ab. Es handelte sich um seltene Schmetterlinge aus dem Amazonasgebiet, die sie und Albert in einem der alten Kartons gefunden hatten und die wegen ihrer seltsam geformten Rüssel ein besonderes Bestäubungsverhalten zeigten. Sie waren durch unsachgemäße Lagerung fast zerstört. Sie nahm die sorgfältig verpackten kleinen Schaukästen unter den Arm und bestieg den Bus. Auf der Place de la Concorde blieb der Bus jedoch in einem Menschenauflauf stecken. Vianne sah mit Abscheu die Sandsäcke, mit denen der Obelisk geschützt war.

Ein Menschenauflauf in Paris, dachte sie noch. Es sind also doch nicht alle weg.

Wie alle anderen stieg sie aus, wobei sie ihr Paket fest an sich drückte. Eine zittrige Stimme war zu hören. Vianne sah sich um und entdeckte die Lautsprecher, die deutsche Pioniere rund um den Platz angebracht hatten.

»Mit schwerem Herzen sage ich Ihnen heute, dass der Kampf eingestellt werden muss. Ich habe mich heute Nacht an den Gegner gewandt, um ihn zu fragen, ob er bereit ist, mit uns, unter Soldaten, nach dem Ringen und in aller Ehre, nach Mitteln zu suchen, den Feindseligkeiten ein Ende zu setzen.«

»Das ist Pétain«, sagte jemand neben ihr. »Seine Rede war für heute Mittag angekündigt. Meine ganze Familie sitzt zu Hause vor dem Radioempfänger. Aber was redet der denn da? Unsere Soldaten sollen die Waffen niederlegen? Einfach so?«

Unter den Umstehenden brach ein Tumult aus. Der greise Marschall Pétain, Held von Verdun, war seit dem Wochenende neuer Premierminister des Landes.

»Das ist nicht unser Marschall. Und wenn, dann haben die Deutschen ihn gezwungen, diesen Unsinn von sich zu geben«, sagte jemand.

»Er verkündet einen Waffenstillstand, ohne überhaupt die Bedingungen des Feindes gehört zu haben? Verräter!« Das war die Stimme einer dicken Frau, die vor Erregung ganz rote Wangen hatte und ihre Handtasche durch die Luft schwang, als wollte sie damit zuschlagen.

»Das heißt, wir kämpfen nicht länger gegen die Boches?« Der Mann, der das gesagt hatte, sah sich ängstlich um. Die Boches mochten es nicht, wenn man sie »Scheißdeutsche« nannte.

Eine Frau neben Vianne übergab sich plötzlich keuchend.

Auch Vianne spürte körperlichen Ekel angesichts dessen, was sie gerade gehört hatte. Ein Waffenstillstand und das Ende des Kampfes gegen die Besatzer! Das konnte doch nicht sein, dass der Sieger von Verdun das Land jetzt so leichtfertig dem Feind übergab! Reichte es nicht, wie die Deutschen sich hier in Paris als Herren aufspielten? Und wenn die Bedingungen, die die Deutschen stellten, sich als unannehmbar herausstellten?

Der Unmut der Menschen wurde immer größer. Alle schrien, viele reckten die Fäuste und die, die sich für Pétains Vorschlag aussprachen, weil er Frieden bringen würde, »Dann kommen unsere Männer und Söhne endlich wieder nach Hause!«, wurden geschubst. Eine Abteilung deutscher Soldaten näherte sich und forderte die Anwesenden auf, unverzüglich den Platz zu räumen. Als sie ihre Gewehre in Anschlag brachten, zerstreute sich die murrende Menge.

Als Vianne nach Stunden in ihrem Büro ankam, war sie niedergeschlagen und verängstigt. »Was wird jetzt passieren?«, fragte sie Albert. Der saß, wie in den letzten Tag fast immer, vor dem Radio. Er hörte alle Stationen, die er hereinbekam: französische, englische und amerikanische Sender.

Albert sah sie nachdenklich an. »Es gibt noch Hoffnung«, sagte er dann. »Ich habe Gerüchte gehört, nach denen es in London jemanden gibt, der zur Fortsetzung des Kriegs aufruft.«

»Wer soll das sein?«

»De Gaulle.«

Vianne hatte den Namen noch nie gehört. »Ich werde verrückt, wenn ich nichts tue«, sagte sie.

»Es gibt mehr Kollegen hier, die so denken«, sagte Albert. »Kannst du heute Abend ein bisschen länger bleiben? Dann können wir darüber reden. Aber kein Wort zu Jean-Marie. Nimm dich in Acht vor ihm.« Er zögerte. »Und ich hoffe, das mit dem Du ist in Ordnung. Wir Franzosen müssen jetzt zusammenhalten, da ist kein Platz für Förmlichkeiten.«

Jean-Marie war einer der Hausmeister, der offen seine Sympathien für Hitler zeigte und gern die letzte Ausgabe von *Je suis partout* herumliegen ließ, die Zeitung der offen nationalistischen und antisemitischen Rechten. Durch seine Tätigkeit hatte er Zugang zu allen Räumen und tauchte gern unverhofft irgendwo auf. Sie warteten, bis er nach Hause gegangen war, bevor sie sich trafen: Albert Martin-Curriel, Vianne und der Gärtner Maxim, der einen Kollegen namens Michel mitgebracht hatte. Michel war bei den Kommunisten und machte keinen Hehl daraus. Obwohl die Partei seit September 1939 verboten war und viele Genossen schon im Gefängnis saßen.

Sie trafen sich nicht wie sonst in dem großen Besprechungsraum, der sich im Turm befand, denn der Raum hatte Zugänge in alle Richtungen, und jetzt war es sicherer, ungestört zu sein. Also hatten sie sich in Alberts Büro zusammengefunden.

Nach fünf Minuten wurde die Tür aufgerissen und Delphine Darrieux eilte herein.

»Tut mir leid, ich hatte noch einen späten Besucher in der Bibliothek«, sagte sie, als wäre es die natürlichste Sache der Welt, zu spät zu einem konspirativen Treffen zu kommen. Sie setzte sich neben Vianne. Die beiden drückten sich unter dem Tisch die Hände, sie standen auf derselben Seite. Nach einigen Diskussionen beschlossen sie, sich alle zwei Wochen am Dienstag zu treffen. Vorerst sollte es darum gehen, sich Mut zu machen und Informationen auszutauschen. Das erschien ihnen das Wichtigste. Was konkret zu tun sei, würden sie später überlegen.

»Also gut, warten wir ab, ob de Gaulle morgen etwas verkündet«, sagte Albert zum Abschied.

Als Vianne an diesem Abend nach Hause ging, fühlte sie sich leichter. Sie begann, wieder Mut zu fassen. Die lähmende Scham, die sie in den letzten Tagen beim Anblick der deutschen Soldaten befallen hatte, wich einem vorsichtigen Optimismus.

Als die Rede des Marschalls am nächsten Tag in den Zeitungen stand, war der entscheidende Satz verändert worden. »Es muss *versucht* werden, den Kampf einzustellen.« Aber da war es bereits zu spät. Frankreich hatte die Waffen gestreckt, eineinhalb Millionen französische Soldaten gingen in deutsche Kriegsgefangenschaft. Die Männer und Söhne würden nicht nach Hause kommen.

Vianne ging nach der Arbeit zu Clothilde. Sie fand sie in Tränen aufgelöst.

»Jeannot wird nicht demobilisiert. Er muss nach Deutschland, in Gefangenschaft. Hier, das habe ich heute bekommen.«

Sie reichte ihr einen Brief, vielmehr einen Zettel, offensichtlich hastig aus einem Buch herausgerissen und schnell bekritzelt. Jeannot schrieb, dass er nach Deutschland verlegt werde und diese Nachricht seiner Wirtin an der Front zugesteckt hatte, in der Hoffnung, dass sie Clothilde erreichen werde.

»Ich hasse die Boches«, rief sie mit erstickter Stimme.

Vianne seufzte. »Ich glaube, jetzt ist der Moment für einen Cognac«, sagte sie. »Und ich muss bei dir übernachten. Es wird gleich dunkel, ich komme nicht mehr rechtzeitig vor der Ausgangssperre nach Hause.«

Am nächsten Tag sprach eine andere Stimme zu den Franzosen, diesmal in der britischen BBC, genau wie Albert es vorausgesagt hatte. Charles de Gaulle rief von London aus zur Fortsetzung des Kampfes gegen den deutschen Besatzer an der Seite der Briten auf. »Frankreich ist nicht allein!« Dreimal wiederholte er diesen Satz, und Vianne hörte heraus:

»Ich bin nicht allein.« Sie sah Albert in die Augen und las dort, dass er ähnlich dachte. Endlich sprach jemand aus, was alle fühlten. Endlich gab jemand dem besetzten, gedemütigten Frankreich eine Stimme!

Albert machte das Radio aus, nachdem er es wieder auf einen französischen Sender eingestellt hatte. Man wusste ja nie. Dann strich er sich seine hellgraue Strähne aus dem Gesicht, griff nach einem Stuhl und ging wortlos zu der großen Wanduhr, die im Flur des Herbariums hing. Er stieg auf den Stuhl und stellte die Uhr wieder auf zwölf Uhr dreißig, die französische Zeit. Seit die Deutschen in Paris das Sagen hatten, mussten alle Uhren um eine Stunde auf »deutsche Zeit« vorgestellt werden, und der Hausmeister hatte diese Anweisung sofort ausgeführt. Beide wussten, dass Jean-Marie die Uhr unverzüglich wieder umstellen würde, sobald er die falsche Uhrzeit bemerkte. Dennoch spürten sie ein Gefühl der Genugtuung. Und ihre Armbanduhren blieben ohnehin auf die französische Zeit gestellt. Sie würden nicht nach der neuen Zeit des Feindes leben.

Auf dem Heimweg durch die Straßen von Paris ballte Vianne vor Zorn die Fäuste. Überall hing die Hakenkreuzfahne statt der Trikolore, überall sah sie deutsche Uniformen.

In den nächsten Tagen wurden die Deutschen noch präsenter in den Straßen von Paris. Weiße Hinweisschilder führten zu den verschiedenen Dienststellen, die in requirierten Häusern und öffentlichen Gebäuden untergebracht waren. Vianne weigerte sich, weiterhin in den Jardin du Luxembourg zu gehen, nachdem die Deutschen das Palais zum Hauptquartier der Luftwaffe erklärt hatten. Aber es kam noch schlimmer: Einige Straßen waren einfach gesperrt, weil dort wichtige deutsche Einrichtungen lagen. Und das *Grand Rex* wurde Wehrmachtskino und war ab sofort für Franzosen verboten.

# Vierunddreißig

In den Tagen nach der Niederlage kehrten die Geflohenen zurück in die Stadt, zum Teil kamen sie auf Lastwagen der Wehrmacht. Sie nahmen ihre Wohnungen wieder in Besitz, fuhren wieder Metro, sahen an den Überschriften der deutschen Zeitungen vorbei, die neben *Le Matin*, *Paris-Soir* oder *Le Petit Parisien* an den Kiosken hingen. Paris gehörte nicht mehr ihnen. Und die Deutschen sorgten dafür, dass niemand das vergaß.

Vianne hielt es für eine besondere deutsche Perfidie, dass die Abwehr, der militärische Geheimdienst, seinen Sitz ausgerechnet im Hotel *Lutetia* nahm, wo sich vor dem Krieg die Exilierten aus Deutschland und Österreich getroffen hatten, um gemeinsam gegen Hitler vorzugehen. In der ganzen Stadt, vor jedem Bahnhof, vor jeder Dienststelle der Besatzer, gab es jetzt Absperrungen und die schwarz-weiß-roten Schilderhäuschen. Die Deutschen wussten genau, wo die schönsten und traditionsreichsten Gebäude in Paris standen, und sie rissen sie sich unter den Nagel. Sie schikanierten die Pariser mit ständigen Kontrollen, mit Verboten, mit leeren Geschäften, mit Entlassungen und Verhaftungen.

Das Gerücht kam auf, dass Adolf Hitler in aller Herrgottsfrühe in Paris gewesen sei und sich vor dem Eiffelturm habe fotografieren lassen. Als die Pariser erwachten, hatte er die Stadt bereits wieder verlassen.

Ende Juni war auch Viannes Nachbarin zurück. Aber

Vianne bekam sie nicht zu Gesicht, sie hatte sich völlig zurückgezogen. Erst die Bäckersfrau, die ebenfalls wieder in der Stadt war, wusste, was passiert war. Sophie, ihre fünfjährige Tochter, war während eines Fliegerangriffs getötet worden. »Die Ärmste, jetzt hat sie nicht einmal ein Grab, an dem sie trauern kann.«

Beim nächsten Treffen nach Dienstschluss in Alberts Büro kamen noch zwei Frauen dazu. Eine von ihnen hatte Vianne mitgebracht: Clothilde.

Sie hatte inzwischen eine weitere Nachricht von Jeannot bekommen, die er heimlich hatte verschicken können. Er befand sich in einem Durchgangsgefangenenlager in der Nähe von Metz und wartete immer noch auf seinen Transport nach Deutschland. Es ging ihm nicht gut, es gab zu wenig zu essen. Wohin genau er verschleppt werden würde, wusste er nicht. Doch Clothilde hatte noch mehr schlechte Nachrichten: Die Deutschen hatten die Garage requiriert, um ihre Autos mit der Hakenkreuzstandarte dort unterzustellen.

Die Pariser fuhren ohnehin kein Auto mehr, weil Benzin rationiert und teuer war und man ohne Passierschein nirgendwohin durfte. Die Wochenendausflüge aufs Land waren Vergangenheit wie so vieles andere auch. Clothilde wusste nicht, wovon sie leben sollte. Sie hatte bereits den letzten Mitarbeiter entlassen, den jungen Mann, den Vater der kleinen Claire, deren Mutter die Amme von Benoit war.

»Wie ich die Boches hasse!«, rief sie voller Zorn

Als Vianne ihr sagte, dass es im Botanischen Institut eine Gruppe gebe, die sich wehrte, wollte sie sofort dabei sein.

Die andere Frau war noch sehr jung, höchstens zwanzig, und arbeitete in einer Buchhandlung in der Rue du Cherche-Midi. Ihr Name war Marie Delouvin. Sie hasste die Deutschen, weil sie ihre Lieblingsbücher nicht mehr verkaufen durfte.

»Stellt euch vor, sie sind mit einem großen Lastwagen gekommen und haben alles mitgenommen: Stefan Zweig und Einstein, sogar Heine! Romain Rolland und Louis Aragon. Sie haben mir eine Liste von tausend Werken vorgelegt und gesagt, das sei erst der Anfang. Alle jüdischen Autoren sind darunter, natürlich auch alle, die sich gegen Hitler ausgesprochen haben, und alle Bücher der deutschen Flüchtlinge!« In ihrer Empörung wedelte sie mit den Armen, und ihre halblangen dunklen Haare flogen ihr um das Gesicht. »Sie verbieten uns, zu lesen, was wir wollen. Ich warte auf den Tag, wo sie unsere Häuser und unsere privaten Bibliotheken durchsuchen.« Ein Gedanke der gar nicht so abwegig war, denn die Deutschen stürmten bereits Wohnungen, um zu kontrollieren, ob die Bewohner Radio London hörten.

Vianne schloss diese kleine, drahtige Frau sofort in ihr Herz.

»Unsere Gedanken können sie uns nicht verbieten«, sagte Albert besänftigend.

In diesem Augenblick wurde die Tür aufgerissen und der Hausmeister sah herein. »Entschuldigung, ich wusste nicht, dass hier noch gearbeitet wird.«

Albert fasste sich sofort. »Jean-Marie, gut, dass Sie da sind. Wir besprechen gerade, wie wir die noch verbliebenen Bücher aus der Bibliothek in Sicherheit bringen, falls es zu Kampfhandlungen kommen sollte. Wir hatten uns überlegt, sie in Transportkisten zu verpacken und sie hier im Keller unterzustellen. Was meinen Sie? Haben Sie eine bessere Idee?«

Der Hausmeister sah misstrauisch von einem zum anderen. »Keller wär schon gut«, sagte er dann. »Ich helfe dann beim Tragen. Die Bibliotheksbestände müssen ohnehin durchgesehen werden. Alles, was nicht in die neue Zeit passt, wird aussortiert.« Damit ging er wieder.

»Hier also auch«, sagte Marie, als sie sicher sein konnte, nicht mehr gehört zu werden.

Albert nickte. »Ich habe heute eine Liste mit Titeln und Namen bekommen. Aber ich werde einen Teufel tun, ihnen unsere Schätze zu überlassen, damit sie sie verbrennen. Eher nehme ich die Bücher mit nach Hause.«

»Ich nehme auch welche mit«, sagte Clothilde. »Meine Wohnung ist ohne Jeannot ohnehin viel zu groß.«

»Wir müssen die Wahrheit sagen«, sagte Michel mit zusammengebissenen Zähnen. »Wir müssen unsere Landsleute fragen, wo unsere Männer sind, die Millionen, die die Deutschen verschleppt haben.«

Vianne wunderte sich, woher dieser kleine Mann mit dem schütteren Haar die Kraft für seinen Widerstand nahm.

Clothilde nickte grimmig.

»Wir müssen ihnen sagen, dass es eine Alternative zu Pétain gibt. Dass der Kampf weitergeht.«

»Wir brauchen einen anderen Treffpunkt. Und eine Tarnung. Das hier ist zu gefährlich. Und noch etwas: Wir sind jetzt eine Gruppe: ich, Michel und Maxim, Vianne und Delphine und seit heute Clothilde und Marie. Das macht sieben Personen. Mehr dürfen wir nicht sein.«

»Warum nicht?«, fragte Clothilde.

»Falls einer von uns verhaftet wird, soll er so wenige Namen wie möglich verraten können.«

»Ich würde euch nie verraten!«, sagte Clothilde.

Die anderen nickten zustimmend.

Albert wurde sehr ernst. »Du weißt nicht, was die Deutschen für Methoden haben, um bei einem Verhör etwas aus einem herauszuquetschen. Ich wäre der Letzte, der jemanden verurteilen würde, der unter der Folter redet.« Er sah sie einen nach dem anderen an. »Jetzt ist wohl der Moment, wo wir uns entscheiden müssen. Wenn jemand aufhören will, dann jetzt. Ich hätte jedes Verständnis.«

Aber niemand stand auf.

Clothilde schaute triumphierend in die Runde. »Wie gesagt, ich habe eine große Wohnung hier ganz in der Nähe. Wir haben immer viel Besuch, weil mein Jeannot mit seinen Kumpels regelmäßig Karten spielt. Die Nachbarn sind das gewohnt. Wir könnten doch auch eine Kartenrunde machen. Ich spiele sehr gut.« Sie lächelte die anderen an. »Und bei der Gelegenheit kann doch jeder das eine oder andere Buch mitbringen, das hier überflüssig geworden ist.«

Albert nickte zustimmend. »Aber kein Wort zu den Nachbarn. Zu niemandem. Wir müssen uns klar machen, dass wir in der Minderheit sind, macht euch da bloß keine falschen Hoffnungen. Die Franzosen haben keine Lust mehr auf den Kampf, sie sind froh, wenn ihre Männer und Söhne bisher überlebt haben ...« Seine Stimme klang besorgt.

»Aber die Männer, die sich ergeben haben, gehen in die Gefangenschaft nach Deutschland!«, rief Clothilde. »Mein Mann ist jedenfalls noch nicht zurückgekehrt!«

»Die Leute wollen ihre Ruhe, ihre Sicherheit.«

»Feiglinge!«

»Und wenn es mehr gibt, die denken wie wir? Die diese Schande nicht auf sich sitzen lassen wollen?«, fragte Vianne. »Wie wollen wir die finden?«

»Wir brauchen Informationen, was die Deutschen vorhaben. Wo Razzien und Verhaftungen geplant sind, damit wir die Leute warnen können«, sagte Michel. Er hatte am meisten Erfahrung damit, wie es war, verfolgt zu werden. Und er kannte sich in konspirativen Techniken aus. Alle waren froh, ihn dabei zu haben. Er sagte nur selten etwas, aber wenn, dann hatte es Hand und Fuß.

»Genau. Dazu gehört, dass wir Radio London hören. Wir müssen wissen, was de Gaulle vorhat.«

»Ich würde am liebsten eine Bombe werfen«, rief Clothilde grimmig.

»Ich habe eine bessere Idee«, sagte Albert. »Aber sie ist riskant.«

Alle sahen ihn fragend an.

»Es betrifft dich, Clothilde. Im *Lutetia* wird Personal für die Wäscherei gesucht. Du könntest dich dort bewerben. Du bist doch gerade ohne Arbeit. Ich bin sicher, wer dort arbeitet, kommt an Informationen.«

»Ich gehe gleich morgen früh hin.«

Auf dem Heimweg nahm Vianne ihre Freundin beim Ellenbogen: »Das ist kein Spaß. Im *Lutetia* sitzt die deutsche Abwehr. Es ist deren Aufgabe, ihre Gegner aufzuspüren und unschädlich zu machen. Versprich mir, dass du vorsichtig sein wirst.«

Sie hatte erwartet, dass Clothilde sie auslachen würde, aber sie blieb ernst. »Was denkst du denn? Ich muss doch da sein, wenn Jeannot wiederkommt.« Vianne musste sich beeilen, um rechtzeitig vor der Ausgangssperre zu Hause zu sein. Sie war schon fast angekommen, als ihr zwei deutsche Offiziere entgegenkamen. Sie wollte die Straßenseite wechseln, aber dafür war es zu spät.

»Pardon, Mademoiselle, können Sie uns sagen, wo die nächste Metrostation ist?«, fragte der eine der beiden in leidlichem Französisch. Er war sehr jung und wirkte mit seinen blonden Haaren und dem markanten Gesicht unternehmungslustig.

Vianne sah ihn nicht an, als sie antwortete: »Gehen Sie einfach weiter geradeaus, dann die zweite links.« Damit ging sie entschlossen weiter. Sie spürte die Betroffenheit der beiden und lächelte in sich hinein. Wenn sie wüssten, was sie da unter den Kartoffeln in ihrer Tasche bei sich trug. Es waren säuberlich abgetippte Exemplare der *Ratschläge für Besetzte*. Niemand wusste, wer der Urheber dieser dreiunddreißig Verhaltensregeln war, die den Parisern einen Umgang mit den deutschen Besatzern vorschlugen, der untadelig war, aber ihnen dennoch deutlich machte, dass man sie verachtete: verbindliche Höflichkeit, aber kein Wort mehr, kein Lächeln, kein Entgegenkommen. Wer auf Deutsch angesprochen wurde, sollte sich einfach mit einem unschuldigen Schulterzucken abwenden. Kein Stehenbleiben vor ihren Plakaten, kein Besuch ihrer öffentlichen Konzerte, kein Hinsehen, wenn sie marschierten, sangen oder die Sehenswürdigkeiten fotografierten. Denn sie waren keine Touristen, sondern der Feind. Sie kauften mit ihrem Sold die Läden leer und schickten die Seidenunterwäsche an ihre Frauen in Deutschland, sie saßen auf den Terrassen der großen Cafés und ließen es sich gutgehen, während in den Bäckereien immer öfter das Schild auslag: *Brot ausverkauft.*

Diese kleine Broschüre war eine ihrer ersten Aktionen gewesen. Albert hatte ein Exemplar der *Ratschläge* in seiner Manteltasche gefunden, ohne zu wissen, wie es dorthin gekommen war. Der Verfasser rief dazu auf, die Regeln zu vervielfältigen und weiterzugeben. Und genau das taten sie.

Vianne hatte ein Dutzend Exemplare mit Durchschlägen abgetippt, Marie auch. Als es dann aber darum ging, wer sie verteilen sollte, wollten die Männer das allein machen, weil das für Frauen angeblich zu gefährlich sei. Aber Vianne, Marie und Clothilde hatten ein für alle Mal deutlich gemacht, dass sie dieselben Risiken tragen würden wie die Männer. Also nahm jeder einige Exemplare mit, eng abgetippt auf drei Seiten Bibelpapier, die sie auf dem Weg nach Hause verteilen wollte. Sie ließen sie im Bus oder auf einer Parkbank liegen, sie steckten sie in einen Briefkasten oder ließen sie in der immer überfüllten Metro einfach fallen. Selbst wenn ein Deutscher im Waggon war, war das relativ ungefährlich, man konnte leicht in der Menge untertauchen.

In regelmäßigen Abständen mussten sich die Pariser auf den Bürgermeisterämtern ihres Viertels einfinden, um sich Lebensmittelkarten abzuholen. Weil alle sich mit Namen und Adresse melden mussten, ermöglichte das eine lückenlose Überwachung der Bevölkerung. Wer illegal war, bekam keine Lebensmittelkarten und war auf die Hilfe anderer angewiesen. Dennoch gab es auch mit Lebensmittelkarten nie genug zu kaufen. Schlangestehen für die Grundbedürfnisse des Alltags wurde für alle Pariser zur ungeliebten Gewohnheit. Manchmal ging Vianne schon morgens um sechs auf den Markt, nur um festzustellen, dass es bereits um diese Uhrzeit bis auf ein paar schrumpelige Kartoffeln oder Äpfel nichts mehr zu kaufen gab.

»Man müsste jemanden in der Mairie sitzen haben. Der könnte dann Karten auf Phantasienamen ausstellen«, sagte Vianne. »Wenn wir jemanden dort hätten, dann hätten wir auch falsche Papiere.«

»Dann könnten wir Leute, die von der Polizei gesucht werden, mit neuen Namen ausstatten.«

»Das ist im Moment zu groß für uns«, gab Albert zu bedenken. »Wir müssen vorsichtig sein. Es steht zu viel auf dem Spiel.«

# Fünfunddreißig

Vianne war froh, einen Sitzplatz in dem überfüllten Zug gefunden zu haben. Seit der Niederlage fuhren die Züge unpünktlich, blieben auf freier Strecke stehen, hielten stundenlang in Bahnhöfen oder nahmen aus heiterem Himmel Umwege. Reisen war wirklich kein Vergnügen in diesen Zeiten. Vor allem jetzt nicht, im Winter. Die Waggons waren nicht geheizt, nur die Wärme der vielen Menschen machte es einigermaßen erträglich. Aber Vianne hätte jede Strapaze auf sich genommen, um bei Benoit zu sein. Sie hatte ihren Sohn, der inzwischen eineinhalb Jahre alt war, seit Monaten nicht gesehen, die Sehnsucht nach ihm fraß sie beinahe auf.

Manosque lag in der unbesetzten Zone Frankreichs. Seit dem Waffenstillstandsabkommen vom Juni 1940 war das Land geteilt. Der Norden stand unter deutscher Militärverwaltung, im Süden regierte Marschall Pétain. Seine konservative Regierung propagierte eine nationale Revolution und hatte ihren Sitz in Vichy. Lyon als größte Stadt der unbesetzten Zone hätte sich angeboten, aber die Regierung hatte Zweifel an der Loyalität der Lyoner Bevölkerung. Von vielen wurde das unbesetzte Frankreich auch als »frei« bezeichnet, immerhin regierte keine fremde Macht. Doch Pétain führte ein strenges Regime und arbeitete eng mit den Deutschen zusammen.

Bevor der Zug die Demarkationslinie zwischen der besetzten und der unbesetzten Zone passierte, wurden alle Reisenden kontrolliert. Bange Minuten setzten ein, als die deutschen Soldaten in Begleitung von französischen Polizisten durch die Abteile gingen. Sie kontrollierten genau, ließen sich Papiere und Passierscheine zeigen und durchwühlten das Gepäck, wenn sie dazu Lust hatten. Reisen zwischen der besetzten und der unbesetzten Zone waren nur in Ausnahmefällen möglich. Um ihren Passierschein zu bekommen, hatte Vianne unzählige Stunden in Ämtern angestanden, Fotos und Urkunden beigebracht. Sie durfte nur fahren, weil sie nachweisen konnte, dass Benoit ihr Sohn war.

Hinter ihr entstand ein Tumult. Vianne drehte sich um und sah, wie ein älterer Mann unter Tritten und Schlägen aus dem Zug gebracht wurde. Er machte nicht einmal den Versuch, sich zu wehren. Er hätte auch nicht den Hauch einer Chance gegen die Polizisten gehabt, die ihre Waffen auf ihn richteten. Vianne sah den Mann einen Augenblick später unter sich am Fenster vorübergehen, er hatte inzwischen die Hände auf dem Rücken gefesselt. Sie presste die Lippen aufeinander, bis sie Blut schmeckte. Wie sie diesen Anblick hasste! Franzosen, die andere Franzosen schikanierten und verhafteten. Sie sah sich unauffällig um, wie die anderen Reisenden reagierten, aber alle hatten den Blick gesenkt. Sie wollten nicht die nächsten sein.

Auch Vianne saß äußerlich unbewegt da. Sie durfte nicht auffallen, denn sie trug unter dem Oberteil ihres Kleides zwei Exemplare einer verbotenen Zeitung bei sich. Der Leitartikel stammte von Albert, der sich den Decknamen François gegeben hatte. Er rief darin alle Franzosen zum Widerstand auf und gab genaue Anweisungen, wie das zu tun sei: Hitlergegner sollten sich in ihren Wohnzimmern mit Gleichgesinnten treffen und aus ihrer Mitte einen Anführer wählen. Einzelne Gruppen sollten sich zusammentun, Informationen sammeln und auf den Befehl zum Aufstand warten. Dann folgten noch Regeln zur Konspiration.

Vianne kannte den Artikel auswendig, sie hatte ihn schließlich getippt. Sie hatte eine Adresse in Aix-en-Provence im Kopf, wohin sie die Zeitung bringen sollte. Mit der Post war so etwas viel zu gefährlich geworden. Bis September war ohnehin jeder Postverkehr zwischen den Zonen verboten gewesen, jetzt gab es nur vorgedruckte Formulare. Sie spürte, wie sich kalter Schweiß unter ihren Armen sammelte. Sie hoffte, dass die Polizisten mit dem Verdächtigen beschäftigt wären und der Zug weiterfahren würde. Doch dann sah sie, dass sie zurückkamen und wieder in den Waggon stiegen. Plötzlich bekam sie Angst. Der Stoff ihres Kleides war seltsam steif durch das eingenähte Papier. Sie trug zwar eine lange Jacke darüber, war sich aber nicht sicher, ob ein guter Beobachter nicht doch bemerken konnte, dass etwas nicht stimmte.

»Ihre Papiere!«

Vianne nahm ihren Pass und den Passierschein aus ihrer Handtasche und reichte sie dem Mann, einem sehr jungen Polizisten, höchstens fünfundzwanzig. Sie zwang sich zu einem koketten Lächeln.

»Welches ist Ihr Gepäck?«

Sie wies auf eine Reisetasche, die im Gepäcknetz über ihr lag.

»Aufmachen.«

Vianne erhob sich steif und nahm die Tasche herunter. Bitte mach, dass er nichts sieht, dachte sie. Das Papier kratzte auf ihrer nackten Haut, sie hörte es rascheln. Um das Geräusch zu übertönen, räusperte sie sich laut, dann öffnete die Tasche.

»Zweck der Reise?«

Obenauf lag ein kleiner Stoffteddy. Er war nicht einmal Tarnung, sie hatte ihn für Benoit gekauft. Der Mann nahm das Stofftier heraus.

»Ich besuche meinen Sohn.«

»Ihren Sohn?« Er wühlte sich einmal durch ihre Kleider. Als er den Träger eines Büstenhalters zu Tage förderte, wurde er rot und stopfte alles wieder zurück. »Wieso besuchen Sie ihren Sohn?«

»Er lebt auf dem Land.« Der junge Polizist studierte aufmerksam ihre Papiere.

»Hier steht nicht, dass Sie verheiratet sind.«

»Bin ich auch nicht.« Ihre Stimme war eine Spur fester geworden.

»Ach so ist das. Warum lebt ihr Sohn nicht bei Ihnen?«

»Ich muss arbeiten. Mein Sohn ist noch ganz klein.«

»Wären Sie verheiratet, würden Sie sich um Ihren Sohn kümmern können. Frauen sollten nicht arbeiten.«

Vianne fixierte den Polizisten. »Und wer soll die Wirtschaft am Laufen halten und die Maschinen bedienen? Die Männer sind doch alle im Feld oder in Gefangenschaft.« Sie hatte das gar nicht unhöflich gesagt, obwohl sie vor Zorn bebte.

Das war offensichtlich die richtige Strategie. Der Mann wandte den Blick ab und gab ihr ihre Papiere wieder. Dann wandte er sich dem Mann ihr gegenüber zu.

»Papiere!«, befahl er barsch.

Vianne atmete auf und packte mit zitternden Händen ihre Sachen wieder ein. Sie roch den Schweiß, der aus ihrer Kleidung aufstieg. Sie war zu weit gegangen, sie hatte sich hinreißen lassen. Bei dem unerfahrenen jungen Mann war das die richtige Strategie gewesen, aber es hätte auch schiefgehen können. Beim nächsten Mal würde sie zurückhaltender sein.

Endlich waren alle Reisenden kontrolliert. Der Zug fuhr wieder an, doch kurze Zeit später hielt er schon wieder auf freier Strecke. Vianne stöhnte vor Ungeduld. Sie streckte sich ein wenig. Ihr Körper war vom langen Sitzen und der Kälte schon ganz verspannt, die Schultern taten ihr weh. Sie hätte wer weiß was für ein heißes Bad gegeben.

Um sich abzulenken, versuchte sie sich auf ihr Buch zu konzentrieren und stieß dabei auf das Foto von Benoit, das zwischen den Seiten steckte. Sie kannte jedes Detail, dennoch starrte sie es an. Warum machte sie das alles? Warum fuhr sie zu ihrem Sohn und schmuggelte dabei illegale Schriften? Wäre sie eben verhaftet worden, sie hätte ihn womöglich nie wiedergesehen. Konnte sie das überhaupt vor ihm verantworten?

»Viele von uns werden erschossen werden, und ins Gefängnis gehen wir wahrscheinlich alle«, hatte Albert erst kürzlich zu ihr gesagt.

Sie war sich der Gefahren bewusst. Es war eine Sache, ein Flugblatt in einen Briefkasten zu werfen oder Soldaten und deutsche Lastwagen zu zählen, die vor dem *Moulin Rouge* standen. Obwohl man auch dafür ins Gefängnis wanderte. Nachdem vor drei Monaten, am 21. August 1941, ein Franzose einen deutschen Marineoffizier in der Metrostation Barbès erschossen hatte, gingen die Deutschen dazu über, als Vergeltungsmaßnahme willkürlich ausgesuchte Geiseln zu erschießen, die in den Gefängnissen einsaßen. Ab sofort galt: Auch ein kleines Vergehen konnte tödlich enden. Etwas ganz anderes aber war es, einen abgestürzten englischen Soldaten bei sich aufzunehmen, bis er neue Papiere hatte und über die Normandie zurück nach England konnte. Auch das hatte sie in den letzten Monaten getan.

Sie hatten sich wie üblich bei Clothilde getroffen und saßen um den großen Esstisch. Die Karten lagen verteilt vor ihnen, über dem Kamin hing zur Tarnung ein Porträt des Marschalls.

Clothilde hatte Loulou beigebracht, ihn auf Kommando anzukläffen, und freute sich diebisch über diesen Einfall. »Ich kann ja nichts dafür, wenn mein Hund sich durch ihn gestört fühlt, nicht wahr, mein Loulou?«

Albert wirkte an diesem Abend sorgenvoll. »Wir müssen jemanden verstecken, schon morgen. Die Deutschen sind hinter ihm her. Er muss ein paar Tage abtauchen, bis neue Papiere für ihn gemacht sind.«

Niemand aus der Runde wusste, mit welcher Widerstandsgruppe Albert noch in Verbindung stand und woher er solche Informationen hatte. Und niemand fragte nach, da er ohnehin aus Sicherheitsgründen nichts gesagt hätte.

»Es handelt sich um einen Engländer, der in der Nähe von Rouen abgeschossen wurde.«

»Ich mache das«, sagte Vianne ohne nachzudenken. Es könnte schließlich David sein, der ihre Hilfe brauchte.

Am nächsten Morgen, gleich nach Ende der nächtlichen Ausgangssperre, klopfte es an ihrer Tür. Sie sah Albert und einen Fremden. Albert ging sofort wieder, über die notwendigen Vorsichtsmaßnahmen hatte er sie schon am Abend aufgeklärt.

Der Engländer stellte sich als Walter vor. Kein Nachname. Es war wahrscheinlich ohnehin nicht sein richtiger Name. Er sah unendlich müde aus. Als er seine Jacke auszog, sah sie den Verband, den er um Schulter und Schlüsselbein trug. Er stöhnte auf, als er den Ärmel darüberzog.

Vianne legte ihn in ihr Bett, und er fiel sofort in einen erschöpften Schlaf.

Erst am nächsten Vormittag war er so weit zu Kräften gekommen, dass sie sich leise unterhalten konnten. Er war mit dem Fallschirm abgesprungen und hatte sich beim Aufprall die Schulter verletzt. Deshalb hatte er den Termin mit seinem französischen Kontaktmann verpasst. Er war Funker und sollte neue Codes überbringen. Vianne zuckte zusammen. Funker hatten eine durchschnittliche Überlebensdauer von drei Monaten, bis die Gestapo sie fasste. Die Sendestationen wurden angepeilt, die Funker und ihre Helfer verhaftet. Ihre Arbeit war mit das Gefährlichste, was man im Widerstand tun konnte.

Vianne gab ihm Davids Rasierzeug und eines seiner Hemden und teilte mit ihm das Wenige, was sie auf ihre Lebensmittelkarten gekauft hatte. Sie verbot ihm, herumzugehen, Lärm zu machen oder gar das Haus zu verlassen. Walter war dankbar, auch, weil sie Englisch sprach. »Mein Mann ist Engländer«, sagte sie zu ihm, als er am zweiten Abend versuchte, sie zu küssen. Am nächsten Morgen brachte sie ihn zu einem Treffpunkt am Friedhof Montmartre, wo jemand ihn übernahm, der die illegalen Wege in die freie Zone kannte. Als sie ging, schlotterten ihr vor Erleichterung über die überstandene Gefahr die Knie. Trotzdem wusste sie, dass sie es wieder tun würde. Für David.

Der Zug setzte sich mit einem Ruck wieder in Bewegung. Das Buch in ihrem Schoß fiel herunter. Vianne hob es auf und vergewisserte sich, dass Benoits Foto noch da war, dann gab sie sich wieder ihren Gedanken hin.

Was würde als nächstes kommen? Wäre sie demnächst bereit, ein Attentat zu verüben? Würde sie hinnehmen, dass durch etwas, was sie oder ihre Gruppe tat, Menschen getötet wurden? Unschuldige Menschen, die zufällig am falschen

Ort standen? Die auch gegen Hitler waren? Was würden die Leute sagen, die mit ihr in diesem Zug saßen, wenn sie wüssten, was sie tat? Im Widerstand wurden immer mehr Stimmen laut, die der Meinung waren, es reiche nicht mehr, Flugblätter und Zeitungen zu drucken und Illegale zu verstecken. Sie wollten mit der Waffe in der Hand kämpfen. Deutsche sollten erschossen werden, Brücken gesprengt, Züge zum Entgleisen gebracht, Attentate verübt werden.

Wenn Benoit sie eines Tages fragen würde, warum sie diese Dinge tat und woher sie die Kraft dafür nahm, was würde sie ihm antworten? Sie konnte nicht mehr sagen, woher ihr Mut zu diesen Aktionen kam, die lebensgefährlich waren. Woher sie das Recht nahm, sich in Gefahr zu begeben und Benoit womöglich die Mutter zu nehmen. Sie war da langsam hineingerutscht, und jetzt fand sie es wichtig und richtig. Sie konnte jetzt nicht damit aufhören. Aber wenn Albert sie gleich am Anfang gefragt hätte, ob sie geheime Papiere unter Lebensgefahr in die freie Zone schmuggeln würde, sie hätte womöglich entsetzt abgelehnt. Sie war einfach mit ihren Aufgaben gewachsen. Sie hatte sich an die Gefahr gewöhnt. Und irgendjemand musste sich gegen die *Boches* wehren. Also warum nicht sie?

Clothilde hatte sich vor einigen Monaten aus der Gruppe zurückgezogen, weil sie Gefahr lief, aufzufliegen. Sie hatte es tatsächlich geschafft, im *Lutetia* als Aushilfswäscherin angestellt zu werden. Sie hatte Namen geliefert und einmal sogar Ort und Zeit für eine geplante Razzia erfahren. Aber dann hatte es Hinweise gegeben, dass man sie beobachtete. Sie war zu ihrer Familie in die Bretagne zurückgegangen, bis Gras über die Sache gewachsen war. Seitdem trafen sich die restlichen Mitglieder der Gruppe bei Michel, dem Kommunisten, der bei seiner Mutter wohnte. Die ältere Frau wusste

Bescheid, was die konspirativen Besucher taten. Sie war einverstanden. Ihren Mann hatten die Deutschen erschossen.

Endlich erreichte der Zug den Bahnhof von Manosque. Vianne drängelte sich zur Tür durch. Sie hatte es eilig, Benoit in die Arme zu schließen.

In Manosque und in der Gesellschaft ihres Sohnes gelang es Vianne für kurze Zeit, den Krieg hinter sich zu lassen. Benoit war rund und propper geworden. Und er konnte inzwischen laufen. Vianne konnte sich nicht sattsehen, wenn er auf seinen kräftigen Beinen herumrannte und sich in ihre ausgebreiteten Arme warf, wenn sie ihn rief. Leider war es zu kalt, um lange draußen zu sein, und Vianne musste mit ihm in dem engen Haus bleiben. Oft spielten sie zu viert, Agnès und Claire saßen auch bei ihnen. Agnès stillte seit kurzem nicht mehr, das bedeutete, dass Vianne Benoit füttern konnte. Sie genoss diese Woche mit ihrem Sohn über die Maßen.

Benoit ähnelte David noch ein bisschen mehr als beim letzten Mal. So sehr, dass es sie beinahe schmerzte, ihn anzusehen. Sie hatte seit über einem Jahr keine Nachricht von ihm. Und sie wusste nicht, was das zu bedeuten hatte. Ging es ihm gut? Wo war er? Womöglich in Frankreich, wie so viele Engländer, weil er sich im Land auskannte und Französisch sprach? Oder war er bereits tot?

Vianne fuhr in den nächsten Monaten häufig als Kurier der Résistance in den Süden und besuchte bei dieser Gelegenheit, wann immer es möglich war, auch Benoit. Aber sie nutzte für ihre Reisen inzwischen die illegalen Grenzübertritte. Das hielt sie für sicherer.

Jedes Mal, wenn sie Benoit wiedersah, kam ihr zwangsläufig der Gedanke, ob es vielleicht das letzte Mal war. Sie erzählte Agnès natürlich nicht, dass sie für die Résistance arbeitete, aber eines Abends erzählte ihr Agnès von den vielen jungen Männern, die sich in die Wälder absetzten, wenn sie ihre Einberufung zum Arbeitsdienst nach Deutschland erhielten. Die undurchdringlichen, dornenbewehrten Landschaften in den südlichen Bergen des Landes wurden Maquis genannt, und so nannte sich auch die große Partisanenbewegung.

»Ich kann sie verstehen, wenn sie lieber in der Natur verschwinden als sich in Deutschland zu Tode zu arbeiten«, sagte sie.

Sie sprachen nicht weiter darüber, sie verstanden sich auch ohne Worte.

# Sechsunddreißig

Im Jahr 1942 kam ein junger, dunkelhaariger Fotograf an das Institut. Er hatte den Auftrag, Bilder zu machen, die in einem Buch über französische Wissenschaftler erscheinen sollten. Sein Name war Robert Doisneau. Mit der Baskenmütze, der weiten Hose aus grobem Stoff und der Gitanes in der Hand sah er eher aus wie ein Arbeiter oder Spanienkämpfer. Er war ausgebildeter Lithograph und Graveur und hatte bis vor drei Jahren als Werksfotograf für Renault gearbeitet, bis er dort wegen Unzuverlässigkeit hinausgeflogen war. Jetzt streifte er mit seinem Fotoapparat durch die Flure und porträtierte die Wissenschaftler in ihren weißen Kitteln bei der Arbeit. Daneben hatte er aber auch einen Blick für die alltäglichen Momente im Jardin des Plantes: Er knipste Jungen in kurzen Hosen bei einer Schneeballschlacht vor den Glashäusern oder einen toten Jaguar, der in einer hölzernen Karre ins Labor geschoben wurde, um ihn zu präparieren. Auch von Vianne machte er ein paar Aufnahmen, wie sie vor den hohen Regalen des europäischen Herbariums im ersten Stock stand.

Vianne mochte ihn von Anfang an, sie fragte sich sogar, ob sie insgeheim ein bisschen verliebt in ihn war. Er war immer hungrig, wenn er mit seinem Fotoapparat ankam, und manchmal gab sie ihm die Hälfte ihres Mittagessens.

Und dann wurde Albert verhaftet. Die Gestapo kam eines Morgens im Oktober 1942 und nahm ihn mit. Er ging ohne

Widerstand mit ihnen, er wusste, dass es keinen Sinn hatte. Vianne warf er einen letzten, langen Blick zu.

»Grüß meine Frau. Und verschieb deine Reise nicht.«

Vianne wusste, was das bedeutete. Sie musste sofort aus Paris verschwinden. Und sie musste Alberts Platz in der Organisation einnehmen, damit die Kommunikationsfäden nicht abrissen. Sobald die Polizisten gegangen waren, rannte sie ins Herbarium. Schnell, der dritte Gang rechts. Sie zählte den zwölften Karton waagerecht und den vierten von oben ab. Dann öffnete sie die Klappe und nahm den Zettel mit den Namen und Adressen sowie das Bündel Geldscheine heraus. Sie sah sich um, niemand war zu sehen. Hastig steckte sie das Papier in ihren Ausschnitt. Als sie wieder in ihr Büro kam, erfuhr sie, dass auch Michel und Maxim verhaftet worden waren.

Vianne fuhr mit dem Bus nach Hause. An jeder Haltestelle überkam sie die Angst. Wer stieg ein? Womöglich ein Gestapomann, um sie zu verhaften? In der Passage de Cottin setzte sie sich in ein Café, um den Eingang ihres Hauses zu beobachten. Als ihre Nachbarin vorbeikam, hielt sie sie an und fragte, ob jemand nach ihr gefragt habe. Als die Nachbarin verneinte, nahm sie ihren Mut zusammen und ging in ihre Wohnung. Sie beruhigte sich mit dem Gedanken, dass man, wenn man sie verdächtige, sie bereits im Jardin des Plantes mit den anderen verhaftet hätte. Sie hatte womöglich einen Aufschub von einigen Stunden, bis die Gestapo ihren Namen herausbekommen würde.

Sie packte in rasender Hast das Nötigste in eine kleine Tasche. Ein bisschen Kleidung und Geld. Dann rollte sie Davids Bilder auf, vor allem *Nach dem Ball*, und verschnürte sie. Nur eine kleine Kohlezeichnung faltete sie und legte sie mit einem Foto von Benoit in ihre Tasche. Sie brachte es nicht übers Herz sich davon zu trennen, obwohl es gegen die konspirativen Regeln war. Sie wollte gerade die Wohnung verlassen, als es klopfte. Ihr Herz schlug ihr bis zum Hals, als sie öffnete. Vor ihr stand ein Unbekannter. Er reichte ihr einen Umschlag. »Mit Grüßen des Fotografen«, sagte er. Er tippte sich an die Mütze, dann war er schon wieder verschwunden.

Als Vianne den Umschlag öffnete, fand sie einen falschen Pass auf den Namen Suzanne de Cottin. Sie presste ihn an ihre Brust und dankte Doisneau für seine Hilfe. Dann verbrannte sie ihren alten Pass im Ofen und fuhr in die Wohnung von Clothilde, für die sie einen Schlüssel hatte, seitdem die Freundin die Stadt verlassen hatte. Dort würde sie die Bilder unterstellen und die Nacht verbringen. Sie kam unbehelligt bis in die Rue Mouffetard, ein zuvorkommender deutscher Soldat half ihr sogar, die aufgerollten Leinwände aus dem überfüllten Bus zu tragen. Bei Clothilde angekommen, ließ sie ihren Tränen freien Lauf.

Am nächsten Morgen nahm Suzanne de Cottin den ersten Zug. Sie wusste nicht, wie gefährdet sie war und ob die Polizei von Benoit wusste. Dennoch wagte sie nicht, nach Manosque zu fahren, um ihn und Agnès nicht in Gefahr zu bringen. Mit ihrem neuen Namen fühlte sie sich einigermaßen sicher. Vor dem Bahnhof sprach sie ein Deutscher an. Vianne erstarrte fast vor Angst, aber er wollte ihr nur eine Zigarette anbieten. Sie lehnte kühl ab. Von einem Deutschen würde sie nichts annehmen. Ihre Verbitterung wuchs, als sie die französischen Träger sah, die für einen deutschen Offizier Kisten und Pakete zum Zug trugen. Wahrscheinlich Wein und Pasteten und Seidenwäsche, die nach Deutschland geschickt wurden.

In Uzès gab es eine Gruppe, die zum Réseau d'évasion,

dem Fluchtnetzwerk, gehörte. Ihre Aufgabe war es, Ausländer, in erster Linie abgeschossene Engländer, oder Widerstandskämpfer über sichere Wege aus dem Land zu schaffen. Bisher hatte Albert den Kontakt zu den Männern und Frauen gehalten, jetzt übernahm Vianne diese Aufgabe. Neben diesen Gruppen, die die Flucht organisierten, gab es Netzwerke zur Informationsbeschaffung und Réseaux de l'action, die mit der Waffe in der Hand kämpften.

Sie war inzwischen so geübt darin, sich unauffällig zu bewegen und keinen Verdacht zu erregen, dass sie schon am nächsten Tag in einem Café in Uzès saß, das als Treffpunkt diente. Das Café lag an einem von einer niedrigen Mauer umgebenen Wasserbassin, das früher eine Mühle angetrieben hatte. Rund herum standen Platanen, deren Kronen in Form von Würfeln geschnitten waren. Die Bäume trugen keine Blätter mehr, aber die Sonne schien kräftig. Vianne trank eine Limonade, weil ihr warm war. Die Szene hatte etwas Friedliches, die Menschen saßen vor dem Brunnen, rauchten und tauschten Neuigkeiten aus. Der Pfarrer kam vorbei und nickte freundlich in die Runde. Aber es herrschte kein Frieden, viele Menschen hatten Angst und fürchteten um ihre Angehörigen.

Ein junger Mann, fast noch ein Jugendlicher, in derben Hosen und mit schmutzigen Händen, kam und sah sich suchend um. Er schlenderte einmal um den Platz, dann kam er wieder und sah auf die Uhr. Vianne stand auf und ging zu ihm hinüber.

»François kommt nicht mehr. Ich bin für ihn da.« Mit François meinte sie Albert.

Der Mann sah sie misstrauisch an. »Und wo ist François?«

»Verhaftet«, gab Vianne leise zurück und unterdrückte den Wunsch zu weinen. Sie hatte in Clothildes Wohnung für Albert und die anderen geweint. Sie konnte nichts für sie tun, außer ihre Arbeit fortzusetzen und zu helfen, die Männer und Frauen, die in Frankreich in Gefahr waren, außer Landes zu schaffen.

»Ich bin Boris«, sagte der Mann. Er brachte sie zu einem sicheren Bauernhof außerhalb der Stadt, wo sie wohnen sollte. Von nun an fuhr sie viel mit dem Rad. Boris wurde bald so etwas wie ein Freund für sie. Seine Aufgabe war es, die Fluchthelfer und die Menschen, die möglichst schnell an die Grenze mussten, zusammenzubringen. Er war erst siebzehn, seine Eltern hatten eine Viehzucht, von der Arbeit auf dem Hof hatte er immer schwarze Hände.

In den folgenden Wochen machte Vianne immer wieder »Ausflüge« mit einem »Geliebten«, den sie an einen sicheren Ort an der spanischen Grenze brachte, von wo aus er das Land verließ. Je nachdem, welche Tarnung sie wählte, gab sie die mondäne, lebenslustige Pariserin, die auch gern mal mit einem Deutschen flirtete, wenn es nötig war, oder die Frau vom Land in einfacher, bequemer Kleidung und mit derben Schuhen an den Füßen.

Bei ihrem ersten »Ausflug«, den sie mit einem eigentlich für sie viel zu alten Mann als Liebespaar getarnt unternahm, war sie noch nervös, sie hatte Angst, den Weg nicht zu finden, aber alles klappte. Sie fuhren in mehreren Etappen mit dem Rad bis nach Céret, eine Kleinstadt in den Ausläufern der Pyrenäen, unweit vom Mittelmeer. Dort übergab sie den Mann in einer Scheune an einen Verbindungsmann. Dann fuhr sie die fast dreihundert Kilometer wieder zurück. Für den Hin- und Rückweg brauchte sie ungefähr eine Woche. Danach war sie so erschöpft, dass sie zwei Tage nur schlief, bis Boris sie auslachte. Sie lernte andere Mitglieder des Netzes kennen, darunter zwei Frauen, die sie besonders ins Herz schloss. Sie waren zupackend, hassten die Nazis wie sie selbst und amüsierten sich, als seien ihre Tage gezählt. Ihre Namen erfuhr Vianne nicht, nur die Tarnnamen, Lotie und Marianne.

Im November 1942 landeten die Alliierten in Nordafrika, die Vichy-Armee unter Admiral Darlan kapitulierte. Daraufhin besetzten deutsche und italienische Truppen auch die bisher freie Zone Frankreichs. In Uzès herrschten die Deutschen, in Manosque die Italiener. Die Repressionen vor allem der Deutschen verschärften sich. Die letzten Zufluchtsorte für Juden und andere Verfolgte schlossen sich und wurden zu Todesfallen. Einmal musste Vianne mit ansehen, wie diese Unglücklichen, ausschließlich Frauen und Kinder, auf Lastwagen verladen und abtransportiert wurden. Sie stammten aus den Internierungslagern, die es in der Gegend gab. Vianne ließ nicht die Augen von ihnen, als sie die Ladeflächen bestiegen. Sie wollte jedes Detail genau sehen, dies war ihre Art, Solidarität zu zeigen. Es gelang ihr, einer Frau ihr Brot in die Hand zu drücken.

Die Sprengung des Hafenviertels von Marseille Ende Januar 1943 und die immer stärkere Präsenz von Gestapoeinheiten im Süden Frankreichs erbitterten die Bevölkerung. Die Fronten zwischen Widerständlern und Kollaborateuren verschärften sich.

Sie war schon einige Wochen in der Stadt, als Boris zu ihr kam und ihr mitteilte, dass eine Frau nach einer Vianne Renard fragte und schon den dritten Tag in Folge im Café am Markt auf sie wartete. In Vianne schrillten sofort sämtliche Alarmglocken. War die Polizei ihr auf die Spur gekommen? Aber Boris war der Einzige hier, dem sie ihren richtigen Namen genannt hatte. Für alle anderen war sie Suzanne.

»Wie sieht sie aus?«, fragte sie Boris.

»Älter. Sie könnte deine Mutter sein.«

Viannes Augen wurden groß vor Überraschung. Ihre Mutter? Woher sollte sie wissen …

»Ich gehe hin«, sagte sie. »Vielleicht ist es tatsächlich meine Mutter.«

Boris sah sie fragend an, aber sie gab keine Antwort.

In Uzès beobachtete sie die Terrasse des Cafés aus sicherer Entfernung. Sie erkannte ihre Mutter sofort. Sie saß unter den Platanen und sah sich voller Unruhe um.

Vianne presste die Hände vor den Mund, um nicht aufzuschreien.

Clothilde war stark gealtert, aber sobald dieser Gedanke Vianne durch den Kopf ging, wurde ihr bewusst, wie unsinnig er war. Sie selbst war auch älter geworden. Sie war siebzehn gewesen, als ihre Mutter sie das letzte Mal gesehen hatte, jetzt war sie dreißig.

Sie überquerte langsam den Platz und wartete darauf, dass ihre Mutter sie bemerkte. Dann gab sie ihr ein Zeichen, ihr unauffällig zu folgen. Ihre Mutter presste die Hand vor den Mund, genau wie sie selbst gerade eben. Minuten später lagen sie sich hinter einer Hausecke in den Armen.

»Maman, wie hast du mich gefunden?«, fragte Vianne schließlich mit erstickter Stimme.

Ihre Mutter sprach hastig: »Charlots Mutter war bei mir. Sie hat dich neulich in Alès gesehen und kam sofort zu mir, um es mir zu sagen. Papa und ich suchen dich schon seit Wochen in allen Dörfern der Umgebung.«

»Das ist unvorsichtig gewesen«, sagte Vianne, »aber ich hätte wahrscheinlich dasselbe getan.«

Ihre Mutter sah sie an. »Du bist bei denen, nicht wahr? Deshalb bist du nicht gekommen.«

»Ich wollte euch nicht gefährden.« Das stimmte, Vianne hatte beinahe jeden Tag mit sich gekämpft, ob sie nach Saint Florent fahren sollte. Aber sie hatte es immer für zu gefährlich gehalten.

»Komm nach Hause«, bat Clothilde sie. »Dein Vater will dich sehen. Es geht ihm nicht besonders gut.«

Eine Woche später fuhr Vianne mit dem Rad die knapp vierzig Kilometer nach Saint Florent und schlug dabei alle Sicherheitsregeln in den Wind. Ihre Sehnsucht nach der Familie und nach ihrem Zuhause war einfach zu groß. Sie fuhr in der Dämmerung die Dorfstraße hinunter, und als sie am Bouleplatz vorüberkam, hörte sie die vertrauten Stimmen der Spieler und das leise Klacken der Kugeln, die auf dem geharkten Sand gegeneinanderstießen. Vor dem Haus ihrer Eltern stieg sie ab, ihr klopfte das Herz bis zum Hals. Als sie die Tür zum Laden öffnete, schlug ihr der tausendmal wahrgenommene Geruch nach Seife und nach Pfefferminze und hundert anderen Kräutern entgegen. Sie blieb stehen, um ihn tief in sich einzusaugen.

Die Tür zum Flur ging auf, der in den Wohnteil hinüberführte.

Ihre Eltern standen vor ihr. »Ich hätte nicht geglaubt, dich noch einmal wiederzusehen«, sagte ihr Vater mit tränenerstickter Stimme und nahm sie in seine Arme.

Sie saßen nebeneinander auf dem geblümten Sofa und erzählten sich, was in den letzten Jahren passiert war. Vianne konnte sehen, dass es Arno nicht gut ging. Er war grau im Gesicht und atmete schwer. »Das Herz«, sagte Clothilde.

Als sie eine Seite aus ihrem alten Herbarium an der Wand gegenüber des Sofas entdeckte, die Blüten und Früchte des Maulbeerbaums, sorgfältig gerahmt, brach sie in Tränen aus.

»Ich habe es oben in deinem Zimmer gefunden, es war das einzige, das noch heil war. Wir hatten doch sonst nichts von dir«, sagte Clothilde leise und nahm ihre Hände.

»So viele Jahre …«, sagte ihr Vater.

Eine Frau betrat das Wohnzimmer.

»Das ist Odile, Jacques Frau«, sagte Clothilde. Odile stammte aus Anduze, sie war eine hübsche Frau, aber die Sorge um ihren Mann ließ sie älter aussehen, als sie war.

»Dein Bruder Jacques ist in Gefangenschaft in Deutschland. Wir haben vor über sechs Monaten die letzte Nachricht von ihm erhalten«, sagte ihre Mutter leise. Die beiden hatten einen Sohn, Mathieu.

Vianne schöpfte tief Atem, dann gestand sie: »Ich habe auch einen Sohn. Er heißt Benoit und wird bald vier. Sein Vater ist Engländer. Ich habe ihn seit dem September 1939 nicht mehr gesehen. Er weiß nicht einmal, dass er einen Sohn hat.«

Die anderen bestürmten sie mit Fragen. Sie musste alles erzählen, wo Benoit war und wie sie David kennengelernt hatte. Immer wieder sah sie zu ihrem Vater hinüber, aber er war nicht böse, er schien einfach nur glücklich, eines seiner Kinder wieder bei sich zu haben. Vianne überlegte, ob sie sagen sollte, dass sie nicht mit David verheiratet war, aber sie ließ es sein. Dafür wäre immer noch Zeit. Warum sollte sie ihre Eltern mit dieser Nachricht beunruhigen oder schockieren, wo sie sich doch gerade erst wiedergefunden hatten?

»Und Christophe?«, fragte sie.

Er war in Nordafrika. Und ihr Vetter Auguste hatte sich freiwillig gemeldet und kämpfte für die Deutschen in einer französischen Einheit in Russland.

Wie sollte man Jahre der Trennung in ein paar Stunden aufholen? Es war wichtiger, das alte Gefühl der Zusammengehörigkeit wiederherzustellen und sich in die Arme zu nehmen. Sie sprachen nicht über Viannes Aktivitäten, obwohl alle Bescheid wussten. Lediglich aus den Blicken ihres Vaters las Vianne, dass er stolz auf sie war.

Irgendwann, es war schon spät, machte Vianne einen Rundgang durch das Haus und den Laden. Arno und Clothilde hatten ihr Geschäft erweitert. Jetzt gab es dort auch Zigaretten und die Postfiliale. Ein guter Ort, um diskret Nachrichten weiterzugeben, dachte Vianne. Sie ging durch die Räume und stieg auch in ihr ehemaliges Zimmer hinauf, in dem jetzt der kleine Mathieu schlief. Viannes Herz zog sich zusammen, als sie den Jungen im Schlaf seufzen hörte. Sanft schloss sie die Tür wieder hinter sich.

»Bring Benoit zu uns«, bat ihre Mutter, als sie Vianne ein Bett im Zimmer ihres Bruders machte. »Wir sorgen für ihn. Er gehört doch zur Familie.«

Vianne schüttelte den Kopf. »Nein. Das wäre zu gefährlich. Für euch, vor allem aber für ihn. Dort, wo er jetzt ist, weiß niemand von mir. Es ist besser so.«

Sie nahm ihre Mutter fest in die Arme, um ihr eine gute Nacht zu wünschen. »Ich muss morgen vor Sonnenaufgang wieder zurück. Aber ich komme wieder, sobald ich kann. Noch einmal dauert unsere Trennung nicht so lange.«

Als sie am nächsten Morgen leise die Treppe hinunterschlich, saßen ihre Eltern bereits am Tisch in der Küche. Clothilde hatte Kaffee gekocht, Arno hatte ihr Brote geschmiert und Eier hartgekocht. Diese Geste der Zärtlichkeit rührte Vianne zu Tränen.

# Siebenunddreißig

Es war inzwischen richtig Frühling geworden. Überall trieben die Bäume aus, das hügelige Land lag in saftigem Grün, der Raps blühte bereits. Wieder einmal sollte Vianne einen englischen Soldaten sicher bis an die spanische Grenze bringen. Sie sollte an einer Kreuzung in einem Waldstück auf ihn warten, mit zwei Fahrrädern und Verpflegung für vier Tage.

Es war später Nachmittag, als sie am Treffpunkt stand. Sie wartete bereits seit zwei Stunden, niemand war in dieser Zeit hier vorübergekommen. Der Mann verspätete sich, und Vianne wurde nervös. Was war passiert? War er verhaftet worden? Hatte er den Treffpunkt verraten und die Miliz war bereits unterwegs? Noch zehn Minuten, dann gehe ich, dachte sie. Da sah sie jemanden die Anhöhe heraufkommen. Sie verbarg sich zwischen den Bäumen, bis der Mann das vereinbarte Zeichen gab. Er sollte den Refrain von *L'accordeoniste* pfeifen. Vianne kniff die Augen zusammen, um besser sehen zu können. Wenn er nicht gleich anfing zu pfeifen, würde sie sich tiefer in den Wald zurückziehen und ihn vorbeigehen lassen. Sah der Mann aus wie ein Engländer? Wie ein Pilot? Er zog ein Bein nach. Hatte er sich beim Absprung mit dem Fallschirm verletzt? War er es überhaupt? Warum pfiff er denn nicht, er war doch schon fast an der Kreuzung angekommen. Sie sah noch einmal genauer hin, er war jetzt nur noch etwa fünfzig Schritte von ihr entfernt. Er blieb stehen und sah sich um. Dabei hob er den Kopf – und Vianne ließ sich kraftlos auf die Knie fallen. Sie brauchte ein paar Herzschläge, um es zu erfassen. Es war David! Sie schluchzte auf, dann rappelte sie sich hoch und fing an zu laufen.

»David? David!« Sie rannte ihm keuchend entgegen.

Der Mann stutzte, dann erkannte er sie. »Vianne?«, flüsterte er. Ungläubiges Staunen und tiefes Glück lagen auf seinem Gesicht. Er ließ seine Aktentasche fallen und begann ebenfalls zu laufen. Sekunden später lagen sie sich in den Armen und pressten sich derart heftig aneinander, dass es wehtat.

Vianne drängte sich schluchzend an ihn, sie erkannte seinen altvertrauten, geliebten Geruch und hüllte sich in ihn ein, sie spürte den rauen Stoff seines Mantelkragens an ihrem Kinn und seine Bartstoppeln an ihrer Wange. »David! David«, sagte sie immer wieder atemlos. Es fühlte sich so vertraut an, ihn zu umarmen, aber da war auch etwas anderes: Unter seiner Jacke spürte sie feste Muskeln und eine neue Kraft, die vorher nicht da gewesen waren.

»Vianne. Das ist … Ich kann es nicht glauben. Nie hätte ich gedacht, dass ausgerechnet du …« Er lachte, dann hob er ihr Kinn und küsste sie lange und innig.

Sie standen noch minutenlang einfach so da, mitten in einem Waldstück, eng umschlungen, weinend und wortlos. Beide brauchten diese Zeit, um zu begreifen, dass das Schicksal sie wieder zusammengeführt hatte.

»Was machst du hier?«, brachte er schließlich hervor und schob sie eine Armlänge von sich weg, um sie anzusehen. »Ich bin hier mit jemandem verabredet, der mich an die Grenze bringen soll.« Plötzlich kam Unruhe in seine Augen, er suchte die Umgebung ab.

Vianne beruhigte ihn. »Das bin ich. Die Fahrräder sind da hinten im Wald versteckt.« Sie sah ihn an und verlor sich in seinen leuchtend blauen Augen.

»Du bist das? Man sagte mir, meine Begleiterin heißt Suzanne.«

»Eine Vorsichtsmaßnahme.«

»Du arbeitest gegen die Deutschen.«

»Du auch.«

Wieder nahmen sie sich in die Arme. Aber jetzt war es Vianne, die sich los machte.

»Ich kenne ein Hotel in Saint-Geniès. Der Patron gehört zu uns. Es sind ungefähr dreißig Kilometer bis dort. Schaffst du das?«

Er sah sie mit einem Lächeln an. »Ich nehme an, für dich ist das eine Kleinigkeit? Du siehst aus wie eine Sportskanone.«

»Was ist mit deinem Bein?«, fragte sie. »Du humpelst.«

»Das ist nichts. Eine Verstauchung. Ich bin schon oft mit dem Fallschirm abgesprungen, irgendwann musste das ja mal passieren.«

»Der Weg führt zum großen Teil bergab. Komm.«

»Warte.« Er griff nach ihrer Hand. »Ich muss dich so viele Dinge fragen!«

»Nicht jetzt. Später. Komm. Abends patrouilliert hier die Miliz.« Vianne wollte jetzt keine Fragen beantworten. Sie wollte ihn in Sicherheit bringen und dann mit ihm allein sein. Worte reichten ihr nicht.

David lief zurück, um seine Tasche aufzuheben, Vianne schob die Räder aus dem Wald. Bevor sie aufstiegen, küsste David sie noch einmal. »Fahr voraus«, sagte er. »Wenn ich dich schon nicht anfassen darf, will ich dich wenigstens ansehen.«

Die Fahrt war nicht besonders anstrengend, weil es tatsächlich zum größten Teil bergab ging. Nach gut zwei Stunden erreichten sie das Hotel, wo der Patron ihnen stillschweigend einen Schlüssel in die Hand drückte und nicht nach den Ausweisen fragte.

Sie stiegen eine enge Treppe hinauf und fanden das Zimmer am Ende des Flurs. Dann waren sie endlich allein.

Hinter einem Paravent war ein Waschbecken. David zog sich aus und begann sich zu waschen. Vianne erschrak. Sein Oberkörper war mit blauen Flecken übersät.

Sie trat hinter ihn und strich mit den Fingerspitzen darüber. Er stöhnte auf, aber nicht, weil er Schmerzen hatte. Sie fühlte, dass er unter ihrer Berührung eine Gänsehaut bekam.

»Was ist passiert?«, fragte sie.

»Nach der Landung musste ich abhauen, und weil ich mich nicht auskannte, bin ich einen Abhang hinuntergefallen. Ich bin ihnen zwar entwischt, aber jetzt suchen sie mich.«

»Hier sind wir sicher, aber in den nächsten Tagen können wir nicht das Risiko eingehen, uns ein Hotel zu suchen.«

Das war ihm jetzt vollkommen egal. Er drehte sich um. »Zieh dich aus«, sagte er, und seine Stimme war dunkel vor Verlangen.

»Ich bin verschwitzt, genau wie du«, sagte sie und knöpfte ihre Bluse auf. Dann zog sie ihr Hemd über den Kopf. Er hatte inzwischen einen Waschlappen nass gemacht und fuhr damit über ihre nackte Haut. Er drückte den Lappen aus, und einige Tropfen rannen zwischen ihren Brüsten hinab. Er leckte sie ab, und Vianne stöhnte auf. David drehte sie herum und fuhr auch über ihren Rücken. Vianne hatte noch nie in ihrem Leben derart zärtliche, erregende Berührungen gespürt. Als David sie in die Halsbeuge küsste, war es mit ihrer Beherrschung vorbei.

»Komm«, flüsterte sie und zog ihn mit sich zum Bett.

Erst Stunden später, nach unendlichen Umarmungen, in

denen sie die vertrauten Gesten und Reaktionen wiederfanden, fingen sie an zu reden.

»Wie lange machst du das schon?«, fragte David.

Vianne hatte den Kopf auf seine Brust gelegt und genoss schläfrig, wie seine Finger sanft durch ihr Haar strichen. »Von Anfang an«, sagte sie. »Seit de Gaulle zum Widerstand aufgerufen hat. Und du?«

»Ich habe mich gemeldet, als sie Leute gesucht haben, die bereit sind, über Frankreich abzuspringen und die die Sprache sprechen. Mein Französisch ist fast perfekt geworden.«

Aber mehr redeten sie nicht von ihrer Arbeit. Es war sicherer so. Und jetzt gab es Wichtigeres.

»Hast du meine Bilder abgeholt?«

Vianne nickte. »Sie liegen sicher bei Clothilde. Ich musste weg aus Paris. Albert und zwei andere aus meiner Gruppe sind verhaftet worden …«

Sie zog ihre Tasche zu sich heran und entnahm ihr eine kleine lederne Mappe. Dort lag gefaltet die Kohlezeichnung, die David von ihr gemacht hatte. »Aber die habe ich immer bei mir.« Sie reichte sie ihm, und dabei fiel das Foto von Benoit heraus.

David griff danach. »Dein Sohn?«

Vianne nickte.

Er atmete schwer und rückte von ihr ab. »Ich hätte mir denken können, dass du einen anderen Mann findest. Ich hätte dich nicht verlassen dürfen. Ich habe meinen Fehler längst eingesehen. Tausendmal habe ich mich dafür verflucht, dass ich dich nicht geheiratet habe. Dann hätten wir jetzt Kinder. Aber ich habe nur an mich gedacht. Und jetzt bekomme ich die Quittung für meinen Egoismus.«

»Sieh doch mal genau hin. Er sieht dir ähnlich.«

David starrte sie ungläubig an. Dann wieder das Foto.

»Du meinst …?« Er schluckte schwer. »Wie heißt er?«

»Benoit. Er wird im Juli vier.«

Er schlug sich mit der Hand vor die Stirn. »Deshalb bist du damals weggegangen. In dem Jahr, als ich in Caen war. Deshalb warst du nicht dabei, als Dudevant meine Bilder ausgestellt hat. Und ich dachte, es interessiert dich nicht.« Er starrte immer noch vor sich hin, und Vianne bekam Angst, er wäre wütend. Dann wandte er sich ihr zu und nahm sie in die Arme. »Verzeih mir, Vianne. Und danke. Danke, dass du mir einen Sohn geschenkt hast.«

Vianne wusste nicht, was sie von seiner Reaktion halten sollte. »Du wolltest nie ein Kind«, sagte sie leise.

»Ich war dumm. Dumm und egoistisch. Für wen kämpfen wir denn hier, wenn nicht für unsere Kinder? Wo ist er?«

»Bei einer Amme. Du hast sie einmal gesehen. Sie hat für Clothilde gearbeitet.«

Er lachte. »Clothilde und du, natürlich! Ihr habt das alles hinter meinem Rücken gemacht. Gott, was war ich für ein Idiot! … Darf ich ihn sehen?« Seine Stimme war unerwartet sanft geworden.

»Später … Nach dem Krieg. Jetzt musst du erst mal heil aus Frankreich heraus.«

»Vianne?«

»Ja?«

»Versprich mir, dass du überlebst. Dass wir nach dem Krieg neu anfangen können. Mit Benoit. Ich verspreche dir, ich werde alles wiedergutmachen! Ich …«

Sie legte ihm die Hand auf den Mund. »Gar nichts musst du wiedergutmachen.«

»Ich liebe dich, Vianne. Über alles.« Er zog sie an sich und liebte sie noch einmal mit all der Intensität, die er aufbringen konnte.

Vianne spürte, dass sie sich in diesem Augenblick näher waren als je zuvor. Nicht nur als Liebende, sondern auch als Eltern. So nahe, wie zwei Menschen sich nur sein konnten. Als er sich sanft von ihr löste, weinte sie, weil ihre Gefühle sie überwältigten.

In den nächsten Tagen gaben sie ein Liebespaar in den Flitterwochen, sobald sich jemand näherte. Es fiel ihnen nicht schwer, die Verliebten zu spielen. Sie hielten ohnehin oft an, um sich zu küssen. Die zweite Nacht verbrachten sie in einem Heuschober oberhalb der Küste von Sète. Sie lagen im Stroh und tranken Wein direkt aus der Flasche. Es war nicht so bequem wie ein Hotelbett, aber das störte sie nicht. Die Frühsommernacht war kühl, aber am Himmel standen Millionen Sterne. David stand auf, zog sie hoch und nahm sie in die Arme und sie tanzten unter dem Sternenhimmel nach einer Melodie, die er ihr leise ins Ohr summte: *J'attendrai*. Vianne wollte nie wieder anderswo sein als in seinen Armen.

Die Etappe des dritten Tages war die anstrengendste, weil sie durch die hügelige Landschaft bis Narbonne fuhren. Vianne hatte einen platten Reifen, und sie mussten kilometerweit schieben, bis sie jemanden fanden, der den Reifen neu aufziehen konnte. Vianne ging allein bis zu dem Bauernhof, David wartete außerhalb.

Am vierten Tag waren sie kurz vor Céret, wo David von einem anderen Fluchthelfer übernommen werden sollte, der die Schleichwege über die Berge nach Spanien kannte. Sie sprachen nicht mehr viel. Beide dachten an die bevorstehende Trennung. Vianne spürte den Abschiedsschmerz körperlich. Alles tat ihr weh, sie vermisste David jetzt schon. Sie war unendlich niedergeschlagen und den Tränen nah, wollte sich das aber nicht anmerken lassen. Sie wollte sich und David die letzten Augenblicke nicht verderben.

Sie nahmen sich eine Stunde in einem Waldstück, obwohl der Kontaktmann bereits wartete, um noch einmal allein zu sein und sich zu verabschieden. Dann gab es nichts mehr zu sagen, und sie trennten sich. Jeder Schritt, der sie voneinander entfernte, tat Vianne körperlich weh. Ihr war, als hätte sie Gewichte an ihren Beinen. David setzte sich auf sein Rad und fuhr langsam davon. Auf einer kleinen Anhöhe blieb er stehen, um sich noch einmal nach ihr umzusehen. Traurig hob er die Hand, dann war er hinter der Kuppe verschwunden. Vianne setzte sich auf ihr Rad und fuhr in die andere Richtung.

Ihr Herz war schwer. Und gleichzeitig jubelte sie vor Glück, weil sie David wiedergesehen hatte und weil sie sich immer noch liebten. Lange würde das mit Hitler nicht mehr gehen, die Wehrmacht war überall auf dem Rückzug. Sie würden beide überleben, das hatten sie sich versprochen, und dann würden sie endlich wieder leben!

# Achtunddreißig

Im Juli brannte die Mairie in einem kleinen Ort nicht weit entfernt von Alès. Vianne und Boris setzten sich sofort auf ihre Räder und fuhren los. Als die Feuerwehr zum Löschen kam, waren sämtliche Papiere und Vordrucke für Pässe und Lebensmittelkarten ein Raub der Flammen geworden. Jedenfalls behauptete das der Chef der Feuerwehr. Die Polizei sprach von Brandstiftung und drangsalierte die Männer der Umgebung, die als politisch verdächtig galten. Am nächsten Tag übergab eine junge Frau Vianne ein Päckchen mit Blanko-Ausweisen und Lebensmittelkarten.

»Die müssen auf dem schnellsten Wege nach Paris«, sagte sie. »Wir haben gedacht, du machst das, weil du Pariserin bist.«

Sie war sicher, dass alles gut gegangen war, als sie an der Gare de Lyon aus dem Zug stieg. Niemand hatte sie im Zug behelligt. Sie dachte an David. Er hatte auf sie an diesem Bahnsteig gewartet, als sie im Sommer 1939 nach Paris zurückgekommen war, nach Benoits Geburt. Sie sah ihn wieder vor sich und war in Erinnerungen versunken, und so entgingen ihr die beiden Männer in Zivil, die auf eine Liste mit Fotos sahen, dann zu ihr und ihr folgten. Sie hätte sie leicht abschütteln können, wenn sie einen Verdacht gehabt hätte, darin war sie trainiert. Es gab in ganz Paris Cafés oder kleine Läden mit Hinterausgängen. Sie kam an einem Schuhmacher vorbei, der zu ihnen gehörte, und dessen Werkstatt einen zweiten Ausgang hatte, aber sie dachte nicht einmal daran, den Fluchtweg zu benutzen. Wenn sie gemerkt hätte, dass sie verfolgt wurde, hätte sie auch niemals die Kontaktadresse angesteuert, wo sie das Material abgeben sollte.

Als sie vor dem Haus in der Rue Lamarck stand, wo sie die Ausweisformulare abgeben sollte, und nach dem Namen auf der Klingel suchte, war es zu spät.

»Halt! Tasche aufmachen!«

Sie drehte sich betont langsam um, obwohl Angst ihr die Kehle zuschnürte. »Wie bitte?«, fragte sie die beiden Polizisten.

Die antworteten nicht, sondern rissen ihr die Tasche aus der Hand. »Mitkommen!«

Auf dem Revier durchsuchten die Beamten die Tasche. Sie nahmen das ziemlich dicke Herbarium heraus und blätterten es durch. Dabei förderten sie ohne Zögern die Passvordrucke zu Tage. Vianne hatte sie mit der Schrift nach innen auf die Rückseiten von dicken Pappen geklebt. Auf der Vorderseite befanden sich die gepressten Blätter von Maulbeerbäumen. In einer Schachtel Gitanes-Zigaretten trug sie zur weiteren Tarnung die Larven von Seidenspinnern bei sich. Vianne wusste, dass Widerrede zwecklos war. Die Polizisten hatten so zielgerichtet gesucht, jemand musste sie verraten haben.

Man brachte sie in das Gefängnis in der Rue du Cherche-Midi. Vianne fuhr durch ihre geliebte Stadt, die nicht mehr ihre war, und nahm trotzdem all die Schönheiten auf. Sie ahnte, dass sie sie lange nicht sehen würde. Als sie die Seine überquerten und das Wasser in der Sonne glitzerte, atmete sie zitternd ein. Kurz darauf fuhr der Wagen durch ein Tor in einen großen, kahlen Innenhof. Man steckte sie in eine kleine Zelle, in der es außer einer Pritsche und einem stinkenden Kübel nichts gab.

Natürlich kannte Vianne das Gefängnis. Jeder in Paris kannte es. Das Perfide war, dass die Nachbarn glaubten, hier seien nur Französinnen untergebracht, die sich mit Deutschen eingelassen hatten. Diese Falschinformation hatten die Besatzer geschickt gestreut.

»Zu wem wollten Sie mit diesen Urkunden?« Diese Frage hörte sie in den nächsten Tagen immer wieder.

Vianne blieb stoisch bei der Version, die sie sich während der Fahrt ins Gefängnis zurechtgelegt hatte: Ihr Name sei Suzanne de Cottin, sie sei Lehrerin und wollte mit diesen Materialien ihren Schülern die Seidenraupenzucht erklären, immerhin für lange Jahrzehnte ein wichtiger Teil der französischen Wirtschaft. Wie diese Unterlagen zwischen die Seiten gekommen seien, könne sie sich nicht erklären. Nein, sie kenne niemanden in der Rue Lamarck, es sei Zufall, dass sie dort vorbeigekommen sei, sie habe sich verlaufen.

Es half ihr, die Verhöre und die Verhältnisse im Gefängnis wie unter einer Lupe, wie eine Botanikerin zu beobachten und zu analysieren. Sie verbot sich jeden Anflug von Mitleid oder Angst. Wenn solche Gedanken sie bedrängten, dann rief sie sich in Erinnerung, wie hier die Tage abliefen, wie die Ermittlungsbeamten hießen und welche Fragen sie stellten, wie die Essensausgabe geregelt war und so weiter. Sie bedachte jedes kleinste Detail ihrer Gefängnisexistenz. Leider verweigerte man ihr Papier und Stift, so dass sie ihre Beobachtungen nicht niederschreiben konnte. Weil das nicht möglich war, memorierte sie ihre Gedanken, während sie in der engen Zelle von Wand zu Wand lief. Sie formulierte ihre Sätze und sprach sie sich immer wieder vor, bis sie sie auswendig kannte. Ich werde alles aufschreiben, wenn ich hier wieder heraus bin, dachte sie. Das ist meine Aufgabe, allen zu erzählen, was sich hier abspielt.

Das einzige, was zählte, war, dass sie niemanden verriet, dass David in Sicherheit war und dass Benoit nichts passierte. Andere Gedanken an ihr Leben außerhalb der Zelle erlaubte sie sich nicht. Sie hätte sonst nicht standhalten können.

Wenn die Wachen draußen vor den Zellentüren am Nachmittag Pause hatten, versuchten die Gefangenen, miteinander zu reden, indem sie sich auf den Fußboden legten und unter den Türschlitzen hindurch Nachrichten weitergaben. So erfuhr Vianne, dass auch Marie Delouvin hier war. Und ein paar Zellen weiter weinte eine Frau, die man verhaftet hatte, als sie nur kurz Milch für ihr Baby holen wollte. Das Baby war in der Wohnung zurückgeblieben und sie wusste nicht, ob sich jemand um es kümmerte. Die Frau drohte mit ihrer Verzweiflung die anderen anzustecken. Um sich abzulenken, gab Vianne sich wieder ihren Analysen hin. Welcher Beamte war heute Morgen dagewesen, um sie zum Verhör abzuholen? Wann war er das letzte Mal da gewesen? Gab es eine Regelmäßigkeit …? Welche Gefangenen waren in den letzten Tagen frühmorgens aus ihren Zellen geholt worden und nicht zurückgekehrt?

Dann kam doch ein Moment, in dem sie nicht weiterkonnte. Auf dem Weg zum Verhör begegnete ihr Albert. Sie wusste sofort, dass die Begegnung nicht zufällig war. Sie war von den Wachen genau aus diesem Grund herbeigeführt worden, um sie aus dem Gleichgewicht zu bringen. Er sah schrecklich aus, mager und grau, das Gesicht blutverschmiert. Seine graue Haarsträhne war ebenfalls voller Blut. Als er sie erkannte, hob er das Kinn und versuchte ein Lächeln. »Wenn wir nicht wollen, können sie uns nicht brechen«, sagte er. Die Wachen schubsten ihn grob weiter.

Als Vianne auch in diesem Verhör bei ihrer Version blieb,

sie kenne keine Vianne Renard, sie sei Lehrerin, wurde sie in das Gestapo-Hauptquartier in der Avenue Foch verlegt.

Sie wusste, was das bedeutete. Dort hatte man besondere Methoden, um Gefangene zum Reden zu bringen. Der deutsche Offizier sprach sie mit ihrem richtigen Namen an und erwähnte, dass man wisse, wo ihr Sohn Benoit sich aufhalte.

»Wir waren in Ihrer Wohnung und haben das hier gefunden.« Er zeigte ihr ein paar Fotos von Benoit und Briefe von Agnès.

Vianne wurde innerlich ganz kalt und ruhig. Es war soweit. Sie wusste, was sie zu tun hatte.

# Neununddreißig

Es regnete, als ich aufwachte. Ein leichter, warmer Sommerregen, der vor meinem Fenster leise rauschte und die Verkehrsgeräusche schluckte. Ich liebte Paris im Regen. Die Stadt hatte dann ein ganz anderes Gesicht, die Farben und Formen verschwammen, die Geräusche veränderten sich. Und die Menschen saßen trotzdem unter den Baldachinen auf den Caféterrassen und zählten Regenschirme. Und wenn dann die Sonne wieder herauskam, erwachte die Stadt zu neuem Leben, man schüttelte sich, sah in den Himmel und freute sich an der wiederkehrenden Wärme.

Ich fand Paris im Regen schön, besonders den Blick von oben auf die Blechdächer von Paris, die bei Regen wie nasses Silber wirkten. Wenn sich dann ein Sonnenstrahl durch die Wolken stahl, leuchtete die Stadt wie ein silbernes Schmuckstück. Ich überlegte, wohin ich gehen sollte, um den Anblick zu genießen, und entschied mich für Montmartre. Ich hoffte, die Touristen würden bei dem Wetter in den Museen sein, und ich hätte die große Treppe vor der Basilika für mich allein. Eine knappe Stunde später stand ich am Fuß des Hügels.

Ich nahm mit Schwung die gewundene Steintreppe, die sich zu Sacré Cœur hinaufwand. Oben angekommen, stellte ich mich an den Rand der Aussichtsterrasse und sah auf die Stadt hinunter, die wie eine Theaterbühne vor mir lag. Direkt unter mir erstreckten sich die verwinkelten Dächer, dazwischen ragten unzählige Schornsteine auf und ab und zu sah ich einen

Balkon. Einzelne Sonnenstrahlen ließen Fensterscheiben aufblitzen. Wenn ich den Blick in die Ferne schweifen ließ, verloren sich die Einzelheiten zu einer silbrigen Masse, aus der sich einzelne andere Farbtöne hervorwagten: das Grün der Kupferdächer, besonders das der Opéra Garnier, das leuchtende Blau des Centre Pompidou, der dunkle, fast schwarze Turm von Montparnasse, der in den Regenschleiern keine Konturen mehr hatte, die goldene Kuppel des Invalidendoms … Ich konnte mich nicht sattsehen. Ich entdeckte immer neue Besonderheiten. Ich konnte zwar keinen blauen Himmel sehen, aber durch eine Lücke in den Wolken irgendwo über der Seine schickte die Sonne gerade ein paar Strahlen, die bis in die Straßenschluchten wiesen.

»Mein Gott, ist das schön«, entfuhr es mir. Ich nahm mir vor, Étienne zu fragen, ob er Gemälde kannte, die Paris in diesem Licht darstellten, womöglich auch von dem Standort aus, an dem ich mich gerade befand. Und ich würde ihn fragen, ob er Paris im Regen auch so liebte. Ich konnte es mir gut vorstellen. Es würde zu ihm passen.

Ich blieb einfach noch ein paar Minuten stehen, wo ich war, hing meinen Gedanken nach und bewunderte das Wechselspiel aus Licht und Farben. Die schönste Stadt der Welt, dachte ich, liegt mir gerade zu Füßen.

Ich sah auf die Uhr. Ich war mit Étienne in einem Altersheim für ehemalige Angehörige der Résistance an der Metrostation Télégraphe verabredet. Die Verabredung hatten wir schon vor einigen Tagen getroffen, vor dem gestrigen Abend, an dem wir uns so nahe gekommen waren. Etwas in unserem Verhältnis hatte sich seitdem geändert. Ich fühlte, wie die Ruhe, die ich gerade noch beim Anblick von Paris im Regen gespürt hatte, einer kribbeligen Nervosität Platz machte.

Auf dem Weg zur Metro versuchte ich, mich auf den Besuch in dem Altenheim einzustimmen. Ich versprach mir allerdings nicht viel davon. Die ursprüngliche Idee dahinter war gewesen, dass Benoit, von dem wir sonst keine Spuren gefunden hatten, vielleicht in einer dieser Residenzen wohnte. Ich hatte schon einige Heime angerufen und nach einem Monsieur Renard gefragt, aber niemand dort hieß so. Einmal hatten sie einen Olivier Renard. Ich ging hin, aber der Mann hatte nichts mit Vianne oder mit mir zu tun. So würde es bestimmt auch heute sein. Viannes Spuren hatten sich verloren. Und auch die Hoffnung, eine Spur von Benoit zu finden, hatte ich im Grunde schon aufgegeben. Als ich in dem Heim anrief, wollte man mir anfangs nicht einmal sagen, ob sie einen Bewohner des Namens hatten. Datenschutz. Erst als ich ihnen erklärte, dass ich auf der Suche nach einem verschollenen Onkel sei, waren sie bereit dazu. Ja, es gäbe einen Mann mit diesem Namen, der schon seit einigen Jahren dort lebte. Ich machte mir dennoch keine großen Hoffnungen.

Ich sah noch einmal auf die Uhr. Wenn ich mich beeilte, konnte ich noch den kurzen Umweg über die Place de Tertre machen, dort, wo vor hundert Jahren, und auch noch zu Viannes Zeiten, die Maler gearbeitet und getrunken hatten und wo heute Hobbymaler die Touristen porträtierten und Karikaturen von ihnen zeichneten. Normalerweise mied ich den Platz, aber heute hoffte ich, dass es dort nicht so überfüllt wäre. Denn die Ansammlung von kleinen, schiefen Häusern gefiel mir, weil sie einen Eindruck davon vermittelten, wie es hier früher zugegangen war. Ich ging seitlich an der Basilika vorbei, dann begann das enge Gewirr der Gassen. Das Kopfsteinpflaster war durch den Regen rutschig. Es waren immer noch Besucher unterwegs, aber nicht so viele. Die Auslagen der Geschäfte, meistens Galerien und Läden für Kunsthandwerk und Souvenirs, waren mit Plastikplanen abgedeckt. Einige Touristen hatten sich ebenfalls in durchsichtige Regenmäntel gehüllt. Ich drehte eine kleine Runde über den Platz und lief auf der anderen Seite wieder abwärts bis zur Metro.

Als ich die Treppe zur Straße hinaufstieg, wartete Étienne schon auf mich. Obwohl ich pünktlich war.

Er hielt mir fürsorglich seinen Regenschirm hin. Ich sah sofort, dass es ein solider, teurer Schirm mit einem hölzernen Griff und einem traditionellen Karomuster war. Den hatte er bestimmt bei einem Herrenausstatter gekauft.

»Hab ich mir gedacht, dass du keinen Schirm dabei haben würdest«, sagte er.

»Nein, in meiner Wohnung war keiner.«

»Du bist auch nicht der Schirmtyp. Paris im Regen hat einen ganz besonderen Charme, findest du nicht auch?«

Ich nickte. Das hatte ich mir doch gedacht! Auch ihm gefiel Paris im Regen. Schon wieder eine Gemeinsamkeit. Wir entdeckten fast täglich etwas, was uns beiden gefiel oder was wir im Gegenteil nicht ausstehen konnten.

Wir standen einen Moment lang nur einen kleinen Schritt voneinander entfernt. Ich registrierte seine schönen grauen Augen unter den kühnen Brauen und die glatten Wangen. Plötzlich verspürte ich den verrückten Wunsch ihn zu küssen. Ich wurde rot und tat so, als würde ich etwas in meiner Handtasche suchen.

»Wollen wir? Wir müssen dort entlang.« Étienne wies auf die andere Seite der Rue de Belleville. Er hakte mich unter. »Sonst passen wir nicht beide unter den Schirm.« Er blieb abrupt stehen. »Warte.« Er wischte mit dem Zeigefinger ganz zart über meine Wange. Ich hielt die Luft an. Ich dachte, jetzt würde er mich küssen, und für eine Sekunde wollte er das auch, ich konnte in seinen Augen lesen, wie sehr er sich beherrschen musste.

»Du hast da Wimperntusche«, sagte er dann.

Der Moment war vorüber. Wir überquerten die Straße.

Auf der anderen Seite fiel das Gelände ab und wir kamen durch enge Straßen, in denen zweistöckige Einfamilienhäuser mit Vorgarten und Garagen standen. Mitten in Paris! Bis vor dem Krieg waren an diesem Ort auch noch Weinberge gewesen. Kurz darauf standen wir vor dem Altenheim. Es war ein imposantes Gebäude aus roten Ziegelsteinen. Die Fenster und Balkone waren mit hellen Steinen abgesetzt. Es sah ein bisschen wie ein englisches Landhaus aus, meinte ich zu Étienne. In diesem Viertel schien alles möglich zu sein.

»Das stimmt. Hier ist viel experimentiert worden. Wenn du Lust hast, zeige ich dir nachher die Place des Fêtes. Sie liegt nur zwei Straßen weiter. Dort stehen himmelhohe Betontürme, die Le Corbusier gebaut hat.«

»Wollte er nicht ganz Paris plattmachen und überall diese anonymen Wohntürme errichten?« Mir wurde ganz schlecht bei der Vorstellung.

Étienne nickte. »Zum Glück ist der Stadt dann im Rahmen der Ölkrise das Geld ausgegangen. Wollen wir hineingehen?«

Wir betraten das Gebäude und meldeten uns beim Empfang.

»Wir sind mit Monsieur Renard verabredet«, sagte ich.

»Er wartet schon auf Sie. Gehen Sie durch in die Cafeteria. Gleich hier rechts den Gang hinunter.«

An einem Tisch vor dem Fenster saß ein alter Mann, dem das schlohweiße Haar in alle Richtungen vom Kopf stand. Als er uns sah, erhob er sich mühsam von seinem Stuhl und streckte uns die Hand hin. »Ich bin Benoit Renard. Was kann ich für Sie tun?«

Ich starrte ihn an. Ich war unfähig etwas zu sagen. Der Mann mir gegenüber erinnerte mich an meinen Vater. Ich musste noch einmal hinsehen, um zu entscheiden, woran es lag. Dann wusste ich es. Beide hatten dieselbe schmale Oberlippe und eine bestimmte Art, die Mundwinkel in den Sprechpausen nach hinten zu ziehen.

Der Mann sah mich immer noch fragend an. Étienne rettete die Situation. Er beugte sich vor und sprach sehr vorsichtig.

»Monsieur Renard, mein Name ist Étienne Viardot und dies ist Lili Marlène Roussel. Ihr Vater heißt Mathieu Renard und stammt aus einem kleinen Ort namens Saint Florent in den Cevennen. Wir sind auf der Suche nach einer gewissen Vianne Renard, der Großtante von Madame Roussel. Sagt Ihnen der Name etwas? Können Sie uns da helfen?«

Ich hatte mich inzwischen wieder einigermaßen gefasst und reichte dem Mann die Kopie des Kinderfotos, das ich in der Nationalbibliothek gefunden hatte.

»Vianne Renard war meine Mutter«, sagte der alte Mann, nachdem er es lange angesehen hatte. »Ich habe ein ganz ähnliches Foto, auf dem allerdings auch die Frau abgebildet ist, die mich an der Hand hält. Es war meine Mutter Vianne.« Dabei lächelte er mich an, und auch in diesem zurückhaltenden Lächeln erkannte ich meinen Vater.

Weil er so ruhig blieb, fühlte ich mich verpflichtet, meine Gefühle im Zaum zu halten. »Dann ist mein Vater Ihr Cousin. Und Sie sind mein Onkel«, sagte ich.

»Und Sie möchten wissen, was aus Vianne geworden ist?«

Ich nickte. Étienne bemerkte meine Nervosität und nahm meine Hand.

Der alte Mann setzte sich aufrecht hin und überlegte kurz, dann begann er zu erzählen.

# Vierzig

David ging im Mai und Juni 1945 täglich vor das Hotel *Lutetia*, um nach Vianne zu suchen. Die Kastanien blühten am Boulevard Raspail, die Luft dieses ersten Frühlings im Frieden war voller Versprechungen. Die Deutschen waren besiegt, die Konzentrationslager befreit, und die Überlebenden kehrten zurück nach Paris. Im *Lutetia* wurden sie registriert, erhielten Kleidung und Essen.

Wie viele andere stand David hinter der Absperrung und hielt ein Foto und ein Schild mit Viannes Namen hoch. Aber die Phantome, die aus den Bussen stiegen, ohne Haare und mager wie Skelette, hatten nichts mit den Personen auf den Fotos gemein. Sie waren viel zu erschöpft, um die verzweifelten Fragen der Wartenden zu beantworten. Viele fragten sich bang, wie ihre Angehörigen überlebt haben konnten, wenn sie auch so aussahen.

Irgendwann kam niemand mehr, und Vianne war nicht unter ihnen gewesen. David musste diese Hoffnung aufgeben.

Er ging natürlich auch zu Clothilde in die Rue Mouffetard. Jeannot war aus Deutschland zurück, die beiden betrieben wieder ihre Garage, und Clothilde hatte den Posten der Concierge im Haus übernommen. Es tat ihm weh, zuzusehen, wie die beiden sich wiedergefunden hatten. Dennoch war es ein herzlicher Empfang, die alten Animositäten waren vergessen. Es tat so gut, Menschen gesund wiederzutreffen, die man von vor dem Krieg gekannt hatte. David erzählte, wie er Vianne im Frühjahr 1943 getroffen hatte.

»Sie hat mir versprochen, dass wir uns nach dem Krieg wiedersehen«, sagte er. An diese Hoffnung klammerte er sich.

Clothilde gab ihm seine Bilder. Er nahm sie an sich, bis auf *Nach dem Ball.* Er brachte es nicht über sich, es anzusehen.

»Heb du es für sie auf.«

Clothilde nickte. »Natürlich«, sagte sie, und ihre Mundwinkel zitterten.

Er fragte nach der Adresse von Agnès, dann fuhr er nach Manosque, um Benoit zu holen und ihn mit nach England zu nehmen. Benoit besuchte die Schule in London. David übernahm die Fabrik seines Vaters. Er malte nie wieder. Zu viel Zeit war vergangen, zu viel war geschehen. Er heiratete auch nie, das wäre ihm wie Verrat an Vianne vorgekommen. 1957 starb er überraschend an einem Herzinfarkt.

Nach dem Tod seines Vaters kehrte Benoit nach Frankreich zurück. Er war in England nie richtig heimisch geworden.

Inzwischen hatten die Historiker begonnen, ihre Arbeit zu machen. Es gab Listen der Deportierten und der Erschossenen, und jetzt war es Benoit, der sich auf die Suche nach Vianne machte.

Er fand Marie Delouvin, die ihm die Geschichte der Gruppe um Albert Martin-Curriel erzählte. Von ihr erfuhr er, dass Vianne verhaftet worden war und im Gefängnis in der Rue du Cherche-Midi eingesessen hatte. Als Vianne in die Avenue Foch gebracht wurde, habe sie geahnt, dass sie sie nicht wiedersehen würde, sagte Marie. Sie selbst war 1943 ins Konzentrationslager Ravensbrück deportiert worden und im Mai 1945 zurückgekehrt. Sie hatte wieder als Buchhändlerin gearbeitet und war 1988 gestorben.

Nachdem er die Hoffnung aufgegeben hatte, seine Mutter lebend zu finden, wollte Benoit wenigstens ihr Grab ausfindig machen. Auch diese Suche war vergebens. Die Nazis hatten viele ihrer Opfer einfach in Massengräbern verscharrt. Auch das war ein Teil ihrer Terrorherrschaft: die Opfer verschwanden bei Nacht und Nebel und die Angehörigen wurden im Ungewissen gelassen, wo sie waren oder ob sie überhaupt noch lebten.

Étienne und ich waren in uns gekehrt, als wir Benoit verließen. Der alte Mann war ebenso aufgewühlt wie wir.

Ich nahm ihn zum Abschied in die Arme und versprach, mich bald zu melden.

»Ich muss das alles erst mal verdauen und meinen Eltern erzählen«, sagte ich zu Étienne.

Er nickte.

Ich rief meinen Vater an, sobald ich zu Hause war. Wir redeten bestimmt schon eine Stunde am Telefon. Mein Vater hörte zu, fragte nach, wollte immer mehr wissen.

»Mir war nicht klar, welche Rolle Frauen im Widerstand gespielt haben«, sagte er.

»Na ja, bei der Überführung ins Panthéon im Mai waren auch zwei Frauen dabei.«

Im Hintergrund hörte ich meine Mutter.

»Deine Mutter kommt gerade nach Hause ... Nein, ich spreche mit Lili. Ich erzähle es dir später. Das dauert jetzt zu lange.«

»Marlène, das hast du toll gemacht«, sagte er schließlich. »Was du da alles herausgefunden hast ... Ich danke dir.«

»Na ja, meine vier Semester Kunstgeschichte haben mir gute Dienste geleistet. Damals habe ich gelernt, wie man richtig recherchiert.« Ich zögerte und wartete darauf, dass er etwas dazu sagen würde, aber er schwieg. »Wenn ich nicht in das Museum gegangen wäre und das Bild gesehen hätte, hätten wir nie von Vianne und Benoit erfahren.«

»Ich frage mich, ob ich etwas hätte tun können. Warum hat meine Mutter nie etwas gesagt? Sie muss doch von Vianne gewusst haben.«

»Du weißt doch selbst am besten, wie sie war. Ich kenne niemanden, der so pragmatisch war wie Oma. Vielleicht hat sie es ja auch versucht. Vielleicht hat sie aber auch Angst vor dem gehabt, was sie herausfinden würde. Sie hatte immerhin Jacques' Schicksal vor Augen.«

»Sie hat nie über diese Zeiten gesprochen. Wie so viele andere auch nicht.«

»Immerhin hat der Krieg ihr ihren Mann genommen und sie als junge Frau zur Witwe gemacht. Vielleicht war das alles zu schmerzhaft für sie.«

Mein Vater holte tief Luft. »Dann gibt es also keine Spur mehr von ihr?«, wollte er schließlich wissen. »Kein Grab oder so?«

»Nein, aber sie hat posthum eine Auszeichnung bekommen.«

»Und ihr Chef, dieser Albert Martin-Curriel?«

»Sie haben ihn in der Festungsanlage Mont Valérien vor den Toren von Paris erschossen. Es muss kurz nach der letzten Begegnung mit Vianne gewesen sein.«

»Eins möchte ich noch wissen«, sagte mein Vater. »Wie ist dieses Bild ins Museum gekommen?«

»Clothilde hat es dem Museum gestiftet. Sie war es auch, die dafür gesorgt hat, dass Vianne das *Croix de Guerre* bekommen hat. Sie ist vor drei Jahren hochbetagt gestorben. Schade, ich hätte sie gern kennengelernt. Sie muss auch eine bemerkenswerte Frau gewesen sein.«

Mein Vater schluckte schwer. »Gibst du mir die Telefonnummer von Benoit? Ich werde das alles mit deiner Mutter besprechen. Aber ich werde ihn wohl anrufen.«

»Ich glaube, er würde sich freuen.«

»Und du?«, fragte mein Vater dann. »Was wirst du machen?«

Ich wusste genau, was er meinte. Mich und Jean-Louis.

»Wir machen uns Sorgen. Wann kommst du zurück?«

Ich seufzte. Ich wusste es ja selbst nicht.

»Weißt du was? Wenn du meine Frau wärst, wäre ich an Jean-Louis' Stelle schon lange nach Paris gekommen, um dich zurückzuholen. Das hat deine Mutter übrigens auch gesagt.«

Meine Zeit in Paris war fast herum. Mein Mietvertrag für die Wohnung galt noch für drei Tage, und die Vorstellung, wieder nach Hause zu fahren, erfüllte mich mit Schrecken.

Nach einer schlaflosen Nacht ging ich am nächsten Morgen früh auf den Friedhof Père-Lachaise. Ich hatte keine Ahnung gehabt, wie groß er wirklich war. Ich wanderte ziellos hin und her und hatte bald die Orientierung verloren. Auf diesem Friedhof und in meinem Leben, dachte ich. Ich musste eine Entscheidung treffen, und zwar bald. Sollte ich einfach nach Hause fahren, zurück zu Jean-Louis? Alles in mir sträubte sich dagegen.

Was hätte Vianne wohl an meiner Stelle getan? Sie war so stark, so mutig. Nicht nur, als sie ihre Familie verließ und sich allein in ihr Pariser Abenteuer stürzte. Sie wäre nicht die Erste gewesen, die dort unter die Räder kam. Anstatt sich dort einen Mann zu suchen und eine brave Ehefrau zu sein wie ihre Freundin Clothilde, teilte sie das Leben eines Künstlers. Es hätte einen einfacheren Mann gegeben als einen exzentrischen Maler. Ihren Sohn bekam sie allein, ein uneheliches Kind, und sie musste ganz allein für ihn sorgen. Und dann der mutigste, der schwerwiegendste Entschluss: Sie ordnete sich, ihr Leben und ihre Sicherheit einer größeren Sache, nämlich dem Widerstand gegen die verbrecherischen Besatzer, unter. Ob sie damit gerechnet hatte, für ihr Engagement zu sterben? Im Vergleich mit Vianne war ich unendlich feige. Ich hatte mein Studium abgebrochen und Jean-Louis geheiratet. Ich hatte Paris verlassen und war nach Sète zurückgegangen. Ich hatte immer den Weg des geringsten Widerstands gewählt. Ich traute mich ja nicht einmal, Étienne anzurufen, obwohl ich ihn vermisste! Ich war neununddreißig und musste mich fragen, ob ich so weitermachen wollte.

Ich kam an einem Ausgang vorüber. Jenseits des großen Tors sah ich ein Café. Ich hatte plötzlich Durst und setzte mich auf die Terrasse. Ich bestellte ein Sandwich und ein Panaché, ein Alsterwasser.

Aber anstatt zu essen, zerkrümelte ich das Brot zwischen den Fingern. Ich saß auf dieser Terrasse eines x-beliebigen Cafés in der Sonne, vor mir ein breites Trottoir und jenseits der Straße die hohe Mauer, die den Friedhof umschloss. Von der anderen Seite waren Vögel zu hören. Es war ein perfekter Moment. Weil ich in Paris war, weil ich das Geheimnis der Frau auf dem Bild gelöst hatte, weil ich meinen Tag genoss. Konnte ich nicht einfach hierbleiben? Verwaltungsangestellte wurden auch in Paris gebraucht. Aber wollte ich den Beruf denn noch? Und was war mit den teuren Wohnungen, die niemand bezahlen konnte?

»Ist alles in Ordnung, Madame?«, fragte der Kellner.

Ich blinzelte gegen die Sonne zu ihm auf, dann sah ich auf den kleinen Tisch. Ich hatte inzwischen einen beachtlichen Haufen Krümel produziert und auch auf meiner Jeans verteilt.

»Alles in Ordnung.« Ich lächelte ihn an, als sei das völlig normal.

Aber das war es natürlich nicht. Was war mit Étienne? Ich mochte ihn, um ehrlich zu sein, hatte ich mich Hals über Kopf in ihn verliebt. Auch Verliebtheit traf es im Grunde nicht. Ich liebte ihn von ganzem Herzen. Er sah gut aus, er hatte Klasse und Charme, ich mochte seine besonnene Art. Mir schmeichelte die Mühe, die er sich für mich gab. Ich fühlte mich von ihm ernstgenommen und gemocht. Ich redete gern mit ihm über alles, besonders aber über Kunst und Paris. Er war ein Romantiker und trotzdem sehr männlich. Er traute mir etwas zu, er bestärkte mich. Und ich hatte Lust, ihn zu küssen und ihn zu berühren. Ich spürte ein richtiges Prickeln auf der Haut, wenn ich nur daran dachte.

Und dann seine Komplimente, die Sätze, die er zu mir sagte. Dass er sich in mich verliebt habe und um mich werbe, dass ich sein Leben auf den Kopf stelle. Was sollte er denn eigentlich noch alles tun, um mir zu beweisen, dass er es ernst meinte?

Ich bezahlte mein Sandwich, das ich nicht gegessen hatte, und stand auf. Ich ging nicht auf den Friedhof zurück, sondern schlenderte in Richtung Ménilmontant. Und wieder war ich entzückt von einem unbekannten Stück Paris. Hier im Osten hatten immer die Ärmeren gewohnt, hier waren die Häuser nicht so nobel, die Straßen nicht so breit. Hier gab es keine weltberühmten Monumente, aber Pariser Flair. Hinterhöfe, in denen vor ein paar Jahrzehnten noch Weinberge gewesen waren, kleine Plätze und Ecken, begrünte Gärten, ein beinahe kleinstädtisches Leben. Ich war so weit gelaufen, dass ich plötzlich den Park von Belleville erreicht hatte. Die kleinen Straßen mit ihren Geschäften und Handwerksbetrieben weiteten sich zu einem Park, von dem aus sich eine grandiose Aussicht über die Stadt bot. Mir taten inzwischen die Füße weh. Ich setzte mich auf eine Bank und schaute.

An diesem Nachmittag verliebte ich mich noch einmal in Paris.

Am Abend rief ich Caro an, um mir bei ihr Rat zu holen. Ich zählte noch einmal alles auf, was mir in den vergangenen Tagen durch den Kopf gegangen war.

»Zwei Dinge stehen fest«, fasste ich zusammen. »Ich liebe Paris, ich will hier leben. Ich habe mir auch schon überlegt, was ich hier machen will: Ich schreibe einen Artikel über Vianne. Vielleicht wird auch ein Buch daraus. Und einen anderen über Dudevant und jüdische Kunsthändler vor dem Krieg. Ich habe ein bisschen was gespart, ich könnte ein paar Monate über die Runden kommen. Und ich habe mich Hals über Kopf in Étienne verliebt. Und das fühlt sich einfach himmlisch an. Ich weiß genau, wie du dich mit James fühlst.«

»Und was ist mit Jean-Louis?«

»Er ist das Problem. Ich will ihn nicht verletzen.«

»Ganz ehrlich, ich glaube, da übertreibst du. Er amüsiert sich doch blendend mit Francine. Die beiden passen viel besser zusammen. Und außerdem: Wenn man sich verliebt, so wie du und Étienne, dann kann man das auch als Verpflichtung sehen, als Geschenk, das man nicht zurückweisen darf. Und du verletzt Jean-Louis ja nicht einmal mit dem, was du tust. Höchstens vielleicht seine Eitelkeit. Er wird schon nicht aus Liebeskummer sterben. Du nimmst ihm nichts weg!«

»Er kommt morgen zurück und erwartet, dass ich dann zu Hause bin.«

Sie schnaubte. »Allein dafür solltest du ihn verlassen.«

Sie sagte mir, was ich im Grunde selbst wusste.

»Ich weiß nicht, wie so was geht.«

»Fang damit an, dass du endlich diesen Étienne anrufst. Jetzt gleich. Lass ihn nicht länger zappeln.« Und dann sprach sie aus, was ich mir am Morgen auch schon gesagt hatte: »Was soll er denn noch alles anstellen, um dir zu zeigen, dass er es ernst meint?«

Ich legte auf und saß mit dem Handy in der Hand eine Ewigkeit da, um mich an den Gedanken zu gewöhnen. Und dann, ich wusste selbst nicht genau, warum, war alles plötzlich ganz leicht. Vielleicht hatte die ganze Grübelei, die Schuldgefühle, die Wut, die bohrenden Zweifel doch etwas Gutes gehabt. Vielleicht war auch einfach nur das Fass übergelaufen. Wie dem auch sei: Ich wählte Étiennes Nummer.

Er nahm sofort ab. »Lili Marlène«, sagte er. Ich konnte die Freude in seiner Stimme hören. »Ich nehme an, du rufst an, weil du dich mit mir im *Café de Flore* treffen willst? Es ist Zeit für einen Aperitif.«

Ich holte tief Luft. »Nein. Nicht im *Café de Flore*, obwohl ich unsere Rendezvous dort immer sehr schön finde. Ich …« In meinem Kopf suchte ich nach den richtigen Worten. Ich wollte an diesem Abend alles, nicht nur einen Aperitif. Und wenn wir uns im Café trafen, würde mich womöglich doch wieder im letzten Moment der Mut verlassen.

»Lili Marlène?«

»Also gut, Étienne. Bitte nimm nicht ernst, was ich dir jetzt sage. Aber ich habe mir den ganzen Tag lang überlegt, was ich sagen will, und jetzt gerade habe ich den Mut dazu, ich weiß nicht, ob ich ihn noch mal finde. Und bitte unterbrich mich nicht.«

»Ich höre zu«, sagte er ernst.

Ich holte Atem, dann sprudelte es aus mir heraus: »Ich habe mich in dich verliebt, aber ich weiß nicht, wie ich damit umgehen soll. Wenn ich wüsste, dass es nur um eine Nacht ginge, hätte ich längst nachgegeben, aber ich glaube, das geht nicht. Wenn, dann nur mit Haut und Haaren. Aber das würde bedeuten, dass ich meine Ehe aufgebe, und ich bin keine Frau, die das so einfach tun kann … Ich habe gerade mit meiner Freundin Caro telefoniert, und sie hat gesagt, ich soll dich anrufen und …« Ich wusste nicht weiter, aber Étienne sagte nichts. »Bist du noch dran?«, fragte ich panisch.

»Ich soll dich doch nicht unterbrechen. Ich höre dir zu.«

»Also gut. Wenn man Viannes Leben mit meinem vergleicht, dann schneide ich nicht sehr gut ab. Ich habe noch nie etwas getan, was wirklich mutig oder unbequem gewesen wäre. Ich habe immer das getan, was alle von mir erwartet haben. Ich habe ja nicht mal zu Ende studiert, obwohl ich so gern wollte. Ganz zu schweigen davon, dass ich allein irgendwo hinziehen oder mein Leben für eine Idee riskieren würde.« Ich schluckte. »Ich weiß überhaupt nicht, warum du dich mit mir abgibst. Ich bin so langweilig wie die Zeitung von vorgestern.«

Er lachte leise, und dann unterbrach er mich doch: »Du bist witzig. Viel witziger als ich. Und du hast recht, Vianne war wirklich eine außergewöhnliche Frau.«

»Sag ich doch!«

»Das scheint bei euch in der Familie zu liegen. Ich würde gern mal deine Mutter kennenlernen.«

Jetzt musste ich lachen.

»Darf ich jetzt was sagen?«

»Was denn?«

»Was wäre denn für dich eine richtig mutige Sache?«, fragte er.

»Einfach noch zwei Wochen länger zu bleiben.«

»Das ist alles?«

»Und endlich mit zu dir nach Hause zu gehen.«

Er holte zischend Luft durch die Zähne. »Das wäre wirklich höchst riskant. Ich weiß nicht, ob ich das verantworten kann.« Ich hörte ihn am anderen Ende atmen. Dann fragte er: »Jetzt gleich?«

»Mit Haut und Haaren?«

»Für immer.«

# Epilog

Vianne saß auf dem Stuhl in einem Büro im vierten Stock der Avenue Foch, die Hände auf dem Rücken gefesselt. Ihr Kopf dröhnte von den Schlägen und weil man ihr nichts zu trinken gab. Sie war nicht ganz bei Bewusstsein, dämmerte eher vor sich hin.

Der Gestapo-Mann hatte dem Polizisten ein Zeichen gegeben, und der hatte das Fenster geöffnet. Vianne wandte den Kopf und kniff die Augen gegen das Licht zusammen. Sie konnte die Wipfel einer Rosskastanie sehen und hörte die Spatzen darin zwitschern. Aesculus hippocastanum, dachte sie automatisch. Aus der Familie der Seifenbaumgewächse. Zuerst beschrieben von Linné. Alter bis dreihundert Jahre, Wuchshöhe bis dreißig Meter … Sie sah die letzten Blüten, die schon bräunlich wurden. Es war immerhin schon Juni …

Der Offizier stand auf und verließ den Raum. Vianne nahm es kaum richtig wahr.

Sie dachte an das Leben draußen, an den kommenden Sommer, der vielleicht endlich Frieden bringen würde. Sie erinnerte sich an die Nacht, als sie mit David unter Sternen getanzt hatten. *J'attendrai* … Ich warte auf dich, Tag und Nacht, bis du zu mir zurückkommst. In diesem Augenblick spürte sie Davids Umarmung ganz real, sie fühlte sich geborgen in seinen Armen. Als würde er ihr Mut machen. Ihr nächster Gedanke galt Benoit. Seine feuchten Küsse auf ihrer Wange, sein Lachen, wenn sie ihn kitzelte … Was hätte sie dafür gegeben, einmal, nur einmal mit den beiden Menschen zusammen zu sein, die sie am meisten liebte, mit David und Benoit! Wie gern hätte sie die beiden vereint gesehen!

Sie sah sich nach dem Wachmann um, der auf einem Stuhl vor sich hin döste. Sie stand auf und ging rasch die drei Schritte zum Fenster hinüber. Sie setzte sich auf die Fensterbank und lehnte sich hinaus. Das letzte, was sie wahrnahm, war der Duft von Paris.

# Historische Hintergründe

Der vorliegende Roman ist ein Unterhaltungsroman. Dennoch behandelt er mit der Geschichte von Frauen im französischen Widerstand gegen Hitler und Pétain ein historisch komplexes und heikles Thema.

Bei der Darstellung der ersten Monate des beginnenden Widerstands nach der Besetzung Frankreichs durch die deutsche Wehrmacht habe ich mich auf viele Zeugenaussagen und autobiografische Berichte gestützt. Besonders wichtig war dabei das Buch von Agnès Humbert, die als Kunsthistorikerin im Musée de l'Homme in Paris arbeitete, wo eines der ersten Widerstandszentren entstand. Die Zeit zwischen dem Kriegsausbruch im September 1939 und der Besetzung Frankreichs im Juni 1940 hat sie in einem Tagebuch festgehalten. Agnès Humbert wurde 1941 verhaftet und überlebte den Krieg in verschiedenen deutschen Konzentrationslagern.

Frauen haben eine wichtige Rolle im französischen Widerstand gespielt. Sie waren selten Chef der verschiedenen Organisationen oder von deren Sektionen, aber sie leisteten wichtige Hilfe beim Tippen, Drucken, Verteilen von Flugblättern, beim Verstecken von Flüchtigen, beim Schmuggeln von Dokumenten und Personen. Einige kämpften auch mit der Waffe in der Hand. Und viele von ihnen taten das, obwohl sie für Kinder zu sorgen hatten. Dass sie Frauen waren, schützte sie sogar manchmal: Die Polizei traute Frauen keine kriminellen Akte zu, ihre Strafen fielen anfangs geringer aus als für Männer.

Einen wissenschaftlichen, durch Statistiken gestützten Bericht gibt Corinna von List, Frauen in der Résistance 1940–1944, Paderborn 2010.

Albert Martin-Curriel ist vom Aussehen her Pierre Brossolette nachempfunden (die graue Haarsträhne). Er kämpfte in London und Frankreich in der Résistance. Im März 1944 wurde er verhaftet und gefoltert. Während seine Bewacher zum Essen gegangen waren, gelang es ihm, trotz gefesselter Hände durch ein Oberlicht des Zimmers zu fliehen. Er gelangte auf einen Balkon im 4. Stock in der Avenue Foch und stürzte sich in die Tiefe, in der Angst, unter der Folter Informationen zu verraten. Im Mai 2015 wurde sein Leichnam ins Pariser Pantheon überführt.

Robert Doisneau hat in den Jahren 1942 und 1943 Fotos im Jardin des Plantes gemacht.

Während ich das Gemälde *Nach dem Ball* und seine Entstehung beschrieben habe, habe ich *Der Spiegel* von Frank Markham Skipworth vor Augen gehabt.

Der Neubau des Botanischen Instituts, in dem die Phanerogamen und die Kryptogamen untergebracht sind, wurde erst 1935 eingeweiht, zwei Jahre später als im Roman. Bis auf eine kleine Ausstellung ist das Gebäude, insbesondere die oberen Stockwerke mit den Herbarien, nicht zu besichtigen. Ich danke ganz herzlich Madame Rayer, der Bibliothekarin des Instituts, die mich im Mai 2016 einen Nachmittag lang in die Geheimnisse des Gebäudes eingewiesen hat. Wir haben sogar die Türen durchschritten, die die beiden Hälften des Hauses trennen.

LESEPROBE

KRISTIN HANNAH
Die Nachtigall
Zwei Schwestern. Die eine kämpft für die Freiheit.
Die andere für die Liebe.
ROMAN

## EINS

*9. April 1995*

AN DER KÜSTE VON OREGON

Wenn ich in meinem langen Leben eines gelernt habe, dann ist es Folgendes: In der Liebe finden wir heraus, wer wir sein wollen; im Krieg finden wir heraus, wer wir sind. Heutzutage wollen die jungen Leute alles über jeden wissen. Sie denken, über ein Problem zu reden wäre schon die Lösung. Ich stamme aus einer schweigsameren Generation. Wir haben verstanden, welchen Wert das Vergessen hat, wie verlockend es ist, sich neu zu erfinden.

In letzter Zeit allerdings ertappe ich mich dabei, wie ich an den Krieg denke und an meine Vergangenheit, an die Menschen, die ich verloren habe.

Verloren.

Das klingt, als hätte ich meine Liebsten irgendwo verlegt; sie vielleicht an einem Ort zurückgelassen, an den sie nicht gehören, und mich dann abgewendet, zu verwirrt, um wieder zu ihnen zurückzufinden.

Aber sie sind nicht verloren. Und auch nicht an einem besseren Ort. Sie sind tot. Heute, wo ich das Ende meines Lebens vor mir sehe, weiß ich, dass sich Trauer ebenso wie Reue tief in uns verankert und für immer ein Teil von uns bleibt.

Ich bin in den Monaten seit dem Tod meines Mannes und meiner Diagnose sehr gealtert. Meine Haut erinnert an knittriges Wachspapier, das jemand zum Wiedergebrauch glattstreichen wollte. Meine Augen lassen mich häufig im Stich – bei Dunkelheit, im Licht von Autoscheinwerfern oder wenn es regnet. Diese neue Unzuverlässigkeit meiner Sehkraft ist nervtötend. Vielleicht schaue ich deshalb in die Vergangenheit zurück. Die Vergangenheit besitzt eine Klarheit, die ich in der Gegenwart nicht mehr erkennen kann.

Ich stelle mir gern vor, dass ich Frieden finde, wenn ich gestorben bin, dass ich all die Menschen wiedersehe, die ich geliebt und verloren habe. Dass mir zumindest verziehen wird.

Aber ich weiß es besser.

Mein Haus, das von dem Holzbaron, der es vor mehr als hundert Jahren erbaute, *The Peaks* getauft wurde, steht zum Verkauf, und ich bereite meinen Umzug vor, wie mein Sohn es für richtig hält.

Er versucht, sich um mich zu kümmern, mir zu zeigen, wie sehr er mich liebt in dieser schweren Zeit, und deshalb lasse ich mir seine übertriebene Fürsorge gefallen. Was kümmert es mich, wo ich sterbe? Denn darum geht es im Grunde. Es spielt keine Rolle mehr, wo ich wohne. Ich packe das Strandleben von Oregon, zu dem ich mich vor beinahe fünfzig Jahren hier niedergelassen habe, in Kartons. Es gibt nicht viel, was ich mitnehmen will. Doch eine Sache unbedingt.

Ich greife nach dem von der Decke hängenden Griff, mit dem die Speichertreppe heruntergezogen wird. Die Stufen falten sich von der Decke wie der Arm eines Gentlemans, der die Hand ausstreckt.

Die leichte Treppe schwankt unter meinen Füßen, als ich in den Speicher hinaufsteige, in dem es nach Staub und Schimmel riecht. Über mir hängt eine einsame Glühbirne. Ich ziehe an der Schnur.

Es sieht aus wie im Frachtraum eines alten Dampfers. Die Wände sind mit breiten Holzplanken verkleidet, Spinnweben schimmern silbrig in den Winkeln und hängen in Strähnen von den Fugen zwischen den Planken herunter. Das Dach ist so steil, dass ich nur in der Mitte des Raums aufrecht stehen kann.

Ich sehe den Schaukelstuhl, in dem ich saß, als meine Enkel klein waren, dann ein altes Kinderbettchen und ein zerschlissenes Schaukelpferd auf rostigen Federn und den Stuhl, den meine Tochter gerade neu lackierte, als sie von ihrer Krankheit erfuhr. An der Wand stehen mit *Weihnachten*, *Thanksgiving*, *Ostern*, *Halloween*, *Geschirr* oder *Sportsachen* beschriftete Kartons. Darin sind Dinge, die ich nicht mehr oft benutze, von denen ich mich aber dennoch nicht trennen kann. Mir einzugestehen, dass ich zu Weihnachten keinen Baum schmücken werde, ist für mich wie aufzugeben, und im Loslassen war ich noch nie gut. Hinten in der Ecke steht, was ich suche: ein alter, mit Aufklebern gespickter Überseekoffer.

Mit einiger Anstrengung zerre ich den schweren Koffer in die Mitte des Speichers, direkt unter die Glühbirne. Ich hocke mich daneben, habe jedoch prompt solche Schmerzen in den Knien, dass ich mich auf den Hintern gleiten lasse.

Zum ersten Mal seit dreißig Jahren hebe ich den Deckel des Koffers. Der obere Einsatz ist voller Andenken an die Zeit, in der meine Kinder klein waren. Winzige Schuhe, Handabdrücke auf Tonscheiben, Buntstiftzeichnungen, die von Strichmännchen und lächelnden Sonnen bevölkert werden, Schulzeugnisse, Fotos von Tanzvorführungen.

Ich hebe den Einsatz aus dem Koffer und stelle ihn neben mir ab.

Die Erinnerungsstücke auf dem Boden des Koffers liegen wild durcheinander: mehrere abgegriffene ledergebundene Tagebücher; ein Stapel alter Postkarten, der mit einem blauen Satinband zusammengebunden ist; ein Karton mit einer eingedrückten Ecke; eine Reihe schmaler Gedichtbändchen von Julien Rossignol und ein Schuhkarton mit Hunderten Schwarzweißfotos.

Ganz oben liegt ein vergilbtes Stück Papier.

Meine Finger zittern, als ich es in die Hand nehme. Es ist eine *carte d'identité*, ein Ausweis aus dem Krieg. Das Bild im Passfotoformat. Eine junge Frau. *Juliette Gervaise.*

»Mom?«

Ich höre meinen Sohn auf der knarrenden Holztreppe, Schritte, die mit meinem Herzschlag übereinstimmen. Hat er schon vorher nach mir gerufen?

»Mom? Du solltest nicht hier oben sein. Mist. Die Stufen sind wacklig.« Er kommt zu mir. »Ein Sturz und …«

Ich berühre sein Hosenbein, schüttle langsam den Kopf. Ich kann den Blick nicht heben. »Nicht«, ist alles, was ich sagen kann.

Er geht in die Hocke, setzt sich zu mir. Ich rieche sein Aftershave, dezent und würzig, und auch eine Spur Rauch. Er hat heimlich draußen eine Zigarette geraucht, eine Gewohnheit, die er vor Jahrzehnten aufgegeben und nach meiner Diagnose vor kurzem wieder angenommen hat. Es besteht kein Grund, meine Missbilligung zu äußern. Er ist Arzt. Er weiß es selbst.

Instinktiv will ich den Ausweis in den Koffer zurückwerfen und den Deckel zuklappen, ihn wieder verstecken. Wie ich es mein Leben lang getan habe.

Doch jetzt sterbe ich. Vielleicht nicht schnell, aber auch nicht gerade langsam, und ich sehe mich gezwungen, auf mein Leben zurückzuschauen.

»Mom, du weinst ja.«

»Wirklich?«

Ich will ihm die Wahrheit sagen, aber ich kann es nicht. Es macht mich verlegen, und es beschämt mich, dieses Versagen. In meinem Alter sollte ich mich vor nichts mehr fürchten – und ganz bestimmt nicht vor meiner eigenen Vergangenheit.

Ich sage nur: »Ich will diesen Koffer mitnehmen.«